이웃집 너스에이드

となりのナースエイド

TONARI NO NURSE AIDE
©Mikito Chinen 2023
First published in Japan in 2023 by KADOKAWA CORPORATION, Tokyo.
Korean translation rights arranged with KADOKAWA CORPORATION, Tokyo through Eric Yang Agency Inc, Seoul.

이 책의 한국어판 저작권은 EYA(Eric Yang Agency)를 통해 KADOKAWA CORPORATION과 독점 계약한 (주)태일소담이 소유합니다. 저작권법에 의해 한국 내에서 보호를 받는 저작물이므로 무단전재와 무단복제를 금합니다.

이웃집 너스에이드

펴 낸 날 | 2025년 7월 25일 초 판 1쇄

지 은 이 | 치넨 미키토
옮 긴 이 | 신유희
펴 낸 이 | 이태권

책임편집 | 정지원
북디자인 | 김혜수
펴 낸 곳 | 소담출판사
　　　　　서울특별시 성북구 성북로5길 12 소담빌딩 301호 (우-)02880
　　　　　전화 | 02-745-8566　　팩스 | 02-747-3238
　　　　　등록번호 | 1979년 11월 14일 제2-42호
　　　　　e-mail | sodambooks@naver.com
　　　　　홈페이지 | www.dreamsodam.co.kr

ISBN 979-11-6027-491-2 03830

- 책값은 뒤표지에 있습니다.
- 잘못된 책은 구입하신 곳에서 교환해드립니다.

이웃집 너스에이드

치넨 미키토 지음

신유희 옮김

소담출판사

목차

1. 너스에이드의 업무   6

2. 2인 3수의 선율   84

3. 잠재의식의 고발   136

4. 가족을 위해   220

5. 각자의 선택   286

에필로그 356

역자 후기 364

1.
너스에이드의 업무

*너스에이드 : 간호조무사

1

어둠 속, 끝없이 이어지는 계단을 뛰어 올라간다. 폐가 찢어질 듯이 아프고 다리는 납덩이처럼 무겁다. 하반신의 감각이 점점 사라진다. 그래도 그저 계속해서 다리를 움직였다.
여기가 어디지? 나는 왜 죽기 살기로 계단을 오르고 있는 걸까?
마침내 계단이 끝나는 곳에 문이 보인다. 뻘겋게 녹이 슨 거대한 철문. 계단을 다 오른 후 혼신의 힘을 다해 문을 밀어 연다. 비명 같은 소리를 내며 열린 문틈으로 얼음처럼 차가운 바람이 들이쳤다. 바깥으로 나가자 눈에 익은 공간이 펼쳐졌다.
"옥상……."
거친 숨과 함께 입에서 쇳소리가 새어 나온다.
발은 멈췄는데 왜인지 맥박은 빨라진다. 심장을 움켜잡힌 것처럼 가슴이 답답하다. 여기 있으면 안 돼. 당장 여기서 도망쳐야 해.
발길을 돌리려는 순간, 시야 한구석에 사람의 그림자가 비쳤다. 내가 서 있는 공간과 일렁이는 어둠과의 경계에 놓인 철제 난간 위로 환자복을 걸친 젊은 여자가 서 있다.
반듯한 얼굴에 미소를 띤 그녀와 눈이 마주친다. 한없이 슬퍼 보이는 미소다.

"미오."

여자가 힘없이 말한다.

"난 이런 몸이 되고 싶지 않았어."

"잠깐만! 그럴 생각은 아니었어! 난 단지 살리고 싶어서."

"하지만 넌 결국 나를 살리지 못했잖아."

여자의 몸이 뒤로 기운다.

"잠깐만! 제발, 멈춰!"

필사적으로 소리치는데 부드러운 미소를 띤 그녀가 손을 내민다. 그 희고 가는 손을 붙잡으려 죽을힘을 다해 팔을 뻗었다. 손가락 끝이 여자의 손에 닿는 순간, 야시장 노점에서 금붕어가 유유한 몸짓으로 뜰채를 피하듯 하얀 손이 스르륵 빠져나간다.

"……안녕."

살포시 웃음 지으며 조용히 말한 그녀는 끝없는 어둠을 향해 낙하하기 시작했다.

"안 돼! 날 두고 가지 마!"

펜스 너머로 몸을 내밀어 손을 뻗는다. 하지만 그곳에는 허공만 펼쳐져 있을 뿐 이미 그녀의 모습은 보이지 않았다.

"제발, 언니!"

눈을 뜨자 낯익은 천장과 함께 뻗은 손이 보였다.

여기는? 거친 호흡을 내쉬며 사쿠라바 미오는 눈알만 굴려 주위를 둘러보았다.

경대와 서랍장, 작은 책상만 놓인 세 평 남짓한 다다미방. 미오는 그곳에 깔린 이부자리에 누워 있었다. 머리맡 스마트폰이 기상 알람을 울리고 있다.
……아, 벌써 아침인가. 상황을 파악한 미오는 천장을 향해 뻗고 있던 손을 가슴에 얹었다. 빠르게 뛰는 심장 박동이 전해졌다. 목 언저리를 훔치자 손등에 진땀이 축축하게 묻어났다.
알람을 멈추고 상반신을 일으킨다. 좁은 방을 조금이라도 넓게 쓰려고 침대를 들이지 않았는데 익숙지 않은 바닥에서 잠을 자려니 몸 마디마디가 아팠다.
또 그 꿈이야. 땅이 꺼져라 한숨을 내쉰 미오는 기다시피 이부자리를 빠져나와 욕실로 향했다. 우선 식은땀으로 끈적끈적한 몸을 씻고 싶었다. 욕조에 서서 샤워 커튼을 친 미오는 샤워기 꼭지를 돌렸다. 원래는 욕실과 화장실이 구분된 집에 살고 싶었지만 이직하면서 월급이 꽤 많이 줄어들었다. 게다가 작년부터 반년가량 일을 쉬고 요양한 탓에 모아둔 돈도 별로 없어 불안한 상황이다.
바로 지난주부터 시작한 새로운 일을 오래 지속할 수 있을지 지금 시점에서는 아직 알 수 없다. 집세로 나가는 돈은 될 수 있는 한 줄여야 한다.
뜨거운 물줄기가 머리 위로 쏟아져 내리는 순간, 피 웅덩이 속에 엎어져 있는 여자의 모습이 뇌리를 스쳤다. 윽, 하는 신음이 튀어나오는 순간 미오는 반사적으로 두 손으로 입을 막았다. 손을 벗어나 욕조로 낙하한 샤워기 헤드가 물살의 힘에 밀려 이리저리 몸부림을 쳐 댔다.
진정해. 심호흡을 하자. 미오는 필사적으로 자기 자신에게 되뇐다.
벌써 반년 넘게 이 플래시백에 시달리고 있다. 정신과 진료를 받고 정식으로 PTSD[1] 진단을 받아 항우울제를 중심으로 한 약물요법을 시작

---

1) 외상 후 스트레스 장애

한 후로 증상은 어느 정도 나아졌다. 그렇지만 아직 치유된 것은 아니었다. 질병과 마주하는 법을 배웠을 뿐이다. 그 광경이 머리를 스칠 때마다 심장을 쥐어짜는 듯한 고통이 느껴지는 것에는 변함이 없었다.

심호흡, 심호흡, 심호흡······.

욕조 안에 쭈그려 앉은 미오는 가슴 앞으로 두 손을 부들부들 떨릴 만큼 꽉 모아 쥔 채 스스로에게 되뇌며 모든 의식을 호흡에 집중했다. 샤워기에서 뿜어져 나오는 세찬 물줄기를 발치로 느끼면서 미오는 온몸을 잔뜩 웅크리고 있었다.

"큰일 났다, 큰일 났어! 서둘러야 돼. 아, 열쇠 어디 뒀더라?"

바깥 복도로 나온 미오는 가방을 열었다. 플래시백을 가라앉히느라 시간이 걸린 탓에 늦고 말았다. 출근한 지 이제 일주일밖에 안 됐는데 지각할 수는 없다.

급하게 가방을 뒤지고 있는데 옆집 문이 열렸다. 곁눈질로 힐끗 보니 한 남자가 집에서 나와 안쪽에 있는 계단을 향해 걸어가고 있었다. 여기선 뒷모습밖에 보이지 않지만 분위기로 보건대 나이는 서른 안팎쯤 됐으려나. 얼핏 봐도 옷매무새가 좋다. 월세가 5만 엔을 밑도는 이 아파트의 거주자로서는 지나치게 값비싸 보이는 저 재킷. 벌건 녹이 눈에 띄는 철제 외부 계단을 남자가 내려간다.

처음 이사 왔을 때 이웃 주민들에게는 쭉 돌며 인사를 했다. 하지만 옆집만은 초인종을 몇 번 눌러도 반응이 전혀 없어서 아직 얼굴을 마주한 적이 없었다.

저 사람이 옆집 사람이었구나. 남자를 지켜보던 미오의 손끝에 딱딱한 것이 닿았다.

있다! 미오는 가방 깊숙이 숨어있던 열쇠를 꺼내 현관문을 잠근 후 외부 계단 난간을 양손으로 짚고 몸을 내밀었다.
방금 옆집에서 나온 남자가 딱 한 대 들어갈 수 있게 만들어 놓은 주차장에 세워져 있는 차, 포르쉐 카이엔으로 다가갔다.
"옆집 차였구나……."
이 싸구려 아파트 주차장과는 도무지 어울리지 않는, 족히 천만 엔은 넘어 보이는 저 차가 시야에 들어올 때마다 누구 차일까 하는 의문을 품고 있던 참이었다.
"저기요."
난간 너머로 몸을 내민 채 말을 걸자 차 문을 열려던 남자가 움직임을 멈추더니 고개를 살짝 젖혀 이쪽을 바라보았다. 바로 위에서 내려다보는 위치이다 보니 앞머리에 가려 남자의 얼굴은 제대로 보이지 않았다.
"저, 지난주에 204호로 이사 온 사쿠라바 미오라고 합니다. 잘 부탁드립니다."
인간관계는 첫인상이 중요하다. 언니에게 그렇게 배워 온 미오는 계단 아래에 있는 남자를 향해 꾸벅 고개를 숙였다. 그때 부앙, 하는 소리가 공기를 흔들었다. 고개를 든 미오의 눈에 으르렁거리듯 낮게 깔리는 엔진 소리를 내며 차도로 나가는 카이엔이 비쳤다.
"나, 무시당한 거야……?"
미오는 멀어져 가는 차를 멍하니 지켜본다. 입술을 삐죽 내밀며 열쇠를 가방에 도로 넣은 미오의 눈이 손목시계를 들여다보곤 휘둥그레졌다. 서두르지 않으면 진짜 지각이다. 발소리도 요란하게 계단을 뛰어 내려가 1층에 다다르기 무섭게 아파트 부지 밖으로 나온 순간, 서늘한 떨림이 등줄기를 훑었다.

시선을 느꼈다. 차갑게 찌르는 듯한 시선을.

발을 멈춘 미오는 뒤돌아 주위를 둘러보았다. 그러나 샐러리맨처럼 보이는 께느른한 분위기의 중년 남자와 책가방을 메고서 친구와 손을 잡고 걸어가는 초등학생이 있을 뿐 미오에게 주의를 기울이고 있는 사람은 아무도 없었다.

……기분 탓인가. 마음이 산산이 부서져 내리는 것만 같았던 그날의 충격에서 아직 충분히 회복되지 못했다. 그렇기에 이렇듯 돌발적으로 이상한 불안감에 사로잡히는 것이리라.

미오는 억지로 자기 자신을 납득시키고 다시 뛰기 시작했다.

구두가 아스팔트를 때리는 기분 좋은 소리가 주위에 울려 퍼졌다.

2

"안 돼요 안 돼, 사쿠라바 씨. 시트는 팽팽하게 펴야지. 주름 없이 팽팽하게."

스포츠컷 머리를 한 남자가 침대 시트를 손바닥으로 슥슥 어루만진다. 유니폼인 하늘색 근무복 소매 사이로 굵은 팔뚝이 엿보였다.

"아 진짜, 엔도 씨, 시트에 너무 집착하신다. 여긴 자위대가 아니라고요."

갈색으로 물들인 머리를 동그랗게 말아 올린 젊은 여성이 놀리듯이 말한다.

"시트 까는 법 하나 가지고 그리 빡빡하게 지도하면 듣는 사쿠라바 씨도 얼마나 난감하겠어요."

"아뇨, 그럴 리가요. 아직 신입이니까 확실하게 가르쳐 주시면 감사할 따름입니다."

미오가 황급히 말하자, 일주일 전부터 동료가 된 사오토메 와카나가 웃음을 띤다.

"말 놔도 된다니까요. 제가 더 어리니까."

"하지만 여기서는 선배이신데……."

"선배라고 해 봤자 두 달 빨리 들어왔을 뿐이잖아요. 아니, 가벼운 알바 겸 봄부터 몸담을 현장 분위기를 미리 익혀 둘 생각으로 온 건데 그대로 그냥 일하게 돼 버리다니."

와카나는 어깨를 으쓱해 보이며 혀를 살짝 내민다. 사오토메 와카나는 재수 중인 간호학과 졸업생이다. 원래는 올봄부터 간호사로서 일할 예정이었는데 간호사 국가고시에 떨어지는 바람에 자격을 취득하지 못해서 지금은 일하면서 내년 시험을 준비하는 중인 듯하다.

"두 달이라도 선배는 선배야. 부대 안에서 상하관계는 확실히 해야지."

근육질 남성, 엔도 쓰요시가 낮은 목소리로 말한다. 30대 초반인 엔도는 3년 전까지 육상자위대 소속이었고 제대 후 이 직장에 들어왔다고 했다. 자위대에서는 본인 침대 시트를 주름 하나 없이 펴는 법을 가르친다. 그 습관이 몸에 배어 있어서인지 엔도는 침대 시트 정돈에 강한 집착을 보인다.

"그러니까, 여긴 자위대가 아니라니깐요. 게다가."

천진난만한 미소가 떠올라 있던 와카나의 얼굴에 어두운 그림자가 살짝 드리워졌다.

"상하관계고 뭐고, 이 직장에서 우린 어차피 맨 밑바닥이잖아요."

자학에 가득 찬 어조로 읊조린 와카나는 기분을 전환하려는 듯 두 손을 가슴 앞에 모은다. 경배를 드리듯 손바닥을 마주치는 경쾌한 소리가 울려 퍼졌다.

"최하층에서 또다시 상하관계를 만들다니 바보같잖아요. 우리는 사이좋게 지내자고요."

와카나의 목소리가 다시 밝아지자 미오는 안도한다. 슬쩍 보니 엔도의 표정도 누그러져 있었다.

"그것도 그렇군. 나는 시트만 똑바로 펴 주면 다른 건 상관없어."

"하여간 시트에 집착한다니까."

와카나의 핀잔에 엔도는 멋쩍어하면서 스포츠컷 머리를 긁적인다. 부드러운 웃음소리가 방 안 공기를 흔들 무렵 별안간 입구 미닫이문이 확 열렸다.

"이봐 당신들, 뭘 바보같이 웃고 있는 거야! 복도까지 다 들리잖아!"

울려 퍼진 노성에 미오는 몸을 떨었다. 열린 문 너머에 간호사복 차림의 여성이 서 있었다. 검은 보브컷 머리. 나이는 30대 중반쯤 됐지 싶다. 미오의 새 직장, 세이료 대학 의학부 부속병원 5층 병동의 주임간호사인 사다모리 에리코였다.

"여긴 병동이야. 경박한 웃음소리가 들리면 환자와 그 가족의 기분이 어떨지 생각 안 해 봤어? 상상력이란 것도 없는 거야?"

"죄송합니다."

엔도가 굳은 목소리로 사과한다. 미오도 "죄송합니다" 하며 고개를 숙였다.

"……자기들도 간호 스테이션에서 깔깔거리면서."

"……뭐라고?"

조그맣게 중얼거린 와카나를 사다모리가 노려보았다.

"아뇨, 아무것도 아닙니다. 바로 업무에 복귀하겠습니다."

미오가 다급하게 얼버무리자 사다모리는 여봐란듯이 콧방귀를 뀌었다.

"우린 바쁘니까, 조금은 부담이 덜하게 잡무 정도는 똑바로 하라고."

사다모리가 방을 나갔다. 문이 닫히는 동시에 와카나가 혀를 쏙 내밀었다.

"뭐데, 저 히스테리 할망구."

"참아요 와카나, 다 들려요. 자자, 심호흡 심호흡."

미오가 등을 쓸어 주자 와카나는 시키는 대로 천천히 호흡한다.

"주임 말이 맞아. 간호사의 부담을 덜어 주는 게 우리 임무니까."

엔도가 힘없는 목소리로 말한다.

"사쿠라바 씨에게 베드 메이킹의 심오한 경지를 좀 더 전수하고 싶었는데. 오늘 일은 셋이 분담해서 해치워 버립시다. 두 사람 다 각기 담당한 병실을 부탁해요."

와카나는 불만스러워하면서도 "알겠어요" 하고 방을 나갔다. 미오와 엔도도 그 뒤를 따른다.

"그럼, 사쿠라바 씨는 505호부터 512호까지 부탁해요. 베드 메이킹이 필요한 병상은 많지 않으니까 그럭저럭 될 거예요. 모르겠으면 나나에쓰코 씨에게 물어보고."

"네."

미오는 고개를 끄덕이고 자신에게 맡겨진 병실로 향한다.

맨 앞에 있는 505호실로 들어서자 자극적인 소독액 냄새가 희미하게 코를 스쳤다. 그리운 냄새에 깔깔했던 기분이 다소 누그러졌다.

자, 해 볼까. 미오는 빈 침대로 다가가 침대 머리맡 수납장에 놓여 있는 시트를 매트리스 위에 펼쳤다. 머리 쪽 매트리스 아래에 시트를 끼워 넣고 주름이 지지 않도록 주의하며 펴 나갔다. 지난주에 처음으로 베드 메이킹을 했을 때는 울룩불룩한 면이 눈에 띄게 보였지만, 요 한 주간 죽기 살기로 연습한 덕분에 잘 펼 수 있게 되었다.

만듦새에 만족한 미오가 다음 병실로 향하려 했을 때 옆 침대 주위에 쳐져 있던 커튼이 걷히고, 노령의 여성이 "저기요" 하고 말을 걸어왔다.

"아, 네, 무슨 일이신가요."

"우리 남편이 가래가 껴서 힘들어해요. 빼 주실 수 없을까요."

여성이 가리키는 침대에서는 야윈 남성 환자가 거친 숨을 내쉬고 있었다. 그르렁그르렁하는, 마치 빨대로 주스에 공기를 불어넣을 때 나는 것 같은 소리가 목구멍 안쪽에서 울린다.

미오는 침대에 붙어 있는 이름표를 보고 환자의 상태를 기억해 낸다. 입사하고 일주일이 지나는 동안, 이 병동에 입원한 환자들의 대략적인 병세는 파악하고 있었다. 분명히 이 환자는……. 미오의 몸이 떨리고 목 안에서 쉰 목소리가 새어 나왔다.

"심네스……."

전신 다발성 악성 신생물 증후군(Systematic multiple malignant neoplasm syndrome), 통칭 '심네스'. 10년쯤 전에 갑자기 등장한 희귀 병으로, 발병한 환자에게는 심장, 위, 소장, 대장, 간, 췌장, 신장, 근육, 피부, 안구, 뇌, 온갖 장기에 동시다발적으로 악성 종양이 생긴다. 더구나 한 장기에 생긴 악성 종양이 다른 장기로 전이되는 것이 아니라, 각 장기의 세포들이 제각각 암세포로 변한다. 세계 최초의 심네스 환자는 아프리카의 작은 나라에 사는 12세 소녀였다. 그리고 그 지역을 중심으로 아프리카에서 10여 명의 환자가 확인되었기 때문에 처음에는 암 억제 유전자 장애로 인한 유전성 질환으로 간주되었다.

그러나 약 5년 전부터 미국과 유럽에서도 심네스 환자가 확인되기 시작했고 3년 전에는 마침내 일본에서도 첫 심네스 환자가 발견되었다. 현재 국내에서 매년 수십 명에 달하는 심네스 환자가 확인되고 있다.

현재 심네스의 원인은 바이러스 감염으로 여겨지고 있다. 대부분의 심네스 환자가 HIV[2]와 비슷한 레트로바이러스[3]에 감염된 것이 판명되었고, 그것들이 전신의 다양한 세포에서 유전자 이상을 일으켜 암세포를 만든다고 추정되었다.

심네스를 수술적인 치료로 뿌리 뽑기는 불가능하고 화학요법, 방사선요법, 그리고 만능면역세포요법 등이 이루어지고 있다. 그러나 발병 1년 후의 생존율은 50퍼센트를 밑돌고 있으며 5년 생존율은 거의 제로였다.

뇌리에 부드러운 미소를 띤 여성의 모습이 스치고 통증이 가슴을 찌른다. 미오는 헐떡이듯 숨을 쉬는 남성 환자를 입술을 깨물며 바라보았다.

"부탁입니다. 빨리 좀 빼 주세요."

남편의 애처로운 모습을 더 두고 볼 수 없었는지 노령의 여성은 얼굴을 일그러뜨리며 애원한다.

"죄, 죄송합니다. 할 수가 없습니다."

"할 수 없다니 어째서요?! 지난번 간호사님은 해 주셨는데?"

"저는 간호사가 아니라 간호조무사입니다."

---

[2] 후천성 면역결핍 증후군(AIDS)을 일으키는 바이러스
[3] 역전사효소(reverse transcriptase)와 유전물질로서의 RNA를 가지고 감염 세포 내에서 자신의 DNA를 합성하여 증식하는 바이러스를 일컫는 말. 암을 일으키는 바이러스가 많다

"간호조무사?" 여성의 콧등에 주름이 잡혔다.
"간호 조수입니다. 침대 정돈 및 배식, 식사 보조, 그 밖에 환자 분의 이동이라든지 어디까지나 간호사 일을 돕는 것이 업무이고 의료 행위를 할 자격은 전혀 없습니다."
"당신은 우리 남편의 가래 흡인을 해 줄 수 없다는 건가요?"
"······네."
고개를 끄덕인 순간, 심한 죄책감이 가슴을 찔러 미오는 입술을 꽉 깨물었다.
"그럼 어떻게 해야 하나요? 우리 남편은 이렇게 힘들어하는데."
"바로 간호사를 불러오겠습니다. 잠시만 기다려 주세요."
미오는 도망치듯 병실을 나와 잰걸음으로 복도를 나아간다. 간호 스테이션 앞까지 온 미오의 표정이 굳는다. 스테이션 안에는 간호사가 한 사람밖에 없었다. 아까 미오와 동료 간호조무사들에게 큰소리로 욕을 퍼부었던 간호주임, 사다모리.
다른 간호사를 찾으려고 몸을 돌리려는 순간, 고통스럽게 헐떡이던 환자의 모습이 뇌리를 스쳤다. 각오를 다지고 간호 스테이션에 들어간 미오는 사다모리에게 다가갔다.
"실례합니다······."
머뭇머뭇 말을 걸지만 사다모리는 듣고도 못 들은 척한다. 그 태도에 애가 탄 미오는 단전에 힘을 모았다.
"저어, 주임님, 부탁이 있습니다."
사다모리는 키보드를 두드리던 손을 멈추고 천천히 고개를 돌려 미오를 노려본다.
"지금 내가 간호기록 작성하고 있는 거 안 보여요? 쓸데없는 일로 방해하지 말아요."

내뱉듯이 말한 사다모리는 '썩 꺼져'라고 말하는 양 턱을 치켜올리더니 다시 간호기록을 작성하기 시작한다. 타닥타닥 키보드 두드리는 소리가 몹시도 냉랭하게 간호 스테이션에 울려 퍼지는 가운데 미오는 주먹을 꽉 움켜쥐었다.

"쓸데없는 일이 아닙니다!"

"······지금 뭐라고 했어요?"

사다모리는 위협적인 목소리로 말한다. 하지만 지금은 겁먹을 때가 아니었다.

"쓸데없는 일이 아니라고 했습니다. 505호실 환자분이 가래가 차서 호흡이 어려워 힘들어하고 있습니다. 그러니 얼른 가래 흡인을 해 주어야······."

"당신이 하면 되잖아."

이쪽의 말이 채 끝나기도 전에 사다모리가 쏘아붙인다. 미오의 입에서 "······하?" 하고 얼빠진 소리가 새어 나왔다.

"그러니까 환자가 힘들어하고 있고 흡인이 필요하다면서요. 거기까지 알았으면 굳이 나한테 부탁하지 말고 당신이 빨랑빨랑 해 주면 되잖아."

내가 가래 흡인을, 의료 행위를 한다······. 심장 고동이 가속 페달을 밟는다. 온몸의 땀샘에서 얼음처럼 차가우면서도 끈끈한 땀이 솟아나기 시작한다.

심호흡! 당장 심호흡을 해서 가라앉히지 않으면 또 발작이 일어나고 만다.

가슴에 손을 갖다 대는 미오를 보고 사다모리는 얇은 입술의 한쪽 끝을 치켜올렸다.

"아, 미안해요. 당신, 간호사가 아니라 간호조무사였지. 아무 자격도 없는 주제에 의료 현장을 자기네 세상인 양 휘젓고 다니는 잡역부일 뿐이잖아. 그런 까막눈이 의료 행위를 했다간 환자를 죽이고 말지도 모르겠네."

비웃듯이 사다모리는 말을 잇는다. 미오에게는 반론할 여유가 없었다.

"알았거든, 우리 업무 방해하지 말아요."

사다모리가 내뱉듯이 말했을 때 차분한 목소리가 들려왔다.

"주임님, 우리 신입 괴롭히지 마세요."

가까스로 발작을 억누른 미오가 돌아보자, 지방이 다소 과하게 쌓인 몸을 간호조무사 유니폼으로 감싼 초로의 여성이 부드러운 웃음을 띠고 있었다.

"소노다 선배."

"사쿠라바 씨도 참. 편하게 '에쓰코 씨'로 부르라고 했잖아."

베테랑 간호조무사이자 미오의 교육 담당이기도 한 소노다 에쓰코는 손을 팔랑팔랑 흔들고는, "그런데 주임님" 하고 목소리를 낮춘다. 사다모리의 표정에 긴장감이 일었다.

"분명히 저희는 잡역부가 맞습니다만, 환자의 상태를 간호사님에게 전달하는 것도 중요한 '잡무'이지요. 그리고 저희 같은 '까막눈'은 간호사님들과 달리 의료적인 처치를 해서 환자를 도울 수는 없습니다. 그러니 '프로'로서 간호사님들이 환자를 도와주셔야 하지 않을까요. 우선, 지금은 505호실 환자분을."

사다모리는 몇 초간 입을 다물고 있다가 굳은 표정으로 일어나 샌들 소리를 울리며 간호 스테이션을 나갔다. 그 모습을 지켜보던 미오는 연신 눈을 깜빡인다.

"가래 흡인을 하러 가 주신 건가요?"

"그렇겠지. 그게 간호사의 업무니까."

살포시 미소 지은 에쓰코가 미오의 등을 가볍게 탁탁 두드린다.

"별의별 말을 들었겠지만, 신경 쓰지 말아요. 의료 현장에 사실 상하관계 같은 건 없으니까. 의사도, 간호사도, 그리고 간호조무사도 동등해."

"간호조무사가 의사와 동등해요?"

저도 모르게 목소리에 의구심이 섞여 버린다. 에쓰코는 "당연하잖아" 하고 두 손을 크게 벌렸다.

"확실히 간호조무사 일은 자격증이 없어도 할 수 있지[4]. 의료 행위를 할 수 없고 잡무를 처리할 뿐인 우리는 의료에 있어서는 '까막눈'일지도 모르고. 하지만 우리는 틀림없는 프로야. 의사가 '환자를 치료하는 일의 프로', 간호사가 '의사를 서포트하는 일의 프로'라면 우리는 '환자에게 다가가는 프로'란 말이지."

"환자에게 다가가는 프로……." 미오는 그 말을 되뇐다.

"맞아. 식사 수발을 들고 기저귀를 갈고, 몸을 씻기고, 검사실로 이송하는 일 따위를 담당하는 간호조무사는 환자와 보내는 시간이 의사나 간호사보다 더 길어. 환자는 우리에게 마음을 열고, 의사나 간호사에게는 할 수 없는 상담도 하고 고민도 털어놓지. 환자 곁에 가장 가까이 있는 의료종사자, 그게 바로 우리 간호조무사야."

에쓰코의 그 말이 피부를 통해 몸 안으로 스며든다. 그 사건으로부터 반년이 넘는 시간 내내 가슴 속 깊이 응어리져 있던 진흙탕 같은 감정

---

4) 일본의 간호조무사는 우리나라와 달리 별도의 자격증이 필요하지 않음

이 조금이나마 씻겨 내려가는 기분이었다.
 환자에게 다가가 같은 시선으로 뒷받침한다. 그것이야말로 내가 바라던 일이다.
 이 일을 선택하길 잘했다. 간호조무사가 되어서 다행이다. 저도 모르게 시야가 뿌예졌다. 미오가 눈가를 닦고 있으려니 손바닥이 등을 탁 쳤다.
 "자, 사쿠라바 씨, 울고 있을 시간이 없어요. 우선 베드 메이킹을 끝내고 바로 배식과 식사 보조 준비에 들어가야 해. 프로로서 확실하게 일을 처리해 나갑시다."
 에쓰코의 독려에 미오는 "네!" 하고 패기 어린 목소리로 대답했다.

 "저어, 에쓰코 씨. 줄곧 이 병원에서 간호조무사로 일하신 거예요?"
 돈까스덮밥의 돈까스를 젓가락으로 집어 들면서 와카나가 말을 꺼냈다.
 "그렇지. 이 병동이 생기고 나서 바로 들어왔으니까, 벌써 삼십 년이 다 돼 가나?"
 에쓰코는 정식에 나온 마파두부를 숟가락으로 떴다.
 "삼십 년이요? 이미 중진이시네요."
 엔도가 문어 모양 비엔나소시지를 입안에 던져 넣는다. 싱글 파파로 초등학생 딸이 있다는 엔도는 딸을 위해 만들고 남은 도시락 반찬을 싸 가지고 와서 먹는 중이다.
 "노친네라고 말하고 싶은 거지?"
 "당치 않으십니다. 죄송합니다!" 엔도는 등줄기를 꼿꼿이 펴고 경례 자세를 취한다.
 "그러니까, 여긴 자위대가 아니라니깐."

에쓰코가 어깨를 으쓱해 보이고, 미오는 와카나와 함께 가벼운 웃음소리를 냈다.

오후 한 시가 지난 시각, 미오를 비롯하여 5층 서쪽 병동을 담당하는 간호조무사들은 배식 및 식사 보조, 식기 수거까지 가장 바쁜 시간을 보내고 직원용 식당에서 늦은 점심을 먹고 있었다.

"그건 그렇고 사쿠라바 씨, 이제 일에 적응은 좀 돼요?"

테이블을 사이에 두고 맞은편 자리에 앉은 와카나가 묻는다.

"응, 다들 이해하기 쉽게 지도해 주신 덕분에 이제 꽤 익숙해진 것 같아."

"확실히 사쿠라바 씨의 베드 메이킹 실력은 요 일주일 사이에 극적으로 성장했어. 하지만 하산은 아직 일러요. 경지에 이를만한 비법을 확실하게 가르쳐 줄 테니 안심해요."

엔도는 얼굴 앞에서 주먹을 불끈 쥐었다.

"그러고 보니 사쿠라바 씨는 여기 오기 전에 무슨 일을 했어요?"

"일……."

표정이 굳어질 뻔했으나 미오는 가까스로 평정을 가장한다.

"대학 졸업 후 가전업체에 일반직으로 입사했는데 작년에 좀 힘든 일이 있어서 멘탈이 나가는 바람에 그만뒀어. 반년 정도 요양하고 어느 정도 회복되었을 즈음 마침 지인이 이 일자리를 소개해 줘서."

미오는 미리 설정해 놓은 이력을 그대로 입 밖에 낸다. 상대에게 의심을 사지 않는 요령은 가짜 정보 속에 진짜 정보를 섞는 것이다. 정신적으로 불안정해져서 반년 동안 요양한 것도, 지인의 소개로 여기서 간호조무사로 일하게 된 것도 사실이다. 이 설명을 믿어 줄까. 미오는 긴장한 채 동료들의 반응을 기다린다.

"……사쿠라바 씨."

와카나가 몸을 내밀었다. 심장 고동이 빨라진다.

"힘든 일이란 거, 남자 문제예요? 그런 거죠?!"

"에?" 예상 밖의 말에 얼빠진 목소리가 입에서 새어 나오고 만다.

"사내에 미래를 약속한 남자가 있었는데, 갑자기 나타난 후배한테 뺏긴 거죠? '너는 혼자서도 잘 살 수 있어. 하지만 그 애한테는 내가 없으면 안 돼' 뭐 그런 웃기지도 않는 말과 함께 버림받은 거군요. 뭐가 '내가 없으면 안 돼'야. 그렇게 보이려고 요리조리 머리 굴려 가며 내숭 떠는 게 뻔한데. 그것도 하필이면 국가고시 직전에 헤어지잔 이야기를 꺼내다니, 뭐냐고. 덕분에 난 공부에 집중하지 못해서 떨어져 버린 거 아니냐고. 모처럼 좋은 병원에 내정 받은 참이었는데! 그 자식 때문이야! 그래, 전부 다 바람피운 그놈 잘못이야!"

구릿빛이었던 뺨이 새빨갛게 상기된 채 말을 쏟아 내는 와카나의 서슬에 압도당한 미오는 몸을 뒤로 물린다.

"저, 저기 와카나……."

머뭇머뭇 말을 걸자, 와카나는 양손을 휙 뻗어 미오의 손을 움켜잡았다.

"사쿠라바 씨, 옛날 남자 따윈 얼른 잊어버리고 새로운 사랑을 찾기로 해요. 우리 병동 의사들 중에도 젊고 멋있는 사람들이 꽤 있으니까."

코앞에서 뚫어져라 응시하는 통에 미오는 엉겁결에 "으, 응" 하고 고개를 끄덕이고 말았다.

"바로 그거예요. 서로 힘내자고요!"

미오의 손을 놓은 와카나는 주먹을 불끈 쥔다. 에쓰코가 "진정해" 하고 타이른다.

"개인사를 너무 캐물으면 안 되지. 게다가 직장에서 남자를 낚으려 하지 말아요."

"그치만 에쓰코 씨, 일상에는 활력이 조금은 필요하다고요. 낮에는 환자 식사며 배설 보조, 밤에는 국가고시 공부, 매일 이렇게 살면 미쳐 버린다니깐요. 젊은 의사랑 조금 친해지는 정도는 괜찮지 않나요?"

"울 것 같은 얼굴 하지 말아. 뭐, 업무만 제대로 처리하면 의사와 친해져도 이의는 없으니까. 맞다, 정말로 좋은 사람을 찾고 싶다면 오늘 오후 세 시부터 있을 '거기'에서 쓸 만한 상대를 찾아보는 것도 괜찮지 않을까?"

"오후 세 시부터 뭐가 있나요?"

미오가 고개를 갸우뚱한다.

"아, 미오는 지난주에 오리엔테이션이라서 병동에 없었으니 모르겠구나."

에쓰코는 히죽 웃음을 짓더니 익살을 떠는 양 어깨를 으쓱였다.

"전통의 '다이묘(영주) 행렬'을 보게 될 거야."

수십 명에 달하는 백의의 무리가 병동 복도를 당당하게 나아간다.

"우와, 하얀 거탑이다."

멀찍이 떨어진 간호 스테이션 앞에서 동료들과 함께 그 모습을 엿보던 미오는 감탄의 목소리를 높였다.

"쌍팔년도도 아니고. 뭐, 저 교수니까 가능한 일이기는 하지."

비꼬는 듯한 에쓰코의 대사를 들으며 미오는 '다이묘 행렬'의 선두에 선 남자를 바라본다. 은발로 보일 만큼 하얗게 바랜 머리를 한 노령의 남성.

"히가미 교수님······."

나직이 중얼거리자 에쓰코가 "어머, 알고 있었어?" 하며 곁눈질로 미오를 본다.

"아, 네. 전에 TV에서 봤어요." 미오는 황급히 얼버무렸다.

"하긴 전 세계 암 환자들을 구한 유명인이니. 앞으로 몇 년 안에 틀림없이 노벨상을 받을 거라는 소문도 있고."

"헤에, 노벨상. 굉장하네." 와카나가 관심 없는 투로 중얼거렸다.

"히가미 세포 말이군요. 저도 압니다. 3년 전에 아버지가 대장암 수술을 받은 후 히가미 세포 주사를 맞았습니다. 덕분에 재발도 없이 지금도 정정하십니다."

엔도가 고개를 크게 주억거린다.

일찍이 신의 손이라 불린 천재 외과의사 히가미 이쿠오가 인생을 걸고 만들어 낸 암 치료용 특수 세포, 그것이 히가미 세포. 현재 히가미 세포를 이용한 만능면역세포요법은 수술, 화학요법, 방사선요법에 이은 제4의 암 치료 요법으로서 널리 시술되고 있다.

어떤 세포로든 분화할 수 있는 iPS 세포[5]에 특수한 처리를 하여 백혈구의 일종이자 암세포 등의 이물질을 탐식하는 능력을 지닌 NK 세포와 유사한 성질을 띠게 만든 히가미 세포. 그것을 암 환자에게 투여하면 히가미 세포는 신체에 있어 '이물질'인 종양 세포를 차례차례 공격하고 파괴한다. 그런 한편, 정상 조직은 공격하지 않고 일정 기간이 경과하면 전신의 조직에 정착하여 흡수되기 때문에 부작용이 거의 없다.

다만 지금도 암 치료의 중심이 수술임은 변함이 없다. 만능면역세포

---

5) 유도만능 줄기세포

요법은 효과적이기는 하나, 어디까지나 혈액이나 림프의 흐름을 타고 전신으로 흩어진 미세한 종양 세포들에 대응할 뿐이다. 원발병소[6]에 있는 거대한 암세포 덩어리를 전부 파괴할 만한 능력은 없다 보니 종양을 외과적으로 제거하는 것이 아직은 가장 효과적인 암 치료 방법이었다.

"그런데 거의 얼굴 한번 본 적 없는 의사들도 많네요……."

미오가 중얼거리자, "그럴 수밖에" 하고 에쓰코가 어깨를 으쓱한다.

"플래티넘과 골드는 병동에 거의 오지 않으니까."

"플래티넘? 골드?" 뜻 모를 말에 미오가 되묻는다.

"아, 미오에게는 아직 설명 안 했던가. 이 병동 전체가 히가미 교수가 진료부장을 맡고 있는 '통합외과'의 환자용이라는 건 알고 있어?"

"네."

미오는 고개를 끄덕인다. 세이료 대학 의학부 통합외과는 의료계에서 유명했다. 일반적으로 외과는 뇌, 심장, 폐, 상부소화관, 하부소화관, 간담췌 등등 장기별로 세부 전문 분야가 나뉘어 있는데 통합외과는 이 모든 환자를 맡아 최고의 수술을 제공한다.

히가미가 그 압도적인 카리스마와 실적을 바탕으로 전국 각지에서 우수한 외과의사를 그러모은 온갖 수술 관련 전문가 집단, 그게 바로 세이료 대학 의학부 통합외과였다.

"통합외과는 히가미 교수를 정점으로 한 피라미드 구조로, 완전한 계급제로 이루어져 있어."

"준교수, 강사, 조교 식으로 말인가요?" 미오는 고개를 갸웃한다.

"아니아니, 그런 연공서열이라든지 처세술로 결정되는 통상의 분류가

---

6) 병이 원인이 되어 일어나는 생체의 변화가 처음으로 일어난 부위

아니야. 저 집단에서 유일하게 가치가 있는 건 수술 실력이야."

"수술 실력······."

"맞아. 수련의가 '브론즈'고, 수련을 마치고 통합외과에 입국하면 처음엔 '실버'로 불리는데, 입원하는 환자 수속이라든지 수술 후 환자 관리 같은 걸 하면서 이따금 조수로서 수술에 참여할 수 있게 돼. 어느 정도 수술 실력이 쌓이면 '골드'로 불리게 되면서 병동 업무가 줄고, 외래 진료를 보거나 자기 수술을 집도하는 거지."

"거기까지는 일반 외과와 다른 것 같지 않은데······."

"어머나, 잘 알고 있네."

"아, 그게······ 외과병동에서 간호조무사로 일하게 됐으니, 최소한의 것은 알아 두는 게 좋을 것 같아서 아주 조금 공부했습니다."

미오가 빠르게 얼버무리자 에쓰코는 "성실하네" 하고 고개를 끄덕이며 이야기를 이어나간다.

"맞아, '실버'와 '골드'는 일반 외과와 다를 바 없지. 하지만 통합외과에는 그 위에 '플래티넘'이 있어."

"플래티넘, 골드, 실버······. 뭔가 신용카드 같네요. 그래서, 플래티넘인 사람들은 뭘 하는 건가요?"

"수술."

에쓰코는 입꼬리를 올렸다.

"스페셜리스트인 플래티넘은 오로지 수술만 해. 매일 수술장에 있으면서 아침부터 밤까지 수술만 하는 거지."

"어, 하지만 환자에게 설명을 하거나 수술 후 환자의 관리 같은 건······."

"그건 실버나 골드의 업무. 플래티넘은 그런 잡무는 보지 않아."

"잡무라니…… 중요한 일이 아닌가요?"

"오로지 수술 실력을 갈고닦는 것을 목적으로 삼는 통합외과에선 수술 외에는 모든 게 '잡무'야. 그리고 히가미 교수가 일본 전역의 병원에서 빼내 온 천재 외과의사 집단인 플래티넘은 그런 잡무를 보는 일 없이 오로지 수술만 계속해. 골드나 실버는 그 기술을 배우고 훔치고 실력을 쌓아 나가지. 바로 그게 세이료 대학 의학부 부속병원 통합외과야."

너무나도 철저한 기술 지상주의와 합리성만을 추구한 시스템 앞에 미오가 넋을 놓고 감탄하고 있는데 다이묘 행렬이 이쪽으로 서서히 다가오고 있었다. 실버로 보이는 젊은 의사들이 분주히 돌아다니며 환자 상태를 프레젠테이션하고, 그런 그들을 골드로 보이는 중견 의사들이 지도하고 있다.

수술복 위에 흰 가운을 걸치고 히가미의 바로 뒤를 여유 있게 걷고 있는 몇몇의 장년 의사들이 플래티넘이리라. 문득 미오는 한 젊은 남자 의사가 '다이묘 행렬'에서 조금 벗어나 벽에 등을 기댄 채 서 있는 것을 알아차렸다.

날렵하고 반듯한 생김새에 호리호리하고 팔다리가 길어서인지 연둣빛 수술복 위에 흰 가운을 걸쳤을 뿐인데도 무척 패셔너블해 보인다. 다만 그 눈은 졸린 듯 반쯤 감겨 있고 이따금 나오는 하품을 억지로 참고 있는 모습이었다.

"저기 저 눈에 잠이 가득해 보이는 사람은……."

미오가 나직이 중얼거리자 와카나가 "류자키 선생님이요?" 하고 몸을 내밀었다.

"류자키 선생님?" 미오가 고개를 갸우뚱한다.

"맞아요, 류자키 타이가 선생님. 멋있죠? 통합외과 에이스예요."

"에이스? 플래티넘 말고도 아직 분류가 더 있나?"

미오가 고개를 갸웃하자, 에쓰코가 가볍게 웃음소리를 낸다.

"아니아니. 에이스라는 건 분류가 아니라, 그냥 류자키 선생님이 통합외과에서 히가미 교수 다음가는 위치, 넘버 투라는 뜻이야."

"넘버 투? 저렇게 젊은데?"

"생김새도 반듯하고 몸도 탄탄하니까 젊어 보이지만, 아마 서른다섯쯤 됐을걸."

서른다섯 살……. 언뜻 보면 이십 대 중반 정도로 보인다. 그런데…….

"그래도 서른다섯에 넘버 투라니 이상하지 않나요?"

"그러니까 통합외과에서는 수술 실력이 전부라는 거지. 아무리 나이가 어려도 수술 기술만 뛰어나면 우위에 설 수 있어. 교수 회진 때 하품을 하고 있어도 문제가 없을 정도로 말이야."

"저 사람, 그렇게 수술을 잘하나요?"

"잘하느니 어쩌느니 논할 수준이 아니지 싶어. 말 그대로 천재라니까. 게다가 뇌든 심장이든 배든 그뿐 아니라 눈이며 미용 성형 수술까지 뭐든지 다 할 수 있다는 소문."

미오는 귀를 의심했다. 외과의사는 장기별, 영역별로 각자 전문 분야가 있다. 수술을 집도하기 위해서는 장기의 생리학적 작용, 주위 혈관과 신경의 주행 등과 같은 해부학적 특징을 비롯한 방대한 전문지식과 그 분야에 특화된 기술 습득이 필요하다. 그렇기에 한 영역의 수술에 통달하려면 몇 년, 경우에 따라서는 십수 년의 수업 기간이 필요하다.

온갖 분야의 수술을 섭렵하는 외과의사라니 들어본 적이 없다. 얼마만 한 재능을 지니고 얼마만큼 수련을 거듭해야 그런 것이 가능해지는지 상상조차 할 수 없었다.

"진짜 엄청 멋있있죠? 류자키 선생님, 다른 플래티넘 닥터랑은 다르게 자기가 수술한 환자 상태는 보러 오거든요. 그래서 가끔 병동에서도 볼 수 있어요."

와카나가 들뜬 목소리로 말한다.

"혹시 아까 말했던, 와카나가 노리고 있는 의사가 저 사람?"

미오의 물음에 와카나는 "설마" 하고 깔깔 웃었다.

"저런 완벽한 남자랑 사귄다면 얼마나 피곤하겠어요. 어디까지나 '최애'일 뿐이죠. 아이돌 보듯이 먼발치에서 꺄악꺄악 하는 게 즐거운 거랍니다."

"그, 그렇구나. 어린 친구들의 감각은 어렵네……."

그런 대화를 나누는 사이 '다이묘 행렬'이 가까이 다가왔다. 복도 가장자리에 붙어선 간호조무사들 앞을 의사들이 우르르 지나간다. 바로 그때 선두에서 걷고 있던 히가미가 "어?" 하는 목소리와 함께 걸음을 멈추고 미오에게 시선을 보냈다. 그 두 눈이 가늘어진다.

"힘내시게."

부드러운 음성으로 그렇게 말하고 히가미는 뒷짐을 진 채 다시 걷기 시작한다. '다이묘 행렬'에 참여한 의사들이 잇달아 미심쩍어하는 시선을 미오에게 던지며 앞을 지나쳐 간다. 마음이 불편해진 미오는 눈을 내리깔았다. 설마 말을 걸어올 줄은 몰랐다. 존경하는 사람에게 격려를 받은 건 기뻤지만 눈에 띄는 일은 피하고 싶었다.

계속 고개를 숙이고 있던 미오의 시야에 샌들 신은 발이 들어왔다. 고개를 들자 바로 눈앞에 류자키 타이가가 서서 물끄러미 미오를 바라보고 있었다.

"무, 무슨 일이시죠?"

미오가 뒤로 몸을 젖히자 류자키는 작은 목소리로 "아니"라고만 중얼거리고는 몸을 돌려 멀어진다.
어안이 벙벙하여 "뭐야" 하고 중얼거리는 미오의 팔을 와카나가 덥석 붙잡았다.
"저기, 방금 뭐예요? 왜 류자키 선생님이 그렇게 코앞에서 빤히 쳐다본 거예요?"
"나, 나도 몰라."
와카나가 흔드는 대로 흔들리면서 미오는 멀어져 가는 백의의 무리를 눈으로 좇는다.
여기에 온 게 잘한 걸까? 내 선택이 옳았던 걸까? 마음속에 불안의 씨앗이 움트는 것을 미오는 느끼고 있었다.

부드러운 카펫이 빈틈없이 깔린 복도를 가슴을 펴고 성큼성큼 걸어간 히가미 이쿠오는 옻칠이 된 문 앞에서 발을 멈춘다. '통합외과학강좌 주임교수 히가미 이쿠오'라고 해서체로 쓰인 문패가 걸린 문을 열고 방으로 들어와 문을 걸어 잠갔다.
스탠드 행거에 가운을 건 히가미는 숨을 크게 토해 낸다. 온몸의 혈관에 수은이 흐르는가 싶게 몸이 무거웠다. 나날이 체력이 떨어지는 것이 확연히 느껴진다.
비트적거리며 몸을 이끈 히가미는 쓰러지듯 소파에 몸을 뉘었다.
내게 남겨진 시간은 이제 많지 않다. 이 몸이 완전히 움직임을 멈추기 전에 꿈을 이뤄 내야만 한다. 다만 그러기 위해 필요한 조각이 빠져 있다. 어떻게 해야 마지막 한 조각을 메울 수 있을까. 어떻게 해야 내 꿈이 이루어질까.

30분가량 누워 생각하던 히가미는 천천히 몸을 움직여 소파에서 일어났다. 출입구 쪽으로 발을 옮겨 행거에 걸어둔 가운을 손에 들고 방을 나왔다.

잠시 휴식을 취한 덕분에 회진하면서 소진되었던 기력도 다소 회복되었다. 이 정도면 의국원들이 보더라도 이상 징후를 알아차리진 못하리라.

히가미는 복도 막다른 곳의 엘리베이터에 올라 '4' 버튼을 누른다. 한 층 아래인 4층으로 엘리베이터가 이동하고 문이 열렸다. 짧은 복도가 이어진 안쪽에 '기술 수련실'이라고 쓰인 자동문이 있었다.

세이료 대학 의학부 부속병원 본원 옆에 있는 5층 규모의 '첨단 외과 의학 연구소'. 이곳은 통합외과를 위한 전용 시설이다. 18년 전, 히가미 세포의 특허로 흘러들어오는 막대한 자산의 일부를 대학에 기부함으로써 일궈 낸 히가미의 성(城). 맨 위층인 5층에는 교수실, 2층에는 의국과 준교수실, 의국장실이 있다. 그러나 이 건물에서 가장 중요한 장소는 4층에 있는 이 기술 수련실, 그리고 무엇보다 3층 플로어였다.

히가미가 복도를 나아가자 좌우로 자동문이 열렸다. 그 안쪽으로 펼쳐지는 농구장만 한 공간에 의국원 몇 사람이 보였다. 그들은 수술대에 놓여 있는 정교한 수술 연습용 인형의 복강 내에 기구를 쥔 두 손을 넣고 있는가 하면, 내시경 트레이닝용 모니터를 보면서 손맡의 튜브를 조작하고 투명한 박스에서 뻗어 나온 복강경 손잡이를 쥐고 봉합 연습을 하거나 수술용 로봇 팔을 조작하여 종이학을 접고 있었다.

"수고 많으십니다!"

내시경 트레이닝을 하던 젊은 의사가 히가미를 눈치채곤 등을 곧게 편다. 다른 의국원들도 잇달아 그 뒤를 따른다.

오직 한 사람, 방 안쪽에 선 채 머리에 VR 장치를 쓰고 있는 의국원만이 히가미를 알아차리지 못하고 두 손을 일사불란하게 움직이고 있었다. 좋은 집중력이군. 히가미는 살짝 고개를 끄덕였다.

"여기서는 인사할 필요 없다고 늘 말하지 않나. 하루라도 빨리 골드나 플래티넘으로 올라가고 싶다면 주변이 눈에 들어오지 않을 정도로 집중해서 실력을 연마하시게."

"네!"

패기 어린 목소리를 높이며 저마다 하던 연습으로 되돌아가는 의국원들의 모습에 히가미의 입매가 살짝 누그러진다. 이 기술 수련실에는 온갖 외과기술을 시현할 수 있는 최신식 시뮬레이터가 구비되어 있다. 24시간 개방하여 통합외과 의국원들은 근무 중에도 틈틈이 시간 날 때마다 여기서 수련하도록 허가되어 있었다.

지금 이 방에 있는 의국원들은 주로 병동 근무가 일단락된 실버들이다. 플래티넘이나 골드는 교수 회진 이후 오후 수술을 위해 모두 수술장으로 건너갔다. 지금쯤 수술 현장에서 자랑스러운 솜씨를 발휘하고 있으리라.

실버는 이 기술 수련실에서 실력을 연마하고 충분한 기술을 습득하면 골드로 승격하여 제1조수[7]를 맡거나 간단한 수술 집도가 허용된다. 그리고 더욱더 외과의사로서의 수준을 향상시켜 이윽고 플래티넘을 목표 삼는다.

프로스포츠와 같이 철저하게 시스템화된 외과의사 기술 향상 프로그램이야말로 통합외과의 특징이었다. 이로써 종래의 고전적인 도제제

---

7) first assistant. 흔히 '퍼스트 어시'로 불림

도에 따른 기술 계승보다 훨씬 효율적으로 젊은 외과의사들이 기술을 익힐 수 있게 되었다.

히가미의 머리에 수제자인 류자키 타이가의 얼굴이 떠오른다. 30대 중반의 나이에 온갖 분야의 수술을 총망라해 초일류급 실력을 갖춘 류자키는 바야흐로 통합외과의 상징과도 같은 존재다. 그 천재가 나타난 것은 행운이었다. 통합외과의 외과의사 육성 프로그램의 유용성을 뒷받침한 덕분에 입국 희망자도 늘고 대학으로부터 예산도 크게 끌어올 수 있게 되었다.

"하지만 류자키도 아니었어……."

히가미는 작은 소리로 읊조린다. 자신의 꿈을 이루기 위해서는 다른 재능이 필요하다.

역시 그 외과의사밖에 없는 건가…….

뒷짐을 진 히가미가 기술 수련실을 지나가는데 안쪽에서 헬멧 비슷한 VR 기기를 쓴 채 수술 시뮬레이션을 하고 있던 외과의사가 신음 소리와 함께 다급하게 기기를 벗고 옆에 놓여 있던 쓰레기통에 대고 토악질을 한다.

"괜찮은가."

한참 동안 게워 내고 있는 남자에게 말을 건네자, 히가미를 알아챈 그가 황급히 의자에서 일어났다

"죄송합니다. 변변치 못한 꼴을 보여드려서."

"신경 쓰지 마시게. 요즘은 그 기기에 도전하는 의국원이 거의 없었는데. 도전 정신이 훌륭하군."

히가미는 돌아서서 다른 의국원들을 본다. 그들은 마음이 편치 않은 듯 눈을 내리깔았다.

"힘내시게. 다만, 무리는 하지 말도록."

의국원의 어깨를 가볍게 두드리고 스쳐 지난 히가미는 막다른 곳에 있는 철제문을 열었다. '관계자 외 출입금지'라는 문구가 커다랗게 쓰여 있는 엘리베이터 문이 나타났다.

엘리베이터 옆 벽에 매립된 모니터에 손을 갖다 댄다. 스캐너처럼 빛줄기가 위아래로 움직이며 손바닥을 확인하는 동안 히가미는 조그맣게 한숨을 쉰다.

아까 의국원이 사용하던 VR 기기는 긴밀한 관계인 제약회사에 의뢰하여 제작한 것이다. 생생하고 현장감 있는 수술 현장을 재현하기 위해 시각뿐 아니라 청각, 촉각, 후각, 나아가 평형감각까지 자극하는 최첨단 시뮬레이터다. 그러나 그 막대한 정보량을 뇌가 처리하지 못해 대부분의 사람은 몇 분 안에 한계를 맞이하고 만다.

완벽하게 다룰 수 있게 되면 골드로 승급시켜 주겠다고 히가미가 선언했기 때문에 도전하는 실버는 끊이지 않지만, 도입한 지 이미 1년이 넘었는데도 아직 능숙하게 다루는 자가 없다. 천하의 류자키조차도 십여 분은 버텼지만 그 시점에서 밸런스를 잃고 쓰러지고 말았다.

「인증되었습니다. 히가미 교수 입장하십시오.」

인공 음성과 함께 눈앞의 문이 천천히 열린다. 히가미가 올라타자 문이 닫히고 엘리베이터가 하강하기 시작한다. 4층과 3층에 있는 특별 연구실만을 오가는 이 엘리베이터에는 층수 버튼이 없다.

희미한 기계음이 울린 후 엘리베이터가 멈추고 천천히 문이 열렸다.

4층과 같은 넓이의 플로어 중심에 지름 3미터에 달하는 거대하고 검은 타원형 기기가 놓여 있다. 그 기기를 에워싸듯이 높이 2미터는 되어 보이는 슈퍼컴퓨터가 여러 대 배치되어 있고 수없이 많은 코드가 기기를 향해 뻗어 있었다.
극히 한정된 사람만 들어올 수 있는 특별 플로어. 그 중심에 자리 잡은 새카만 기기가 바로 히가미의 '꿈' 그 자체였다. 엘리베이터에서 곧바로 이어지는 통로를 걸어간 히가미는 타원형 기기에 다가가 살며시 속삭였다.
"네가 온 세상 사람들을 구하는 거다, ……옴스."

Outside Operated Higami cell Machine System (OOHMS)

검게 광택이 나는 그 기기의 측면에는 하얀 글자로 그렇게 쓰여 있었다.

3

"잠깐 잠깐, 허리 아프다고! 부축 좀 똑바로 해요."
미오의 어깨에 기대어 휠체어에서 침대로 이동하던 기노시타 하나에가 날카롭게 소리쳤다. 귓전에서 소리치는 바람에 미오는 고막에 통증을 느끼면서도 "죄송합니다" 하고 사과했다.
"엄마, 힘들게 부축해 주고 계시는데."
하나에의 딸인 사카이 미도리가 나무라자, 침대에 앉은 하나에는 불만스레 "이 간호원 일이니까 당연하잖아" 하며 외면했다.
"저어, 요즘은 간호원이 아니라 간호사라고 합니다."
"뭐가 됐든 상관없잖아, 그런 건."

조심스레 미오가 정정했지만, 하나에는 미오에게 등을 돌리고 침대에 누워 버렸다. 손을 휘젓더니 비치된 TV의 전원을 켠다.

"죄송합니다, 엄마가 폐를 끼쳐서."

미도리는 목을 움츠리더니 연신 머리를 숙인다.

기노시타 하나에는 식도암에 따른 식도절제 수술을 앞두고 필요한 검사를 받기 위해 사흘 전에 통합외과 병동에 입원한 70대 초반의 환자로 미오가 담당하고 있다. 그런데, 입원하자마자 딸인 미도리가 엄마가 여러모로 폐를 끼치게 될 텐데 잘 부탁한다며 깊이 고개를 숙였다시피, 한 성격 하는 인물이라 애를 먹고 있다.

입원 당일부터 고혈압 증세가 있어 저염식을 배식했는데 맛이 밍밍하다며 숨겨 두었던 우메보시를 곁들여 먹질 않나, 휠체어를 타고 멋대로 1층 매점에 가서 치킨 도시락이니 감자칩을 사 먹곤 했다.

"일단 오늘 검사는 끝났으니 편히 쉬세요. 검사 결과 문제가 없으면, 모레에 수술을 하게 되실 겁니다."

다른 환자 곁으로 향하려던 미오에게 하나에가 "이봐요, 간호원" 하고 말을 건다.

"그러니까 이제 간호원이라 부르지 않는다니까요. 그리고 애초에 저는 간호사가……."

"아무튼 됐고 허리가 무지하게 아프다고. 누구 씨가 사람을 온 데 끌고 다니면서 계속 앉았다 섰다 하게 만들었으니 말이야." 하나에는 빈정거리듯이 말한다.

"그럼 파스라도 가져올까요?"

"파스 같은 건 아무 효과 없어. 주사를 놔 달라고. 어젯밤에도 간호원이 놔 줬어. 그건 꽤 듣더라고. 그러니까 냉큼 해 줘요. 얼른."

미오를 재촉하면서 하나에는 환자복 소매를 걷어 올려 어깨를 드러냈다.

요통을 심하게 호소해서 병동 담당인 실버 외과의사가 지시를 내려두었다. 동통[8]이 있을 시에는 펜타조신이라는 강력한 진통제를 근육주사해도 좋다고.

"저어, 저는 주사를 놓을 수 없습니다."

미오가 주저하며 말하자, 하나에의 미간에 깊은 주름이 잡혔다.

"어제 간호원이 아프면 또 놔 준다고 했다고."

"아뇨, ……제가 놓을 수는 없습니다."

"뭐? 왜?"

"저는 간호사가 아니라 간호조무사거든요."

자격증이 없어도 종사할 수 있는 간호조무사에게는 의료 행위가 금지되어 있다. 식사 보조나 환자의 이동·체위 변경 외에는 혈압이나 체온 측정, 연고 도포나 파스 부착, 좌약 삽입 따위만 허가되었다.

"간호조무사도 간호란 말이 붙잖아? 대체 무슨 소리야?"

"그렇긴 하지만. 간호조무사는 간호사의 업무 중 자격증이 없어도 가능한 것들을 대신하거나 서포트하는 일을 합니다."

"음, 요컨대 당신은 '사짜'라는 거네." 하나에는 미오에게 손가락질을 한다.

"엄마, 실례예요!"

미도리가 다시금 나무랐지만 하나에는 아랑곳하지 않고 어깨를 으쓱해 보였다.

---

8) 疼痛. 몸이 쑤시고 아픈 통증

"간호원인데 자격증이 없다니, 사짜 맞잖아. 안 그래? 사짜 양반."
"네, 맞습니다. 그런 걸로 할게요."
피로를 느끼며 미오는 어깨를 축 늘어뜨렸다.
"아무튼 저는 주사를 놓을 수 없으니 간호사님이 놓아 주시도록 보고해 둘게요."
"어, 부탁해요."
하나에는 미오에게 등을 돌리고 다시 TV에 집중하기 시작한다.
"정말 죄송합니다. 엄마가 실례되는 말만 해서."
"마음 쓰지 마세요. 그럼 실례하겠습니다."
몸 둘 바를 몰라 하는 미도리에게 가볍게 인사한 후 미오는 병실을 나와 간호 스테이션으로 바삐 향했다. 일거리는 아직 남아 있다. 하나에 씨에게 시간을 뺏긴 만큼 만회해야 한다.
담당 간호사에게 하나에 씨가 진통제를 희망한다고 전달하고 간호 스테이션을 나왔을 때 등 뒤에서 "실례합니다" 하는 목소리가 들려왔다. 돌아보니 미도리가 서 있었다.
"잠시 드릴 말씀이 있는데……. 시간 괜찮으세요?"
미오는 머뭇거린다. 솔직히 시간은 없다. 할 일이 산더미다. 거절하려고 입을 떼려던 찰나 미오는 미도리의 간절한 표정을 보고 생각을 고쳐먹는다.
"잠시라면요. 무슨 걱정거리라도 있으세요?"
미도리가 고개를 끄덕이는 것을 보고 미오는 "이쪽으로" 하며 간호 스테이션 옆의 환담실로 이끌었다. 환자와 문병객이 이야기를 나눈다든지 할 때 이용하는 테니스코트 절반만 한 넓이의 공간에는 둥근 테이블 여러 개가 의자와 함께 놓여 있고 벽 쪽으로는 자판기가 있었다.

점심때가 막 지난 참이라 환자며 병문안 온 사람들이 많아서 조금 떠들썩하다.
　미오는 맨 구석에 있는 작은 테이블로 미도리를 데려갔다. 테이블을 사이에 두고 마주 보는 위치에서 미오와 미도리는 의자에 걸터앉는다.
　"하실 말씀이 뭘까요."
　미오가 미소 짓자, 미도리는 망설이는 기색으로 입을 열었다.
　"저어, 사쿠라바 씨께는 엄마가 폐를 끼쳐서 면목이 없습니다. 엄마는 솔직하지 못해서 그런 태도를 보이지만, 사쿠라바 씨에게 무척 고마워하고 있어요. 저와 둘이 있을 때는 '쟤는 젊은데도 눈치가 빠르고 항상 일을 열심히 해. 좋은 애야'라고 하세요."
　"정말이세요?!" 놀람과 겸연쩍음과 기쁨으로 인해 저도 모르게 목소리가 커지고 만다.
　"정말이에요." 미도리는 고개를 크게 끄덕였다.
　"강한 척하지만, 엄마도 내심 불안하겠죠. 목이 조금 막히는 것 같아서 검사를 받았는데 갑자기 식도암이라는 말을 들었고, 우왕좌왕하는 사이에 수술이 결정되어 버렸거든요. 그런 와중에 사쿠라바 씨가 이야기도 잘 들어 주시고 진심으로 걱정해 주시는 게 기뻐서 그만 응석을 부리는 거지 싶어요."
　"응석…… 인가요…….."
　하나에에게 휘둘린 사흘간이 머리를 스치자 뺨에 경련이 일었다.
　"사쿠라바 씨 덕분에 엄마가 한결 밝아지셨어요. 정말 감사합니다."
　"아이고, 고개 드세요."
　가마가 보일 만큼 깊이 고개를 숙이는 미도리를 만류하면서도 미오는 가슴 속이 따스해져 가는 기분을 느꼈다.

환자에게 다가가고 그 이야기에 귀를 기울이고 불안이 없는 상태에서 가장 적절한 치료를 제공함으로써 몸뿐만이 아닌 마음까지 치유한다. 그것이야말로 미오가 바라는 이상적인 의료였다.

조금만 더 일찍 이것을 실천할 수 있었더라면…….

슬프게 미소 짓는 여성의 모습이 뇌리를 스치자 기쁨과 슬픔이 흉곽 내에서 복잡하게 뒤섞인다.

"하지만 미도리 씨의 불안은 사라지지 않은 거죠?"

미오가 말을 건네자, 아직 고개를 숙이고 있던 미도리는 "네?" 하며 얼굴을 들었다.

"얼굴을 보면 알아요. 어머님에 대해서 뭔가 걱정이 있으시군요."

"……네, 맞아요."

가냘픈 목소리로 미도리는 이야기를 시작한다.

"엄마가 암이라는 걸 알고 저도 큰 충격을 받았습니다. 저희 집은 아버지가 일찍 돌아가시고 엄마는 여자 혼자의 힘으로 저를 키워 주셨어요. 지금처럼 여자들이 일하는 게 당연하지는 않은 시대였으니 여러 가지로 고생이 많았으리라고 생각합니다. 그래서 엄마에게 감사하고 있어요."

미도리는 "쑥스러워서 본인에게는 말할 수 없지만요"라며 수줍어한다.

"그렇군요." 미오는 고개를 크게 주억거린다.

"저는 5년 전에 결혼해서 3년 전에 아들을 낳았습니다. 엄마는 손자를 끔찍하게 예뻐하셔서 항상 지금이 제일 행복하다고 하세요. 지금까지 고생하신 만큼 엄마가 행복해지기를 바랍니다. 그래서인지 수술만 생각하면 불안해서……. 식도암 수술은 가슴과 배를 여는, 엄청나게 힘들고 몸에 부담이 큰 수술이라고 들었거든요."

"네, 확실히 힘든 수술입니다. 다만……."

미오는 어제 확인한, 하나에가 받기로 예정된 수술 내용을 떠올린다.
"하나에 씨는 복강경과 흉강경을 통한 최소 침습 수술을 받을 예정입니다. 피부를 크게 절개하는 일반적인 수술에 비하면 몸이 받는 부담은 상당히 적을 겁니다."
"하지만 일반적인 수술에 비해 수술 난이도가 꽤 높은 거 아닌가요?"
"괜찮습니다. 집도하시는 분은 통합외과의 에이스인 류자키 선생님이니까요."
미오는 애써 밝은 목소리로 말한다. 류자키의 수술을 직접 본 적은 없지만, 누구나 입을 모아 '천재 외과의사'라고 말하니 틀림없이 실력은 좋을 것이다. 지금은 우선 미도리의 불안감을 조금이라도 덜어 주고 싶었다.
"네, 수술 설명을 해 주신 오가키 선생님도 그렇게 말씀하셨어요."
"오가키 선생님이……."
미오의 뇌리에 마르고 머리숱이 성긴 중년 의사의 모습이 떠오른다. 오가키는 골드에 위치한 40대 의사로 병동 내 담당의였다. 에쓰코에게서 들은 이야기로는 통합외과가 발족한 당시부터 소속된 베테랑 의사지만 수술 실력이 조금 모자라는 탓에 플래티넘으로 승급하지 못하고 제자리걸음만 하고 있는 모양이다.
솔직히 오가키에게는 거부감이 들던 차였다. 항상 음울한 태도로 웅얼거리듯이 이야기하기 때문에 지시 내용을 알아듣기 힘들고, 담당 환자나 가족들이 설명을 들었을 때 불안감을 느끼기도 쉽다.
"가능하다면 다시 한번 제대로 설명을 듣고 싶어요."
"알겠습니다. 오가키 선생님께 다시 한번 설명해 달라고 말씀드려……."
"아니요."

수긍하는 미오의 말을 미도리가 가냘픈 목소리로 가로막았다.
"오가키 선생님이 아니라, 집도해 주실 선생님과 직접 이야기하고 싶습니다."
"요컨대 류자키 선생님과 이야기하고 싶으시다는 건가요?"
고개를 끄덕이는 미도리를 보며 미오는 당황한다. 플래티넘인 류자키는 병동에 모습을 드러내는 일이 거의 없다. 자신이 집도한 환자의 상태를 이따금 슬쩍 보러 오는 정도다.
물론 수술장에 가면 류자키를 만날 수 있을 테고, 업무용 휴대전화로 호출할 수도 있다. 하지만 하루 종일 수술장에서 고난이도 수술을 하고 있는 류자키가 단지 설명을 하기 위해 일부러 병동에 와 줄 것 같진 않았다.
미오의 당혹감을 알아챘는지 미도리는 힘없이 고개를 가로저었다.
"죄송합니다, 이기적인 마음에 그만 무의미한 부탁을 드려서."
"무의미하다뇨, 그렇지 않습니다."
미오는 저도 모르게 의자에서 일어났다.
"환자와 가족분들께 다가가서 가능한 한 목소리에 귀를 기울이고 불안을 없애는 게 의사의 중요한 업무입니다. 미도리 씨는 결코 이기적으로 말씀하지 않으셨어요!"
"고, 고맙습니다……."
몸을 살짝 젖히면서 눈을 깜빡이는 미도리를 보고 미오는 퍼뜩 제정신으로 돌아온다.
"아니, 지금 제 말은 뭐랄까…… 일반론으로서……."
횡설수설 얼버무리던 미오는 순간 숨이 멎는다. 오가키를 이끌고 환담실 바깥 복도를 걷고 있는 류자키의 모습이 눈에 들어왔다.

"잠시만 기다려 주세요!"

미오는 자리에서 일어나 출입구를 향해 급히 걸어갔다.

"오가키 선생, 그저께 췌두십이지장 절제술을 마친 다시로 씨 경과는?"

복도를 활보하면서 류자키는 옆에서 걷고 있는 오가키에게 묻는다.

"매우 순조롭습니다. 이미 보행을 시작했습니다."

"알겠어. 다음은 어제, 다빈치9) 보조 전립선 절제술을 마친 미나가와 씨는?"

"그쪽도 순조롭습니다. 수술 후 통증도 거의 없다고 당사자가 기뻐했습니다. 류자키 선생님의 로봇 수술은 특히 환자에게 미치는 침습이 낮아서 감탄할 따름입니다."

류자키에게 대답하는 오가키의 목소리에서 아부의 기운이 뿜어져 나왔다.

"아부는 필요 없어. 그 두 사람의 환부(患部) 상태만 확인하고 수술장으로 돌아가지."

40대 중반의 오가키가 열 살 가까이 어릴 류자키에게 높임말을 쓰고 한 걸음 뒤에서 따라다니는 모습을 보며 미오는 위화감을 느낀다. 정말로 이곳에선 기술만으로 계급이 형성되고 있는 것이다. 마치 프로 스모의 세계 같다. 그런 생각을 하며 다가간 미오가 말을 걸었다.

"실례합니다."

"누구?"

연녹색 수술복 위에 흰 가운을 걸친 류자키가 의아한듯 미오를 돌

---

9) 수술용 로봇

아보았다.

"사쿠라바 미오라고 합니다. 이 병동에서 간호조무사로 일하고 있습니다. 잘 부탁드립니다."

고개를 숙이는 미오와 류자키 사이로 오가키가 몸을 비틀어 넣듯 막아서며, 미오를 쏘아보았다.

"간호조무사가 류자키 선생님에게 무슨 용건이지?!"

병동 내 계급구조의 최하층에 속하는 간호조무사가 통합외과 에이스인 류자키에게 말을 거는 것이 못마땅한 모양이다. 지나치게 강한 계급의식에 미오의 미간에 주름이 잡히고 만다.

"환자 가족께서 수술에 관한 류자키 선생님의 설명을 듣고 싶어 하십니다. 아주 잠깐이라도 괜찮으니 이야기해 주실 수 없을까요?"

오가키를 무시한 미오는 류자키의 눈을 똑바로 응시했다.

"환자 및 가족에 대한 설명은 기본적으로 골드가 하고 있을 텐데."

"네, 오가키 선생님이 해 주신 설명은 들으셨습니다. 다만 환자 가족께서 집도의에게 직접 설명 듣기를 희망하고 계십니다."

자신이 담당한 환자임을 안 오가키는 수치심에선지 아니면 분노에선지 얼굴이 빨개진다.

"내가 똑똑히 설명했는데 대체 거기에 뭐가 불만이라고……."

"조용히 해."

성이 나서 언성을 높이던 오가키는 등 뒤에서 들리는 류자키의 말에 밀려 입을 다물었다.

미오와 류자키는 몇십 센티미터 거리를 두고 마주 본다. 의지가 강해 보이는 쌍꺼풀 진 눈에서 뿜어져 나오는 예리한 시선에 압도당하지 않도록 미오는 두 주먹을 불끈 쥐었다.

"어째서 내가 설명할 필요가 있지?"

단조로운 어조로 류자키가 묻는다.

"집도의의 입으로 '괜찮다'는 말을 해 주시면 환자 가족이 안심할 수 있기 때문입니다."

"어째서 환자 가족을 안심시켜야 하는 거지?"

재차 날아온 질문에 미오의 입에서 "예?" 하는 얼빠진 소리가 새어 나왔다.

"환자나 그 가족의 기분에 따라 수술 결과가 달라지는 건 아니야. 무의미해."

"⋯⋯환자나 그 가족에게 다가가는 것이 무의미하다고 말씀하시는 겁니까?"

"그 말 그대로야."

한 치의 망설임도 없이 류자키가 긍정했다.

"의료에 불순물은 필요 없어. 깊은 지식과 갈고닦은 기술, 그리고 데이터에 근거한 합리적인 판단, 그것들이 환자의 생명을 구하지. '감정'이 끼어들 여지는 없어."

"감정이 불순물?!"

"그래, 명백한 불순물이지. 감정은 판단을 흔들고 기술을 무디게 만들 수 있어. 감정을 철저히 배제한 끝에 이상적인 의료에 도달할 수 있다."

"어떻게 그런⋯⋯. 환자와 가족은 병으로 고통받고 있습니다. 그 마음에 다가가 치유하는 것도 의료의 중요한 역할일 텐데요."

"아니, 의료의 궁극적인 목표는 지식과 기술로써 질환을 치유하는 거야. 거기에 쓸데없는 걸 섞어 버리면 환자의 생명이 위험에 노출될 수 있어."

"그건 옳지 않아요!"

미오의 목소리가 복도에 울려 퍼진다.

"그렇게 고장난 시계를 수리하는 듯한 의료는 잘못된 겁니다. 인간은 기계가 아닙니다. 감정이, 마음이 있어요. 감정이야말로 병을 이겨 내기 위한, 살아가기 위한 원동력이 되어 줍니다. 마음을 무시한 의료야말로 환자의 생명을 위험에 노출합니다."

꼭 쥔 주먹을 바르르 떨면서 미오는 말에 마음을 실어 류자키에게 던진다. 류자키는 표정 변화 없이, 시선을 피하는 일 없이 그것을 정면으로 받아 내고 있었다.

"당신, 간호조무사가 건방지게……."

오가키가 호통을 치려 한다. 그러나 그때까지 표정 변화 하나 없던 류자키의 입매가 풀어지면서 슬며시 웃음을 흘리는 것을 보고 오가키의 눈이 휘둥그레졌다.

"재미있는 의견이야. 하지만 나는 내 의료관을 바꿀 생각은 없어. 난 이상으로 삼는 의료를 추구할 뿐. 따라서 환자 가족에 대한 설명에 시간을 할애할 생각은 없어."

류자키는 가운 자락을 펄럭이며 몸을 돌려 복도를 걸어간다. 미오는 입술을 깨문 채 멀어져 가는 류자키의 뒷모습을 바라보는 수밖에 없었다.

4

"뭐야, 그 인간. 진짜 열 받네."

미오는 샌드위치를 입에 욱여넣었다. 이튿날 오후, 그녀는 동료들과 함께 병동 구석에 자리한 간호조무사 대기실에서 점심을 먹던 참이었다.

"너무 화내면 주름만 더 늘어."

에쓰코가 쓴웃음을 짓는다.

"그래도 류자키 선생님을 그토록 몰아붙이다니 제법이야. 간호조무사가 에이스에게 대들었다고 화제라니까."

"딱히 대든 건 아닌데……."

미오가 작은 소리로 꿍얼거렸다.

눈에 띄는 짓은 피하고 싶었는데 머리에 피가 거꾸로 솟는 바람에 자제할 수가 없었다.

"그래도 사쿠라바 씨 좋겠다. 류자키 선생님이랑 말 섞을 수 있었잖아요."

와카나가 목소리를 높인다. 와카나와 엔도는 미오보다 30분 일찍 휴식에 들어간 터라 이미 식사를 마친 참이었다.

"전혀 좋지 않아. 뭐야, 그 사람? 수술 외에는 관심 밖인 것 같아. 어떤 인생을 살아야 그렇게 편협한 인간이 되는 거지? 그런 감각으로 일상생활이 가능한가?"

"류자키 선생님의 사생활에 관한 이야기는 거의 듣질 못해서. 고급 타워맨션의 펜트하우스에 살고 비싼 차도 몇 대씩 굴린다든지 하는 소문은 있지만."

에쓰코의 말에 와카나가 "우와아, 굉장하네!" 하고 환성을 질렀다. 미오는 달걀 샌드위치를 손에 쥐고 어깨를 으쓱해 보였다.

"아무리 그래도 그건 아닐 것 같은데요. 대학병원 의사라고 해 봤자 월급도 적고."

"어라 미오, 잘 아네?"

미오는 전에 TV에서 봤다며 얼버무렸다.

"맞아, 대학병원 의사 월급 엄청 적지."

"그렇게 적어요? 그럼 펜트하우스는 무리려나……."

에쓰코는 그렇지도 않다며 목소리를 낮췄다.

"월급이 적은 대신 의사들에게는 '연구일'이라고 해서 한 주에 하루씩 휴가가 주어져. 명목상으로는 연구를 위한 휴일이지만, 실제로는 그날 다른 병원에서 아르바이트를 뛰고 돈을 번다는 거야."

"의사가 아르바이트를 한다는 겁니까?" 엔도가 놀란 목소리를 냈다.

"그냥 하는 정도가 아니라 아르바이트야말로 대학병원에 근무하는 의사의 주 수입원이야. 연구일이나 주말, 혹은 퇴근 후에 다른 병원에서 일을 하는 거지. 대학병원에서 받는 급여의 두 배, 세 배를 아르바이트로 버는 의사도 적지 않아. 다만 류자키 선생님의 '아르바이트비'는 그런 수준이 아니라 자릿수가 다르다는 이야기지."

"어째서 류자키 선생님만 그렇게 많이 버는 건데요?!" 와카나가 바싹 다가앉으며 물었다.

"그야 천재적인 수술 실력이 있으니까."

에쓰코가 즐거운 듯 말하자 다시 미오가 끼어들고 만다.

"그거 이상하지 않나요? 전국민 건강보험 가입국가인 일본에선 집도의가 연수의가 됐든 교수가 됐든 수술비 수가는 완전히 동일하게 적용돼요. 아무리 류자키 선생님의 수술이 훌륭하더라도 그걸로 큰돈이 들어오는 건 아닐 텐데요."

"급여 항목[10]이라면 그렇지."

---

10) 건강보험 혜택이 적용되는 항목

의미심장한 미소를 띠는 에쓰코를 보며 미오는 그녀가 뭘 말하고 싶은 건지 알아차린다.

"비급여[11] 수술을 한다는 말씀입니까?"

"맞아. 다른 병원에서 류자키 선생님은 고액의 수술비를 받고 집도하는 모양이야."

"하지만 우리 병원에서 진료를 받으면 보험적용을 받고 류자키 선생님의 수술을 받을 수 있잖아요. 굳이 비싼 돈을 안 들여도……."

"류자키 선생님에게 수술받길 원해서 우리 병원을 찾는 환자는 아주 많지만 그 모든 환자가 류자키 선생님에게 수술받을 수 있는 건 아니야. 류자키 선생님을 비롯한 통합외과의 플래티넘 외과의사들은 기본적으로 어려운 수술만 집도하니까. 간단한 수술은 골드 닥터가 집도하는 경우가 대부분이야."

"그러니까, 어떻게든 류자키 선생님에게 수술받길 원한다면 따로 큰돈을 마련해서 다른 병원에서 수술을 받는 수밖에 없다……."

미오가 나직이 읊조리자 에쓰코가 고개를 끄덕였다.

"최고의 수술을 받기 위해서라면 아낌없이 돈을 쓰는 부호들이 아주 많거든."

"와아, 뭔가 멋지다. 블랙 잭[12] 같아."

와카나가 들뜬 목소리를 높인다.

"류자키 선생님은 확실하게 의사 면허 소지자고, 비급여 진료는 위법도 뭣도 아니니까 완전히 다른 문제지. 게다가 큰돈을 들이면 좀 더 나은 의료 서비스를 받을 수 있다는 건 미국을 비롯한 여타 외국에선 당

---

11) 건강보험 적용이 안 되는 항목, 병원이 자체적으로 금액을 정함
12) 무면허 천재 외과의사를 다룬 만화 『블랙 잭』의 주인공

연한 일이야. 굳이 말하자면 빈부 격차와 상관없이 동일한 수준의 의료 혜택을 받을 수 있는 일본 같은 나라가 드문 거지."

타당한 말인지도 모른다. 하지만……. 미오는 마음속으로 중얼거리면서 달걀 샌드위치를 입으로 가져갔다. 왜 그런지 맛이 무척 밍밍하게 느껴졌다.

가진 자도 그렇지 않은 자도 생명의 가치는 같아야 한다는 바람이다. 순진한 이상론일 뿐이라고 머리로는 이해해도 그런 세상을 꿈꾸고 싶었다.

"아야야야! 사오토메 씨, 아파. 아프다고! 안에서 바늘을 움직이지 말고!"

생각에 잠겨 있던 미오는 엔도의 비명 소리에 정신을 차렸다. 고무 구혈대가 감긴 엔도의 굵은 팔 위로 부풀어 오른 혈관에 와카나가 주사 바늘을 찔러 넣으려 하고 있었다.

"왜 그런지 혈관에 들어가지 않는다고요. 잠깐만 참아 줘요."

핏발선 눈으로 바늘이 꽂힌 자리를 응시하면서 와카나가 목소리를 높인다.

내년 국가고시에 합격해서 간호사로 일하는 것이 목표인 와카나는 가끔 이렇게 엔도의 팔을 빌려 채혈이라든지 정맥주사 연습을 하고 있었다. 하지만 요령이 없는 건지 좀처럼 실력이 늘지 않아 매번 엔도가 비명을 지른다.

"저기, 와카나. 바늘을 찌른 상태에서 움직이면 혈관이 찢어질 수 있어. 바늘 끝은 칼날처럼 날카로우니까. 일단 빼고 다시 도전하는 게 낫지 않을까."

미오가 조심스레 조언하자 와카나는 입꼬리를 늘어뜨리며 바늘을 뺐다. 하지만 구혈대 푸는 것을 잊는 바람에 엔도의 팔에서 피가 줄줄 흘러나왔다.
"아, 미안해요. 깜박했다."
와카나가 황급히 구혈대를 풀었다.
"유니폼에 다 묻었네……. 갈아입고 와야겠다."
"정말 미안해요! 엔도 씨."
와카나가 합장하듯 두 손을 모은다. 엔도는 한숨을 내쉬더니 "신경쓰지 않아도 돼요" 하고 대기실을 나갔다.
"미안해서 어떡하지. 하지만 좀 더 연습해야 하는데……. 그래서 말인데요, 사쿠라바 씨."
와카나가 미소 지으며 고개를 살짝 기울였다.
"잠깐 혈관 좀 빌려주면 안 돼요?"
"아니! 절대로 싫어!"
"잠깐인데 괜찮잖아요. 아, 맞다. 대신 내 팔도 빌려줄 테니까. 간호조무사도 기본적인 채혈 방법 정도는 알아 둬서 나쁠 거 없어요."
와카나가 유니폼 소매를 걷어 올려 구릿빛 팔을 불쑥 내밀고는 반대쪽 손으로 다짜고짜 주사기를 들이밀었다. 미오는 입을 반쯤 벌리고 주사기를 응시한다.
"자자, 어떻게 하는지 가르쳐 줄게요. 우선 바늘에 붙어 있는 캡을 벗기고……."
와카나의 목소리가 아주 멀리서 들려오는 듯한 기분이 들었다. 시야에서 원근감이 사라져 간다. 캡이 벗겨진 주삿바늘이 자신에게 덤벼드는 듯한 착각에 휩싸였다.
시야 위쪽에서 하얀 막이 내려온다.

아뿔싸, 뇌빈혈이다……. 그런 생각이 들었을 때에는 이미 몸이 기울고 있었다. 미오는 의자에서 무너져 내리듯이 바닥에 쓰러졌다. 손에서 흘러내린 주사기가 바닥에 떨어져 건조한 소리를 냈다.
"어? 사쿠라바 씨?!"
"사쿠라바 씨! 괜찮아?!"
와카나와 에쓰코가 소리친다. 미오는 거친 숨결 사이를 비집고 목소리를 짜냈다.
"괜찮습니다. 잠깐 현기증이 났을 뿐……. 화장실에 좀 다녀올게요."
"그럼 내가 따라갈까?"
와카나가 걱정스레 말을 건넨다. 미오는 힘겹게 얼굴 근육을 움직여 미소를 지어 보였다.
"괜찮아. 세수만 좀 하고 오고 싶어서."
온 힘을 다해 일어난 미오는 납덩이처럼 무거운 다리를 이끌고 대기실을 나선다. 화장실을 향해 복도를 걸어가지만 구름 위를 걷는 듯 발밑이 불안했다. 균형감을 잃고 시야가 빙글빙글 돈다. 벽에 기대다시피 몸을 의지한 미오는 한 손으로 입을 막는다. 흉곽 내부가 썩어 버릴 것 같은 구역질이 일었다.
눈을 감자, 부드럽게 그리고 슬픈 듯이 미소 짓는 여성의 모습이 눈꺼풀 안쪽에 비쳤다.
"난 이제…… 의료 행위는 하지 않아. 그래서 간호조무사가 됐어……."
손바닥으로 누르고 있던 입에서 새어 나왔는지 가느다란 목소리가 복도의 공기를 미미하게 흔들었다.

5

 바퀴 구르는 소리를 울리며 이동 침대가 복도를 나아간다. 류자키와 한바탕 소동을 일으킨 이틀 후, 아침 8시가 지났을 즈음 미오는 기노시타 하나에가 누운 이동 침대를 밀고 있었다.
 "괜찮으세요?"
 침대 위의 하나에에게 말을 건넸다. 지금껏 본 적이 없을 만큼 굳은 하나에의 표정 위로, 이마에서 땀이 배어 나왔다.
 "걱정 안 하셔도 돼요. 집도의인 류자키 선생님은 초일류 외과의사니까."
 인간으로서는 삼류지만. 마음속으로 덧붙이면서 미오가 미소 짓자 하나에는 혀를 찼다.
 "긴장 같은 건 안 해. 다만 허리가 아플 뿐이야. 오늘은 특히 더 아파. 이렇게 딱딱한 침대에 실려 가고 있어서 그래. 사짜 씨, 어떻게 좀 안 될까?"
 "그러니까 사짜는 아니라고 누차 말씀드렸잖습니까. 저는 간호조무사입니다. 곧 수술실에 도착하면 편안한 침대로 옮겨드릴 테니 안심하세요."
 "어차피 바로 수술대에 올라가 난도질당하겠지. 도마 위 생선 신세야."
 하나에는 자학적으로 한쪽 입꼬리를 치켜올린다.
 "뭐, 이미 칠십 년 넘게 살았으니 인생에 미련 따윈 없지만. 좋을 대로 하라지, 뭐 그런 느낌이야. 될 수 있으면 허리 통증만은 어떻게 좀 해 줬으면 싶지만."
 "그런 말씀 마세요. 귀여운 손자도 있으시잖아요."

"……우리 딸한테 들었나?"
"네, 맞습니다. 하나에 씨, 손자에게는 약하시다면서요. 몰래몰래 과자며 용돈을 주셔서 곤란하다고 따님이 말씀하셨어요."
"손자한테 해 줄 수 있는 게 그 정도밖에 없으니까."
쑥스러운지 하나에는 고개를 옆으로 돌린다.
"손자분도 사랑하는 할머니가 얼른 건강해지셔서 다시 함께 놀고 싶다는 생각을 한답니다. 그러니 우리 힘내서 수술받도록 해요."
"하지만 그쪽이 수술할 때 같이 있어 주는 건 아니잖아."
"네, 저는 수술장 입구까지만 같이합니다. 거기서 수술실 간호사와 주치의에게 인계할 거예요."
환자 이송용 엘리베이터 앞까지 온 미오는 버튼을 누른다. 하지만 수술받는 환자들이 줄줄이 움직이는 시간대이다 보니 좀처럼 문이 열리지 않았다.
"……고마워."
하나에가 나직이 중얼거린다. 미오는 "네?" 하고 눈을 깜박였다.
"강한 척했지만, 암 진단을 받고부터 내내 불안했어. 더군다나 가슴과 배에 구멍을 뚫고 뭔가 기계를 쑤셔 넣어 내장을 잘라 내는 수술이 필요하다니까 말이야. 특히 닷새 전에 입원한 후로는 너무너무 무서워서 어떻게 할 수가 없었어."
"그건 당연해요."
"다만, 난 줄곧 남자들 틈바구니에서 일해 가며 딸을 키워 왔기 때문에 남들에게 약점을 보인다는 게 안 되는 사람이야. 그렇다 보니 환자가 되고 나서도 여전히 누군가에게 약한 소리를 하지 못했어."
"……힘드셨죠?"

"응, 힘들었지. 하지만 사짜 씨. 그쪽 덕분에 살 거 같았어."
"저요?"
"응, 당신 덕분이야. 날 담당하게 되고부터 쭉 나같이 괴팍한 할망구의 이야기를 피붙이처럼 진심을 다해 들어 줬잖아. 게다가 여러모로 마음 써 줬어. 그 바람에 나도 애처럼 굴고 제멋대로 말하기 일쑤였고. 애먹었지?"
"뭐, 조금은요."
미오가 쓴웃음을 지어 보였을 때 문이 열렸다. 미오는 이동 침대를 밀며 엘리베이터에 오른 후 수술장이 있는 3층 버튼을 누른다. 엘리베이터가 내려가기 시작한다.
"남에게 어리광부리는 거, 남편 죽고 나서 한 번도 없었던 것 같아. 어쩐지 안심이 됐어. 그쪽 덕분에 불안이 많이 가라앉았어."
부드럽게 미소 짓는 하나에를 보니 가슴이 따뜻해진다. 역시 난 틀리지 않았어. 환자에게 다가가 마음을 치유하는 것 또한 의료에 필요한 일이다.
엘리베이터가 3층에 도착한다. 수술장 앞에는 이동 침대에 누운 환자들이 인계 순서를 기다리고 있었다. 미오는 그 맨 끝에 하나에의 침대를 댔다.
"좀 있으면 수술실로 들어갈 거예요. 그러면 마취하고 주무시는 동안 전부 끝납니다. 아무 걱정 안 하셔도 돼요."
미오가 그렇게 말을 건넨 순간 하나에가 윽, 하고 신음 소리를 냈다.
"왜 그러세요?!"
"괜찮아, 또 그 요통이야. 잠을 잘못 잤나. 오늘은 유난히 안쪽이 쑤시고 아파. 얼른 마취하고 잤으면 좋겠네."

농담조로 말하는 하나에의 이마에는 비지땀이 맺혀 있었다. 지금까지 걸핏하면 요통을 호소하긴 했어도 하나에가 이렇게까지 괴로워하는 모습은 본 적이 없다.

인계할 때 알려 줘야 할까? 이제부터 큰 수술을 위해 전신마취를 받을 환자가 요통을 호소한다고 해서 딱히 하는 일이 달라질 것 같진 않다. 하지만······.

해답을 도출하지 못한 채 미오는 침대를 밀고 수술장으로 들어갔다.

"507호실, 기노시타 하나에 씨입니다."

미오가 전하자, 수술실 담당 간호사가 다가왔다.

문득 미오는 저만치에서 수술복 차림의 중년 의사가 이쪽을 노려보고 있음을 깨달았다. 하나에의 병동 담당의이자 미오와 류자키가 옥신각신하던 날 그 자리에 있던 오가키였다. 병동 담당의인 자신을 제쳐두고 집도의인 류자키에게 환자 가족 앞에서 설명해 줄 것을 요청한 일로 체면이 구겨졌다고 여기는 것일 테지. 미오에게 쏟아지는 시선에 격한 분노가 담겨 있었다.

미오는 못 본 척하며 의식을 하나에에게 되돌렸다. 이동 침대에서 일반 침대로 옮겨진 하나에의 혈압을 수술실 간호사가 재고 있는 참이었다.

"최고 혈압이 170이 넘네요. 많이 긴장되세요?"

수술실 간호사가 느긋한 어조로 하나에에게 말을 건다.

"허리가 아플 뿐이에요. 통증이 점점 심해지네." 하나에는 얼굴을 찌푸렸다.

"요통인가요. 아, 병동에서도 통증이 있었네요. 괜찮습니다. 마취되면 통증은 가시고, 수술 후에도 진통제를 쓰니까요."

수술실 간호사가 하는 말을 들으며 미오는 콧잔등을 찡그렸다. 하나에는 평소보다 명확히 더 고통스러워 보인다. 게다가 혈압이 너무 높다. 가슴 속에서 불안이 부풀어 오른다.

"역시 잠을 잘못 잤나. 아침에는 등 위쪽이 너무너무 아파서 눈이 떠졌어요."

괴로운 듯 하나에가 내뱉은 말을 듣는 순간, 미오의 가슴 속에서 심장이 펄쩍 뛰었다.

"그럴지도 모르겠네요. 그럼, 문제없는 듯하니 수술실로 가시죠."

수술실 간호사가 침대에 손을 댄 순간.

"잠시만요!"

미오가 목소리를 높였다.

"……뭐죠?"

의아한 듯 수술실 간호사가 되묻는다.

"저, 하나에 씨의 요통이 평소와 다른 것 같습니다. 의사 선생님께 그 점을 전달하는 게……. 그러니까 의학적으로……."

"의학적이라니, 당신 간호조무사잖아요."

수술실 간호사가 콧방귀를 뀐다.

안 되겠어. 간호조무사를 완전히 아래로 보고 있다. 이 사람에게 말해 봤자 일이 될 것 같지 않다.

"오가키 선생님!"

돌아선 미오는, 이쪽을 노려보고 있는 오가키를 불렀다.

"부탁드립니다. 수술 들어가기 전에 하나에 씨의 요통을 자세히 좀 봐주세요. 평소의 통증과 확연히 다릅니다."

"……지금 장난하나?"

오가키의 눈초리가 더욱 매서워졌다.

"이 세이료 대학 의학부 부속병원 수술장은 일본 최고의 외과의사들이 일하는 특별한 장소라고. 그런데 당신 같은 문외한이 소란을 떨다니, 용납될 거라 생각해?"

"잠시만. 아주 잠시만 진찰해 주시면 됩니다."

필사적으로 애원하는 미오에게 오가키는 "시끄러!" 하고 일갈한다.

들으려고 하질 않는다. 어떡해야 하지? 다가온 오가키가 숨을 헐떡이는 미오를 밀어젖히고 가자며 침대 파이프를 잡았다. 오가키와 수술실 간호사는 침대를 끌고 수술장 안쪽으로 나아가 복도 막다른 곳에 있는 수술실로 들어간다.

아무것도 할 수 없다. 간호조무사에 지나지 않는 내게는 아무 힘도 없어…….

절망과 무력감으로 미오가 무너져 내리려던 그때였다. 수술실로 들어가는 침대 위에서 하나에가 상체를 일으켰다. 고통으로 일그러진 얼굴, 미오를 바라보는 눈동자에는 불안이 떠올라 있었다.

미오는 눈을 부릅뜨고서 피가 배어 나올 정도로 입술을 꽉 깨문다.

포기하지 마! 하나에 씨를 가족 곁으로, 사랑하는 딸과 손자 곁으로 반드시 돌려보낸다.

미오는 손바닥으로 자신의 뺨을 때렸다. 찰싹 하는 경쾌한 소리가 울려 퍼지고 날카로운 통증이 머릿속에 껴 있던 안개를 걷어 주었다. 다음 순간, 미오는 바닥을 박차고 수술실을 향해 달려 나갔다. 스쳐 지나는 의사와 간호사들이 아연실색한 표정으로 시선을 던진다.

이 일로 잘릴지도 모른다. 하지만 그렇다 해도 지금은 내 의무를 다 해야 한다.

간호조무사로서 환자에게 다가간다는 의무를.

하나에가 실려 들어간 수술실로 뛰어든 미오는 숨을 크게 내쉬며 방을 둘러보았다.

"어이, 지금 무슨 짓이야!"

눈을 부릅뜬 오가키가 고함을 질렀지만 미오는 무시하고 목표 인물을 찾았다.

있다! 구석에 있는 류자키 타이가를 발견한 미오는 그에게 달려갔다.

"……무슨 용건이지?"

다가선 미오에게 류자키는 단조로운 어조로 물었다.

"전하고 싶은 사항이 있습니다! 아주 잠시만이라도 괜찮으니 수술 전에, 하나에 씨를 마취하기 전에 이야기를 들어 주세요. 하나에 씨의 상태가 평소와 다릅니다."

거의 숨도 쉬지 않고 단숨에 말을 쏟아 낸 미오는 숨을 헐떡이며 류자키의 반응을 기다린다.

"적당히 해! 간호조무사의 헛소리 따윌 듣고 있을 시간은 없어!"

가까이 다가온 오가키가 미오의 손목을 붙잡고 잡아당기려 한다. 그러나 미오는 몸의 중심을 낮추며 저항했다.

"어이, 경비원 불러. 수술실에서 끌어내."

지시받은 수술실 간호사가 내선전화로 손을 뻗었을 때 류자키가 입을 열었다.

"잠깐."

그다지 큰 목소리는 아니었다. 그러나 그 말은 이 수술실에 있는 모든 스태프의 움직임을 멈출 만한 무게를 내포하고 있었다.

"오가키 선생, 일단 그 손은 놔 줘. 내 수술실에서 큰소리를 내는 건 용납 못 해. 수술 전 정신 집중에 방해돼."

"하지만······."

도움을 구하듯 시선을 이리저리 돌리는 오가키에게 류자키는 다시금 "놔" 하고 감정을 억누른 목소리로 말했다. 오가키는 얼굴을 움찔거리며 미오의 손목을 놓고 한걸음 물러났다.

"고, 고맙습니······."

감사 인사를 하려던 순간, 류자키의 꿰뚫을 듯 날카로운 시선 앞에서 미오는 입을 다물었다.

"내 집중을 가장 흐트러뜨리고 있는 게 당신이야. 그만한 이유가 있겠지."

스쳐 지나는 사람들이 무심코 돌아볼 만큼 반듯하고 날렵한 얼굴에는 표정이 거의 떠올라 있지 않지만, 땅속 깊은 곳에서부터 울려오는 듯한 낮은 목소리가 류자키의 분노를 전달한다.

이 천재 외과의사에게 있어 집도 전 정신 집중은 그만큼 중요한 것이리라.

자신과는 결코 양립할 수 없는 의료관을 갖고 있긴 해도 눈앞의 남자가 한없이 진지하게 외과기술을 추구하고 있음이 느껴진다. 이 사람이라면 어쩌면······.

"이유는 있습니다."

미오는 긴장하면서 류자키의 시선을 정면으로 받아 냈다.

"그럼, 말해 봐."

"기노시타 하나에 씨의 상태가 평소와 다릅니다. 요통은 이전부터 호소했지만, 오늘은 평소보다 훨씬 괴로운 듯 진땀까지 흘리고 있습니다. 분명히 이상합니다. 그러니 수술에 들어가기 전에 무언가 이상이 없는지 진찰해 주세요. 부탁드립니다."

미오는 깊이 고개 숙인 채 류자키의 대답을 기다렸다.
"당신은 간호조무사지."
류자키의 말이 정수리에 와 닿자 미오의 마음은 절망으로 검게 물들어 갔다. 역시 에이스인 류자키가 간호조무사의 말 따위를 들을 리 없었던 거다.
힘없이 고개를 떨구고 있던 미오의 손목을 오가키가 다시 붙잡는다.
"그러니까 말했잖아. 간호조무사가 나설 자리가 아니라고."
더 이상 저항할 기력도 남지 않았다. 팔을 잡아당기는 바람에 미오는 크게 균형을 잃는다. 바로 그때 기울어져 가던 미오의 몸을 옆에서 슥 뻗어 나온 손이 지탱했다.
"……그 반대야."
미오를 한 손으로 안아 세운 류자키가 조용히 말한다.
고개를 든 미오와 류자키의 시선이 마주쳤다. 강한 의지가 깃든 두 눈에 빨려 들어가는 듯한 착각에 휩싸였다.
"시, 실례했습니다."
미오는 황급히 류자키에게서 한 걸음 물러났다.
"류자키 선생님, '반대'라고 하심은……."
아첨꾼 같은 어조로 묻는 오가키에게 류자키는 차가운 시선을 던졌다.
"내 의료에 감정은 필요 없어. 깊은 지식과 갈고닦은 기술, 그리고 데이터에 근거한 판단. 그게 다야."
"네, 알고 있습니다. 그러니 얼치기 간호조무사의 말 따윈 들을 가치가……."
"그게 '반대'라고 말하고 있는 거야. 간호조무사는 우리 의사보다, 간호사보다 더 환자 가까이에 있는 존재다. 그 어떤 의료종사자보다도 담당 환자와 긴 시간을 함께하고 친밀한 관계를 구축하지. 그런 간호조무사가 '환자의 상태가 평소와 다르다'고 한다면, 그건 귀를 기울여야 할 '데이터'임에 틀림없어."

류자키는 잠시 말을 끊고 목소리를 낮췄다.

"그 귀중한 데이터를 무시하는 건, 다시 말해 환자를 위험에 노출시킨다는 의미다. 당신은 내 수술을 실패하게 만들 셈인가? 내 환자를 죽일 작정이야?"

류자키가 따져 묻자 오가키는 핏기가 사라진 얼굴로 덜덜 떨었다. 류자키는 하나에가 누워 있는 침대로 다가가 가볍게 인사했다.

"집도의인 류자키입니다. 잠시 살펴보려 합니다만, 괜찮으시겠습니까?"

환자에 대한 경의가 느껴질 만큼 태도는 정중했다.

"부탁…… 합니다……."

고통으로 얼굴을 일그러뜨린 채 하나에가 목소리를 짜내듯이 말했다.

"통증이 이동하고 있습니다!"

류자키를 향해 미오는 목청을 높였다. 비전문가는 끼어들지 말라며 욕먹을 각오도 했으나, 류자키는 손을 멈추더니 진지한 눈빛으로 그녀를 바라보았다.

"상세하게 설명해 봐."

크게 고개를 끄덕인 미오는 심호흡을 한 차례 하고 나서 설명을 시작한다.

"하나에 씨는 어제까지 주로 몸을 움직일 때 허리 부분이 저리는 듯한 통증을 호소했습니다. 원래부터 앓고 있는 추간판 탈출증에 따른 신경통이 원인인 것으로 보입니다. 하지만 오늘 새벽녘에는 등 위쪽에 심한 동통이 와서 눈을 떴고, 간호사가 펜타조신을 투여했습니다. 하지만 마약성 진통제를 투여했는데도 불구하고 통증이 완전히 사라지지는 않았고, 시간이 지나면서 통증이 다시 상배부[13]에서 허리 부위로 이동하는 등 안정기에도 강한 동통이 발생하게 되었습니다. 이상입니다."

말이 빨라지지 않게, 그리고 될 수 있는 한 간단명료하게 설명을 마친 미오는 류자키의 반응을 기다렸다.

조금 전까지만 해도 미오는 류자키도 간호조무사의 의견 따위는 무시하는구나 싶었다. 그러나 요 몇 분간의 커뮤니케이션을 통해 류자키에 대한 미오의 평가는 크게 바뀌었다.

의료에 감정 따윈 필요 없다고 잘라 버렸듯이, 병원 안의 계급제 또한 류자키에게는 '의미 없는 것'이다. 이 남자는 수술의 성패와 관련된 것이 아니면 전부 '불순물'로서 잘라 버리고, 오로지 완벽한 수술로서 환자를 구할 것을 추구한다.

자신과는 결코 양립할 수 없는 사고방식. 그러나 '환자를 구한다'는 궁극적인 목적은 완전히 일치한다. 그렇다면 이 사람은 틀림없이 올바른 판단을 내려 줄 것이다.

긴장하며 지켜보는 가운데 류자키가 천천히 입을 열었다.

"환자를 CT실로 옮긴다. 긴급 CT 촬영에 들어간다."

미오는 주먹을 살짝 쥐었다.

조영제로 하얗게 물든 대동맥활[14] 부위가 디스플레이에 비친다. 그 내부에 얇은 벽 같은 것이 존재하고 있었다.

---

13) 上背部. 등 윗부분
14) 오름 대동맥과 내림 대동맥 사이에 있는 활 모양으로 굽은 부분

"해리성 대동맥류······."

미오 옆에 선 오가키가 갈라지는 목소리로 중얼거렸다.

해리성 대동맥류. 대동맥 내막에 균열이 생기고, 심장에서 강한 압력으로 밀려 나온 혈액이 그 틈으로 들어가면서 혈관 벽이 찢겨 나가는 병. 내막이 찢겨 나갈 때마다 심한 통증이 발생하고, 찢겨 나가는 범위가 아래쪽으로 확장됨에 따라 통증도 이동한다. 대동맥이 파열되어 순식간에 실혈사[15]하는 경우도 적지 않은 위험한 질환이다.

십여 분 전, 류자키는 직접 침대를 밀고 수술장 맨 안쪽에 있는 CT실로 이동하여 방사선사에게 긴급 CT 촬영을 지시했다.

해리성 대동맥류의 가능성을 류자키가 깨달은 이상, 무단침입자는 더 있어 봤자 방해일 뿐이다. 살그머니 CT실에서 나가려던 미오를 류자키가 불러 세웠다.

"어딜 가려는 거지?"

"아, 병동으로 돌아가려고······."

설마 불러 세울 줄은 몰랐던 미오의 목이 움츠러들었다.

"그쪽이 이 환자의 이상 징후를 발견하고 보고했어. 그럼 끝까지 책임을 져."

그런 말을 들은 이상 병동으로 돌아갈 수는 없었다. 미오는 병동에 있는 에쓰코에게 연락해서 사정을 설명하고 수술실에 남을 수 있도록 허가 받았다. 그리고 수술장 소속 간호조무사용 유니폼으로 갈아입고 하나에의 검사를 지켜보게 되었다.

"상행 대동맥에서 발생한 박리가 신동맥 부근까지 확장되어 있어. 스

---

15) 失血死. 과다출혈로 인한 사망

탠포드 A형이군. 심근경색이나 뇌경색이 아직 오지 않은 게 행운이야."
 디스플레이 정면에서 팔짱을 낀 류자키가 나직이 말한다. 심장에서 바로 연결되는 혈관에서부터 내막이 벗겨지기 시작하는, 일명 스탠포드 A형이라 불리는 이 타입은 특히 대동맥 파열 위험성이 크고 긴급 수술을 필요로 한다.
 그러나 스탠포드 A형 수술은 해리를 일으킨 대동맥을 인공 혈관으로 치환하는 대수술이다. 일흔이 넘은 하나에의 몸이 그 침습을 견뎌 낸다는 보장도 없을뿐더러 하나에는 식도암도 앓고 있다. 해리성 대동맥류 수술이 성공해도 이어서 식도 절제술이라는 또 다른 대수술이 기다리고 있다. 그 수술을 받을 수 있을 정도로 체력이 회복되려면 어느 만큼의 시간이 소요될지 알 수 없다. 그 사이 암이 진행돼 버릴지도 모르고, 애초에 식도절제술이 가능할 만큼 체력이 돌아오지 않을 가능성도 충분히 있다.
 우선 가장 시급한 해리성 대동맥류 수술을 시행하고 식도암에 대해서는 수술이 아닌 방사선요법을 진행하는 수밖에 없는 걸까? 미오가 계속 생각을 굴리고 있는데 디스플레이를 응시하고 있던 류자키가 돌아서서 스태프들을 둘러보았다.
 "바로 대동맥 치환술 및 식도 절제술에 들어간다. 식도 절제는 대동맥 치환술로 개흉함에 따라 흉강경을 이용한 저침습 수술이 아니라 일반 수술 방식으로 진행한다. 준비해."
 "네!"
 패기 어린 목소리를 높인 스태프들이 차례차례 CT실을 나갔다. 방사선 차폐용 유리가 끼워진 창 너머로 CT 장치 촬영대에 누워 있던 하나에가 방사선사와 간호사의 도움을 받아 조심스레 침대로 옮겨지는 모습이 보였다.

"저, 저기……."

사람들이 대거 빠져나간 CT실에서 미오는 머뭇머뭇 류자키에게 말을 걸었다.

"대동맥 치환술과 식도 절제술을 한꺼번에 진행하는 게 가능할까요? 시간도 엄청 걸리고 침습이 클 텐데……. 하나에 씨는 일흔이 넘었습니다. 괜찮을까요?"

"확실히 대동맥 치환술과 식도 절제술을 동시에 진행하면 침습이 너무 크다는 게 일반적이야. 고령의 환자에게 시술하기에 적절하다고는 할 수 없겠지."

"그럼……."

앞질러가려던 미오의 말은 류자키의 "다만"이라는 말에 가로막힌다.

"내가 집도한다면 문제없어. 대동맥 치환술 후 식도 절제를 하더라도 나라면 다섯 시간 이내로 끝낼 수 있어. 몸에 대한 침습도 충분히 허용 범위 내일 터."

"다섯 시간?!"

미오는 귀를 의심한다. 통상 그 배는 걸리는 수술이다.

"저기, 류자키 선생님."

미오가 어안이 벙벙해 있는데 구석에 서 있던 오가키가 주뼛주뼛 목소리를 냈다.

"수술 내용이 변경되면 환자와 가족에게 설명하고 동의를 다시 받아야 합니다. 제가 설명해도 괜찮겠습니까?"

"아니, 내가 설명한다."

즉답하는 류자키를 보며 미오는 다시금 놀란다. 지난번에는 가족에게 설명하기를 단칼에 거절했는데…….
 미오의 눈빛을 알아챘는지 류자키는 살짝 코웃음을 쳤다.
 "내가 환자 가족을 만나는 게 그렇게 이상한가? 그때는 이미 골드가 설명을 끝냈기 때문에 필요 없다고 판단했을 뿐이야. 하지만 지금은 상황이 크게 바뀌었어. 집도의인 내가 다시 상세하게 설명하는 것이 가장 합리적이야."
 "합리적……."
 미오는 그 말을 입안에서 굴려 본다.
 "그렇지."
 류자키는 크게 고개를 끄덕였다.
 "깊은 지식과 갈고닦은 기술, 그리고 데이터에 근거한 합리적인 판단만이 환자의 생명을 구한다."
 며칠 전과 똑같은 대사를 되풀이해 들었지만, 지금은 그때 느꼈던 강한 반발과 혐오가 전혀 느껴지지 않았다.
 "그렇습니까. 그럼 저는 수술실에서 준비를……."
 "오가키 선생."
 도망치듯 방에서 나가려는 오가키를 류자키가 불러 세웠다.
 "당신은 수술실에 들어가지 않아도 돼. 예정했던 저침습 수술이라면 몰라도 대동맥 치환과 식도 절제를 다섯 시간 안에 끝내려면 당신이 조수여서는 도움이 안 돼. 손이 비는 플래티넘에게 도움을 받도록 하지."
 억울한 듯 입매를 일그러뜨리는 오가키에게 류자키는 연이어 말한다.
 "그리고, 당신은 오늘부터 실버다."
 "네?!"
 오가키는 눈을 부릅떴다.

"무, 무슨 말인지……."
"들은 그대로다. 현 시각을 기해 당신을 골드에서 실버로 강등한다."
"그런 일이 가능할 리가……."
"가능해. 통합외과 규약에 플래티넘은 실버를 골드로 승격시킬 권리가 있어. 그리고 기술이 부족한 골드를 실버로 강등시킬 권리도 갖고 있다."
 기가 막힌 표정으로 우뚝 선 오가키에게 류자키는 "이상이다" 하고 차갑게 내뱉는다.
 입을 헤 벌린 후, 마치 정신을 잃은 것처럼 오가키는 고개를 툭 떨군다. 가늘게 몸을 떨던 오가키의 입에서 "……웃기지 마" 하는 나지막한 목소리가 새어 나왔다. 다음 순간, 고개를 번쩍 쳐든 오가키는 핏발 선 눈으로 류자키를 노려보았다.
"웃기지 마! 수술 좀 잘한다고 우쭐해 가지고!"
"……통합외과에서는 바로 그 수술 실력이 전부다."
"시끄러워! 입 닥쳐!"
 분노와 절망으로 정신이 나갔는지 오가키는 주먹 쥔 오른손을 번쩍 치켜들고 류자키에게 덤벼들었다. 그러나 류자키는 꿈쩍도 하지 않은 채 덤벼드는 오가키를 향해 냉정한 눈빛을 쏟아 붓고 있었다.
 오가키의 주먹이 안면에 닿기 직전, 류자키는 몸을 벌리면서 미끄러지듯 전방으로 이동했다. 목표를 잃은 주먹이 허공을 갈랐다. 혼신의 일격이 빗나가면서 앞으로 고꾸라지는 오가키에게 류자키는 가볍게 다리를 걸었다. 균형을 잃은 오가키가 제풀에 넘어지면서 그대로 맨바닥에 얼굴을 찧었다.
"주력 손으로 덤벼들다니 외과의사로서 자격이 없군."

엎어진 오가키를 류자키가 흘겨본다. 그 얼어붙을 것 같은 시선에 제정신이 돌아왔는지 오가키는 황급히 몸을 일으켜 꿇어앉더니 마치 기도하는 듯이 두 손을 모아 깍지를 꼈다.
"부탁입니다. 이 나이에 실버로 추락했다간 더는 기어 올라갈 힘도 없습니다. 제발, 강등만은 거둬 주십시오."
"안 돼."
류자키는 고개를 가로저었다.
"어째서?! 당신, 아까 통합외과에서는 기술이 전부라고 했잖아! 분명 플래티넘에는 미치지 못해도 실버로 떨어질 만큼 실력이 없지는 않다고!"
"……오가키 선생."
류자키가 조용히 부르자 오가키의 몸이 움찔했다.
"분명 당신의 외과 기술은 골드로는 평균치야. 갓 이십 대가 된 실버들보다는 위일 거다."
"그렇다면……."
매달리듯 뻗은 오가키의 손을 류자키는 가볍게 뿌리쳤다.
"그러나 의사로서의 기량은 실버 이하야. 당신은 환자의 명백한 이상 증세를 알아채지 못했고 그 점을 지적하는 스태프의 목소리를 무시했어. 그 결과 환자의 생명을 위험에 노출했지."
헤 벌어진 오가키의 입에서 끅끅거리는 소리가 새어 나왔다.
"최고의 외과의사 집단이어야 할 통합외과에 당신이 있을 자리는 없어."
최후통첩을 선고받은 오가키는 머리를 감싸 안더니 흐느껴 울기 시작했다. 그 딱한 모습에 미오가 동정심을 느끼고 있는데 출입구로 향하던 류자키가 턱짓을 했다.

"가야지. 따라와."

"네? 저 말입니까?"

미오는 자기 자신을 가리키면서도 류자키를 따라 나갔다.

"그래. 지금부터 환자 가족에게 설명을 할 거야. 우선 그 자리에 같이 해. 안면이 있는 당신이 같이 있으면 가족들도 좀 더 안심하고 이야기를 들을 수 있겠지. 그다음은 수술이다. 수술 중에도 필요한 물품 출납이며 바닥 청소 등 간호조무사가 할 일이 있어."

"저어, 저는 병동 간호조무사라서 돌아가서 맡은 일을 해야······."

"거기엔 내가 말해 둘게. 이렇게까지 요란을 떨었으니 마지막까지 함께해. 됐지?"

류자키는 곁눈질로 시선을 던진다.

"네! 알겠습니다!"

미오가 단전에서부터 목소리를 끌어올려 대답하자 류자키의 입꼬리가 살짝 올라갔다.

굉장해······. 벽에 설치된 선반에서 수액 팩을 꺼내면서 미오는 방 한가운데로 시선을 보냈다. 수술대에는 전신마취를 한 하나에가 누워 있고 류자키가 두 외과의사와 함께 수술을 진행하고 있었다.

몇 시간 전, 하나에가 해리성 대동맥류라는 진단이 나오자마자 류자키는 바로 미오와 함께 미도리에게 설명을 하러 갔다. 하나에의 딸인 사카이 미도리는 어머니에게 암 외에 매우 위중한 질환이 발견되었다는 사실에 크게 동요했다. 그러나 미오가 동석한 데다 류자키가 평소처럼 단조로운 음성으로 알기 쉽게 설명해 주었기에 차츰 평정심을 되찾았고 마지막에는 부디 어머니를 잘 부탁한다며 고개를 숙였다.

설명을 마친 류자키는 환자에게도 설명을 되풀이한 뒤 조수 선정, 수술 방식 변경 절차 등을 재빠르게 진행했다. 그리하여 진단을 내린 지 불과 한 시간 후에 집도가 개시되었다.

벽 높이 걸려 있는 시계의 바늘은 오후 2시 부근을 가리키고 있다. 미오는 마취과 의사에게 지시받은 수액팩을 건네며 곁눈질로 외과의사들을 바라보았다.

집도 개시 후 이제 네 시간가량 지났을 뿐인데 대동맥의 인공 혈관 치환은 이미 종료됐고 식도 절제도 끝났다. 지금은 위를 식도 대신 사용할 수 있도록 가늘게 성형하는 수술이 이루어지고 있었다. 수술도 이제 막바지를 향하고 있다. 통상 반나절은 걸릴 수술을 이들은 정말로 절반 이하의 시간에 끝내려 하고 있다.

류자키 맞은편에 선 제1조수는 소화기외과 전문 플래티넘 외과의사이다. 그 옆에 선 골드에 위치한 젊은 여성 의사는 제2조수로 석션을 하거나 개창기로 시야를 확보했다. 정밀기계처럼 정확하기 이를 데 없는 제1조수의 서포트에 더불어 제2조수인 골드 외과의사도 류자키가 지정한 의사답게 집중하며 수술을 뒷받침했다. 두 조수의 기술만으로도 눈이 휘둥그레질 수준이었으나 류자키의 수술 솜씨는 그것을 초월하는 경지였다.

류자키의 두 손은 일류 피아니스트가 건반을 두드리듯 가볍고 매끄럽게 움직였다. 절개, 봉합, 결찰, 지혈을 하며 순식간에 수술을 진행해 나간다. 아름다움을 넘어 우아하기까지 한 수술 솜씨는 보는 이로 하여금 마치 예술을 감상하고 있는 듯한 기분마저 들게 했다.

얼마만큼 천부적인 재능을 가지고 얼마만큼 수련을 쌓아야 이 경지에 도달할 수 있는 걸까. 넋을 잃고 보는 사이 류자키는 춤추듯 봉합을 진행하고 무시무시한 속도로 식도 재건까지 마치더니 마스크 아래로 숨을 크게 내쉬었다.
"구와바라 선생, 히가미 선생, 나머지는 맡겨도 되겠습니까?"
수술대를 사이에 두고 류자키와 마주 보고 있던 두 외과의사가 고개를 끄덕인다.
히가미 선생? 히가미 교수의 친척인가? 미오가 제2조수를 바라보는 사이 수술대에서 벗어난 류자키가 장갑과 멸균가운을 벗어던졌다.
직접 쓰레기통에 넣어 주면 좋으련만. 조금 불만스레 여기면서 미오는 간호조무사로서 바닥에 떨어진 장갑과 가운을 회수하려고 걸어갔다.
"오늘 고마웠어."
스쳐 지날 때 들릴락 말락한 작은 소리로 류자키가 속삭였다. 미오는 놀라서 발을 멈추고 류자키를 바라보았다.
"오늘 고마웠다고 했어. 그쪽이 이상 증상을 보고하지 않았더라면 식도암 수술 중에 동맥류가 파열되어 환자는 수술 도중 사망했을지도 몰라."
"그렇다면 역시 류자키 선생님도 환자의 마음에 다가가서······."
기세를 몰아 말을 쏟아 내려던 미오는 얼굴 앞에 불쑥 들이민 손바닥에 입을 다물었다.
"내 소신이 바뀔 일은 없어. 앞으로도 감정을 배제하고 기술을 추구할 거야."
다시금 감정을 억누른 목소리로 말하는 류자키에게 미오도 작은 소리로 대꾸했다.
"그랬다면 하나에 씨를 구할 수 없었을 거예요."

"이번 건은 수술 전 환자에게 긴급 질환이 발병했고, 더군다나 담당 의가 환자의 호소를 무시한 희귀 케이스야. 그런 극도로 낮은 리스크를 없애기 위해 나 같은 최고의 외과의사가 시간을 할애하는 건 합리적이지 않아. 난 그보다 수술에 전념해야 더 많은 사람을 구할 수 있어."

"그렇다면 언제든 하나에 씨 같은 일이 생기면 피할 수 없는 희생으로 받아들이나요? 그 경우엔 환자를 살리지 못하는 겁니까?"

"무슨 소릴 하는 거야."

류자키가 피식 웃었다.

"당신이 구하면 돼."

"제가……?"

무슨 말인지 이해가 가지 않아 미오는 눈만 끔벅거렸다.

"그래. 우리 외과의사가 다른 데 노력을 쏟는 대신 당신들 간호조무사가 환자 곁에 다가가서 뒷받침 해 주는 거야. 그게 팀 의료라는 거지."

다시 걷기 시작한 류자키가 미오의 어깨를 가볍게 탁 치고 지나갔다.

"나는 내 이상에 부합하는 의료를 추구한다. 당신은 당신의 이상을 추구하고 실현하면 돼."

6

노크 소리가 울린다. 교수실 소파에 누워 있던 히가미는 천천히 일어나 방 안쪽에 있는 자신의 책상으로 다가가 쓰러지듯 의자에 앉았다. 책상에 놓아 둔 컵에 든 커피를 한 모금 마신다. 미지근해진 커피의 쓰디쓴 맛이 온몸을 잠식한 권태감을 얼마간 희석시켰다.

"들어와요."
"실례합니다."
히가미가 목소리를 내자, 문이 열리며 통합외과 의국장 쓰보쿠라가 들어왔다. 지방이 덕지덕지 붙은 몸을 흰 가운으로 감싼 쓰보쿠라는 뱃살을 출렁이며 가까이 오더니 공손하게 인사했다.
"지시하신 보고서를 완성해 가져왔습니다."
쓰보쿠라가 내민 파일을 받아든 히가미가 그것을 훌훌 훑어보았다.
"변함없이 보기 쉽게 요점 정리가 잘된 자료군."
이 정도 열의로 수술 기술을 수련했으면 지금쯤 플래티넘이 되어 있었으련만. "감사합니다!" 하고 등줄기를 꼿꼿이 펴는 쓰보쿠라를 보며 히가미는 속으로 중얼거린다.
쓰보쿠라는 의국 운영 관련 제반 업무를 책임지는 의국장이지만, 통합외과 내 등급은 골드였다. 본인은 의국 인사 업무에도 관여하다 보니 골드로서는 어려운 입장에 놓일 때도 있어 난감하다며 은근히 플래티넘으로 승격되길 희망하고 있지만 그의 수술 실력은 골드 중에서도 중하위권이었다.
무엇보다도 수술 기술을 우선시하는 통합외과에서 등급은 어디까지나 외과의사로서의 실력으로 결정 난다. 연공서열이나 의국에 대한 공로를 따져 등급을 올리는 일은 결코 없건만 쓰보쿠라는 그 점을 착각한다. 그러나 히가미는 그 점을 지적하지 않았다.
수술 실력은 조금 모자라지만 이 남자의 실무능력은 귀중하다. 플래티넘으로 올라갈 수 있을지 모른다는 꿈을 미끼 삼아 앞으로도 의국을 위해 일을 시키자.
이 의국이 잘 돌아가려면 우수한 외과의사가 계속해서 생겨나야 한다. 여기서 실력을 갈고닦은 그들은 마침내 일본 전역, 아니 전 세계로 뻗어 나가 많은 환자를 구하는 동시에 이곳에서 배운 기술을 다음 세대로 계승해 나갈 것이다.

입꼬리를 올린 히가미는 다시금 서류를 자세히 읽어 나갔다.

"일이 커져 버린 것 같군. 설마하니 류자키 선생이 오가키를 실버로 강등시킬 줄이야."

며칠 전, 간호조무사가 수술실에 난입하는 사건이 발생하며 난리가 났었다. 히가미는 그 일을 상세히 정리하여 보고서로 제출하도록 쓰보쿠라에게 지시를 내린 상태였다.

"네, 오가키는 실버가 되는 건 참을 수 없다고 퇴국을 신청했습니다. 어떻게 할까요? 교수님 권한으로 다시 골드로 되돌릴까요?"

몇 초 생각에 잠긴 후 히가미는 고개를 가로저었다.

"류자키 선생의 판단이 옳아. 오가키 선생은 중요한 정보를 간과했고 그 결과 환자의 생명을 위험에 노출했어. 뭐, 그의 수술 실력 자체는 그리 나쁘진 않아. 퇴국을 희망한다면 지방의 관련 병원 내 외과부장 정도의 자리를 제안해 주게."

"알겠습니다. 그리고 간호조무사의 처우는 어떻게 할까요? 해고할까요?"

"아무것도 할 필요 없네."

"아무것도?"

쓰보쿠라가 눈두덩이 불룩한 눈을 크게 떴다.

"그 소동을 일으켰는데 말입니까?"

"결국 그 덕분에 환자의 목숨을 구했어. 우리는 외과기술을 추구하는 집단이지만, 그건 어디까지나 환자를 위해서라는 점을 잊어선 안 돼. 환자를 살렸는데 처벌하다니 있을 수 없는 일이야."
히가미는 다 읽은 보고서를 책상 위로 던져놓았다.
"이상이네. 그만 가 봐도 돼."
"알겠습니다. 그렇게 하겠습니다. 그럼 이만 가 보겠습니다."
쓰보쿠라가 방에서 나갈 때까지 기다린 히가미는 다시 보고서를 집어들었다. 페이지를 넘기자 첨부된 사쿠라바 미오의 이력서가 튀어나왔다.
"느닷없이 대활약이로군, 사쿠라바. 내가 예상한 대로야."
웃음 짓던 히가미는 몸을 의자 등받이에 푹 기대며 천장을 올려다보았다.
"이제 조금…… 조금만 더 있으면 내 꿈이 이루어진다."
희미한 목소리가 방 안 공기를 흔들었다.

7

캔맥주를 따자 치익, 하는 소리와 함께 하얀 거품이 흘러넘친다. 미오는 다급히 입을 대고 거품을 빨아 마신 후 그대로 캔을 기울여 맥주를 목 안에 흘려 넣었다. 얼음 같은 차가움과 탄산의 자극이 식도를 훑고 내려가는 느낌이 기분 좋았다.
기노시타 하나에의 수술이 있은 지 벌써 일주일이 지났다. 그토록 큰 수술이었음에도 하나에의 수술 후 경과는 무척 순조로워서 수술 이틀 후에는 ICU(중환자실)에서 일반 병동으로 돌아올 수 있었고 다음 주에는 퇴원을 앞두고 있다.

갓 취직한 간호조무사가 큰 소동을 일으켰으니 해고당할 각오도 하고 있었건만, 에쓰코에게서 지나친 소란을 일으키지 말라는 꾸지람만 들었을 뿐 그 이상의 처분은 받지 않았다.

의료 행위를 하는 일 없이 환자에게 다가가는 간호조무사는 내 천직인지도 몰라. 앞으로도 환자와 가장 가까운 의료종사자로서 열심히 해 나가자.

당신은 당신의 이상을 추구하고 실현하면 돼.

하나에의 수술 후, 류자키가 건넨 말이 귓가에 되살아났다.

처음엔 재수 없는 사람이라고만 여겼는데 다시 보니 나쁜 사람은 아닌 것 같다. 양립할 수 없는 신조를 지니고 있어도 환자를 살리고 싶다는 마음은 같은 게 틀림없다.

"하지만 좀 더 친절하게 굴면 어디가 덧나나."

입꼬리를 치켜올리며 일어선 미오는 유리창을 열고 베란다로 나갔다. 반 평도 안 돼 보이는 베란다지만 봄의 밤바람이 기분 좋은 데다 하늘에 뜬 보름달을 바라보면서 맥주를 마시고 있으려니 사치를 부리는 듯한 기분마저 든다.

기분 좋게 달을 향해 맥주캔을 치켜들었는데 문득 퀴퀴한 냄새가 코끝을 스쳤다. 바람이 불어오는 쪽으로 시선을 돌린 미오는 얼굴을 찌푸렸다. 옆집 베란다에 쓰레기봉투가 수북이 쌓여 있었다. 필시 그 안에 섞인 음식물 쓰레기가 썩고 있는 것이리라.

미오는 요전 날 자신의 인사를 무시하고 카이엔에 올라탄 남자를 떠올렸다.

모처럼 기분 좋았는데 잡쳤다. 한숨을 내쉰 미오가 캔에 남은 맥주를 단숨에 들이켜는데 옆집에 불이 들어왔다.

옆집 사람이 퇴근했다. 미오는 실내로 돌아와 냉장고를 열었다. 냉장고에는 지난주, 후쿠오카에 사는 할머니가 보내 준 매운 명란젓(카라시멘타이코)이 들어 있었다.

옆집에만 아직 이사 인사를 못 했다. 이걸 가지고 인사할 겸 가서 베란다 쓰레기를 처리해 달라고 부탁하자.

명란젓 상자를 묶은 끈을 쥐고 냉장고에서 꺼낸 미오는 현관으로 향했다. 밖으로 나가 옆집 초인종을 눌렀으나 반응은 없었다. 입술을 꽉 다문 미오가 주먹 쥔 손으로 직접 문을 두드리기 시작했다.

"옆집에 이사 온 사쿠라바입니다. 인사드리고 싶어서 그러는데 좀 나와 주세요."

역시 반응은 없었다. 이렇게 되면 끝을 봐야지. 미오는 힘을 실어 계속 두드렸다.

십여 초 남짓 끈질기게 계속 노크하자 마침내 잠금장치를 푸는 소리가 울리며 문이 열렸다.

해냈다! 그런데 대체 어떤 남자이기에……. 거기까지 생각했을 무렵, 그 이상 생각을 잇지 못하고 머리가 새하얘졌다.

"당신이야? 대체 무슨 소란인데, 이 밤중에."

티셔츠에 청바지 차림의 류자키 타이가가 떨떠름한 표정으로 거기 서 있었다.

"어, 어어……? 류자키 선생님?!"

"그렇다면 뭐?"

언짢은 기분을 감출 생각도 않은 채 류자키가 대꾸했다.

"왜 여기 계세요? 혹시 절 쫓아 온 거예요? 스토커?"

그러고 보니 여기로 이사 오고부터 누군가에게 미행을 당한다든지 감시받는 듯한 기분이 들 때가 있었다. 그게 설마 이 천재 외과의사 짓이었나?

뇌가 고장 났는지 생각이 정리되지 않아 머리를 짚은 미오 앞에서 류자키는 여봐란듯이 땅이 꺼져라 한숨을 내쉬었다.

"무슨 귀신 씻나락 까먹는 소릴 하는 거야. 당연히 여기 살고 있으니까 그렇지."

"살고 있다고요?! 류자키 선생님이 옆집에?!"

미오의 목소리가 뒤집혔다.

"몰랐어? 당신, 저번에 차에 타려는 내게 말을 걸었잖아."

"아, 그게 선생님이었어요? 2층이라 얼굴이 안 보였어요. 그런데 왜 이런 아파트에 살고 계세요? 다른 병원에서 자유 진료 수술을 해서 번 돈으로 고층맨션의 펜트하우스에 산다고 들었는데."

"떠도는 소문을 진짜로 받아들이면 쓰나. 하루의 대부분을 병원에서 보내는데 잠만 자러 들어오는 곳에 뭐하러 큰돈을 들여야 하지? 병원에서 반경 3킬로 이내의 주차장 딸린 집으로는 이 아파트가 제일 집세가 싸. 가장 합리적인 판단이지."

술술 설명하는 류자키 너머로 실내가 보인다. 베란다와 마찬가지로 발 디딜 틈도 없을 만큼 쓰레기봉투가 어지럽게 널린 방이.

"……쓰레기 방. ……더러워."

나지막한 미오의 중얼거림에 류자키의 표정에 금이 갔다.

"내 시간은 청소 같은 게 아니라 수술과 그에 필요한 기술 트레이닝에 할애하는 편이 세상에 도움이 돼. 그렇기 때문에 어느 정도 쓰레기가 쌓였을 때 청소 업체를 불러 처리하고 있어. 지극히 합리적인 판단이지."

빠르게 지껄이는 류자키에게 미오는 차가운 시선을 쏟아 부었다.

와카나는 류자키를 '천재적인 수술 솜씨를 지닌 과묵하고 미스터리한 분위기를 풍기는 완벽한 사람'이라고 평가했다. 그러나 마침내 드러났다. 이 남자의 정체는 '천재적인 수술 솜씨 말고는 볼 거 없는, 말주변 없고 대인관계 서툰 개차반'이다.

이 귀찮아 보이는 남자가 옆집 사람이라니. 머리가 아파 온다.

"일단 앞으로도 잘 부탁드립니다. 이거, 할머니가 보내 주신 매운 명란젓인데 괜찮으면 드세요. 그리고 베란다 쓰레기에서 냄새가 나서 그러는데 가능하면 빨리 청소 업체를 불러 주세요."

필요한 것을 담담히 전하면서 미오는 명란젓 상자를 내밀었다. 그러나 류자키는 그것을 받아들 생각은 하지 않고 미오를 가만히 응시했다.

"뭐, 뭐죠?"

기에 눌려 뒤로 살짝 물러나자 류자키는 아무것도 아니라며 손을 뻗어 명란젓 상자에 딸린 끈의 나비매듭 끄트머리를 쥐고 잡아당겼다.

"아, 거길 잡으면 풀리는데……."

미오가 우려한 대로 매듭이 풀려 버렸다.

"아, 이런."

억양 없는 어조로 말하면서 류자키는 상자를 손에 들더니 턱짓했다.

"미안한데 다시 좀 묶어 주지 않겠어? 간단하게 해도 돼."

"어차피 먹을 거면 딱히 묶어 놓지 않아도 괜찮지 않아요? 포장지를 고정하기 위한 거니까."

"바로 먹을 생각은 없고, 이런 게 벗겨져 있으면 신경 쓰이는 체질이라서."

"……알겠습니다."

까다롭네. 속으로 구시렁거리면서 미오는 두 손으로 재빨리 끈을 묶었다.

"이제 됐나요?"

답하지 않고 류자키는 새롭게 묶은 매듭을 응시했다.

"저어, 왜 그러세요?"

뭔가 심상찮은 공기를 느낀 미오가 묻자 류자키는 나직이 중얼거렸다.

"……외과 매듭."

심장이 덜컥 내려앉는다. 아뿔싸. 끈을 쥔 순간, 아무 생각 없이 손을 움직여 외과 매듭을 만들고 말았다. 동요하는 미오에게 시선을 옮기면서 류자키는 나직한 목소리로 이야기한다.

"줄곧 위화감이 들었어. 어째서 간호조무사인 당신이 '이동하는 배부(背部) 통증'의 긴급성을 알고 있었는지. 어째서 수술 침습과 환자 상태에 대해 평가할 수 있었는지. 하지만 방금 외과 매듭을 만드는 군더더기 없는 손놀림을 보고 전부 이해했어."

"이해했다니, 뭘 말이에요……?"

미오는 방망이질하듯 빠르게 뛰는 가슴을 누른다.

"당신은 의사야."

류자키는 미오의 눈을 똑바로 들여다보았다.

"그것도, 잘 훈련된 외과의사."

2.
2인 3수의 선율

1

"안녕. 두 사람 다 좀 어때?"
1인실에 들어선 미오가 말을 건네자 "안녕하세요. 좋아요" 하는 쾌활한 대답이 화음을 이루듯 겹쳐서 들려왔다. 사흘 전, 처음 경험했을 때에는 귀에 이상이 생겼나 착각했지만 계속 듣다 보니 익숙해졌다.
"그럼 혈압 재 봐도 될까?"
미오는 전자혈압계를 손에 들고 싱글 사이즈 병실 침대 두 개를 나란히 붙여 만든 킹 사이즈 침대가 놓인 창가로 다가간다. 함께 이 침대를 준비하던 엔도는 이렇게 큰 병실 침대를 만든 건 장사급 프로 스모 선수가 입원했을 때 이후 처음이라며 반가운 듯 떠들었다. 그러나 이 병실에 입원한 환자의 몸은 스모 선수처럼 거대하지는 않다. 오히려 미오보다도 한층 몸집이 작은 여고생이다.
다만 일반적인 환자와 크게 다른 점이 있었다. 이번 환자는 두 사람이고, 이 두 사람은 늘 함께 행동해야만 한다. 24시간 내내, 심지어 침대에 누워 잠을 자는 동안에도.
미오가 다가가자 침대에 누워 스마트폰을 만지작거리고 있던 '환자들'이 "하나 두울 셋!" 하며 동시에 상체를 일으켜 침대 끄트머리에 나란히 걸터앉았다.

가가노 스미레와 가가노 유리, 이 귀여운 쌍둥이 자매가 바로 이 병실에 입원 중인 미오의 담당 환자들이다. 침대뿐만 아니라 두 사람이 입고 있는 하늘색 옷도 일반 환자복을 두 벌 들러붙이듯이 바느질하여 만든 것이다. 이처럼 특별 제작한 옷이 아니면 입을 수 없는 이 아이들은 샴쌍둥이다.

16년 전, 일란성 쌍둥이인 스미레와 유리는 흉부가 붙은 상태로 태어났다. 검사 결과, 두 사람은 뇌와 심장 등 생명 활동 유지에 필요한 장기를 각자 독립적으로 지니고 있는 것으로 판명되었다. 그런 경우 일반적으로는 분리 수술이 검토된다. 그러나 스미레와 유리는 중요한 혈관이 유합되어 복잡한 혈액 순환 동태를 취하고 있었다. 그런 까닭에 분리 수술은 큰 부담이 될 수 있다고 보아 영유아기에 수술을 받지 못하고 흉부가 붙은 채로 열여섯 살까지 성장했다.

"오늘은 누가 먼저 잴까?"

"또 가위바위보로 정할까?"

스미레와 유리가 의논한다. 흉부가 붙어 있다 보니 똑같이 생긴 얼굴이 코앞에서 마주 보는 모양새가 되어 미오는 마치 트릭 아트[16]를 보고 있는 듯한 착각에 휩싸였다.

"안 내면 진다 가위바위보! 가위바위보! 가위바위……."

몇 차례 비긴 끝에 유리의 가위를 주먹으로 이긴 스미레가 "앗싸! 이 겼다!" 하고 주먹을 치켜들었다. 둘의 모습을 지켜보던 미오가 웃음 짓는다.

"두 사람 다 정말 사이가 좋구나."

---

16) trick art. 눈속임 그림

"그야 16년간 쭉 '한시도 떨어지는 일 없이' 함께 있었으니까요."
오른팔에 혈압계 완대를 차면서 스미레가 입꼬리를 치켜올렸다.
"그럼 수술받고 나면 조금 서운해지지 않을까?"
두 사람은 모레, 류자키의 집도로 분리 수술을 받기로 예정되어 있다. 지금까지는 합병증으로 번질 위험이 있어 수술을 못 하고 있었는데 초인적인 수술 기술을 지닌 류자키가 집도하는 데다 각 분야의 전문가인 통합외과 플래티넘 외과의사들이 서포트함으로써 안전성이 충분히 담보될 수 있으리라는 판단 아래 이 어려운 수술을 받기로 결정한 것이다.
"그럴 일 없어요. 앞으로도 한집에 살 거고. 지금까지 목욕은 물론 화장실에 갈 때도 함께였거든요. 익숙해지긴 했지만 역시 조금 창피하고."
농담조로 말한 스미레가 "그치?" 하고 유리에게 동의를 구한다.
"화장실도 그렇지만, 스미레가 항상 밤늦게까지 깨어 있어서 힘들어요. 내내 스마트폰을 들여다보니 불빛이 신경 쓰여 좀체 잠을 잘 수도 없고."
"뭐야. 유리 너도 공부할 때 늘 이어폰으로 음악 듣잖아. 그거 소리가 꽤 새어 나오는 통에 내가 공부에 집중할 수가 없어서 좀 별로라고."
"내가 집중할 때 공부에 싫증 난 스미레가 자꾸 집적거리니까 그렇지."
"그러는 유리도 가끔 노트에 일러스트 같은 거 그리잖아. 사쿠바라 씨, 얘, 그림 엄청 잘 그려요."
몸이 붙은 두 자매가 서로 장난치는 모습을 보며 흐뭇해하던 미오의 머리에 부드러운 미소를 띤 여성의 모습이 되살아났다. 찌르는 듯한 통증이 가슴에 퍼졌다.
"아, 맞다. 오늘 밤 우리 콘서트. 사쿠라바 씨도 꼭 들으러 와 주실 거죠?"

미오가 물론이라며 고개를 끄덕이자 두 사람은 세 개의 손으로 V자를 그렸다.

이번 수술은 세계적으로 주목을 받고 있다. 일본에서 시행되는 샴쌍둥이 분리 수술이 무척 드물기 때문이기도 하지만, 가가노 자매가 유명한 피아니스트이기 때문이기도 하다.

가가노 자매에게는 세 개의 손이 있다. 스미레가 움직이는 오른손. 유리가 움직이는 왼손. 그리고 붙어 있는 가슴 부위에 생겨나 있는 손. 그것을 두 사람은 '가운뎃손'이라 불렀다.

가운뎃손에는 스미레와 유리 두 사람의 뇌에서 각각 신경이 뻗어 있어 두 사람 다 그 손을 움직일 수 있다. 어릴 때는 서로 의사가 충돌하는 나머지 가운뎃손의 움직임이 안정을 찾지 못해 손이 얼굴을 쳐서 상처를 입을 때도 많았다. 그 탓에 걱정이 많았던 부모님에게 당시 주치의였던 소아과 의사는 피아노를 가르쳐 보는 게 어떻느냐고 제안했다.

악보에서 얻은 정보를 손가락으로 전달해 정확하게 건반을 두드림으로써 선율을 그려 내는 피아노 연주를 통해 가운뎃손의 사용법을 익힐 수 있을지 모른다는 아이디어였다.

소아과 의사의 조언은 극적인 효과를 거두었다. 피아노를 배우면서 스미레와 유리가 서로 같은 생각으로 가운뎃손을 움직이려고 의식한 결과, 제각각 따로 놀던 의식이 화합하면서 그 움직임이 안정을 찾아갔다.

초등학교에 들어갈 무렵에는 가운뎃손을 누가 조종할지를 두 사람이 자유자재로 전환할 수 있게 되었다. 아울러 세 팔과 열다섯 손가락을 놀림으로써 평범한 피아니스트로서는 절대 흉내 낼 수 없는 복잡하고 아름다운 선율을 연주할 수 있게 되었다.

고등학생이 된 두 사람은 자신들의 연주 장면을 동영상 공유 사이트에 올렸는데 두 사람의 귀여운 모습도 맞물려 전국적으로 화제가 되면서 단숨에 유명인이 되었다.

다만, 유명해진다는 건 호기심의 대상이 되는 일이기도 하다. 특히 세 개의 손으로 연주하는 샴쌍둥이 피아니스트는 희한한 존재로 받아들여졌다. 온라인상에서는 '징그러워' '괴물' 따위의 악성 댓글이 쏟아졌다. 십 대 소녀가 받아들이기에는 너무도 추악하고 거대한 악의에 시달리는 바람에 깊은 상처를 입은 두 사람은 대외활동을 그만두고서야 마음의 안정을 얻었다. 그 모습에 가슴이 아팠던 부모는 더 이상 딸들이 세간의 무례한 호기심에 노출되어 상처 입는 일이 없도록 안전한 분리 수술을 바라고 통합외과를 찾은 것이었다.

"그치만 이게 내 마지막 연주인 건가. 어쩐지 감회가 새롭네."

스미레는 감회에 젖어 중얼거렸다. 가가노 자매의 분리 수술에 앞서 가장 문제가 되었던 건 스미레와 유리 둘 중 누구에게 가운뎃손을 남기고 분리할 것인가였다. 당연히 가운뎃손이 떨어져 나간 사람은 한쪽 팔만 남게 되어 장차 피아니스트로서 살아가긴 어려워진다. 다만 그 문제는 생각 외로 간단히 해결되었다.

"난 유리와 달리 피아니스트가 될 생각은 없으니까 가운뎃손은 필요 없지 않을까. 유리와 함께 연주하는 게 즐거워서 피아노를 쳤던 것뿐이야."

스미레가 그렇게 주장하고, 검사 결과 가운뎃손을 유리에게 주는 상태로 분리하는 수술이 더 쉬울 수 있다는 것도 알게 되었다. 때문에 분리 후 스미레는 가운뎃손을 잃는 대신 의수를 달아 재활을 진행하기로 예정되어 있었다.

"역시 서운해?"

미오의 물음에 스미레가 조금 슬픈 듯 미소 지었다.
"흐음, 뭐, 전혀 서운하지 않다고 하면 거짓말이려나. 유치원 때부터 십 년 넘게 매일같이 연습했으니까. 하지만 좋은 기회다 싶어요. 언제까지고 피아니스트가 된다느니 하는 꿈같은 이야기를 하고 있을 순 없고."
말을 끊은 스미레는 웃음 띤 얼굴로 유리를 바라보았다.
"애당초 같은 시간을 연습해도 유리가 저보다 훨씬 잘해요. 그러니 전 새로운 일에 도전할 생각이에요."
"뭔가 구체적으로 정해 둔 거야?"
혈압을 다 잰 미오가 묻자 스미레는 "우선 연애!" 하고 오른손 주먹을 치켜들었다.
"지금껏 늘 둘이 함께 있었기 때문에 남자를 사귀는 게 어려웠어요. 게다가 제 말 좀 들어 보세요. 지금까지 몇 번인가 사귀고 싶다며 다가온 남자들이 있었는데 전부 유리에게 고백하는 거 있죠? 유리가 고백받는 동안 아무 상관도 없으면서 그 자리에 같이 있는 게 얼마나 거북한지……."
"그, 그건 보통 일이 아니네……."
씁쓸한 표정을 짓던 미오는 유리의 얼굴에 드리워진 어두운 그림자를 알아차렸다.
"유리, 무슨 일 있어?"
"아, 아무것도 아니에요."
깜짝 놀란 표정을 지은 유리가 황급히 왼손을 내저었다.
"진짜? 걱정되는 일 있으면 뭐든 말해 줘. 수술 전에는 누구나 불안해지니까."
"하지만 아주 훌륭한 의사 선생님들이 저희를 수술해 주시는 거잖아요?"

억양 없는 유리의 물음에 미오는 크게 고개를 끄덕였다.

"응, 심장혈관외과, 소화기외과, 정형외과, 각 분야에서 '플래티넘'으로 불리는 엄청난 전문가들이 두 사람의 수술에 참여할 거야. 게다가 집도의인 류자키 선생님은 일본 최고의 외과의사 중 한 명이고."

커뮤니케이션 장애에다 쓰레기집에 사는, 사회인으로서는 일본 최악 중 한 명이지만. 미오가 속으로 덧붙이자 유리는 그럼 걱정하지 않아도 되겠다며 꾸민 듯 어색한 미소를 지었다.

역시 유리는 뭔가 하고 싶은 말이 있다. 다시 물으려고 입을 떼려는 찰나 허리춤에 진동이 느껴졌다. 미오는 반사적으로 유니폼인 스크럽복 주머니에서 업무용 휴대폰을 꺼내 통화 버튼을 눌렀다.

"네, 사쿠라바입니다."

「아, 사쿠라바 씨. 와카나예요. 미안한데 512호실까지 농반(Pus pan)이랑 청소 세트 좀 가져다 줄 수 있어요? 환자분이 구토를 해서 큰일이에요.」

동료인 사오토메 와카나의 목소리가 들려왔다.

"알겠어. 바로 갈게. 스미레, 유리, 미안. 그만 가 봐야겠어."

미오가 출입구로 향하자 등 뒤에서 스미레의 목소리가 쫓아왔다.

"수고하세요. 저녁 콘서트 잊지 마세요."

"물론."

복도로 나온 미오는 뒤를 돌아보았다. 닫히는 문틈 사이 밝게 손을 흔드는 스미레 옆으로 생각에 잠긴 표정으로 고개 숙인 유리의 모습이 보였다.

2

"우와, 사람 꽤 많네."

 널찍한 강당에 들어선 미오는 감탄의 목소리를 높였다. 300석가량의 좌석은 이미 절반쯤 채워져 있었다. 그중 반수가 병원 관계자, 그리고 나머지가 세이료 대학 의학부 부속병원에 입원 중인 환자와 가족들로 보였다. 소아병동 환자도 많이 눈에 띈다.

 대학병원에는 중증질환 환자가 많다. 어쩔 수 없이 장기간 입원하는 사람도 적지 않다. 소독약 냄새가 떠도는 병동에서 몇 주, 몇 달씩 그저 치료만 받으며 지내는 단조로운 나날은 환자의 정신에 악영향을 미칠 수밖에 없다. 특히 소아 환자에게는 더더욱.

 바로 그런 이유로 종합병원에서는 입원 환자의 정신 건강에 조금이나마 도움을 주고자 다양한 행사를 연다. 칠월칠석 축제 때는 조릿대와 단자쿠[17]를 준비하거나 여름에는 녹색의 날[18]처럼 사격 게임이라든지 물풍선 낚시를 즐기기 위한 가판대를 설치하고 크리스마스에는 대형 트리를 장식한다.

 세이료 대학 의학부 부속병원에서는 콘서트나 그림 전시회 등 성인들도 즐길 수 있는 행사 또한 적극적으로 열고 있다. 가가노 자매의 콘서트도 그 일환으로 기획됐다.

 무대와 가까운 앞쪽으로 이동한 미오는 비어 있는 맨 끝자리에 앉아 뒤를 돌아보았다. 의료업계는 좁다. 자신의 정체를 아는 사람이 어디에 있을지 알 수 없다. 병원 관계자가 많이 모인 이 강당에서는 될 수 있는

---

[17] 소원 편지를 쓰기 위한 두껍고 조붓한 종이
[18] 자연을 아끼고 사랑하자는 취지로 지정된 일본의 공휴일

한 남의 눈을 피하고 싶었다.
 뭐, 이 자리라면 괜찮겠지. 거기까지 생각했을 때 몇 주 전 사건이 머리를 스쳐 미오는 얼굴을 찌푸렸다. 명란젓 상자에 걸려 있던 끈을 다시 묶게 만드는 시답잖은 덫에 걸려들고 말았다. 그날 류자키에게 외과 의사라고 지적받은 미오는 "무슨 소린지 모르겠네요! 이만 가 보겠습니다!" 하고 뒤집힌 목소리로 말한 후 곧장 집으로 도망쳐 들어왔다. 그리고 오늘까지 류자키와 마주친 적이 없다.
 지금 사는 아파트는 벽이 얇아서 가만히 귀를 기울이면 언제 류자키가 출근하려고 움직이는지 감이 왔다. 무엇보다 그는 수술장에서 수술만 하고 병동에 얼굴을 내미는 일이 드물다. 조금만 조심하면 마주치지 않고 지내는 건 어렵지 않았다. 커뮤니케이션 능력이 괴멸한 탓에 과묵하고 침착한 사람으로 오인 받는 류자키가 남들에게 뒷담화를 할 리도 없다. 그에게서 자신에 대한 소문이 퍼질 가능성은 낮지만, 조심해야 한다. 모처럼 간호조무사라는 천직을 발견했는데 만약 정체가 탄로 난다면 더 이상 이 병원에 있을 수 없게 될지도 모르기에. 가슴에 손을 얹고 스스로를 다독인 미오는 무대에 놓인 그랜드피아노를 바라보았다.
 "한 5분 있으면 공연 시작인가. 다들 오면 좋을 텐데."
 시간을 확인한 미오의 입에서 혼잣말이 새어 나왔다. 동료인 세 사람에게도 같이 보자고 했지만 에쓰코는 대학 1학년생을 필두로 한창 먹을 나이의 넷이나 되는 손자들을 위해 저녁상을 차려야 해서, 엔도는 초등학교 2학년 딸이 오후 6시면 돌봄 교실에서 돌아오기 때문에, 와카나는 미팅이 있어서 등 3인 3색의 이유로 거절당하고 말았다.
 뭐, 됐어. 혼자서 음악 감상하는 것도 나쁘지 않다는 생각을 하고 있는데 옆에 앉아도 되냐는 목소리가 귀에 닿았다.

"아, 물론⋯⋯."

거기까지 말하다 미오는 할 말을 잃었다. 류자키가 서 있었다.

"왜 그래? 라이플 탄 맞은 비둘기 같은 얼굴을 하고."

"라이플 탄에 맞았다간 비둘기 정도는 산산조각나 버리거든요?"

반사적으로 들이받은 미오의 허를 찌르듯이 류자키는 웃샤, 소리를 내며 옆자리에 앉았다.

"이러지 좀 마세요. 왜 여기 앉으시는 거죠?"

"이 콘서트는 지정석제가 아니야. 어디에 앉든 내 자유일 텐데."

"콘서트는 어떻게 오신 거예요? 늘 수술장에 틀어박혀 있으면서."

"무슨 소리야? 이제부터 연주할 두 사람은 모레 내가 수술할 환자다. 두 사람이 공유하는 팔을 한 사람이 완벽하게 사용할 수 있는 상태로 분리한다는, 무척 어려운 수술이지. 수술 전 팔의 기능을 확인해 두는 건 집도의로서 당연한 일이야."

가벼운 어조로 응수하던 방금 전과 달리 류자키의 말에서 강한 의지가 묻어났다. 그건 분명 진심일 것이다. 비록 자신과는 양립할 수 없는 사상을 지니고 있지만 류자키가 진지하게 의료에 임하고 있다는 건 기노시타 하나에 환자의 수술 때 눈으로 직접 확인했다.

"그런데 왜 굳이 옆에 오는 거죠?! 뭔가 용건이 있으신가요?"

천재 외과의사로 유명한 데다 수술장에서 거의 나오지 않고 개인사도(남과 접촉하는 것을 싫어하는 탓에) 수수께끼에 싸인 류자키는 수술장 이외의 병원 관계자들 눈에는 츠치노코[19]처럼 흥미가 당기는 존재다. 빠르게 주변을 둘러보니 이미 몇 사람이 류자키를 알아보고 이쪽

---

19) 일본에 서식한다고 알려진 미확인 생물. 망치와 비슷한 모양이며 몸길이가 매우 짧은 뱀

으로 시선을 보내고 있었다.

와카나에게서 들은 이야기에 따르면 통합외과의 에이스이자 외모가 반듯한 류자키를 노리는 간호사는 이루 헤아릴 수 없을 만큼 많다. 콘서트 때 옆에 앉아서 이야기를 나눴다는 소문이라도 나면 나중에 어떤 말썽이 생길지 알 수 없는 노릇이다.

내가 이동해야지. 그렇게 생각하고 몸을 일으키려던 미오의 손목을 류자키가 붙잡았다.

"물론 용건은 있어. 당신이 외과의사라는 것에 대해서."

"……무슨 소린지 모르겠습니다."

다시 의자에 앉은 미오는 이것 좀 놔 달라며 류자키의 손을 뿌리쳤다.

"당신은 명란젓 꾸러미를 묶을 때 외과 매듭을 지었어. 그건 외과의사가 사용하는 결찰 기술이야."

"……간호조무사로 일하기로 결정한 후에 책에서 읽고 조금 연습했을 뿐이에요. 의료 현장에서 뭔가 일이 생겼을 때 필요할지도 모른다는 생각에."

준비해 둔 변명을 입에 올리자 류자키가 가소롭다는 듯이 코웃음을 쳤다.

"내 눈을 속일 수 있다고 생각해? 그 군더더기 없는 유려한 결찰은 '조금 연습한' 정도로 익숙해질 수 있는 게 아니야. 수십만, 수백만 번 일상적으로 반복해서 연습하고 머리로 생각하지 않아도 손가락이 알아서 완벽한 결찰을 이뤄 낼 수 있게 된 자의 움직임이었어."

"……만약 제가 외과의사라면 그게 어쨌다는 건데요?"

"간호조무사 따위는 그만두고 외과의사로 돌아가."

그 말을 들은 순간, 눈앞이 새빨갛게 물드는 듯했다.

"'간호조무사 따위'라니 무슨 뜻이죠?! 간호조무사도 중요한 직업이에요. 환자에게 가장 가까이 다가가는 일에 긍지를 가지고 있습니다!"
"멋대로 지레짐작해서 화내지 좀 마. 얼굴이 삶은 문어처럼 새빨개졌다고."
삶은 문어? 더 화가 나기 시작한다.
"당연히 간호조무사는 아주 중요한 직업이야."
미오 입에서 "에……?" 하는 얼빠진 목소리가 새어 나왔다.
"그럼 왜 '간호조무사 따위'라고 하신 거죠? 왜 저를……."
거기서 말을 끊은 미오는 망설인다. 이 질문을 했다간 정체가 탄로나 버린다. 하지만 혀의 움직임을 멈출 수가 없었다.
"……외과의사로 돌려보내려는 거죠?"
"간호조무사는 자격증이 없어도 할 수 있는 직업이니까."
여전히 억양 없는 류자키의 말이 칼날이 되어 미오의 가슴에 박힌다.
"배식과 식사 보조, 기저귀 교환, 입욕 보조, 베드 메이킹, 욕창 예방을 위한 체위 변환까지. 간호조무사의 업무는 무척 중요해. 하지만 한편으론 그러한 업무 기술을 몸에 익히기 위해 오랜 수련이 요구되지는 않지. 그러나 외과의사는 달라."
입술을 꽉 깨무는 미오를 향해 류자키는 다시금 말을 이어나간다.
"의과대학 6년 과정을 마치고 의사 국가고시에 합격, 2년간의 초기 임상 연수 과정을 마쳐야 비로소 본격적인 외과의사로서 수련을 시작할 수 있어. 거기서부터 제 몫을 하는 집도의가 되려면 적어도 몇 년은 걸려."
류자키는 미오를 똑바로 응시했다.
"그런 과정을 거쳐 우리 외과의사는 수술이라는, 환자에게 심한 침습을 가하는 치료를 시행할 수 있게 돼. 거기에 이르기까지 교사와 지도

의사, 그리고 무엇보다 많은 환자의 협조가 필수였을 터. 그렇기 때문에 외과의사는 그 많은 사람들의 협력 아래 배가되어 온 기술로 환자를 살릴 의무, 계속해서 메스를 다룰 의무가 있어."

계속해서 메스를 다룰 의무……. 어느 누구보다도 외과기술을 갈고 닦는 일에 집착하고 실제로 환자를 계속 살리고 있는 류자키의 말이 무겁게 등을 내리눌렀다.

"뭣 때문에 외과의사를 그만뒀어? 어째서 간호조무사 일을 하고 있지?"

마지막으로 담당했던 환자, 누구보다도 소중했던 여성의 모습이 미오의 뇌리를 스친다. 다음 순간 심한 구역질이 밀려와 미오는 두 손으로 입을 틀어막으며 몸을 잔뜩 웅크렸다.

"……왜 그래?"

류자키의 목소리에서 희미한 동요가 배어 나왔다. 미오는 입을 틀어막은 채 힘없이 고개를 흔들며 일어섰다. 도망치듯 강당 뒤편으로 향했으나 류자키가 쫓아오는 기적은 없었다.

강당 뒤편 출입구에 다다른 미오는 무거운 문을 열면서 뒤를 돌아보았다. 자리에 앉은 그대로 류자키는 멀리서 뭔가 할 말이 있는 듯한 눈빛이었다.

간신히 시간 맞춰 들어왔다. 자리에 앉은 미오는 안도의 숨을 내쉬었다. 류자키로부터 도망쳐 강당을 뒤로한 미오는 화장실 칸에 틀어박힌 채 구역질의 파도가 가라앉길 기다렸다. 몇 분간 심호흡을 반복한 끝에 겨우 진정이 됐을 무렵에는 이미 콘서트가 시작되기 직전이었다.

무료로 공개되는 콘서트라 해도 연주 중에 들어가는 건 예의가 아니다. 급히 화장실에서 튀어나와 강당으로 되돌아온 미오는 북적이는 좌측 뒤편에 비어있는 한 자리를 발견해 앉았다.

우측 앞쪽 자리에 앉아 있는 류자키와는 대각선상에 있어서 거리가 제법 멀다. 이 정도 떨어져 있으면 알아차릴 일은 없겠지.

하지만 앞으로 어떻게 될까? 암담한 기분이 들었다. 통합외과 병동에 근무하는 데다 아파트에서도 바로 옆집에 사는 이상, 나름 조심한다 해도 앞으로 류자키와 마주칠 기회는 적지 않을 것이다. 외과기술 수련에 이상하리만치 집착을 보이는 저 남자는 앞으로도 '외과의사로 돌아가'라며 압박할 게 틀림없다.

직장과 집을 옮길까. 퍼뜩 머리에 떠오른 생각을 미오는 고개를 흔들어 지워 버렸다.

존경하는 인물에게 소개받은 덕분에 이 병원에 취업할 수 있었다. 취업한 지 한 달 만에 그만둔다면 그분께 폐를 끼치게 된다. 거주지만이라도 옮기고 싶지만 이사를 하려면 선행되어야 할 일들이 있다. 통장 잔고가 많이 줄어든 지금 상황에서 이사는 어렵다.

고민하는 사이 강당 안의 조명이 어두워졌다. 화려한 드레스로 몸을 감싼 스미레와 유리가 눈부신 스포트라이트를 받으며 무대 옆에서 모습을 드러냈다. 언뜻 보기엔 서로 몸을 바싹 붙이고 있는 것처럼 비치지만, 가만히 보면 연결된 두 사람의 의상과 그 사이에서 뻗어나온 희고 가느다란 팔을 볼 수 있다.

모인 사람들은 두 자매가 샴쌍둥이임을 알고 있을 터이다. 그럼에도 불구하고 강당 안에는 당혹감과 호기심, 그리고 희미한 혐오감마저 깃든 웅성거림이 일었다.

인터넷상의 추한 악의에 시달리다 깊이 상처 입고 남들 앞에 나서는 것을 그만둔 자매. 관객의 반응이 자매에게 그 가슴 아픈 경험을 떠올리게 만들어 버리는 건 아닐까?

요 몇 달 PTSD에 시달리고 있는 미오도 기도하듯이 두 손을 모았을 때 무대 위의 두 사람이 서로 눈빛을 교환하며 미소 지었다. 두 사람은 다시 정면을 바라보았다. 스미레는 오른손을, 유리는 왼손을 가슴팍에 대고 깊이 고개 숙여 인사했다. 그와 동시에 가운뎃손이 관객을 향해 손을 흔들었다. 관객석에서 커다란 박수 소리가 일면서 웅성거림을 싹 지워 없앤다.

둘 다 단단하네. 미오는 입매를 누그러뜨리며 그랜드피아노 앞에 놓인 2인용 의자에 앉는 가가노 자매를 바라보았다. 스미레와 유리는 눈을 감더니 세 개의 손을 건반 위에 살포시 올려놓았다. 박수가 멎고 장내는 물을 끼얹은 듯 조용해진다.

숨소리마저 조심스러운 침묵이 눈을 크게 뜬 스미레와 유리에 의해 깨진다.

스미레의 오른손과 유리의 왼손이 연주를 시작했다. 부드러운 선율이 강당을 휘감았다. 클래식 음악을 잘 알지 못하는 미오도 아는 곡이다. 베토벤 교향곡 제9번 라단조 작품 번호 125. 일본에서는 '제구(第九)'나 '환희의 송가'로서 친근하며 연말에 많이 연주되는, 강렬한 기쁨으로 넘쳐나는 곡.

잘하네. 미오의 머리에 떠올라 있던 그 무해무익한 감상은 다음 순간, 싹 지워 없어졌다. 그때까지 건반에 올려져 있을 뿐이었던 가운뎃손이 천장을 향해 휙 치켜 올라가더니 자유낙하하듯이 건반을 내리친다.

지금까지의 부드러운 선율과는 확연히 이질적인, 마치 유리가 깨지는 듯한 파열음이 울려 퍼지고 미오의 몸이 크게 떨렸다. 충격으로 생겨난

틈을 찌르는 듯이 단숨에 연주가 달라졌다.

곡은 교향곡 제9번이 틀림없다. 그러나 그것은 지금껏 미오가 28년 인생의 다양한 장면에서 수십 수백 번 들었던 그 곡과는 차원이 달랐다.

세 개의 손이 건반 위를 춤추는 듯이 복잡하게, 가볍게, 유려하게 움직이며 때로는 재즈풍으로, 때로는 팝풍으로, 때로는 록풍으로 선율을 다층적으로 연주해 나간다.

하나의 악기에서 발현되는 것이라곤 믿을 수 없을 만큼 그 음은 다양성으로 넘쳐난다. 마치 오케스트라 연주를 듣고 있는 듯한 기분이 든다. 미오는 눈을 감는다. 색이 깃든 음에 의해 눈꺼풀 안쪽에 선명한 추상화가 그려지는 듯한 느낌이 들었다.

미오는 문득 깨닫는다. 규칙적으로 연주의 빛깔이 달라지는 것을.

투명하고 아름답게 몸에 스며드는 듯한 선율과, 뜨겁고 열정적으로 다가와 마치 공기의 진동이 직접 마음을 흔드는 듯한 선율이 교대로 연주되고 있다.

아, 그런가. 유리와 스미레의 연주가 교대로 울려 퍼지고 있구나.

미오는 눈을 감고 연주를 즐기면서 무슨 일이 일어나고 있는지 이해한다.

가가노 자매는 연주 중, 가운뎃손을 사용하는 사람을 교체함으로써 선율에 커다란 변화를 주고 있다. 분명 투명한 선율일 때는 유리가, 열정적인 선율일 때는 스미레가 가운뎃손을 조종하고 있지 싶다. 어릴 적, 가운뎃손을 안전하게 사용하는 법을 익히기 위해 시작한 피아노 연주는 10년이 넘은 지금, 유일무이한 예술로서 꽃을 피우고 있다.

미오는 전신의 근육을 이완시키며 몸과 마음을 선율에 내맡긴다.

진흙탕처럼 가슴에 고여 있던 불안이 씻겨 내려가는 듯한 기분이 들었다.

아파트에 도착한 미오는 뻘건 녹이 눈에 띄는 철제 계단을 올라간다. 유난히 발걸음이 가볍다. 그 이유가 한 시간쯤 전에 들은 가가노 자매의 콘서트 때문임은 틀림없었다.

교향곡 제9번의 압도적인 연주로 관객들의 마음을 단숨에 사로잡은 스미레와 유리는 그 후 J-POP과 만화영화 주제가, 흘러간 옛 노래, 동요 등 다양하고 풍성한 곡들을 잇달아 선보였다. 전부 유명한 곡이었지만, 가가노 자매의 세 개의 손에 의해 독창성 넘치는 편곡이 가미되어 하나같이 처음 듣는 곡처럼 느껴졌다.

한 시간가량 화려하게, 가련하게, 마치 춤을 추는 듯이 건반을 두드린 두 사람이 연주를 마치고 이마에 맺힌 땀방울을 빛내며 깊이 고개 숙이자 장내는 우레와 같은 박수 소리에 휩싸였다.

계단을 다 올라온 미오는 낡은 세탁기가 늘어선 바깥 복도를 천천히 걸어 들어간다. 봄날의 밤바람이 기분 좋았다. 크게 심호흡하자 근 몇 달만에 신선한 공기로 폐를 채운 듯한 기분이 들었다.

발을 멈추고 밤하늘에 떠오른 초승달을 올려다보던 그녀는 가볍게 고개를 흔들었다.

확실히 기분은 좋지만 어디까지나 일시적인 것이다. 스미레와 유리가 연주한 선율에 취한 나머지 마음을 좀먹는 기억으로부터 잠시 눈을 돌리고 있었을 뿐이다.

"어떻게 잊어……."

달을 바라보는 미오의 입에서 암울한 말이 새어 나왔다.

그래, 난 그 사건을 잊어선 안 돼. 그 기억에서 해방되어선 안 돼. 심장이 멎을 때까지 죄를 계속 짊어져야만 해. 소중한 사람의 배를 가르고 목숨을 앗았다는 큰 죄를.

가슴 속에 무겁고 끈적끈적한 검은 감정이 다시 돌아온다. 그때 으르렁거리는 듯한 엔진소리가 다가왔다. 어둠을 가르는 듯한 새카만 보디의 카이엔이 속도를 거의 늦추지 않고 차도에서 아파트 주차장으로 뛰어들었다.

류자키의 차다. 콘서트 전에 그와 주고받은 대화를 떠올리자 가슴 속 검은 감정의 농도가 더욱 짙어진다. 류자키와 얼굴을 마주치고 싶지 않았다. 남의 사정도 모르면서 또다시 "외과의사로 돌아가"라고 들이댈 게 뻔하기에.

빠른 걸음으로 복도를 가로질러 현관문을 연 순간 미오의 몸이 굳었다.

"……어?"

벌어진 입에서 얼빠진 소리가 새어 나왔다.

현관에서부터 이어진 부엌 딸린 짧은 복도와 그 끝에 이어진 세 평짜리 원룸에는 바닥이 보이지 않을 정도로 온갖 물건이 어지럽게 흩어져 있었다. 무슨 일이 일어난 건지 순간 이해가 가지 않았다.

집을 잘못 들어왔나? 그런 생각이 머리를 스쳤지만 이내 그건 아니라는 것을 깨닫는다.

갖고 있던 열쇠로 잠긴 현관문을 연 데다 바닥에 흩어진 책들, 겉옷, 속옷, 식기, 잡다한 물건들 그 모든 것들이 낯익었다.

방 안이 난장판이 됐다. 대체 무슨 일이…….

"도둑……. 도둑이 들었어?"

간신히 상황 파악이 되기 시작한다. 그때 등 뒤에서 발소리가 울렸다.

범인?! 재빨리 돌아보며 방어 태세를 취했으나 뒤에 서 있던 건 류자키였다.
"뭐 하는 거야, 당신?"
류자키는 여느 때와 다름없이 억양 없는 어조로 물었다. 아마도 우뚝 서 있던 미오를 이상히 여겨 상황을 보러 온 모양이다.
"아니, 이게 그러니까……."
혼란이 가시지 않아 횡설수설하는데 류자키는 관심 없다는 듯 안쪽 방의 참상을 흘낏 보곤 발길을 돌렸다.
"나한테 좀 치우고 살라고 한 주제에 본인 방도 별반 다를 게 없잖아."
그런 혼잣말을 남기고 옆집으로 들어가는 류자키를, 미오는 그저 멍하니 바라보는 수밖에 없었다.

3

적색 경광등 불빛이 눈에 스민다. 계단에 걸터앉은 미오는 천천히 얼굴을 들었다.
그녀의 집 현관에는 노란 '출입금지' 테이프가 쳐졌다. '경찰청' 글씨가 박힌 작업복을 입고 마스크와 신발 커버를 착용한 감식반이 드나들고 있었다.
방 안의 참상에 몇 분간 경직된 후 미오는 느릿느릿 경찰에 신고했다. 근처 파출소에서 출동한 경찰관이 곧바로 빈집털이 사건임을 판단하고 관할서에 연락, 이후 형사와 감식반이 파견되었고, 미오가 놀란 가슴을 진정시킬 새도 없이 수사가 개시되었다.

그렇지 않아도 낮 동안의 근무로 피곤하던 차에 몇 시간이 넘도록 꼬치꼬치 캐묻는 형사에게 상황 설명을 하고 감식반과 함께 엉망이 된 자신의 방에 들어와 없어진 물건이 없는지도 확인해야만 했다. 기력도 체력도 이미 바닥이 나 버린 상태라 자칫 맥을 놓는 순간 그대로 쓰러져 버릴 것만 같았다.

다행히 통장과 도장, 현금 등은 그대로 남아 있었지만 노트북이 없어졌다. 다시 사는 수밖에. 이사 온 지 얼마 안 되어 가뜩이나 여유가 없는데 뼈아픈 지출이다.

깊은 한숨을 내쉬며 고개 숙인 미오는 머리를 감싼다. 아냐, 노트북만의 문제가 아니다. 역시 이 아파트에서 나가야만 할지도 몰라.

미오는 몇십 분 전에 파견된 중년의 남성 형사와 나눈 대화를 떠올린다.

형사의 이야기에 따르면 범인은 높은 나무가 여러 그루 있어 사각지대에 속하는 아파트 뒤편에서 우수관을 타고 2층까지 기어 올라와 창문을 깨고 실내에 침입했다고 한다. 책상 서랍에 들어 있던 통장, 도장, 현금에 손을 대지 않은 것으로 보아 단순히 금품을 노린 도둑의 범행이라고는 볼 수 없으며 명백히 목적을 갖고 침입하여 무언가를 기를 쓰고 찾은 흔적이 있다고 형사는 미오에게 전했다.

"그 '무언가'가 노트북인가요?"

미오의 질문에 형사는 고개를 가로저었다.

"바로 눈에 띄는 노트북이 목적이라면 방 안을 이렇게 뒤집어놓을 필요는 없죠."

"하지만 노트북 외에 돈 될 만한 건 다 그대로 있는데."

미오의 그 말에 형사는 얼굴 앞에서 V자를 그리는가 싶게 검지와 중지를 세웠다.

"그 경우, 두 가지 가능성이 있습니다. 가령 훔쳐 가더라도 선생님께서 당장은 알아차리지 못할 만큼 중요한 물건은 아니었던 케이스. 또 하나는 목적한 물건을 범인이 찾아내지 못한 케이스입니다. 후자일 경우 그다지 좋은 상황이 아닙니다."

"그다지 좋은 상황이 아니라니, ……무슨 뜻이죠?"

"범인이 아직 목적을 달성하지 못했다는 거죠."

"그 말은, 다시……."

미오의 목소리가 떨리고 형사는 무겁게 고개를 끄덕였다.

"네, 범인은 또다시 원하는 물건을 빼앗으려 할지 모릅니다. 그리고 빈집털이로 목적을 달성하지 못한 범인이 좀 더 폭력적인 행동으로 나올 수도 있습니다."

담담히 전한 형사의 말이 미오의 귀에는 유난히 불길하게 울렸다.

형사는 그 후, 조금이라도 신변의 안전을 확보하기 위한 조치로 아파트 주변 순찰을 강화하겠다고 했다. 제안은 고마웠지만 그것만으로 안전이 확보될 것 같진 않다. 조금이라도 보안이 탄탄한 곳으로 집을 옮기는 게 나을 것 같다.

아니, 그것만으론 충분하지 않아. 미오는 고개를 설레설레 흔든다.

범인이 만약 내가 가지고 있는 무언가를 찾고 있다면 이사를 가더라도 계속해서 나를 노릴지 모른다. 설사 거주지의 보안이 철저해도 외출 중에 표적이 될 위험은 여전히 남는다. 이곳으로 이사 온 지 약 두 달, 이따금 누군가에게 감시당하는 듯한 기척을 느끼던 차였다. 기분 탓인가 싶었는데 아니었다. 누군가가 나를 노리고 있다.

안전 확보를 위한 가장 확실한 방법은 범인의 목적을 알아내는 것이지만 아무리 생각해도 짐작조차 가지 않았다. 값비싼 물건은 갖고 있지 않고 남에게 딱히 원한을 산 기억도 없다.

"뭐가 어떻게 된 거야……."

입에서 힘없는 웅얼거림이 새어 나왔을 때 발소리가 울렸다. 문득 보니, 바로 옆에 가죽 구두를 신은 발이 있다. 또 형사인가? 그렇게 생각하고 시선을 든 미오는 얼굴을 찡그렸다. 구두의 주인은 이웃집 괴짜 외과의사였다.

"일이 꽤 심각한가 보네. 도둑이 들었다고?"

"……류자키 선생님과는 상관없는 일이에요."

"상관없는 건 아니지. 이웃집에 절도범이 들었다고. 같은 아파트 주민으로서 보안에 불안을 느끼는 건 당연해."

"그런 쓰레기 방, 도둑도 기겁하고 도망칠걸요. 게다가 보안이란 말이 나와서 하는 말인데, 주차장에 카이엔 같은 걸 세워 두는 것도 문제예요. 방범 카메라도 없는 이 낡은 아파트에 돈 많은 부자가 산다고 오해하지 않겠냐고요. 선생님 집으로 착각하고 우리 집에 기어들어 온 도둑이 차 키를 찾아 헤집고 다녔을지도 모를 일이잖아요."

"그쪽 가설은 빗나갔어."

류자키는 한마디로 잘라 버린다.

"도둑이 든 시간대에 나는 병원에 있었으니 카이엔은 아파트 주차장에는 없었어. 당연히 차 키는 병원에 있는 내가 갖고 있으니까 집 안을 뒤져도 나올 리가 없지. 초등학생도 알 만한 이치야."

"알겠습니다 알겠습니다. 선생님 말씀이 백 번 천 번 옳습니다."

미오는 고개를 절레절레 흔들었다.

"……이제 어떡할 건가? 오늘 밤은 어디서 잘 생각이야?"

미오는 앗, 하는 소리를 흘린다. 충격이 커서 미처 그 문제를 생각하지 못했다.

곧 있으면 감식 작업이 끝나고 집 안에 들어갈 수 있겠지만 난장판이 된 방을 치우고 잠자리를 만들 기력은 없다. 그게 아니더라도 방금 도둑이 들었던 방에서 잠들 수 있을 만큼 대범하진 않았다.

"……친구 집에라도 가서 자야죠."

미오가 대답하자 류자키는 손목시계를 들여다보았다.

"자정이 지났어. 이 시간에 갑자기 재워 줄 만한 친구가 있긴 해?"

"……신경 쓰지 마세요. 마음만 먹으면 공원 벤치에서라도 잘 수 있습니다."

"바보 같은 소리 하지 마. 봄이 됐다고는 해도 아직 밤에는 공기가 차가워. 게다가 그쪽도 일단 젊은 여성이야. 밤중에 공원에서 잔다든지 하는 건 너무 위험해."

"일단이라뇨?!"

미오는 물어뜯을 듯이 대든다. 심신이 모두 한계에 다다라 감정을 제어할 수가 없었다.

"꺅꺅 떠들지 좀 마. 어쩔 수 없네. 오늘 밤은 내 집에서 자."

기노시타 하나에 건으로 옅어졌던 류자키에 대한 혐오감이 단숨에 폭발한다.

"수작 부리지 말아요! 저는 그런 가벼운 여자가 아닙니다!"

"무슨 착각을 하는 거야. 당신 같은 촌스러운 여자를 건드릴 만큼 굶주리지 않았어."

"촌스러운 여자?!"

눈을 부라린 미오에게 류자키는 한숨을 쉬더니 턱짓을 한다.

"이 방이야."
호주머니에서 키 케이스를 꺼낸 그는 자신의 방인 203호실 옆, 202호실의 잠금장치를 풀고 현관문을 열었다.
"어, 그 방은……."
"됐으니까 이리 와."
류자키의 재촉에 경계하며 202호실을 들여다본 미오는 눈을 휘둥그레 떴다. 미오나 류자키의 방과 같은 구조이면서 짧은 복도 끝에 펼쳐진 공간은 낡은 다다미방과는 전혀 다른 양상을 띠고 있었다.
그곳은 흡사 과학실험실 같았다. 플로어링 바닥에 작은 테이블이 몇 개 놓여 있고 테이블 위에는 봉합이며 절개, 내시경, 복강경 수술용 전문 트레이닝 기구 등이 놓여 있었다. 게다가 방 안쪽에는 본격적인 로봇 수술용 시뮬레이터마저 존재했다.
현관 앞에 선 미오가 멍하니 중얼거렸다.
"여기는……."
"내 트레이닝 룸이야. 비는 시간에 여기서 훈련을 거듭하고 있어."
미오는 이 아파트에 입주할 당시 집주인한테 들은 이야기를 떠올렸다. 201호실과 202호실은 상주하는 사람은 없고 어떤 사람이 창고처럼 쓰고 있다고. 그 '어떤 사람'이 류자키였던 건가.
미오는 빨려 들어가듯이 집 안으로 들어갔다. 가만 보니 구석에는 러닝 머신을 비롯해 웨이트 트레이닝용 덤벨과 바벨까지 갖춰져 있었다.
연습 기구는 하나같이 최신식이다. 로봇 수술용 시뮬레이터까지 있는 것을 보면 2, 3천만 엔은 들였지 싶다. 이걸 개인이 소유하고 비는 시간에 외과기술 훈련을 거듭하고 있다는 건가.
"굉장하네……."

미오의 입에서 감탄의 목소리가 새어 나왔다.
"어, 굉장하지. 내 자랑스러운 컬렉션이야."
장난감을 자랑하는 초등학생처럼 류자키는 의기양양하게 설명을 이어나갔다.
"여기 있는 기구는 하나같이 고가품이야. 그래서 이 방을 새롭게 꾸밀 때 보안 강화에 신경 썼지. 문도 창도 특별 제작했고 열쇠도 복제가 어려운 딤플 키로 맞췄어. 여기라면 안전해."
류자키는 벽장 속에서 침낭을 꺼내 현관 열쇠와 함께 내민다.
"이걸 사용해. 트레이닝에 완전 몰입했을 때 여기서 쉴 수 있도록 준비해 둔 거야."
실은 자기 방에 쓰레기가 과하게 쌓였을 때 이곳으로 피난하기 위한 것일 테지. 속으로 딴죽을 걸면서도 미오는 고맙다고 인사하며 침낭과 열쇠를 받아들었다.
"그럼 난 내 방으로 돌아가서 잘게. 내일도 수술이 꽉 차 있어서 말이야. 열쇠는 내일 아침 내 방 우편함에 넣어 둬."
그 말을 남기고 류자키는 발길을 돌려 방을 나갔다.
닫힌 현관문을 향해 미오는 머리를 숙였다. 류자키의 배려가 진심으로 고마웠다.
낮 동안 입었던 옷 그대로에 침낭을 사용하는 것도 처음인 데다, 무엇보다 의료 행위 연습용 기구가 몇 개씩이나 놓인 이 방에서 과연 잠이 올지는 모르겠다. 그러나 보안이 튼튼한 방에 있다는 것만으로 불안이 다소 잦아든다. 미오는 방의 불을 끄고 살짝 망설이다 옷을 벗고 속옷 차림으로 침낭에 들어갔다.
침낭은 상상했던 것보다 훨씬 부드럽고 따뜻했다.

4

"그래서 어떻게 됐어요? 범인은 잡혔어요?"
테이블을 사이에 두고 맞은편에 앉은 와카나가 몸을 내밀었다.
이튿날 오후 한 시가 지난 시각, 미오는 동료들과 함께 간호조무사 대기실에서 점심시간을 갖고 있었다.
"어제 일이라서 아직 잡히진 않았어."
"그래도 돈이나 통장 같은 건 안 훔쳐 갔다며. 불행 중 다행이야."
에쓰코의 위로의 말에 미오는 애매하게 고개를 끄덕인다.
빈집털이범들은 상습적으로 범행을 저지르기 때문에 언젠가 다른 사건으로 붙잡히게 돼 있습니다. 그때 이번 사건이 여죄로 떠오를 가능성이 높아요.
형사도 그런 말을 했지만, 그 정도로 온 방을 헤집어 놨음에도 불구하고 현금에는 손을 대지 않고 노트북만 훔쳐 간 범인이 단순한 빈집털이범이라고는 생각되지 않았다. 정체 모를 불안이 내내 온몸에 들러붙어 있다.
"그래서 사쿠라바 씨, 이제 어떡할 거예요? 집으로 들어가요?"
엔도의 걱정스러운 물음에 미오는 고개를 가로저었다.
"아뇨, 아직 집이 엉망이라. 쉬는 날 낮에 조금씩 치우기로 하고 당분간은 다른 데서 지낼까 싶어요."
"갈 곳은 있어요?"
와카나가 미간을 찌푸린다.
"혹시 괜찮으면 우리 집에 와 있을래요? 그리 넓진 않지만 한 사람 정도는 같이 지낼 수 있어요."

"고마워. 하지만 괜찮아. 학교 친구 집에서 지내기로 했거든."

"뭐야아, 사쿠라바 씨랑 살면 여자들끼리 수다도 떨고 재밌었을 텐데."

깍지 낀 두 손으로 뒤통수를 받치는 와카나에게 "미안" 하고 두 손을 모으면서 미오는 죄책감을 느꼈다. 친구 집에서 지낸다는 건 거짓말이다. 오늘 아침, 류자키에게 부탁해서 며칠간 202호실에 묵기로 허락받은 참이었다.

방을 헤집어 놓은 범인의 목적이 아직 밝혀지지 않은 상태에선 위험에 휘말릴 가능성이 있으므로 친구나 와카나 집에는 갈 수 없다. 그런 점에서 보안도 탄탄하고 당장 필요한 생필품 따위를 집에서 바로바로 가져올 수 있는 202호실은 이상적인 피난처였다.

오늘 밤은 류자키가 오후 10시 반까지 202호실에서 트레이닝을 할 예정이어서 그 이후에 미오가 사용하기로 했다. 그때까지 어디서 시간을 보낼지는 아직 정하지 못했지만 잘 곳이 정해졌다는 것만으로 마음이 한결 편했다.

"어머나, 슬슬 점심시간도 끝나갈 시간이네. 그럼 오후에도 힘내서 열심히 해 봅시다."

벽시계를 본 에쓰코의 구호에 나머지 사람들은 "네" 하고 대답하고 의자에서 일어났다. 대기실을 나온 미오는 간호 스테이션으로 향했다. 봉지에 담긴 처방약이 실려 있는 카트를 밀며 복도로 나선다. 입원 환자용 처방약은 간호사나 간호조무사가 배부한다. 이 카트에는 저녁 시간과 취침 전 내복약이 실려 있었다.

미오는 차례대로 병실을 돌며 환자의 리스트밴드에 기재된 이름과 약봉지에 적힌 이름이 일치하는지 신중히 확인하면서 약을 배부했다.

30분 넘게 걸려 거지반 배부를 마친 미오는 크게 한숨을 내쉬었다.

카트에는 약봉지가 딱 두 사람분 남아 있었다. 미오는 마지막 두 사람이 있는 1인실 문을 노크했다. 곧바로 안에서 "네에" 하는 겹쳐진 목소리가 울렸다.

미닫이문을 열고 병실로 들어선 미오는 소파에 앉아 있는 가가노 자매에게 말을 건넸다.

"스미레, 유리, 컨디션은 좀 어때? 내일이 수술인데 불안하거나 그러진 않아?"

"아, 사쿠라바 씨. 수고하시네요. 여유만만이에요. 그치? 유리."

스미레가 넌지시 묻자 유리는 "으, 응" 하고 애매하게 고개를 끄덕였다. 그 반응을 본 미오는 유리 앞에서 한쪽 무릎을 꿇고 눈높이를 맞췄다.

"혹시 뭔가 불안한 게 있으면 거리낌 없이 말해 줘."

미오가 느긋한 어조로 말을 건네자 유리는 고개를 가로저었다.

"전혀 걱정 안 해요."

유리가 미소 지었지만, 그 표정을 코앞에서 보며 미오는 위화감을 느꼈다. 유리가 짓고 있는 미소가 유난히 인위적으로 보였다. 마치 로봇을 상대하고 있는 듯한 기분이 든다.

걱정 안 한다고 즉답한 점이나 이 정도로 구슬려도 불안을 입에 올리지 않는 것으로 보아 수술의 성패 때문에 예민해진 느낌은 아니다. 다만 유리는 뭔가 전하고 싶은 눈치다. 고작 며칠간이지만 가가노 자매 가까이에서 그 모습을 낱낱이 관찰해 온 미오는 그렇게 확신했다.

왜 상담을 요청하지 않을까. 내게 마음을 열지 않아서일까?

"그보다 사쿠라바 씨."

생각에 잠겨 있던 미오의 정신을 스미레가 일깨웠다.

"어제 콘서트 보러 와 줘서 고마워요. 뒷자리에 있는 거 봤어요. 우리의 마지막 콘서트 어땠어요?"

적극적으로 감상평을 요청하는 스미레에게 미오는 "멋졌어" 하고 두 손을 모았다.

"선율이 빛나는 것 같았어. 정말 굉장했어. 그런 연주, 지금껏 한 번도 들어 본 적 없었어."

미오가 마음에서 우러나는 극찬을 입에 올리자 스미레는 미소 지으며 천장을 올려다보았다.

"다행이다. 마지막으로 유리와 최고의 연주를 선보일 수 있어서 정말 다행이야……."

스미레 입에서 새어 나온 독백에서 만감이 교차한다는 것이 전해진다. 그런 스미레를 바라보는 유리의 어쩐지 슬퍼 보이는 표정을 보고 미오는 머리가 찌르르한 느낌이 들었다.

혹시……. 몇 초간 생각에 잠긴 후 미오는 입을 열었다.

"그럼 두 사람에게 밤에 자기 전에 먹을 약을 전해 줄게."

카트에서 약봉지를 두 개 집어 든 미오는 그중 하나를 스미레에게 건네면서 유리의 귓가에 입을 가까이 가져갔다. 스미레에게 들리지 않게 미오는 작은 소리로 속삭인다.

눈이 휘둥그레지는 유리에게 미오는 약이 든 봉지를 들이밀면서 윙크했다.

"약 먹는 거, 잊지 말고."

미오는 두 사람에게 손을 흔들고 카트를 밀며 병실을 뒤로했다.

불 꺼진 병동 복도를 하늘색 스크럽복을 입은 미오가 살금살금 걷고 있다. 낮에는 간호사며 문병객들이 오가는 이 복도도 지금은 인기

척이 없다.

등 뒤에서 목소리가 들려 미오는 흠칫 놀랐다. 돌아보니 십여 미터 앞에 있는 간호 스테이션에서 불빛이 새어 나오고 있었다. 야간근무 중인 간호사들이 대화를 나누고 있는 것이리라.

이 병동의 스태프라고는 해도 이미 근무시간은 지났다. 만약 간호사 눈에 띄는 날엔 지금 뭐 하고 있는 거냐고 타박 당하겠지. 지난번 기노시타 하나에 건으로 미오는 온 병동의 간호사들에게 요주의 인물로 찍혔다. 특히 주임 간호사인 사다모리로 말할 것 같으면 적개심을 드러내기에 이르렀다. 그리고 지금부터 하려는 일도 또다시 큰 소동으로 번지게 될지 모른다.

불안이 발을 붙들어 매려는데 요전에 류자키가 했던 말이 머리를 스쳤다.

당신은 당신의 이상을 추구하고 실현하면 돼.

그래. 난 내가 옳다고 여긴 일을 해야 해.

각오를 다진 미오는 발을 재게 놀려 목적한 병실 앞에 다다랐다. 벽시계 바늘은 오후 9시를 지나고 있었다. 소등한 지 한 시간이 넘었다. 이제 괜찮으려나?

살며시 문을 열고 안의 동태를 엿본다. 귀를 기울이자 규칙적인 숨소리가 고막을 간질였다. 미오는 병실로 들어가 발소리를 죽이며 안쪽에 있는 킹사이즈 침대로 다가갔다. 그곳에는 같은 얼굴을 한 소녀들이 나란히 눈을 감고 있었다.

"자니?"

"안 자요."

숨죽인 목소리로 묻자 오른편의 소녀, 가가노 유리가 천천히 눈을 뜨며 대답했다.
"안 돼, 소리를 좀 더 낮춰야지. 스미레 깨잖아."
"괜찮아요."
미소 지은 유리가 스미레의 잠든 얼굴을 내려다보았다.
"스미레는 한번 잠들면 큰 소리로 말을 걸든 몸을 마구 흔들든 잘 안 깨요. 게다가 오늘은 약도 먹었잖아요. 절대 안 깨요."
유리가 손바닥을 펴 보인다. 하얀 알약이 하나 올려져 있었다.
"그런데 왜 이런 일을 지시했어요?"
수술을 하루 앞둔 환자들은 불안과 긴장으로 인해 잠들지 못하는 경우가 많기 때문에 수술 전날에는 항불안 작용이 있는 수면제가 처방된다. 낮에 수면제가 든 약봉지를 건넬 때 미오는 유리에게 살짝 귓속말을 했다. "그 수면제 먹지 말고 기다리고 있어. 이따 밤에 올 테니까" 하고.
"그야 유리와 둘이 하고 싶은 이야기가 있어서지."
"이야기라면 늘 하고 있지 않나요?"
"응, 분명 그렇지. 하지만 '단둘이'는 아니야."
자고 있는 스미레에게 미오가 시선을 주자 유리의 표정에 동요가 일었다.
"내 느낌에 유리는 뭔가 하고 싶은 이야기가 있어 보였어. 하지만 몇 번씩 물어도 이야기해 주지 않았어. 내 착각이었나 싶었는데 잠시 생각해 보니 알겠더라. 너는 스미레 모르게 이야기하고 싶어 한다는 걸."
유리는 입술을 꾹 다물었다.
"힘들지? 제아무리 죽고 못 사는 자매지간이라 해도 상대에게 알리고 싶지 않은 일이 있기 마련이야. 하지만 유리와 스미레는 서로서로 그런 일을 숨길 수가 없어."

"······그래서 제게만 수면제를 먹지 말라고 했군요."
"응, 그렇게 하면 유리랑 나, '둘이서만' 이야기할 수 있을 것 같아서."
미오는 유리의 왼손을 살며시 쥐었다.
"지금이라면 괜찮아. 하고 싶었던 말을 털어놔도 돼. 수술받는 게 싫으니?"
"그렇지 않아요. 물론 스미레하곤 태어날 때부터 쭉 함께였기에 조금 서운하긴 하지만, 역시 이 몸은 여러모로 불편하고. 다만······ 가운뎃손 문제가 납득이 가지 않아요."
"가운뎃손?"
미오는 유리와 스미레 사이에 나 있는 가운뎃손에 시선을 옮긴다.
"이 손은 저뿐 아니라 스미레 것이기도 해요."
유리는 가운뎃손을 천장을 향해 들어올렸다.
"하지만 둘 중 누구에게 남겨 놓을지 선택해야만 하는 데다, 유리 쪽이 신경의 주행 면에서 안전하게 수술할 수 있다고 하던걸."
"네, 그렇게 들었어요. 하지만 가운뎃손을 스미레에게 주는 것도 가능하다고 설명 들었어요. 어느 쪽이 좋을지 우리가 선택하길 바란다고."
"그래서 가족끼리 의논해서 유리가 이어받기로 된 거고."
미오의 말에 유리는 고개를 절레절레 흔든다.
"그건 의논 같은 게 아니었어요. 설명을 들은 스미레가 바로 그럼 당연히 가운뎃손은 제 거라고, 저라면 일류 피아니스트가 될 수 있다고 말을 꺼냈어요. 부모님도 잠시 망설이다 '스미레가 그래도 괜찮다면······ 유리도 괜찮지?'라고 하셨고요. 그런 중요한 일을 갑자기 물으니 뭐라 답해야 할지 몰라서. 분위기에 휩쓸려서 그만."
유리는 왼손으로 눈을 가렸다. 가늘게 어깨가 들썩였다. 미오는 그런 유리를 바라보며 조용히 말을 건넸다.
"유리는 가운뎃손을 갖는 게 싫으니?"
"스미레가 가운뎃손을 빼앗기는 게 싫어요. 가운뎃손은 스미레가 사용해야 해요."
유리는 얼굴을 들고 글썽이는 눈으로 미오를 바라보았다.
"사쿠라바 씨, 어제 콘서트 들었죠? 어떤 느낌이었어요?"
"어떤 느낌이라니, 멋졌다고 생각하는데……."
"아뇨. 저랑 스미레의 연주, 어느 쪽이 매력적이었어요? 조용한 연주와 격렬한 연주. 어느 쪽이 사쿠라바 씨의 마음을 흔들었나요?"
미오는 콘서트를 떠올린다. 투명한 듯 부드러운 선율은 듣기에는 기분 좋았으나, 대범하면서도 자유롭고 열정적인 선율에는 마음을 흔드는 박력이 있었다.
"격렬한 연주 쪽이 뭐랄까…… 확 와 닿았어."
미오의 답에 눈물이 고인 유리의 눈이 기쁜 듯이 가늘어졌다.
"그건 스미레의 연주예요. 그때 스미레가 가운뎃손을 놀리고 있었던 거예요. 저는 피아니스트로서 스미레의 발끝도 못 따라가요."
"하지만 유리가 더 피아니스트로서 수준이 높다고……."
"네, 제가 더 잘 쳐요. 제가 더 착실하고 기본에 충실한 연주를 하니까. 스미레는 늘 자기만의 방식으로 편곡해서 치니까 맞추기가 힘들어요."
가운뎃손이 들어 올려지고, 그 손가락이 나긋나긋하게 움직였다.
"그 어떤 곡도 정확하고 완벽하게 연주하는 제가 지금은 확실히 높은 평가를 받고 있어요. 하지만 그저 정확하게 연주하는 것뿐이라면 로봇도 할 수 있어요. 음악은 예술이에요. 창의성과 무엇보다 열정이 필요해요. 제게는 그런 열정이 치명적으로 결여되어 있어요."

유리의 얼굴에 어두운 그림자가 드리워졌다.

"저는 음악이 좋다기보다 스미레와 함께 무언가를 하는 게 좋았을 뿐이에요. 다만 워낙 성향이 성실하다 보니 기술적으로는 제가 더 잘하게 되었어요. 하지만 진짜로 음악을 사랑하는 건 스미레예요."

"그런데도 스미레는 유리에게 가운뎃손을 주려고 한 거야?"

"항상 그래요."

가운뎃손이 자고 있는 스미레의 머리칼을 부드럽게 쓸어 올린다.

"평소에는 자기 멋대로면서 중요한 순간이 되면 자신을 희생하면서까지 저를 우선시하며 언니처럼 굴어요. 제왕절개라서 누가 먼저랄 것도 없이 동시에 태어났다는데."

"스미레는 사실 음악을 계속하고 싶은 거야?"

"네, 맞아요. 하지만 저 때문에 꿈을 포기하려는 거예요. 제가 기뻐할 리 없는데도. 가운뎃손은 스미레가 사용했으면 좋겠어요. 하지만 스미레가 어떤 각오로 결심했을지를 생각하면 그 마음을 무시하는 것 같아서 어떻게 해야 좋을지 모르겠고……. 그러는 동안 수술 날짜는 다가오고, 점점 말 꺼내기가 힘들어져서……."

유리는 고통을 참는 듯한 표정으로 입을 다물었다. 납덩이처럼 무거운 침묵이 방 안에 내려앉았다.

"저기……."

미오가 작은 소리로 침묵을 깼다.

"유리한테는 장래의 꿈은 없어?"

"꿈……?"

"그래, 피아니스트를 꿈꾸지 않는다면 달리 뭔가 되고 싶은 거 없어?"

십여 초 침묵한 후 유리는 부끄러운 듯이 목을 움츠리면서 작은 소리로 대답했다.

"……일러스트레이터."

"일러스트레이터라면 그림 그리는 사람?"

스미레가 '얘, 그림 엄청 잘 그려요'라고 말했던 게 떠오른다.

"네. 프로가 되는 게 어려운 건 알고 있지만, 그래도 되고 싶어요. 어차피 꿈일지도 모르지만."

"그렇지 않아!"

저도 모르게 큰 소리를 내고 만다. 스미레가 "으응" 하고 뺨을 긁는다. 미오와 유리는 동시에 손바닥으로 입을 틀어막았다. 스미레가 다시 고른 숨소리를 내는 것을 확인하고 미오는 유리에게 이야기한다.

"굉장히 멋진 꿈이라고 생각해. 그런 이야기, 스미레나 부모님에게는 하지 않았어?"

"네……. 부모님은 제가 피아니스트가 되기를 바라고 있어요. 전부 제 잘못이에요. 부모님을 실망시키고 싶지 않아서 말을 맞춰 버렸거든요. 스미레도 그걸 다 듣고 있었기에 자신의 꿈을 버리면서까지 가운뎃손을 제게 양보하려는 거예요."

"하지만 유리는 스미레가 가운뎃손을 사용하길 바라는 거고?"

미오의 확인에 유리는 힘껏 고개를 끄덕인다.

"일러스트라면 한 손으로도 그릴 수 있어요. 하지만 피아노 연주에는 양손이 필요해요. 저는 스미레의 재능을 썩히고 싶지 않아요! 스미레의 꿈을 빼앗고 싶지 않아요!"

닭똥 같은 눈물을 흘리는 유리의 말에서 강한 염원이 전해졌다.

유리는 마음을 전해 주었다. 이번에는 내가 간호조무사로서 거기에 답해야 한다.

유리의 뺨을 타고 흐르는 눈물을 손가락으로 살며시 닦아 주면서 미오는 부드럽게 말을 건넸다.
"그 마음을 가족에게, 누구보다도 스미레에게 전해 줘."
"하지만 이미 수술은 내일이고, 이제 와서 중단할 수도 없어요."
입술을 깨물며 고개를 내젓는 유리에게 미오는 "그렇지 않아" 하고 힘주어 말한다.
"유리와 스미레의 분리 수술은 두 사람이 행복해지기 위해 하는 거야. 그러니 수술로 인해 두 사람의 꿈이 망가지는 건 절대 안 돼. 어떻게든 연기하도록 해야 해."
자신이 또 폭주하고 있다는 건 자각하고 있지만 멈출 생각은 없다. 최고의 외과의사들이 집도하는 수술인데 그 환자들이 불행해져서 좋을 리 없다.
"하지만 어떻게 연기를······."
"문제없어, 내가 어떻게든 할 거니까."
미오는 여전히 천장을 향해 뻗어 있는 가운뎃손을 힘껏 잡았다.

5

"류자키 선생님!"
딤플 키로 잠금장치를 푼 미오는 문을 벌컥 열었다.
"······아직 열 시 반 안 됐어."
웃통을 벗은 채 구슬 같은 땀방울을 빛내며 류자키는 잔뜩 언짢은 목소리로 대꾸했다. 복도 안쪽 방 화지[20]가 놓인 테이블 옆에 서 있는 그는 오른손에는 지침기[21], 왼손에는 핀셋을 쥐고 있었다.

"어, 어째서 옷을 벗고 있는 겁니까?!"

동요한 미오가 목소리를 높이자 류자키가 "꺄꺄 시끄럽네" 하고 얼굴을 찡그렸다.

"좀 전까지 러닝 머신이랑 덤벨로 운동하던 중이었어. 내 집에서 어떤 모습으로 있든 자유 아냐? 그쪽이 이 방을 사용할 시간은 아직일 텐데."

듣고 보니 다 맞는 말이기에 미오는 "죄, 죄송합니다……" 하고 목을 움츠린다.

"저어, 내일 있을 분리 수술에 관해 잠깐 할 이야기가 있어서."

주춤주춤 류자키에게 다가간 미오는 테이블에 놓인 두 장의 화지가 예쁘게 봉합되어 있는 것을 알아차린다. 얇고 무르고 쉽게 찢어져 버리는 전통 종이를 이 정도로 정밀하게 봉합할 수 있는 외과의사를 미오는 본 적이 없었다. 더군다나 류자키는 왜인지 그것을 격렬한 운동으로 숨이 찬 상태에서 진행하고 있다.

"저어, 어째서 운동 후에 봉합 연습을 하시나요?"

"호흡이 흐트러진 상태에서도 정확한 수술을 진행할 수 있게 하기 위해서지."

"……숨을 헐떡이면서 수술할 상황 같은 게 있나요?"

"큰 재해 현장에 파견되어, 병원까지 이송할 여유가 없는 부상자를 치료해야 할 때도 있어. 온갖 다양한 시뮬레이션을 시도할 필요가 있지."

평소에도 그런 극한의 상황을 상정하며 기술을 연마한다는 건가…….

---

20) 和紙. 일본 전통종이
21) 수술용 바늘을 잡는 기계

너무나도 높은 프로의식에 미오의 마음속에 기막힘과 존경이 뒤섞인 감정이 솟아올랐다.

"그보다 내일 분리 수술이 왜?"

여전히 쉬지 않고 손을 움직이는 류자키의 물음에 미오는 흠칫 놀란다.

"그렇지 참. 스미레와 유리 분리 수술 말인데요. 그거 연기할 수 없을까요?"

"……진심으로 하는 말이야?"

류자키의 손이 멎는다.

"진심입니다."

"무리야. 내일 수술을 위해 몇 주 전부터 준비해 왔어. 내일은 나 말고도 네 명의 플래티넘, 그리고 십여 명의 골드가 서포트할 예정이야. 수술 시프트를 조정해 가며 그 사람들의 일정을 온종일 비워 두도록 했어. 그걸 연기한다면 대혼란이 벌어질 거야."

"하지만 그럴 필요가 있습니다! 완벽한 수술을 위해선."

미오가 '완벽한 수술'을 언급한 순간, 류자키의 눈썹이 씰룩였다. 쥐고 있던 지침기와 핀셋을 테이블에 내려놓은 그가 이야기해 보라며 미오를 응시한다.

"네. 입원하면서부터 스미레와 유리를 담당하게 되어 이런저런 이야기를 나누던 중에 왠지 모를 위화감이 들었습니다. 유리가……."

미오는 그동안 무슨 일이 있었는지, 그리고 스미레와 유리를 위해 무엇이 필요한지 열과 성을 다해 전했다. 그러는 내내 류자키는 말없이 진지한 눈빛으로 미오를 주시했다.

"……그래서 두 사람이 진정으로 행복해지기 위해, 어떠한 형태로 분리

할지 다시 한번 가족끼리 제대로 의논할 시간을 만들어 주고 싶습니다."
 십여 분에 걸쳐 설명을 마친 미오는 류자키의 반응을 기다렸다. 류자키는 조용히 입을 열었다.
 "분리 수술은 환자들에게 보다 나은 미래를 제공하기 위한 수술이야. 확실히 지금 상태로는 완벽한 수술이라고는 할 수 없을지 몰라."
 미오가 환성을 지르려던 순간, 류자키는 "하지만" 하고 말을 잇는다.
 "수술 전에 환자가 예민해지는 건 흔히 있는 일이야. 일시적으로 마음이 흔들렸다고도 볼 수 있지. 단지 그걸 근거로 이만큼 큰 수술을 하루 전에 중단하는 건 어려워."
 "하, 하지만 류자키 선생님이라면 할 수 있지 않나요?"
 "그 말마따나 내가 말하면 연기하는 건 가능하겠지. 다만 많은 스태프에게 폐를 끼치게 돼. 내 수술 스케줄도 크게 바꿔야 하고. 그 노력에 상응하는 것을 당신이 제공할 수 있다면 고려해 볼 수도 있지."
 류자키의 입꼬리가 치켜 올라가는 것을 보고 미오의 마음속에 검은 감정이 솟는다.
 "설마, ……안기라는 겁니까?"
 악문 잇새로 짜내는 듯이 목소리를 내자 류자키가 얼굴을 찌푸렸다.
 "촌스러운 여자에겐 관심 없다고 했잖아. 이성으로서 당신한테는 일절 관심이 없어. 다만…… 외과의사로서라면 별개야."
 "무슨 뜻이죠?"
 "우선 자신이 외과의사라는 걸 인정해. 이야기는 그다음부터다."
 두 주먹을 불끈 쥔 채 십여 초 침묵한 후 미오는 조그맣게 고개를 끄덕였다.
 "……네, 맞습니다. 작년까지 조후 주오 종합병원 외과 레지던트였어요."

"조후 주오 종합병원? 거기 외과는 지역에서 최대 집도 수를 자랑하는 데다 초기 임상 연수부터 외과 코스가 있을 터. 그곳에서 외과 수련을 쌓았다는 건가."

미오는 힘없이 고개를 끄덕였다. 어차피 류자키는 그녀가 외과의사라는 것을 알아차렸다. 이 정도로 가가노 자매의 분리 수술이 연기될 수 있다면 싸게 먹히는 거다.

"그럼 왜 외과의사를 그만뒀나?"

"……거기까지 이야기할 생각은 없습니다."

"그럼 교섭은 결렬이로군."

류자키의 그 말에 미오는 눈을 부릅떴다.

"비겁해요! 외과의사라고 인정하면 분리 수술을 연기해 주겠다고……."

"그런 약속은 한 적 없어. 어디까지나 '이야기는 그 다음부터'라고 말했을 뿐. 무슨 이유로 당신이 외과의사를 그만두고 간호조무사로서 우리 병원에서 일하고 있는지, 그걸 이야기할 것. 그게 수술 연기를 검토할 최소한의 조건이야."

격렬한 망설임이 가슴에 소용돌이친다. 작년의 사건은 앞으로도 쭉 가슴에 묻어 둘 생각이었다. 하지만……. 고개 숙이고 있던 미오가 살며시 얼굴을 들었다. 류자키와 시선이 마주쳤다.

누군가에게 조종당하는 듯한 감각을 느끼면서 미오는 천천히 입을 연다.

"저는…… 사람을 죽였습니다. ……누구보다도 소중한 언니를."

"언니를 죽였다?"

류자키의 눈썹이 움찔하고 움직였다. 미오는 고개를 떨구는 듯이 끄덕이더니 침울한 목소리로 설명해 나갔다. 자신의 트라우마를. 자신이 저지른 죄를.

"제게는 두 살 위의 유이라는 이름의 언니가 있었습니다. 언니는 밝고 머리가 좋은 데다 상냥하기까지 한 제 우상이었어요. 언니는 고향의 고등학교를 졸업한 후 도쿄 소재의 대학을 나와 신문사에 취직해 기자로서 활약했습니다."

"신문기자라……."

매스컴에 좋은 감정을 갖고 있지 않은지, 류자키의 미간에 주름이 잡혔다.

"네, 세상이 떠들썩할 만한 큰 사건을 취재하고 많은 기사를 써 왔습니다. 정의감이 강한 사람이었어요."

"그래서, 그 언니를 죽였다는 건 무슨 말이야?"

"2년 전, 언니는 병에 걸렸습니다. 전신 다발성 악성 신생물 증후군, 요컨대…… 심네스입니다."

"심네스……. 당신 언니는 이전에 암을 앓았다는 건가?"

"네, 고등학생 때 백혈병에 걸렸지만 치료해서 완치되었습니다."

전신 다발성 악성 신생물 증후군은 암세포의 심네스 바이러스 감염이 원인으로 간주되고 있다. 그 증거로 심네스 증상이 나타난 환자는 모두 발병 몇 년 전에 암을 앓았다. 레트로바이러스인 심네스 바이러스는 그 유전정보를 역전사[22]를 통해 암세포에 주입한다. 그로 인해 생긴 심네스 세포는 온몸의 장기로 퍼져 그곳의 세포에 종양을 만든다. 그것

---

22) Reverse Transcription. DNA로부터 RNA가 합성되는 전사와 반대로 RNA를 주형으로 하여 DNA가 만들어지는 과정

이 심네스의 병태생리라고 알려져 있었다.

"과연. 전국에서도 연간 수십 건밖에 발생하지 않는 심네스를 언니가 앓게 됐다는 건 불행이었네. 하지만 왜 그게 '언니를 죽였다'는 게 되지?"

"불행 중 다행으로 언니의 심네스는 비교적 느리게 진행됐습니다. 그래서 언니는 병원에서 화학요법이나 만능면역세포요법을 받으며 일을 계속했습니다. 하지만 역시 병세가 점점 악화되어 조후 주오 종합병원에 입원하게 됐어요."

"자신이 근무하는 병원에 언니를 입원시킨 건가?"

"네, 언니와 함께 있는 시간을 만들고 싶어서. 언니도 그러길 원했어요. 제가 주치의로서 완화 치료도 하면서 마지막까지 곁을 지킬 생각이었습니다."

"하지만 그렇게는 되지 않았다······. 그렇지?"

류자키의 물음에 미오는 힘없이 고개를 끄덕였다.

"언니는 마지막 순간까지 신문기자로서 사건을 쫓기를 바랐습니다. 그 바람을 이루기 위해 저는 수술을 제안했어요."

"심네스에 수술?"

미심쩍은 듯이 류자키가 묻는다. 온몸의 장기에 동시다발적으로 악성 종양이 생기는 심네스에 기본적으로 수술은 적합하지 않다. 설령 확인되는 종양을 전부 외과적으로 제거하더라도 곧 새로운 종양이 발생해 버리기 때문이다.

"근치수술[23]은 아닙니다. 언니의 심네스는 장기에 따라 종양의 진행 정도가 사뭇 달랐습니다. 특히 직장에 생긴 종양은 무섭도록 빠르게

---

23) 根治手術. 질환을 완전히 고치는 것을 목적으로 시행하는 수술

커졌고, 그것을 떼어 내면 몇 달은 더 살 수 있을 것으로 보였습니다."

"직장의 거대 종양 절제술이라. 그렇게 되면……."

"네, 인공 항문 조성이 필요했습니다."

미오는 목소리를 짜냈다.

"언니는 처음엔 거부했습니다. 태어난 몸 그대로 죽고 싶다고. 하지만 저는 이 수술을 하면 기자로서 오래 일할 수 있다고, 제가 책임지고 집도할 거라며 언니를 설득했습니다. ……필사적으로 설득하고 말았습니다."

미오는 한 손으로 눈가를 눌렀다. 마음을 다잡지 않으면 울음이 터져 나올 것만 같았다.

"하지만 그건 그냥 구실일 뿐이었어요. 실은 제가 언니와 조금이라도 더 오래 같이 있고 싶었을 뿐. 언니를 위해 무언가 하고 싶었을 뿐. 전부 제 이기심이었습니다."

후회로 가슴이 타들어가며 미오는 말문이 막혔다.

"……그래서 어떻게 됐어?"

"희망대로 제가 집도하고 수술은 성공했습니다. 언니는 퇴원하고 다시 기자로서 일하려 했습니다. 하지만, ……안 됐습니다."

"어째서? 수술이 잘 됐다면 심네스 환자여도 아직 일할 수 있었을 텐데."

"언니 상사가 직장에 나가는 것을, 취재하는 것을 허가하지 않았습니다. 혹시라도 인공 항문부의 패치가 떨어지거나 하면 취재 대상에게 폐가 된다고."

"심한 판단이네……. 항의는 하지 않았고?"

류자키의 미간에 주름이 잡혔다.

"물론 했죠. 언니는 그런 일은 일어나지 않도록 하겠다, 조심하겠다고 호소했지만 회사의 판단은 바뀌지 않았습니다. 언니는…… 절망했습니다. 조금이라도 더 오래 기자로서 일하기 위해 수술을 받았는데 오히려 기자 생명이 끊어져 버려서……."

"그래서 어떻게 됐는데."

"수술하고 두 달 후, 심네스로 폐에 생긴 종양에 대해 방사선요법을 진행하기 위해 언니는 다시 입원했습니다. 낙심한 언니에게 저는 말했어요. '설사 기자가 아니더라도, 언니가 살아있다는 것만으로 나는 기뻐'라고. 지금 생각하면 그건 직장 종양 수술을 억지로 권한 죄책감을 무마하기 위해서였는지도 모릅니다……."

미오가 힘없이 고개를 흔들자 류자키는 "언니는 뭐라고 대답했어?" 하고 다음 이야기를 재촉했다.

"언니는 슬픈 듯이 이렇게 말했습니다. '기자가 아닌 나는 아무 가치가 없어. 나는 죽을 때까지 기자로 있고 싶어'라고. 저는 아무 말도 할 수가 없어서 언니의 병실을 나왔습니다. 저는 가장 소중한 사람 곁에 있어 주지 않고 도망쳤어요! 가족이면서! 주치의면서!"

"그게 당신에게 있어 '언니를 죽였다'는 게 되는 건가?"

미오는 "아뇨……" 하고 모기만 한 소리로 말했다.

"그날 한밤중에 언니한테서 전화가 걸려왔습니다. 하지만 언니와 이야기하는 게 겁이 나서 전화를 받지 않았어요. 그랬더니 언니는 음성 사서함에 짧은 메시지를 남겼습니다. '이렇게 돼서 미안해. 정말 미안해'라고."

류자키의 뺨이 살짝 굳었다.

"불길한 예감이 든 저는 곧바로 언니에게 전화했지만 연결되지 않았습니다. 그래서 곧장 병원으로 향했어요. 세찬 비가 내리는 가운데 급히 차를 몰아 병원 주차장에 도착한 제가 본 것은 그곳에 세워진 여러 대의 경찰차였습니다."

"……무슨 일이 있었어?"

"언니가 주차장에 죽어 있었습니다. 옥상에서 뛰어내려서……."

엎드린 자세로 쓰러진 언니의 몸 아래로 혈액 섞인 빗물이 흘러나오던 광경을 떠올리자 심장이 욱죄어 왔다. 악문 어금니가 삐걱 소리를 냈다.

"언니 마음에 다가가는 일 없이 수술을 진행하고 그 결과, 언니의 목숨을 앗아 버렸다. 그게 당신이 짊어지고 있는 십자가인가……. 그래서 당신은 메스를 버린 건가."

억양 없는 어조로 류자키가 말한다. 미오는 가슴을 누른 채 천천히 턱을 당겼다.

"소중한 사람을 죽인 제게 의사 자격이 있을 리 없으니까요. 그날 이후, 의료 행위를 할 수 없게 되었습니다. 주사라도 놓으려 들면 아스팔트에 쓰러진 언니 모습이 플래시백 되어 공황발작을 일으키게 되었어요."

"……그런 당신이 어떻게 간호조무사가 되어 우리 병원에서 일하고 있지?"

"히가미 교수님 덕분입니다."

"교수님?"

류자키의 눈이 슥 가늘어졌다.

"작년에 히가미 교수님이 제가 근무하던 병원에 수술 지도를 하러 오셨을 때 조수 일을 맡겨 주셨던 인연으로 첨단 외과의학 연구소 견학에 참가할 수 있었습니다. 거기서 스카웃되어 올해 4월부터 통합외과에서 근무할 예정이었습니다."

"교수님 마음에 든 건가. 역시 외과기술은 보통이 아닌 모양이군."
"하지만 언니 일이 있어서 저는 추천을 사양하려고 히가미 선생님을 찾아갔습니다. 그때 선생님이 제안해 주셨습니다. '그렇다면 간호조무사로서 우리 병원에서 일해 보지 않겠나'라고. 너무 감사했습니다. 의료 현장에서 일하고 싶은 마음은 늘 있었기에……. 간호조무사라면 의료행위를 하지 않고 환자 곁에 다가갈 수 있으니까. 제가 하고 싶었던, 해야만 했던 이상적인 의료가 가능하기에."

이야기를 마친 미오는 숨을 토했다. 요 몇 달 내내 가슴 속에 묻어 두었던 감정을 류자키 앞에서 쏟아낸 지금, 왜인지 몸이 가벼워진 것 같은 기분이 들었다. 휴직 중 같은 이야기를 몇 번이고 카운슬러에게 털어놓았지만 지금처럼 마음이 가벼워지지는 않았다.

상대가 자신과 같은 외과의사라서일까? 아니, 단지 그 때문만은 아니다. 미오는 류자키의 눈동자를 응시했다. 그 속에서 깊은 어둠의 편린을 발견했다.

눈앞의 남자도 가슴 속에 어둠을 묻어 두고 있다. 그리고 바로 그 어둠이 이상하리만치 외과기술에 대한 집념을 낳고 있다. 그런 기분이 들었다.

이야기를 다 들은 류자키가 입을 여는 일은 없었다. 미오와 류자키가 지근거리에서 눈을 마주친 채 시간만이 지나간다. 시곗바늘이 시간을 새기는 소리가 유난히 크게 들렸다. 미오는 왜 그런지 이 침묵에 편안함을 느꼈다. 별안간 류자키가 몸을 획 돌리더니 근처 의자 등받이에 걸어둔 티셔츠를 입고 현관으로 향했다.

"어, 저어, 류자키 선생님, 왜 그러세요?"

당황하는 미오에게 류자키는 엄지를 세워 벽시계를 가리켰다.

"열 시 반 됐어. 이 방은 당신한테 빌려주기로 약속했으니까. 게다가 지금부터 할 일이 있어."

"할 일? 이 늦은 밤에도 계속 트레이닝을 하나요?"

"무슨 소릴 하는 거야?"

미오가 놀란 소리를 내자 돌아본 류자키가 코웃음을 쳤다.

"수술 연기를 스태프에게 알려야 해. 상당히 많은 인원이 연관되어 있어서 이제부터 곳곳에 연락할 필요가 있어. 진짜, 성가시기 짝이 없네."

티 나게 한숨을 내쉬는 류자키의 말에 미오는 눈을 휘둥그레 뜬다.

"가, 감사합니다! 정말 감사합니다!"

미오가 머리를 숙이자 류자키는 "그만해" 하고 고개를 가로저었다.

"당신 때문이 아니야. 환자를 위해, 그리고 무엇보다 나의 완벽한 수술을 위해서야."

"그렇더라도 감사합니다."

미오가 감사 인사를 거듭하자 류자키는 입꼬리를 살짝 치켜올리며 방을 나갔다. 닫힌 문을 향해 미오는 웃는 낯으로 거듭 고개 숙였다.

6

"역시 내 방이 마음 편해."

다다미방 한가운데에 서서 미오는 두 팔을 활짝 벌렸다. 누군가가 집 안을 헤집어 놓고 간 그다음 주 해 질 녘, 미오는 마침내 자기 방으로 돌아왔다.

지난 일주일 동안 시간 내서 난장판이 된 방을 정리했다. 고맙게도 집주인이 아파트 부지 안에 방범 카메라를 몇 대 설치해 주었다. 미오

본인도 현관 자물쇠를 새로 갈고 경비업체와 계약을 맺은 뒤 경보장치를 설치했다. 비용이 좀 들었지만 이사하는 것보다는 훨씬 싸게 먹혔다.

방석에 앉은 미오가 옆의 나지막한 탁자에 놓인 캔맥주에 손을 뻗었다. 마개를 딴 미오는 차디찬 액체를 단숨에 목 안에 흘려 넣었다. 통증과도 비슷한 탄산의 자극이 목구멍을 타고 내려가는 느낌이 기분 좋았다.

맥주 반 캔을 단숨에 들이켠 미오는 요 며칠 동안 일어난 일을 떠올렸다.

202호실에서 자신의 트라우마를 류자키에게 고백한 이튿날, 예정되어 있던 가가노 자매의 수술은 연기되었다. 몇 주에 걸쳐 준비되고 있던 수술이 하루 전날 갑자기 취소되는 바람에 통합외과며 수술장은 큰 혼란에 빠진 모양이지만, 류자키가 '완벽한 수술을 위해 수정이 필요하다'고 알리자 적어도 표면상으로는 아무도 불평하지 않았다.

유리는 자신의 진짜 마음을 부모님에게 그리고 줄곧 함께 살아 온 스미레에게 전했다. 점심 배식을 위해 가가노 자매의 병실을 찾은 미오는 울면서 부둥켜 안고 있는 네 식구를 목격했다. 슬퍼서가 아닌 가족의 마음이 하나가 됐기 때문이라는 건 눈물을 흘리면서도 유리가 행복해 보이는 미소를 머금고 있었기 때문에 확실하게 알 수 있었다. 그리고 유리의 바람대로 분리 수술은 스미레가 가운뎃손을 이어받는 형태로 새롭게 계획되어 다음 달에 집도될 예정이다.

"이번엔 그 사람에게 정말 신세 많이 졌네."

혼잣말을 하는 미오의 머리에 무뚝뚝한 천재 외과의사의 반듯한 얼굴이 떠올랐다.

류자키가 없었다면 모두가 행복해지는 형태의 분리 수술은 이루어지지 않았을 테다. 그녀에게는 일주일씩이나 202호실을 숙소로 이용할 수 있게 해 주었다. 선물용 과자 상자라도 사 들고 인사하러 가야 하지 않을까? 하지만 자칫 감사 인사라도 할라치면 '그 대신 외과의사로 돌아가'라는 말을 들을 것 같아 망설이는데 현관 벨이 딩동 하고 울렸다.

오후 7시를 지나는 시각이다. 이 시간에 누구지? 맥주캔을 탁자에 내려놓고 일어난 미오는 현관으로 향했다. 택배 올 것도 없고 이 집에 찾아올 용건이 있는 사람은 한정되어 있다. 집주인이거나 쓰레기 방에 사는 옆집 외과의사, 아니면……. 긴장이 온몸을 채운다.

누가 왜, 이 방에 침입해서 난장판을 만들어 놓고 갔는지 아직 알지 못한다. 범행 목적이 밝혀지지 않은 이상, 범인이 다시 찾아올 가능성도 염두에 둬야 한다.

현관에 다다른 미오는 벽에 설치된 경비업체의 경보 버튼에 손을 가져간다. 이 버튼을 누르면 몇 분 이내에 보안요원이 달려올 것이다.

미오는 도어 스코프를 들여다보았다. 밖에 서 있는 인물을 보고 눈을 깜빡였다. 거기 있던 건 집주인도 류자키도 아닌 미오가 잘 아는 인물이었다.

"다치바나 씨?!"

미오는 새된 목소리를 높이며 현관문을 열었다.

"여어, 미오. 오랜만이네."

바깥 복도에 서 있던 장신의 체격 좋은 남자, 다치바나 신야는 우락부락하게 생긴 얼굴에 어울리지 않는 여린 미소를 띠며 가볍게 손을 들었다.

"유이 장례식 때 보고 처음이니까 반년쯤 됐나?"

"네, 아마도 그쯤……. 그런데 어쩐 일이에요, 갑자기?"

"아니, 이 집에 도둑이 들었다는 소리를 듣고 미오랑 잠시 이야기하고 싶어서."

"어, 다치바나 씨가 이 사건을 담당하게 됐나요?"

다치바나 신야는 신주쿠서 형사과에 소속된 형사이자 언니인 유이의 연인이었다. 3년쯤 전, 가부키초에서 일어난 살인 사건을 취재하던 유이는 당시 수사 본부에 참여하고 있던 다치바나에게 수사 정보를 얻으려 접촉했다. 사건 자체는 바로 해결되었지만, 유이에게 첫눈에 반한 다치바나의 적극적인 애정 공세로 인해 두 사람은 사귀게 되었다.

언니에게 연인으로서 다치바나를 처음 소개받던 날 미오의 머리에 떠오른 단어는 '미녀와 야수'였다. 그러나 행복하고 정다워 보이는 두 사람의 모습을 보며 잘 어울리는 커플이라 여겨 축복하게 되었다.

신문사라는 뿌리 깊은 남성중심사회에서 높이 올라가기 위해 안간힘을 쓰던 유이에게 자신의 모든 것을 받아들여 주는 포용력 있는 다치바나는 이상적인 파트너였을 것이다.

유이에게 심네스가 발병한 이후로도 두 사람 사이는 균열이 생기기는커녕 한층 더 단단해졌다.

유이가 입원하고 있는 중에도 다치바나는 바쁜 시간을 쪼개 가며 들여다보러 오고, "이 사람, 주치의인 미오보다 내 곁에 있는 시간이 더 길어" 하고 유이에게 놀림을 받았을 정도다.

그렇다 보니 유이가 죽었을 때 다치바나의 슬픔은 미오 못지않게 깊었다. 장례식에 온 다치바나의 얼굴은 죽은 사람처럼 창백했다.

"아니, 이 지역은 우리 서 관할이긴 하지만 사건은 내 담당이 아니야."

다치바나의 얼굴에 드리워지는 어두운 그림자에, 미오는 자신과 마찬가지로 다치바나 또한 아직 마음속에 깊은 상처를 안고 있음을 확신했다. 가만 보니 슈트가 유난히 헐렁해 보인다. 기억 속 다치바나는 좀 더 탄탄하게 살이 찐 체형이었다. 아마도 지난 반년 새 10킬로그램 이상은 빠졌지 싶다.

"그럼 이번 일로 무슨 이야기가 듣고 싶어서 온 건데요?"

미오는 느슨해진 경계심을 다시 다잡는다. 눈앞의 남자는 자상하고 너그러웠던 언니의 연인이 아니다. 사랑하는 사람을 잔혹한 형태로 잃고 그 충격으로 정신적인 안정이 결여된 남자다.

어쩌면 다치바나 씨는 언니의 자살이 내 탓이라고 여기고 있는지도 모른다. 그렇다면 이 사람에게 나는 복수의 대상이다.

미오는 다치바나가 알아차리지 못하도록 경보 버튼에 살며시 손을 뻗었다.

"미오의 집이 털렸다는 이야기를 듣고 그동안 쭉 의심하고 있던 것이 확신으로 바뀌었어. 그래서 전하고 싶었어. 너에게도 무척 중요한 일을."

"무척 중요한 일?"

언제든 경보 버튼을 누를 수 있도록 준비하면서 미오는 중얼거린다.

"어, 그래."

다치바나는 공허한 눈으로 허공을 바라보았다.

"자살이 아니야. 유이는 ……살해당했어."

경보 버튼을 더듬던 미오의 손이 축 늘어졌다.

# 3.
잠재의식의 고발

1

"사쿠라바 씨? 사쿠라바 씨!"
생각에 잠겨 있던 미오는 그 소리에 흠칫 놀랐다.
"아, 네, 왜 그러세요?"
"왜 그러세요가 아니라, 엘리베이터 왔어요."
휠체어에 앉은 사사하라 하루미가 고개를 돌려 미오를 올려다보고 있었다.
"아, 죄송해요."
미오는 휠체어 뒤에 달린 핸들 그립을 쥐고 휠체어를 밀면서 엘리베이터에 올라 버튼 '5'를 눌렀다.
"왜 그래요? 오늘은 유난히 멍하네. 무슨 고민이라도 있어요? 혹시 연애 고민? 이 언니가 상담해 줄까요?"
"언니라고 해도 하루미 씨랑 저, 별반 나이 차이 안 나지 않나요?"
"무슨 소리, 내가 두 살 위잖아. 여자 나이 서른이 넘어야 비로소 보이는 게 있어요. 게다가 나, 연애 경험은 제법 풍부하고."
카운슬러로 일하는 사람답게 이야기하는 걸 좋아하는 건지 하루미는 마주칠 때마다 "요즘 재밌는 일 있어요? 특히 남자 관련해서"하고 걸스 토크의 시동을 걸어온다. 연수의 시절에 헤어진 이후로 연애는 전무한 미오는 난감할 따름이었다.

 게다가 지금은 그런 데 신경 쓸 때가 아니고…….

 미오의 머리에 삼 주 전 자신이 사는 아파트를 불쑥 찾아온 다치바나와 나눈 이야기가 되살아난다.

"언니가 살해당했다니…… 무슨 말이에요?!"

 다치바나에게 "유이는 살해당했어"라는 말을 전해들은 미오는 쉰 목소리를 짜냈다.

"말 그대로야. 유이는 스스로 몸을 던진 게 아니야. 누군가 밀어 떨어뜨린 거야."

"하지만 경찰은 자살이라고 단정지었잖아요!"

"그날은 비가 내리고 있어서 옥상에 남은 흔적은 씻겨 내려갔어. 게다가 말기 암으로 입원 중인 환자가 옥상에서 추락사하면 병 때문에 자살했다고 여기는 건 당연해. 더구나 유이는 회사로부터 현장에 나가는 것을 금지당해 큰 충격을 받은 참이었고."

"……아뇨, 언니는 자살한 거예요. 내가 억지로 권해서 수술까지 받았는데 회사로부터 현장에 나가는 걸 금지당하고, 절망해서."

 이렇게 돼서 미안해. 정말 미안해.

 언니가 음성사서함에 남긴 메시지를 떠올리며 미오는 입술을 깨물었다.

"회사의 지시에 유이가 얌전히 물러설 거라고 생각해?"

 다치바나의 말에 허를 찔린 미오는 "에?" 하고 얼빠진 목소리를 흘린다.

"잘 생각해 봐, 미오. 유이가, 네 언니가 회사에서 하지 말란다고 하면 거기에 순순히 따를 만한 사람이었는지."

"……아니, 아니야. 오래 생각할 것도 없이 불과 몇 초 만에 미오는 그렇게 결론짓는다.

언니는 그렇게 약한 사람이 아니었다. 기자라는 직업에 강한 자부심과 사명감을 지니고 있었다. 심장이 격렬하게 뛰며 전신에 혈액을 보낸다. 몸이 달아오른다.

"내가 아는 유이는 진정한 저널리스트였어. 상사에게 금지당했다고 해서 얌전히 취재를 그만둘 리가 없어. 그만두기는커녕……."

"오히려 저널리스트 혼에 불이 붙었을 터."

미오가 말을 잇자 다치바나는 "그렇지" 하고 만족스럽게 고개를 끄덕였다.

"하, 하지만 그렇다고 해서 누군가 옥상에서 떠밀었다니 비약이 너무 심해요. 언니는 남에게 미움을 살 만한 사람은 아니었어요."

"그건 미오가 유이의 한 면밖에 알지 못하니까. 분명 유이는 아주 밝고 상냥하고 누구에게나 사랑받았어. ……그녀의 취재 대상을 제외하면."

"취재 대상……."

"그래. 유이는 상냥한 여성이지만 정의감도 강했어. 악인에게도 상냥하지는 않았지. 유이는 펜이라는 무기로 악과 싸우고 있었어."

"요컨대, 이런 건가요?"

미오는 목소리를 낮췄다.

"언니는 회사의 제지에도 불구하고 독자적으로 취재를 계속했다. 그 취재 대상의 밝혀지면 곤란한 정보를 언니가 입수했다. 그래서 그자가…… 언니를 옥상에서 떠밀었다."

다치바나는 "맞아" 하고 턱을 당겼다.

"유이에게 자살할 이유가 없다고 생각하면서도 살인 사건이라는 확정은 없어서 지금까지 움직이지 않고 있었어. 하지만 이 집에 누군가가 침입해서 싹 다 헤집어 놓고 갔다는 소리를 듣고 확신했지. 유이는 살해당했다고."

"우리 집에 도둑이 든 것과 어떤 관련이?"

"범인은 이 집에서 무언가를 찾고 있었어. 그렇지 않아?"

"……맞아요."

"범인은 증거를 찾고 있었어. 유이가 찾아낸 악행의 증거품을."

"언니가 찾아낸 증거품? 무슨 뜻이에요?"

"틀림없이 범인은 유이가 남긴 것을 지금까지 필사적으로 알아봤을 거야. 하지만 목적한 증거품을 찾아내지 못했고 그래서 생각했겠지. 어쩌면 유이가 죽기 전에 여동생에게 증거품을 맡겨 둔 게 아닐까 하고."

"저는 그런 거 없어요!"

미오는 고개를 설레설레 흔들었다.

언니의 유품은 한차례 살펴봤지만 눈에 띌 만한 것은 없었다. 애당초 언니 생각이 자꾸 나서 유품은 받지 않았다. 후쿠시마 본가에 있는 부모님은 언니가 타던 차량만이라도 인수하지 않겠냐고 했지만, 도쿄에서는 주차비도 무시할 수 없어서 거절했다.

"실제로 갖고 있든 아니든 그건 상관없어. 문제는 범인이 그렇게 믿고 있다는 거야."

언니를 죽인 범인이 집 안을 난장판으로 만든 것일지도 모른다. 서늘한 떨림이 등줄기를 훑고 지났다.

"하, 하지만 제 방을 그만큼 뒤졌는데도 아무것도 찾지 못했다는 건 결국 저는 관련이 없다는 사실을 범인도 알게 됐다는 거네요?"

"그건 알 수 없어. 네가 다른 장소에 숨겼다고 생각할지도 몰라."

아직 난 표적에서 벗어나지 못했는지도 모른다. 범인이 다시 내게 접촉할지도 모른다.

강한 공포를 느끼는 동시에 왜 그런지 가슴 속에서 불이 지펴지는 듯이 몸이 뜨거워졌다. 미오는 주먹을 불끈 쥐며 다치바나를 바라보았다.

"다치바나 씨는 알고 있는 건가요? 언니가 죽기 전 어떤 사건을 쫓고 있었는지?"

"응, 알고 있어."

다치바나는 무겁게 고개를 끄덕였다.

"검찰총장 뇌물수수 사건이야."

"검찰총장……. 그거, 반년쯤 전에 엄청 화제가 되었던……."

미오는 필사적으로 기억을 더듬었다. 언니의 죽음으로 인한 충격으로 심한 우울 상태에 빠져 휴직했던 시기, 고독에 짓눌릴 것만 같아 켠 TV 속 와이드쇼 같은 프로그램에서 해당 사건이 크게 다뤄지고 있던 것이 떠올랐다.

불법 약물 매매를 중심으로 조직적인 범죄를 저지르던 반사회적 세력이 경찰과 검사 등 복수의 유력인사에게 뇌물을 주고 수사 정보를 입수하거나, 체포되었을 시 불기소 처분이 나도록 뒤에서 손 쓰길 의뢰한 사실이 밝혀졌다. 그중에는 검사의 최고위급인 검찰총장도 포함되어 있어서 세간에 큰 충격을 안겨 주었다.

뇌물을 받았던 자들은 줄줄이 검거되었지만 뇌물 공여자인 반사회적 세력의 보스는 모습을 감추고 지명수배가 내려졌다.

다치바나는 고개를 크게 끄덕였다.

"맞아. 검찰총장이 뇌물을 받았다는 소문은 1년 전부터 돌고 있었어. 다만 상대가 거물이기도 해서 도쿄지검 특수부와 경찰청 수사2과도 반년에 걸쳐 신중하게 수사를 진행하며 증거를 모으고 있었지. 그 움직임을 알아차린 언론 관계자 중에는 독자적으로 그 사건을 조사하는 자들도 있었어."

"언니도 그중 한 사람이었군요."

"응, 상대는 한구레 중에서도 상당히 큰 그룹이야. 더구나 동남아시아에서 몰래 들여온 불법 약물 거래로 막대한 이익을 올리고 있었지. 위험하다고 수도 없이 말렸지만 유이는 법을 다루는 자들의 부정부패로 인해 법치가 훼손되는 것은 용납할 수 없다며 들으려 하지 않았어."

"한구레?"

생전 처음 듣는 말에 미오는 고개를 갸웃했다.

"종전의 폭력단과는 별개로 조직적인 범죄를 벌이는 그룹이야. 정부의 폭대법[24] 시행 이후 종전의 야쿠자 세력은 힘이 약해졌어. 그 대신 생겨나기 시작한 것이 야쿠자 정도로 명확한 조직성도 없고 상하관계도 희박한 범죄조직이야."

"다치바나 씨는 그 조직이 언니를…… 죽였다고, 생각하는 건가요?"

"틀림없어. 그 그룹은 한구레 중에서도 상당한 무투파로, 영역 다툼을 벌이다가 다른 한구레며 폭력단과 싸움이 붙었어. 아마도 적대조직의 멤버를 몇 명인가 죽였을 거야. 그 보스라면 기자 한 사람 죽이는 건 일도 아니야."

"보스……."

"응, 다쓰미 코지라는 남자야. 원래는 폭주족이었던 것 같은데 그 후

---

24) 폭력단체대책법

표면상으로는 갱생하여 대학을 나와 무역회사에 취직한 모양이야. 거기서 꽤 더러운 거래에도 관여해 다양한 국가의 범죄조직과 비즈니스를 했다고 들었어. 그 인맥을 이용해 불법 약물을 밀수입하고 폭주족 시절 동료들을 모아 한구레를 조직, 전국적으로 약물을 팔아 치우는 대규모 마약 사업을 시작했지."
"……그자는 지금 어디 있는데요?"
미오의 목소리가 낮아진다.
"몰라. 뇌물수수 사건 관련자 전원이 검거됐을 무렵 모습을 감췄고 행방은 지금도 묘연해. 지금까지 벌어들인 막대한 자산을 챙겨 해외로 도주한 것으로 간주되고 있어."
"그럼 만약 언니를 죽인 범인이라고 해도 체포할 수 없는 거잖아요!"
"꼭 그렇다고는 할 수 없어. 해외에서 체포되어 송환될 수도 있고, 다시 일본에 돌아올지도 몰라. 그래서 난 그 남자를 철저히 조사해서 유이를 죽였다는 증거를 잡을 작정이야. 살인 사건 용의자임을 증명할 수 있다면 해외 수사기관과의 협력도 한층 적극적으로 이루어질 수 있으니까. 그래서 말인데 미오."
말을 끊은 다치바나가 미오의 눈을 들여다보았다.
"만약 유이에 대한 정보가 손에 들어오면 내게 알려 줘. 그 어떤 사소한 것도 괜찮아. 난 유이의 원수를 갚고 싶어."

"이것 봐, 또 멍때리고 있잖아."
엘리베이터에서 내린 미오는 또다시 하루미에게 놀림을 당했다.
"아, 죄송해요."
"그 정도로 고민하고 있다는 건 사랑의 고민이지? 으응? 그렇죠?"

"그런 거 아니에요. 애당초 간호조무사가 된 지 얼마 안 돼서 외울 것도 많고 연애할 여유가 없어요."
"에이, 하지만 사오토메 씨가 요전 날 좋은 남자 찾으러 매주 미팅에 나간다고 얘기하던데요. 그 아가씨도 간호조무사 된 지 얼마 안 됐잖아요."
"어, 와카나, 하루미 씨한테까지 그런 이야기를 해요?"
"아니, 그냥 내 귀에 들렸을 뿐. 몰라요? 내 병실 옆이 간호조무사 대기실이잖아요."
"혹시 몰래 엿들은 거예요?"
"무슨 그런 소릴. 누가 들으면 오해하겠네. 그냥 벽이 얇아서 살짝 들게 된 건데."
"살짝이라면 또 어떤 걸 알고 있는데요?"
"소노다 씨는 손자가 좋은 대학에 들어가서 기쁘다는 거라든지, 딸이 방과 후 돌봄 교실에서 오후 6시에 돌아오기 때문에 그때까지는 무슨 일이 있어도 엔도 씨가 집에 가야 한다는 거라든지, 사오토메 씨는 사귀던 남자가 바람을 피우는 바람에 간호사 국가고시에 떨어진 거라든지……."
"아주 온갖 얘기를 다 듣고 있는 거잖습니까!"
손가락을 꼽아가며 헤아리는 하루미에게 미오는 저도 모르게 발끈하고 만다. 이틀 전에 병실에 가 보니 하루미가 침대에서 벽에 머리를 들러 붙이다시피 한 채 낮잠을 자고 있었던 일이 있었다. 그때는 딱히 신경 쓰지 않았는데 대기실에서 새어 나오는 소리를 듣다가 잠이 들어 버렸던 건가.
"입원 중에는 남는 게 시간인걸. 엿듣는 걸 그만두게 하고 싶으면 나랑 연애 이야기를 나누면서 호기심을 채워 줘요. 수술 성공을 위해서라도 우리가 대화에 익숙해지는 게 중요하잖아요."

하루미가 돌아보며 윙크를 했다. 미오의 표정이 살짝 풀어진다.

아닌 게 아니라 하루미와 대화를 나누는 일은 매우 중요하다. 그녀의 수술에 미오도 입회하고 수술 중인 하루미와 계속 이야기를 주고받기로 되어 있기에.

하루미가 앓고 있는 신경교아종은 악성 뇌종양 중에서도 악성 정도가 극도로 높은 종양으로 녹아드는 듯이 주변의 정상조직을 파괴한다. 그렇다 보니 수술로 퇴치하려면 종양을 그 주변의 뇌 조직과 함께 될 수 있는 한 크게 도려낼 필요가 있었다.

그러나 필요한 뇌 조직까지 제거해 버리면 커다란 후유증이 남고 만다. 따라서 잘라 내도 되는지 아닌지를 신중하게 짚어 가며 종양 절제술을 진행해 나가야 한다.

하루미의 종양은 크기는 상당히 작지만 언어중추 가까이에 자리하고 있다. 만약 종양을 제거하는 과정에서 언어중추가 손상되면 하루미는 앞으로 언어를 사용할 수 없게 된다. 그것을 피하기 위해 '뇌 각성 수술' 방법이 적용될 예정이었다. 뇌 각성 수술은 우선 전신마취를 한 상태로 두개골을 열어 뇌를 노출시킨 단계에서 마취를 풀어 환자를 깨운다. 그리고 언어 요법사 등이 환자와 대화를 이어나가는 가운데 집도의가 뇌에 전기자극을 가한다. 이때 언어중추에 전기자극이 가해지면 기능이 일시적으로 마비되어 환자에게 실어증 증상이 나타난다. 그런 식으로 언어중추 위치를 신중하게 파악하고 그곳을 손상하지 않도록 조심하면서 종양을 주변 뇌 조직과 함께 적출해 나가는 것이다.

미오는 언어 요법사와 함께 수술 중에 하루미와 대화를 하도록 집도의인 류자키로부터 지시받았다. 처음엔 자신이 감당하기엔 너무 벅찬 일이라고 거절하려 했으나 류자키는 "친한 스태프라면 수술 중에 안심하고 대화할 수 있을 거야. 환자 곁에 다가가기 위해서라고"하며 설득했다.

류자키가 자신을 외과의사로 되돌려 보내기 위해 수술에 참여시키려 한다는 것은 알았지만 '환자 곁에 다가가기 위해'라는 말을 들으니 거절할 수가 없었다. 그리하여 미오는 요 며칠 될 수 있는 한 하루미와 함께 있는 시간을 늘려 가고 있었다.

"그렇지만 의식이 있는 상태에서 뇌가 잘려 나간다는 건 역시 무서워요. 아플 것 같고."

"뇌에는 통증을 느끼는 신경이 없기 때문에 아픔은 느끼지 못할 겁니다."

"레이카 선생님도 그렇게 설명해 주셨지만, 역시 무서운 건 무서워요. 그래서 하는 말인데, 조금이라도 공포를 잊기 위해 재밌는 이야기를 하고 싶어요. 그런 의미에서 사쿠라바 씨의 연애에 대해 말해 줘요. 짝사랑 중인 사람 이야기도 괜찮으니까."

"그러니까 진짜 전혀 없다고요. 이래저래 분주히 뛰어다니느라."

언니가 살해당한 것일지도 모른다는 이야기를 들은 이후 내내 가슴속이 술렁였다.

어쩌면 언니의 죽음은 내 탓이 아닐지도 모른다. 반년 넘게 짊어지고 있던 죄책감을 내려놓을 수 있을지도 모른다는 희망과, 만약 언니를 죽인 범인이 있다면 반드시 추궁해서 후회하게 만들어 주겠다는 복수심이 부글부글 끓어오르고 있었다. 다만 정말로 뇌물수수 사건 때문에 언니가 살해당했다 해도 내가 뭘 할 수 있는 걸까? 지난 몇 주 내내 반복된 의문이 미오의 머리에 솟는다.

뇌물을 받은 자들은 이미 검거됐고 뇌물을 준 다쓰미라는 인물은 경시청이 위신을 걸고 쫓고 있음에도 지금껏 소재조차 파악하지 못하고 있다. 다치바나 말대로 해외로 도망쳤다면 잡힐 가능성은 낮고, 아직 국내에 있다 해도 경찰이 찾아내지 못하는 용의자를 자신과 같은 일반인이 잡을 수 있을 리가 없다.

그을음만 날 뿐 속시원하게 타오르지 않는 듯한 답답함에 미오는 계속 시달리고 있었다.

"에이, 재미없어."

하루미가 입술을 삐죽였다.

"그렇게 원한다면 하루미 씨 이야기를 해 주세요. 연인이라거나, 없어요?"

병실에 거의 다 왔을 즈음 미오가 반격하자 하루미는 어깨를 으쓱해 보였다.

"없어요. 최근 느낌이 딱 오는 사람이 없어서. 이 나이가 되면 노는 연애를 하고 있을 때는 아니고. 슬슬 평생을 같이할 운명의 사람을 만나고 싶은데. 아, 맞다! 사쿠라바 씨, 류자키 선생님이랑 친해요? 입원했을 때 딱 한 번 보러 와 줬는데 엄청 잘생겨서 깜짝 놀랐네. 더구나 과묵하고 차분한 멋이 있고."

그건 커뮤니케이션 장애로 남들과의 대화가 서툴러서일 뿐인데……. 입꼬리를 늘어뜨리는 미오 앞에서 하루미는 황홀한 표정으로 이야기를 계속한다.

"그렇게 젊은데 최고의 외과의사이고, 내년에는 미국의 유명한 병원에 간다죠? 게다가 소문으론 미나토구에 있는 타워맨션의 펜트하우스에 사는 모양이고."

앞부분은 맞지만 뒷부분은 완전히 빗나갔어요.
 미오는 억지웃음을 지으며 "류자키 선생님은 그다지 추천 안 해요" 하고 조언했다.
 "어, 왜요? 그렇게 괜찮은 조건 좀처럼 없어요. 그 사람 잡으면 꽃가마 타는 거 아닌가. 결혼 상대를 찾는 여자들 눈에는 골드바처럼 빛나 보일 거예요."
 그 골드바, 도금한 것일 뿐 속은 구멍이 숭숭이거든요. 쓴웃음을 지으며 미오는 목적한 병실 앞에서 휠체어를 멈추고 미닫이문을 열었다.
 "하루미 씨는 굳이 그런 꽃가마에 올라탈 필요는 없지 않나요?"
 하루미는 "뭐 그렇죠" 하고 의기양양하게 콧방귀를 뀌었다.
 "하지만 나처럼 좋은 여자에게 어울리는 남자가 좀처럼 없으니까 문제죠. 그런 점에서 류자키 선생님이라면 완벽하지 않아요?"
 미오가 병실 창가까지 휠체어를 밀고 가자 하루미는 미소 지으며 침대로 옮겨 앉았다.
 "아뇨아뇨, 하루미 씨처럼 멋진 사람한테는 좀 더 훌륭한 남성이 나타날 거예요."
 휠체어를 접는 미오를 하루미는 가만히 응시했다.
 "……아까부터 내가 류자키 선생님에게 다가가는 것을 말리려 드는데, 혹시 사쿠라바 씨, 그 사람이랑 그렇고 그런 사이라도?"
 "아뇨! 아뇨아뇨, 그럴 일은 절대 없습니다!"
 "그렇게 기를 쓰고 부정하는 게 오히려 수상한데."
 두통을 느낀 미오가 이마를 누르는데 노크 소리가 울리더니 병실 문이 열렸다.
 "실례합니다."

장신의 호리호리한 몸을 흰 가운으로 감싼 여성 의사가 병실로 들어왔다.

"아, 레이카 선생님, 안녕하세요."

하루미가 손을 흔들자 여의사 히가미 레이카는 그 반듯한 얼굴에 시원한 미소를 띠며 다가왔다.

"아, 사쿠라바 씨도 있었네요. 일하시느라 수고 많으세요."

웃음 짓는 레이카에게 미오는 "수고 많으십니다" 하고 머리를 숙였다. 히가미 레이카는 통합외과에 소속된 골드 외과의사로 그 특징적인 성씨에서도 알 수 있듯이 히가미 교수의 외동딸이다. 나이는 이제 갓 서른 살이 되었으련만 그 외과기술은 골드 중에서도 톱클래스이며 몇 년 내에 틀림없이 플래티넘으로 올라가게 될 거라는 소문이 돌고 있다.

하루미의 병동 담당의가 레이카였기 때문에 자연스레 미오도 이야기를 나눌 수 있게 되었다. 통합외과 의사 중에는 간호조무사를 깔보는 사람도 많지만 레이카는 스스럼없이 대해 준다. 그렇다 보니 어련무던한 대화를 주고받는 사이가 되었다.

"무슨 이야기 중이었어요? 즐거워 보이던데."

"연애 이야기요. 레이카 선생님도 합류할래요?"

레이카의 물음에 하루미의 만면에 웃음이 싹텄다.

"연애 이야기, 좋네요. 두 사람 다 상대는 있으세요?"

"저는 전혀. 하지만 사쿠라바 씨는 류자키 선생님과 조금 좋은 관계인지도."

"저기요, 하루미 씨!" 미오가 눈을 부릅떴다.

"그렇게 조바심 낼 필요 없잖아요."

깔깔깔 웃는 하루미에게 얼굴을 찌푸리면서 미오는 곁눈질로 레이카의 반응을 살짝 살폈다.

"사쿠라바 씨, 류자키 선배와 사귀는 사이예요?"

레이카가 길고 가느스름한 눈을 깜박였다.

"그럴 리가 있겠어요? 저는 류자키 선생님 따위에게 관심 없어요."

"아까부터 유난히 강하게 부정하는 게 오히려 수상해요. 그렇게 멋진 류자키 선생님에게 '따위'라는 말은 보통 쓰지 않잖아요. 레이카 선생님은 그렇게 생각하지 않으세요?"

하루미는 레이카에게 동의를 구한다. 레이카는 모양 좋은 입술에 가느다란 손가락을 가져갔다.

"글쎄요. 확실히 류자키 선배는 한창 수술 중일 때 보면 굉장히 멋있죠. 저도 종종 조수로 지명받는데 그때마다 그 손재주에 넋을 잃거든요."

"어라? 혹시 레이카 선생님도 류자키 선생님을 노리고 있나요?"

유명 여배우와 비교해도 손색이 없는 미모와 모델 뺨치는 스타일을 지닌 레이카라면 확실히 류자키와 잘 어울리겠지. 미남 미녀 두 사람이 나란히 있는 것만으로 마치 패션 잡지 표지를 바라보는 듯한 착각에 빠질 게 틀림없다.

미오가 그런 생각을 하고 있는데 레이카는 수줍은 듯 쓴웃음을 지었다.

"그렇지만 역시 류자키 선배는 내가 감당하기엔 너무 벅차지 않을까요."

"에이, 그렇지 않아요. 레이카 선생님 정도 되는 미인이라면 잘 어울린다고요."

하루미의 대사에 레이카는 고개를 가로저었다.

"외모의 문제가 아니라 류자키 선배의 성격 문제예요. 그렇게까지 자신에게 엄격한 사람이 파트너라면 압박감에 제가 찌부러지고 말걸요."

"자신에게 엄격해요?" 하루미는 고개를 살짝 갸우뚱한다.

"네. 그 선배는 외과기술에 대해 누구보다도 엄격하달까, 편집적이라고 하는 게 맞는 표현이려나. 아무튼 십 년 넘게 봐 오다 보니 저로서는 따라갈 수 없다는 걸 잘 알아요."

"십 년 넘게?"

미오가 무심코 되물었다.

"아마 류자키 선생님 나이가 서른다섯이었죠? 그럼 아직 의사가 된 지 십 년 조금 안되지 않았나요?"

"네, 하지만 그 사람은 십칠 년간 외과의사 트레이닝을 매일 꾸준히 해 오고 있어요."

"무슨 말씀인지?" 흥미가 생겨 미오는 적극적으로 물었다.

"흐음, 숨길 일은 아니고, 뭐 괜찮겠지. 아버지가 통합외과를 설립한 게 십팔 년 전이에요. 최고의 외과의사 집단을 만들겠다고 벼르던 아버지는 히가미 세포 특허로 들어온 돈을 탈탈 털어서 외과의사 트레이닝을 위한 기술 수련실을 만들었어요."

기술 수련실은 미오도 알고 있다. 작년에 또래 외과의사 몇 사람과 첨단 외과의학 연구소를 견학하러 갔을 때 교수인 히가미가 직접 안내해 주었다. 훌륭한 설비에 감동받은 미오 일행을, 히가미는 좀 더 굉장한 걸 보여 주겠다며 수련실 안쪽으로 데려갔었다. 작년의 기억을 떠올리고 있는 미오 앞에서 레이카는 말을 잇는다.

"수련실에는 최신 외과 트레이닝 기기가 늘어서 있었지만, 초창기에는 의국원도 적고 다들 일이 바쁘다 보니 사용하는 사람이 거의 없었어요. 구슬이 서 말이라도 꿰어야 보배라는데. 그런데 수련실이 완성된 지 1년 후 그곳을 사용하고 싶다는 인물이 나타났어요."

"그게 류자키 선생님……."

미오가 중얼거리자 레이카는 "맞아요" 하고 한쪽 입꼬리를 치켜올렸다.

"그때 류자키 선배는 세이료 대학 의학부 1학년생으로 열여덟 살이었어요. 학생에게 그 귀한 기기를 내어 줄 순 없다고 아버지는 바로 거절했었죠."

"하지만 결국 허락하셨군요."

"수차례 안 된다고 했지만 매일같이 교수실 근처에 와 있다가 간곡히 부탁했다고. '스토커처럼 무서웠다'고 아버지는 농담 삼아 말했어요."

아냐, 아마도 진짜로 무섭지 않았을까? 일이 있을 때마다 불쑥 나타난 류자키에게 '외과의사로 돌아가'라는 말을 듣는 미오는 히가미 교수의 심정을 알 것 같았다.

"결국 끈기에 지고 만 아버지는 수련실 사용을 허락했어요. 어차피 아무도 사용하지 않는 데다 좀 지나면 싫증 날 거라 여긴 거죠. 하지만 아버지는 바로 자신의 생각이 틀렸음을 깨달았어요."

"류자키 선생님이 싫증 같은 게 날 리 없으니까요."

미오가 중얼거리자 레이카는 "어머나, 잘 아시네요" 하고 놀리듯이 말했다.

"아뇨, 그냥 그런 느낌이 들었을 뿐……."

"뭐, 맞는 말이에요. 류자키 선배는 하루도 빠짐없이 매일 밤늦게까지 수련실에 틀어박히게 됐어요. 심할 때는 침낭을 갖고 들어가 묵기도 했던 모양이에요. 너무나도 열심히 트레이닝 하는 모습을 보고 아버지는 이렇게 생각했대요. '이 학생을 통합외과의 상징으로 키우자'라고."

"통합외과의 상징이요?" 미오가 되물었다.

"맞아요. 아버지는 통합외과를 세계 최고의 외과의사 집단으로 만드는 것이 꿈이어서, 그 양성 프로그램을 생각하고 있었어요. 류자키 선배에게 그 프로그램을 적용시켜 최고의 외과의사로 육성하여 자신의 이론이 틀리지 않았음을 증명하려 했던 것이죠. 그래서 아버지는 류자키 선배에게 자신의 기술을 열심히 지도하기 시작했어요. 류자키 선배도 그것들을 속속 흡수해 가며 한층 수련을 쌓았죠. 대학 재학 중에 이미 베테랑 외과의사를 훨씬 뛰어넘는 기술을 익혀 나갔어요."

"그렇게 해서 류자키 선생님은 최고의 외과의사가 되었다······."

미오가 말을 이어받자 레이카는 "그렇죠" 하고 한쪽 입꼬리를 치켜 올렸다.

"류자키 선배는 아버지가 만들어 낸 로봇 같은 거예요. 따라서 그 사람을 파트너로 삼는 건 무리. 인간과 로봇은 비슷한 듯 보여도 다르니까."

그때까지 잠자코 레이카의 이야기를 듣고 있던 하루미가 "흐음" 하고 눈을 가늘게 뜬다.

"요컨대 레이카 선생님에게 류자키 선생님은 연애 대상이 아니라 라이벌이란 거네요."

"네?"

레이카가 눈을 깜빡였다.

"그렇잖아요. 레이카 선생님도 외과의사가 되었는데 아버지는 류자키 선생님에게 온 신경을 쏟고. 외동딸로서 심경이 복잡하지 않나요? 류자키 선생님보다 수술을 잘하게 되어 아버지에게 칭찬받고 싶다, 아버지를 독점하고 싶다, 뭐 그런 생각을 하는 거 아닌가요?"

어쩐지 도발적인 하루미의 말에 미오는 조마조마해하면서 상황을 지켜보았다. 언뜻 보기에 아무렇지 않아 보이는 하루미도 분명 대수술을 앞두고 예민해져 있지 싶다. 그렇기 때문에 그 울분이 저도 모르게 주변 사람을 향하고 만다.

톡 건드리면 터져 버릴 것 같은 긴장감이 병실을 가득 메웠다. 몇 초 후, 레이카가 빙그레 웃었다.

"수술 실력으로 류자키 선배를 이기다니, 죽었다 깨어나도 무리예요. 외과의사로서는 제가 그 사람을 따라잡는다는 건 불가능해요."

"백기를 드는 건가요?"

하루미가 재차 도발적으로 말하자, 레이카의 얼굴에 요염한 미소가 떠올랐다.

"백기를 든다? 설마요. 저는 류자키 선배를 이깁니다."

"어, 하지만, 방금 이길 수 없다고……." 하루미가 어리둥절한 표정을 짓는다.

"아뇨, 어디까지나 '수술 실력으로는 이길 수 없다'는 거죠. 저는 다른 방법으로 그 사람을 이기고 아버지의 꿈을 이룰 겁니다. 다만 그러기 위해선……."

레이카가 슬쩍 미오를 곁눈질했다. 그녀의 시선에 미오는 "왜, 왜 그러세요?" 하고 살짝 몸을 젖혔다.

"으응, 아무것도 아니에요."

레이카는 고개를 살짝 가로젓더니 합장하듯 가슴 앞에서 손을 모았다.

"그런 연유로 제게 류자키 선배는 존경하는 선배이긴 해도 연애 대상은 못 됩니다. 애당초 제 취향은 류자키 선배 같은 유아독존형이 아니라 연하의 힐링남이랍니다. 그러고 보니 하루미 씨는 남친이 있으신가요?"

"있으면 이렇게 연애 이야기에 굶주려 있지 않겠죠."

하루미는 한숨을 내쉬었다.

"2년쯤 전에 남친이 바람피워서 헤어진 이후 전무예요. 그 남자, 나랑 사귀는 동안 무려 1년 가까이 출장이니 뭐니 거짓말하고 다른 여자 집에 드나들었어요. 레이카 선생님, 어떡하면 남자의 바람을 막을 수 있을까요."

"간단해요. GPS로 어디 있는지 언제든 확인할 수 있도록 하는 거예요."

천진한 미소를 띠는 레이카의 대답에 하루미의 표정이 굳는다.

"어…… 그런 걸 하나요? 파트너의 소지품에 GPS 장치를 설치한다거나?"

"아뇨, 스마트폰 앱을 깔아 두는 겁니다. 그 외에도 차량 내비게이션을 정기적으로 확인하는 것도 중요하죠. 어떤 곳에 갔었는지 이력이 남으니까."

레이카의 말을 듣는 순간, 미오는 번개에 맞은 것처럼 온몸이 굳었다.

"……차량 내비게이션."

반쯤 벌어진 미오의 입에서 목소리가 새어 나온다.

"어머나, 사쿠라바 씨, 왜 그래요?"

의아한 듯 레이카가 물었지만 미오는 대답할 길이 없었다.

가슴 속에서 연기만 내고 있던 불씨가 신선한 산소를 공급받고 타오르기 시작했다.

2

언니는 이런 곳에서 뭘 하고 있었던 걸까. 제대로 정비되지 않은 산길이 헤드라이트 불빛 아래로 떠올랐다. 미오는 가속 페달을 밟았다. 병실에서 하루미, 레이카와 이야기한 다음 날, 토요일 밤 10시가 넘은 야심한 시각에 미오는 도심에서 차로 한 시간 반 정도 떨어진 오쿠타마 산림을 차로 달리고 있었다. 조금 전까지는 캠프장으로 이어지는 샛길이 몇 개 있었는데 꽤 깊은 산속까지 들어온 이 부근에는 그마저도 눈에 띄지 않고 거친 길이 끝도 없이 이어져 있을 뿐이다.

오늘 아침 일찍 후쿠시마에 있는 본가를 찾아가 언니 유이가 생전에 사용한 프리우스 차량에 장착된 내비게이션 이력을 확인했다. 대부분은 유이의 자택인 맨션이나 근무처 등 도심부였으나 딱 한 곳, 오쿠타마 산속이 자주 찾는 장소로서 등록되어 있었다.

이력을 자세히 확인한 결과, 유이는 사망하기 반년쯤 전부터 한 달에 두세 번, 도합 열 번 이상 그 장소를 찾아갔다. 인터넷상의 지도로 그 장소를 확인해 봤으나 딱히 눈에 띄는 시설은 없었다.

이 장소에 단서가 있다. 그렇게 확신한 미오는 자고 가라는 부모님에게 다음에 또 온다며 사과한 후 프리우스를 빌려 본가를 뒤로했다.

후쿠시마에서 도쿄까지도 멀다 보니 목적지 근처까지 도착할 무렵에는 밤이 되어 있었다. 장시간 운전으로 온몸에 피로가 덕지덕지 쌓였다. 일단 집에 돌아가 쉬고 내일 새롭게 알아보러 가는 게 낫지 싶지만, 언니의 죽음의 진상을 한시라도 빨리 알고 싶다는 충동이 그것을 허락하지 않았다.

이 어두운 숲속을 이미 삼십 분 넘게 나아가고 있다. 목적지까지 앞으로 수백 미터. 이 끝에 대체 무엇이 있는 걸까? 빨라지는 심장 박동을 느끼며 미오는 앞 유리 너머 전방을 응시했다.
「곧 목적지 부근입니다.」
차량 내비게이션에서 인공음성이 울림과 동시에 길가에 자리한 작은 주차장이 헤드라이트 불빛에 떠올랐다. 미오는 핸들을 꺾어 주차장으로 들어가 프리우스를 세웠다. 확인한 내비게이션 속 목적지는 이 주차장이 틀림없었다. 시동을 끈 미오는 글로브 박스에서 손전등을 꺼내 차에서 내렸다.
"언니는 뭣 때문에 이런 곳에⋯⋯."
손전등으로 주변을 비췄지만 사방은 울창한 숲이 펼쳐져 있을 뿐이었다. 미오는 하늘을 올려다보았다. 도심과 달리 공기가 맑은 데다 주위에 불빛이 없어서인지 아름다운 별 하늘이 펼쳐져 있었다. 그 광경에서 눈을 뗄 수 없었던 미오는 손전등을 껐다.
주변이 어둠으로 가득 차자 하늘에 뜬 별들의 반짝임이 더욱 또렷하게 보였다.
"별을 보러 왔었나?"
은하수가 흐르는 하늘을 올려다보며 미오는 중얼거린다.
차량 내비게이션의 이력으로 보면 이곳에 왔을 때 이미 유이는 심네스에 시달리고 있었다. 세상을 비관해서 죽기 전 아름다운 광경을 보려 한대도 이상할 건 없다.
"헛걸음이었네⋯⋯."
별이 가득한 하늘을 올려다보던 미오의 입에서 모기 소리만 한 목소리가 새어 나왔다. 고양감에 젖어 잊고 있던 피로감이 단숨에 밀려왔다. 맥을 놓으면 그대로 무너져 내릴 것만 같았다. 집으로 돌아가자. 쉬고 수사 흉내 따위는 두 번 다시 생각하지 않도록 하자.

"내가 범인을 찾아내다니, 가능할 리가 없었어."

신음하듯이 내뱉은 말을 밤바람이 싹 지워 버렸다. 차에 타려던 그때 미오는 퍼뜩 얼굴을 들었다. 무슨 소리가 들린 것 같았다. 사람이 이야기하는 듯한 소리가.

바람 소리를 잘못 들은 건가. 귀를 기울인 미오의 눈이 휘둥그레졌다. 틀림없는 사람 말소리다. 이곳에서 얼마 떨어지지 않은 장소에 누군가가 있다. 청각에 온 신경을 집중해 목소리가 들려오는 방향을 찾았다. 그 소리는 어두운 숲속에서 바람을 타고 들려오고 있었다.

어떡하지? 어둠으로 가득 찬 숲을 바라보면서 미오는 머뭇거린다. 인적이 드문 밤의 숲에는 위험이 넘쳐난다. 조난 위험도 높고 낭떠러지를 알아차리지 못하고 실족할 위험도 있다.

몇십 초 고민한 후 미오는 발을 옮긴다. 반년이 넘도록 짊어진 언니의 죽음에 대한 책임이라는 십자가. 혹시라도 그것을 내려놓을 수 있다면 위험을 감수할 가치는 있다.

손전등으로 발치를 비추면서 목소리를 의지해 삼십 분 가까이 숨을 헐떡이며 숲속을 나아갔을 때 깊은 숲속에 어렴풋하게 불빛이 보였다. 이쪽에서 보인다는 건 상대도 이쪽을 알아차릴 가능성이 있다는 것. 미오는 손전등을 끄고 숨을 죽인다.

언니는 틀림없이 요 앞에 있는 것을 조사하고 있었다. 매우 조심스럽게 숲속을 걸어 들어왔으니 주차장에서는 몇백 미터밖에 안 떨어져 있지 싶다. 위치상으로 보면 아까 들어온 산길에서 한층 더 위로 올라왔다고 봐야 할까.

차로 가면 몇 분 거리인 곳을 굳이 바로 앞의 주차장에서 숲을 가로

질러 나아갔다는 건 취재 대상이 그만큼 위험하다는 뜻이다.
 필사적으로 머리를 굴리며 한발 한발 신중하게 비탈을 올라간다. 이윽고 빽빽하게 자란 나무들 사이로 건물이 눈에 들어오기 시작했다. 부유층이 피서지에서 별장으로 소유하고 있는 듯한 고급스러움을 자아내는 2층 양옥. 그 바로 앞의 넓은 주차장에 세워진 석 대의 트럭에서 남자들 여럿이 짐을 실어 내는 듯했다. 티셔츠 소매를 걷어 올린 남자들의 팔뚝에 화려한 문신이 새겨져 있는 것을 알아차린 미오의 몸에 긴장감이 감돈다. 확실히 건실해 보이지는 않는다.
 대체 저들은 누구일까. 저 건물은 뭘까.
 굵은 나무 뒤에 숨은 채 미오는 숲속에서 상황을 엿봤다. 남자들이 트럭에서 꺼낸 물건을 본 미오는 콧잔등을 찡그렸다.
 마취기다. 수술 때 전신마취 중인 환자의 진정 상태를 유지하는 동시에 인공호흡을 실시하기 위한 의료기기. 남자들이 마취기를 양옥 안으로 가지고 들어간다.
 "왜 저런 걸……."
 미오는 스마트폰을 꺼내 셔터 소리가 울리지 않도록 설정한 뒤 남자들의 사진을 찍었다. 마취기 뿐만 아니라 구급용 카트, 다양한 의약품, 심지어 분해된 수술대까지 남자들은 땀범벅이 된 채 차례차례 양옥 안으로 날랐다.
 무슨 일이 일어나고 있는 건지 알 길이 없다. 다만 한 가지만은 확실했다. 이 양옥에서 수술이 이루어지려고 한다는 것.
 하지만 굳이 이런 외딴 곳에서 수술을 해야 하는 이유가 뭘까? 필요한 의료기기만 해도 수천만 엔은 나갈 테고, 예기치 못한 사태로 인해 큰 병원으로 이송해야 한다거나 수혈용 혈액제제 보충이 필요한 경우에도 바로 대응하기가 어렵다. 그 모든 단점을 감수하면서까지 이런 깊은 산중에서 수술을 해야 하는 이유.

"불법 수술······."

입안에서 말을 굴린 순간 몸이 부르르 떨렸다. 소문으로 들은 적은 있다. 많은 돈을 받고 성형 수술로 지명수배범의 얼굴을 바꾼다든지 신고 대상인 총상 환자를 비밀리에 치료한다든지 하는 의사가 있다고.

아니, 그런 거라면 그나마 낫다. 환자가 수술에 동의한 거니까. 최악의 경우 이식용 장기를 암시장에서 불법으로 팔아넘기기 위해 사람을 납치한 후 장기를 적출해 살해하려는 것인지도 모른다.

그런 흉악범죄가 이 평화로운 나라에서 벌어지고 있다고는 갑자기 생각하기 어렵다. 그러나 지금도 의료 기구를 트럭에서 양옥 안으로 들어가고 있는 남자들이 온몸으로 자아내고 있는 반사회적인 분위기를 보면 그럴 가능성도 완전히 부정할 수 없다는 생각마저 든다.

언니가 쫓고 있던 것은 이 집에서 이루어지는 불법 수술이었던 걸까? 거기까지 생각했을 때 미오는 고개를 흔들었다. 아니, 그게 아니야. 지금 차례차례 의료기기를 들이고 있는 것을 보면 여기서 수술이 이뤄지는 건 지금부터다.

그렇다면 대체 무엇을······. 입가에 손을 대고 고개 숙인 미오는 "언제까지 하고 있을 거야! 빨리 해!"라는 고함 소리에 얼굴을 든다. 고급 브랜드 재킷을 걸친 중년 남자가 비서인 듯싶은 슈트 차림의 미녀를 데리고 양옥에서 나와, 의료기기를 실어 내는 남자들을 큰소리로 윽박지르고 있었다.

미오는 순간 숨이 멎을 뻔했다. 그 남자의 얼굴이 낯이 익었다. 다쓰미 코지. 검찰총장을 비롯한 사법·수사관계자가 연루된 뇌물수수 사건으로 지명 수배되어 해외로 도주했을 남자.
 이곳은 다쓰미 코지의 은신처였다. 뇌물수수 사건을 쫓던 언니는 그것을 알아내고 취재하고 있었다. 다쓰미는 반사회조직의 우두머리다. 이 은신처를 취재하던 언니에게 치명적인 비밀을 들킨 다쓰미는 입막음을 시도했다.
 저놈이다. 저 남자가 언니를 죽인 거다. 미오는 손에 쥐고 있는 스마트폰을 조작하여 '긴급신고' 아이콘을 띄웠다. 화면을 터치하려던 순간, 미오의 얼굴이 굳는다. 화면 위쪽에 '통화권 이탈' 표시가 떠 있었다.
 사람의 발길이 거의 미치지 않는 이런 산중에 전파가 닿지 않는 것도 당연하다. 게다가…….
 미오는 청바지 주머니에 스마트폰을 도로 집어넣는다. 지금 신고하면 다쓰미는 체포되겠지. 하지만 그건 어디까지나 뇌물수수 사건에 대해서다. 이미 자살로 처리된 언니 사건까지 경찰이 추궁할 가능성은 낮다. 사진만으론 안 된다. 좀 더 가까이 가서 동영상을 촬영하고 다쓰미가 언니에 대해 언급하는 음성을 녹음해야 한다. 미오는 살금살금 숲 속을 이동해 양옥에 다가갔다. 주차장에는 트럭 외에도 차량이 몇 대 세워져 있었다.
 트럭 주위는 사람이 많다. 멀찌감치 세워져 있는 알파드 그늘이 가장 안전해 보인다. 그렇게 판단한 미오는 몸을 숙이고 조심조심 이동했다.
 "오, 선생님, 수술실 준비는 어떻습니까? 수술에 문제는 없어 보입니까?"
 욕을 퍼붓던 좀 전과는 달리 유난히 사근사근한 다쓰미의 목소리가 들려온다.
 선생님? 그 말인즉 불법 수술 집도의?

미오는 숲속을 이동하는 걸음의 속도를 높인다. 여기서는 트럭이 사각지대가 되어 '선생님'이라는 자의 모습을 확인하는 건 어려웠다. 얼른 촬영해야 하는데.

"아, 다행입니다. 내 수술에 최고의 기기를 사들인 보람이 있었군요."

아마도 수술을 받는 이는 다쓰미 자신인 모양이다. 역시 성형 수술로 얼굴을 바꾸려는 걸까? 미오는 허리를 굽히고 숲을 나가 거대한 알파드 차량 그늘에 숨는다.

"수술 준비는 일임하겠습니다. 저는 다음 주까지 안전한 곳에 몸을 숨기고 있을 테니."

쪼그려 앉아 알파드 몸체에 등을 기대며 미오는 얼굴을 찌푸렸다.

이 양옥에 머무르는가 싶었더니 아무래도 또 다른 은신처가 있는 듯하다. 그곳으로 이동하게 되면 경찰에 신고하더라도 다쓰미를 붙잡을 수 있다는 보장이 없다.

어떻게 하면 좋을지 망설이면서도 스마트폰으로 동영상 촬영 준비를 하던 미오의 귀에 또 다른 남자의 목소리가 들려왔다.

"돈은 어떻게 됐나? 선불 약속이었는데."

머릿속이 새하얘진다. 귀에 익은 이 목소리.

아니, 그럴 리가 없다. 기분 탓이 틀림없다. 필사적으로 스스로를 타이른 미오는 알파드 옆에 정차된 SUV차량을 알아차리고 놀란 입을 다물지 못한다.

저것과 완전히 똑같은 차를 본 적이 있다. 아니, 그 정도가 아니라 매일같이 보고 있다. 우리 아파트 주차장에서.

"아, 미안합니다. 바로 드리겠습니다."

다쓰미의 목소리에 정신을 차린 미오는 알파드 그늘에서 살짝 얼굴을 내밀었다. 망막에 비친 광경을 보고 미오는 심한 현기증에 휩싸였다.

지폐 다발이 가득 든 하드케이스 가방을 열어 보이는 다쓰미의 눈앞에 낯익은 남자가 서 있었다. 옆의 쓰레기 집에 사는 괴짜 천재 외과의사가.

"이게 수술비입니다. 이만한 거금을 들이는데 반드시 성공시켜 주셔야 합니다. 그렇지 않으면 저도 무슨 짓을 할지 알 수 없으니까요."

위험한 미소를 띠며 가방을 닫은 다쓰미는 눈앞에 선 남자에게 위협 아닌 위협을 했다.

"아, 물론. 완벽한 수술을 약속하지."

류자키 타이가는 입꼬리를 살짝 치켜올리더니 다쓰미 손에서 가방을 받아들었다.

3

"어딜 갈 작정인 거야……."

핸들을 쥐고 가속 페달을 밟으며 미오는 앞 유리 너머로 보이는 카이엔을 노려본다. 오쿠타마 산속에서 류자키와 다쓰미의 접촉을 목격한 나흘 후인 수요일 오후, 미오는 류자키의 애차를 미행 중이었다.

류자키의 집에 뛰어 들어가 다쓰미와의 관계를 따져 물을 생각도 했지만 실행에 옮기진 않았다. 만약 류자키를 추궁하면 은신처가 발각됐다는 것을 다쓰미가 알아차리게 될 것이다. 그렇게 되면 다쓰미는 또다시 해외로 도망칠 가능성이 높다. 주말에 그 양옥에 나타난 다쓰미를 경찰에 넘기기 위해서라도 그때까지는 류자키에게 아무것도 캐물을 수 없다. 그 대신에 생각해 낸 것이 류자키를 미행하는 일이었다.
 주말과 연구일로 지정된 수요일, 류자키는 세이료 대학 의학부 부속 병원에는 나타나지 않는다. 그러나 하루 종일 집에 있는 경우는 거의 없고 아침부터 트레이닝 룸인 202호실이나 201호실에서 시간을 보낸 후, 카이엔을 타고 외출할 때가 많다. 벽이 얇은 덕분에 류자키의 행동 패턴은 거의 파악하고 있었다.
 일상적으로 범죄자를 상대하고 있는지도 모른다. 그렇다면 조사해 볼 가치는 있다. 그렇게 생각한 미오는 오늘 유급휴가를 써서 류자키를 미행하기로 마음먹었다. 오전 9시 무렵, 근처 코인 주차장에 세워 둔 프리우스에 올라타고 감시하기 시작했다. 11시 무렵, 트레이닝을 마친 류자키는 다쓰미에게 넘겨받은 거금이 든 하드케이스 가방을 들고 집에서 나왔다. 그가 그대로 카이엔에 올라 출발할 때까지 기다렸다가 미오는 프리우스의 시동을 걸고 미행을 개시했다.
 문득 미오는 차량 내비게이션으로 시선을 옮겼다. 나흘 전에 갔던 오쿠타마 산속의 이력이 남아 있는 것을 보고 땅이 꺼져라 한숨을 내쉬었다. 그저께 점심시간에 스마트폰으로 다쓰미의 양옥이 있던 주변 정보를 살피던 중 그 근처에 있는 캠핑장 여러 곳이 검색 결과에 떴다.
 "오쿠타마 힐링 코티지 캠핑장이라……."
 "사쿠라바 씨, 그 캠핑장 알아요?"
 무심코 한 곳의 이름을 소리 내어 읊조리자 느닷없이 엔도가 반응했다. 엔도의 설명에 의하면 자연으로 가득 차 있는 데다 코티지에 모든 것이 갖춰져 있는 멋진 캠핑장으로 이번에 딸을 데려갈 생각이라는 거였다. 그 이야기를 들은 에쓰코가 손자들도 캠핑을 좋아하니 같이 가고 싶단 말을 꺼냈고, 와카나도 머리 식힐 겸 가 보고 싶다며 찬성했다.

그러저러해서 몇 주 후에 5층 4병동 간호조무사 위로 여행차 다 같이 캠핑을 가기로 되었다. 미오는 거절하고 싶었지만 즐거운 듯 흥이 오른 동료들을 보니 차마 입이 떨어지지 않아 결국 흐름에 동참하게 돼 버렸다.

뭐, 됐어. 어차피 몇 주 후의 일이고 지금은 미행에 집중해야 한다. 미오는 전방을 달리는 카이엔을 노려보았다. 이미 30분가량 차를 몰고 있다. 처음엔 다시 오쿠타마에 있는 그 양옥으로 향하는 건가 싶었는데 방향이 명백히 다르다는 것을 바로 깨달았다. 현재는 이타바시구에 들어섰다.

도심을 탈출한 덕분에 편도 2차선의 넓은 도로임에도 불구하고 차량은 현저히 줄어들었다. 미행하기가 한결 수월해졌지만 한편으론 류자키가 눈치 챌 위험도 높아졌다. 어느 정도 거리를 띄워야 한다.

원래 십여 미터 간격을 두고 따라가고 싶었지만 그 거리를 십 미터쯤 더 벌렸다. 바로 그때 앞을 달리던 카이엔이 갑자기 속도를 높였다. 미오도 급히 가속 페달을 밟았지만 스포츠카의 가속력을 당해 낼 재간이 없어 순식간에 뒤처지고 말았다.

100미터쯤 앞에 있는 큰길과 만나는 교차로의 신호가 황색으로 바뀐다. 그러나 전방을 달리는 카이엔은 감속하기는커녕 한층 속도를 높였다. 아마도 시속 140킬로 정도는 나오지 싶다. 신호가 붉은색으로 바뀌는 것과 동시에 카이엔이 교차로를 빠져나갔다.

굳어진 얼굴로 미오는 브레이크를 밟았다. 차량이 횡단하기 시작한 교차로 바로 앞에서 프리우스가 급정거했다.

실패했다. 미행을 알아차린 걸까? 미오는 저도 모르게 주먹 쥔 손으로 핸들을 내리쳤다. 울려 퍼진 커다란 클랙슨 소리가 다소 냉정함을 되찾아 줬다.

미오는 눈을 부릅뜬 채 차량이 잇달아 횡단하는 교차로 너머로 이어지는 차도를 응시했다.

저 멀리에서 카이엔이 속도를 줄이며 좁은 골목으로 들어가는 모습이 눈에 들어왔다.

어쩌면 목적지가 근처에 있는지도 모른다. 신호가 파란색으로 바뀌자 미오는 프리우스를 출발시켜 좀 전에 카이엔이 들어간 골목으로 향했다.

차 한 대 지나가기도 힘들어 보이는 좁은 주택가 골목. 미오는 차량 내비게이션으로 주변 주차장을 검색했다. 류자키의 목적지가 이 근처라면 어딘가에 차를 주차했을 터이다. 주차장을 샅샅이 확인해 나가다 보면 류자키의 카이엔을 발견할 수 있을지 모른다.

액정화면에 비치는 사방 1km 이내의 주차장을 확인하면서 미오는 차를 몰았다.

있다! 골목을 헤매고 다닌 지 한 시간 남짓, 미오는 드디어 넓은 코인 주차장에 서 있는 류자키의 카이엔을 발견했다.

차 안에 류자키의 모습은 없다. 잠시 망설인 미오는 카이엔에서 가장 멀리 떨어진 주차공간에 프리우스를 세운 후 조수석에 놓여 있던 히프 색을 사선으로 어깨에 걸쳐 메고 야구 모자를 푹 눌러쓴 채 밖으로 나갔다.

주변을 걸어본다. 딱히 특별할 것 없는 평범한 주택가였다. 어딘가에서 수술을 할 작정인지도 모른다는 생각에 차량 내비게이션으로 주변 시설을 확인해 봤지만 작은 클리닉이 몇 군데 있을 뿐 수술을 할 수 있을 만한 의료 시설은 몇 킬로미터 이내에는 존재하지 않았다.

이곳에 대체 뭐가 있다는 거지? 몇십 분 동안 무작정 주변을 걷던 미오는 아이들의 환호성에 발을 멈췄다. 낮은 블록담 너머에 농구 코트만 한 운동장이 있고 그곳에서 어린아이 몇 명이 즐거운 듯 술래잡기를 하고 있었다.

유치원인가 싶었지만 운동장 안쪽에는 오래된 맨션 같은 4층짜리 건물이 있을 뿐 요즘의 유치원이나 어린이집 같은 화려함은 느껴지지 않았다.

아무 생각 없이 바라보고 있는데 책가방을 둘러메고 땋은 머리를 한 여자아이가 그 부지에 발을 들여놓았다. 여자아이는 술래잡기를 하는 어린아이들에게 웃는 얼굴로 가볍게 손을 흔들더니 건물 안으로 들어갔다. 건물 출입구 옆에 '아동 보호 시설 이타바시 하바타키원'이라고 적혀 있었다.

"아동 보호 시설……."

미오가 중얼거렸다.

보호자가 없거나 학대 등으로 인해 보호가 필요한 아동이 생활하는 시설이다. 그래서 다양한 연령대의 아이들이 있는 건가. 납득하고 다시 걸음을 옮기려는 순간 미오는 흠칫 몸을 떨었다. 인기척을 느꼈다. 바로 뒤에 누군가가 서 있다.

점프하듯이 한 걸음 전진하면서 몸을 휙 돌린 미오의 목에서 신음 소리가 새어 나왔다.

"이런 데서 뭘 하고 있는 거야, 당신."

차가운 눈으로 미오를 응시하면서 류자키는 예의 억양 없는 목소리로 말했다.

"누, 누구시죠?"

미오는 얼굴을 가리기 위해 쓰고 있는 모자의 챙을 내렸다.

"……지금 장난하는 건가?"

류자키가 재빠르게 손을 뻗어 미오의 모자를 벗겼다.

"어? 아, 류자키 선생님, 이런 데서 만나다니 우연이네요."

"우연? 아파트에서부터 쭉 미행한 것도 우연인가?"

"……눈치, 채고 있었나요?"

"당연하지. 그렇게 대놓고 하는 미행을 못 알아차리는 게 이상하지. 그건 그렇고 질문에 대답을 들어야겠어. 이런 데서 뭘 하고 있지? 왜 날 따라온 거야?"

류자키의 눈빛이 날카로워진다. 속임수는 안 통한다. 그렇다면 정면으로 부딪치는 수밖에. 어금니를 꽉 깨문 미오는 걸쳐 멘 히프 색 안에서 스마트폰을 꺼내 조작하더니 류자키의 얼굴 앞에 내밀었다.

「이게 수술비입니다. 이만한 거금을 들이는데 반드시 성공시켜 주셔야 합니다. 그렇지 않으면 저도 무슨 짓을 할지 알 수 없으니까요.」

「아, 물론. 완벽한 수술을 약속하지.」

나흘 전, 오쿠타마의 산속에서 류자키가 거금이 든 가방을 다쓰미에게서 받아드는 동영상이 나오고 있다. 류자키의 한쪽 눈썹이 씰룩 올라갔다.

"……그런 산속까지 나를 쫓아오다니, 당신 스토커야?"

"언니 사건을 쫓아 다쓰미의 은신처를 찾아냈더니 그곳에 선생님이 나타난 겁니다."

"사건? 당신 언니는 자살했다면서?"

류자키는 미심쩍은 듯 미간을 찌푸렸다.

"그보다 이 동영상을 설명해 주세요. 그 산속에서 뭘 하고 있었던 거죠?"

"설명이고 뭐고 본 그대로야. 수술 보수를 받았어. 하긴 선불이라서 수술 자체는 이번 주말에 하지만."

"상대는 범죄자예요! 부끄럽지 않습니까?!"

"부끄러워? 어째서?" 류자키는 슥하니 눈을 가늘게 떴다.

"어째서라니, 범죄자를 돕는다는 게……."

"범죄자에게는 의료를 받을 권리가 없다고 말하는 건가?"

"그건……."

미오의 말문이 막혔다.

"의사의 일은 고통받는 환자를 살리는 일이야. 그 어떤 인간이 됐든 상관없어. 설령 연쇄살인범일지라도 눈앞에서 죽을 지경에 이르렀다면 난 그 목숨을 구해."

한 호흡 쉬었다가 류자키는 조용히 덧붙인다.

"죄를 심판하는 건 재판관의 일이야. 우리 의사에게 그런 권리는 없어. 자만하지 마."

류자키의 박력에 순간 압도당했으나 미오는 이내 단전에 힘을 실어 입을 열었다.

"얼렁뚱땅 넘어가려 해 봤자 소용없어요. 다쓰미는 아무리 봐도 당장 치료가 필요한 상태는 아니지 않습니까? 어차피 큰돈을 받고, 도망칠 수 있게 얼굴을 바꾸는 성형 수술이라도 할 작정이었겠죠. 그거 완전히 범죄자와 한편 아닌가요? 의사실격입니다."

"내가 의사실격이라고? 제멋대로 상상해서는……."

노기 띤 어조로 반론하려던 류자키가 뒤를 돌아본다. 가만 보니 아까 책가방을 둘러메고 있던 땋은 머리 여자아이가 얼굴을 내밀고 불안한 듯 이쪽을 바라보고 있었다.

"……자리를 옮기지."

"알겠습니다. 앞장서 걸어 주세요. 이상한 짓 하면 소리 지를 겁니다."

류자키는 어처구니없다는 듯이 좋을 대로 하라며 미오를 지나쳐 앞서갔다.

"어디로 향하는 겁니까?"

"내 차를 세워 둔 주차장. 이곳에서의 볼일은 끝났으니까."

"볼일이란 거, 돈을 누군가에게 건네는 건가요? 그런 큰돈을 어디에 쓴 거죠?"

"……그쪽하곤 상관없어."

뒤 한번 돌아보지 않는 류자키의 태도에 속이 탄 미오는 언성을 높인다.

"당연히 상관있죠! 우리 언니가 살해당했다구요!"

미오는 류자키 옆으로 와서 그 어깨를 붙잡았다. 류자키는 얼굴을 찡그리며 미오의 손을 뿌리쳤다.

"아까부터 무슨 얘기를 하는 거야? 당신 언니랑 무슨 관련이 있는데?"

"언니는 당신에게 돈을 건넨 남자에게, 다쓰미에게 살해당했어요!"

"그 남자가 당신 언니를……?"

류자키가 발을 멈추고 눈을 휘둥그레 떴다.

"모르는 척하지 말아요. 언니는 그놈의 '사업'에 대해 취재 중이었어요. 알려지면 안 되는 치명적인 정보를 언니가 포착하자, 다쓰미가 병원 옥상으로 언니를 불러 거기서 떠밀어 버리고 입막음을 한 겁니다."

"오호라, 있을 수 없는 일은 아니군."

"시치미 떼지 말아요! 맞아, 내 방을 뒤집어놓은 거, 당신이죠? 다쓰미의 명령을 받고 옆집에 사는 거 맞죠? 내가 언니한테서 증거가 될 물건을 넘겨받지 않았을까 의심해서 감시하고 있었던 거잖아요!"
"바보 같은 소리를……."
류자키는 한숨을 내쉬더니 다시 걷기 시작했다.
"도망치지 말아요!"
미오가 쫓아가자 류자키는 얼굴 옆으로 검지를 세웠다.
"진정해. 외과의사는 늘 냉정을 유지해야 해."
"얼버무릴 생각 말아요! 당신이 다쓰미의 스파이였다는 건……."
언성을 높이는 미오의 입술에 류자키는 세우고 있던 검지를 살짝 갖다 대며 말문을 막았다.
"다시 한번 말할게. 진정해. 당신의 추리는 완전히 빗나갔잖아."
"빗나갔다뇨?"
류자키의 손을 쳐낸 미오가 캐묻듯 물었다.
"그래, 빗나갔어." 류자키는 다시 걷기 시작한다.
"내가 당신을 쫓아가서 그 아파트에 살고 있는 건 아니지. 내가 사는 아파트에 당신이 이사 온 거야."
미오의 입에서 "아……" 하는 얼빠진 소리가 새어 나왔다. 머리에 피가 거꾸로 솟는 바람에 그런 간단한 정황조차 헤아리지 못했다. 얼굴이 화끈 달아오른 미오는 머리를 설레설레 흔들었다.
"그래요, 저를 염탐하려고 옆집에 산다는 추정은 잘못된 판단인지도 몰라요. 하지만 선생님이 방을 뒤집어놓은 범인이었다는 것까지 부정할 순 없어요. 선생님 옆집에 우연히 제가 사는 것을 알게 된 다쓰미가 틈을 보아 숨어들라고 명령을……."
"그러니까, 조금은 뇌로 생각하고 나서 말하라고. 당신은 척수 반사로 살아가는 건가, 단세포 생물이야?"

"단세포 생물이라니……."
"당신 집이 엉망이 됐던 날, 난 오전 8시에는 수술장에 들어가 있었고 오후 6시까지는 선천성 좌심형성 부전증이 있는 유아에 대한 폰탄 수술과, 확장성 심근병증에 대한 바티스타 수술을 연속으로 진행했어. 못 믿겠으면 수술 기록을 확인해 봐."
"폰탄에 바티스타……."
둘 다 무척 난이도가 높은 심장 수술이다. 그것을 하루에 소화하다니…….
"하, 하지만 제가 집으로 돌아간 건 오후 8시쯤이에요. 오후 6시에 수술이 끝났다면 충분히 집을 털 시간이 있었을 겁니다."
"오후 6시부터 내가 뭘 하고 있었는지 기억 못 하는 건가."
"아……."
류자키의 채근에 미오는 그날의 기억을 떠올렸다. 6시 무렵, 가가노 자매의 콘서트를 보기 위해 가 있던 강당에서 류자키는 그녀의 옆자리에 앉아 외과의사로 돌아가란 요지로 말을 걸었다. 오후 7시 반에 콘서트가 끝날 때까지 류자키는 내내 앞자리에 앉아 있었다. 그건 다시 말해…….
"류자키 선생님에게는 알리바이가 있다……."
유난히 껄끄러운 말이 미오의 입에서 새어 나왔다.
"이제야 이해한 모양이군. 나는 그쪽 언니 사건과는 완전히 무관하다고."
"그, 그럼 언니를 죽였을지도 모르는 다쓰미가 선생님에게 수술을 의뢰한 것도 우연이다 그 말인가요? 그런 일이 있을 수 있다는 말인가요?"
"부유층은 수술이 필요할 경우 돈을 써서 나한테 의뢰할 때가 많아.

특히 뒤가 구린 구석이 있는 부유층은 말이지. 그리고 그런 자들이 숨기고 있는 '그 구린 부분'을 터뜨리려는 게 저널리스트라는 인종이야. 있을 수 없는 일은 아니지."

담담히 풀어놓는 류자키의 말은 논리적이고 설득력이 있었다. 류자키에 대한 의심이 서서히 옅어진다.

언니 죽음의 진상에 다가가기 위한 가장 중요한 참고인을 찾아냈다고 여겼다. 류자키를 추궁하면 젊어진 무거운 십자가를 내려놓을 수 있지 않을까. 그런 옅은 기대를 품고 있었다. 하지만 그것은 환상에 지나지 않았다. 쫓아가면 사라지는 신기루 같은 환상.

두 사람은 아무 말 없이 나란히 걸었다.

"나에 대한 혐의는 벗겨진 모양이군. 더 이상 질문 없으면 이만 가 볼게."

류자키의 걷는 속도가 빨라지자 미오는 퍼뜩 제정신으로 돌아왔다. 확실히 류자키는 언니 죽음과는 관련이 없는지도 모른다. 그러나 이 남자가 가장 큰 용의자인 다쓰미와 연결되어 있는 건 틀림없다.

"멋대로 마무리 짓지 말아 주세요. 아직 제 질문에 대답하셔야 합니다. 이건 명령이에요."

"……왜 그쪽 명령을 들어야 하지?" 류자키의 입술이 일그러졌다.

"왜냐니, 그야 당연하지 않나요? 선생님이 다쓰미로부터 거액의 돈을 받는 동영상을 갖고 있으니까요."

"그건 수술에 대한 정당한 보수야."

"상대는 지명수배범입니다. 아시겠어요?!"

"상대가 지명수배범이라는 건 당신이 알려 주기 전까지 몰랐어. 다쓰미라는 이름조차 지금 처음 알았고."

"얼렁뚱땅 넘기려 들지 마세요. 그런 큰돈을 지불하는 상대의 신원을 알아보지 않다니."

"그런 큰돈을 지불하니까 신원을 알아보지 않는 거야."

선문답 같은 말에 미오는 "무슨 뜻이죠?" 하고 고개를 갸웃한다.

"내 수술비에는 입막음 비용도 포함되어 있어. 세간에 절대 알려지는 일 없이 수술을 희망하는 환자도 적지 않아. 그런 환자들은 내 실력뿐만 아니라 무거운 입에 대해서도 보수를 지불하고 있어. 게다가……."

류자키는 비아냥거리듯 한쪽 입꼬리를 치켜올린다.

"쓸데없는 것에 관심 갖지 않는 이유는 나 자신의 안전을 위해서이기도 해. 자칫 섣부르게 행동하다가는 입막음 정도가 아니라 영원히 입을 열지 못하게 될 수도 있으니까."

"……왜 그런 위험을 무릅쓰면서까지 회색 지대, 아니 거의 암흑 지대의 수술을 맡으려 하는 거죠?"

"돈 때문인 게 뻔하잖아."

즉각적인 대답에 미오는 얼굴을 찌푸린다.

"돈이 그렇게 중요합니까? 악인에게 이용될지도 모르는데 돈 때문에 여태 죽기 살기로 익혀 온 기술을 사용하나요?"

"어, 중요해. 돈은 힘이야. 힘이 있으면 목숨을 구할 수 있어. 죽을 필요 없는 인간의 목숨을 말이야."

담담하지만 강한 의지가 깃든 그 말에 미오는 주춤하고 만다.

"화, 확실히 돈으로 사람을 살릴 수 있을지도 몰라요. 그렇다고 해서 범죄에 가담할 필요까지는 없지 않습니까."

"그러니까 그 남자가 범죄자라는 건 난 몰랐다고."

"시치미 떼려 해도 그렇게는 안 될 겁니다. 중년의 남자가 얼굴을 딴 사람처럼 바꾸는 성형 수술을 받다니, 범죄 말고 뭐가 있겠어요."
"얼굴을 바꾸는 수술? 무슨 말을 하는 거지?"
류자키의 미간에 주름이 잡혔다.
"어, 아닌가요? 그렇잖아요, 다쓰미는 전혀 아픈 사람으로는 보이지 않았는데 전신마취가 필요한 대수술을 받으려는 거니까, 도주용으로 얼굴을 바꾸려는 거라고……."
"당신, 지레짐작이 너무 심하다거나 고정 관념이 강하다고 주의 받은 적 없나?"
촉촉한 눈빛 공격에 미오는 "……있습니다" 하고 고개를 움츠린다.
"성형 수술이라면 나보다 훨씬 솜씨 좋고, 나보다 훨씬 일을 가리지 않는, 뒷 세계의 청부업자로 일하는 천재 성형외과의사가 롯폰기에 있어. 얼굴을 완전히 바꿔 딴 사람이 되고 싶은 범죄자는 나 같은 사람이 아니라 그 자에게 의뢰하지."
"선생님보다 솜씨 좋은 외과의사가 있다고요?!"
이 유아독존에 프라이드의 화신 같은 사람이 남을 인정하다니…….
"성형 수술에 한해서. 더구나 돈에 눈이 멀고 인간성에도 큰 문제가 있는 인격파탄자야."
……동족 혐오인가? 류자키는 정신을 가다듬으려는 듯이 "그런 연유로" 하며 탈선한 이야기를 억지로 바로잡는다.
"나는 성형 수술 같은 건 하지 않고 그 남자가 누구인지도 관심 없어. 나는 단지 보수를 제시받고 내가 집도할 가치가 있다고 판단했기에 수술을 맡은 것뿐이야."
"선생님, 대체 무슨 수술을 맡은 건가요?"
"거듭 말하지만 당신하곤 상관없어."

"아뇨, 상관있어요. 저는 그 남자가 언니를 죽였다고 의심하고 있습니다. 그 남자를 도우려 든다면 선생님은 저의 적입니다."

"……적이라면 어떻다는 거지?"

"경찰에 신고하겠습니다. 다음 주, 오쿠타마의 그 양옥에 나타난 시점에 다쓰미는 체포될 것이고, 선생님은 반사회적 조직과 연루되었다는 점에서 큰 문제가 되겠지요."

미오가 도발적으로 말하자 류자키는 콧잔등을 찌푸렸다.

"그 남자가 반사회적 조직의 인간이라는 건 알지 못했다고 몇 번을 말해야 하냐고."

"그 말을 경찰이 믿어 줄까요? 체포까지는 되지 않더라도 제법 큰 스캔들이 될 겁니다. 소문으로는 선생님도 내년에 미국의 유명 병원에 취직이 결정됐다죠? 이런 스캔들로 인해 그 꿈이 물거품이 되지 않는다면 좋겠네요."

"……그렇군, 협박이라는 건가."

류자키는 비아냥거리듯 읊조린다.

"그래서, 원하는 게 뭔데?"

"이번 주말, 그 양옥에는 가지 말아 주세요. 경찰이 수술받으러 온 다쓰미를 붙잡아 언니 사건에 대해 심문해서 진실을 파헤쳐 줄 겁니다."

"그럴 순 없어."

류자키의 대답에 미오의 어금니가 빠드득 소리를 냈다.

"이건 부탁이 아니에요. 그 남자가 수술을 받지 못한 채 체포된다는 건 기정사실이나 다름없어요. 선생님이 연루되느냐 아니냐의 문제일 뿐이죠."

"아니, 수술은 반드시 한다."

"왜 그리 고집을 부리세요? 자칫 잘못하면 의사 면허가 날아간다고요. 이 수술 때문에 자신의 미래를 버려도 된다는 겁니까?"

"어, 상관없어."

즉답한 류자키 앞에서 미오는 순간 할 말을 잃는다.

"그 정도로 다쓰미를 돕고 싶으세요? 아니면 돈이 중요한 겁니까?"

어느새인가 카이엔과 프리우스가 세워져 있는 코인 주차장 앞까지 돌아와 있었다. 멈춰 선 류자키가 미오를 똑바로 응시한다.

"……살리겠다고 마음먹은 환자를 못 본 척한다면, 나는 내가 아니게 돼. 의사 면허보다 나 자신이 의사라는 자부심이 나한테는 더 소중해."

강한 결의가 깃든 눈빛으로 쏘아보자 미오는 힘없이 머리를 가로젓는다.

"무슨 말씀이세요? 선생님은 이번 주말, 뭘 할 작정인 거죠?"

몇 초 생각에 잠긴 듯한 기색을 보인 후, 류자키는 굳은 표정을 풀고 빙그레 웃었다.

"하는 수 없지. 당신한테도 보여 줄게. 따라와."

4

"여기는 어디죠?"

세련된 카페며 잡화점이 늘어선 길을 걸으며 미오는 분주하게 좌우를 둘러보았다. 바로 앞을 걷던 류자키가 돌아보지도 않고 대꾸했다.

"아자부주반이야. 모르나?"

"그 정도는 알아요. 제가 묻는 건 지금 어디로 향하고 있느냐예요."

몇십 분 전, 류자키에게 따라오라고 지시받은 미오는 류자키가 운전하는 카이엔을 다시 뒤쫓아 아자부주반에 도착했다. 주차장에 각자 차를 세우고 내린 후 류자키는 한곳을 향해 걷기 시작했다.

차에서 내린 후 몇 분 동안 미오는 주변을 경계하면서 류자키를 따라가고 있다. 아직 류자키에 대한 의심이 풀린 것은 아니다. 의사 면허를 걸면서까지 다쓰미를 구하려는 것을 봐도 다쓰미와 한패일 가능성은 높다.

평일 낮이지만 오가는 사람들이 많다. 길에서 위해를 입을 일은 없겠지. 하지만 어딘가 건물 안으로 데리고 들어가면 어떤 위험이 도사리고 있을지 알 수 없다.

"자, 여기야."

발을 멈춘 류자키가 턱짓을 한다.

미오는 시선을 들었다. 그곳에는 깔끔한 5층 건물이 있었다.

"뭐예요, 여기?"

"어딜 봐도 병원이잖아."

건물을 올려다보던 미오의 물음에 대꾸하며 류자키는 건물 정면의 입구로 향했다. 자동문이 열리고 두 사람은 병원 안으로 들어섰다.

"그런 걸 묻는 게 아니에요. 여기서 뭘 하려는 건데요?"

"병원에서는 조용히."

류자키는 걸으며 입술 앞에 손가락을 세웠다. 진짜 사사건건 신경 거슬리게 구는 남자다. 언젠가 반드시 그 도도한 얼굴에 따귀를 날려 주마.

마음속으로 결의를 다지면서 미오는 럭셔리 호텔 로비 같은 분위기를 자아내는 플로어를 둘러보았다. 1층은 외래인지 유난히 고급스러워 보이는 가죽 소파에 환자인 듯싶은 사람들이 드문드문 앉아 있었다.

들어서면 바로 보이는 접수처에 있던 여성이 류자키를 보고 가볍게 인사했다. 류자키는 호주머니에서 키 케이스를 꺼내 접수처 옆에 있는 '관계자 외 출입 엄금'이라 쓰인 문을 열었다. 아마도 이 병원과 상당히 밀접한 관계를 쌓고 있는 모양이다.

문 안으로 들어가자 엘리베이터가 있었다. 엘리베이터에 오르는 류자키를 뒤에서 바라보며 미오는 망설인다. 이대로 함께 가도 괜찮을까? 표면상으로는 살짝 고급스러워 보이는 평범한 병원 같지만 이런 수상한 엘리베이터가 있다는 건 뭔가 이면이 있지 싶다. 이 앞에 어떤 위험이 도사리고 있을지 알 수 없다.

"안 탈 건가? 그럼 돌아가. 확실히 그편이 현명해."

"……무슨 뜻이죠?" 경계심을 감추지 않고 미오는 묻는다.

"여기서부터는 뒷 세계야. 건실한 의사는 발을 들일 수 없는 음지의 의료 세계."

"음지의 의료 세계……."

"그래. 여기서 뒤로 돌아 일반 세계로, 제대로 된 세계로 돌아가. 그게 올바른 판단이야."

맞는 말이다. 이런 수상한 병원에 졸졸 따라오다니 제정신이 아니야. 지금 당장 돌아가야 해. 발길을 돌리려던 순간, 빗속에 엎드린 자세로 쓰러진 여성의 모습이 머리를 스친다. 미오는 입술을 깨물며 발을 성큼 내디뎠다. 전방으로.

"……올 건가?" 엘리베이터에 오른 미오에게 류자키가 확인한다.

"물론입니다. 언니에게 무슨 일이 있었는지 알 수 있는 단서가 그 '음지의 의료 세계'에 있다, 그렇다면 가는 수밖에 없지요. 얼른 데려가 주세요."

"배짱 한번 좋네."

류자키는 입꼬리를 올리며 씩 웃더니 버튼 '5'를 눌렀다. 문이 닫히고 엘리베이터가 낮은 구동음을 울리면서 올라가기 시작했다.

"1층과 5층에만 서는군요."

"2층부터 4층은 평범한 병동밖에 없으니까. 뭐, 1인실은 많이 비싸지만……."

요컨대 5층은 '평범하지 않은 병동'이란 건가. 대체 어떤 세계가 펼쳐져 있다는 걸까. 심장 박동이 점점 빨라지는 것을 느끼면서 마음을 다 잡는 미오 앞에서 문이 열렸다.

입에서 "어……?" 하는 소리가 새어 나왔다. 그곳은 딱히 특별할 것도 없는 병동이었다. 간호 스테이션에서는 간호사 몇 사람이 바쁘게 움직이고, 엘리베이터 홀의 좌우로 이어지는 잘 닦인 복도에는 1인실 입구로 보이는 미닫이문이 몇 개 보인다.

"저어, 여기가 '음지의 의료 세계'인가요? 뭔가 평범한 병동인……."

미오가 난감해하면서 묻자 류자키는 얇은 입술에 바보 취급 하는 듯한 미소를 머금었다.

"너덜너덜한 폐허라도 상상했나? 아니면 마약 중독자가 뒹굴뒹굴 쓰러져 있는 19세기 아편굴? 그렇다면 세상 물정을 몰라도 너무 모르는 거지. 언뜻 보면 평범한 병동으로 보일지 몰라. 하지만 여긴 아주아주 특별한 병동이야."

간호 스테이션의 간호사들에게 가볍게 손을 들어 보이고 류자키는 복도를 걸어 나갔다.

대체 어디가 특별하다는 거지? 류자키를 뒤따라 걸으며 주변을 훑던 미오는 병실 출입문 옆에 붙어 있는 패널을 알아차렸다.

"저건 지문 인증 장치야. 미리 등록된 사람의 지문을 대지 않으면 절대 열리지 않아. 이 플로어 자체가 좀 전에 타고 온 엘리베이터와 지하 주차장에서 연결되는 직통 엘리베이터로만 들어올 수 있어. 창문은 전부 방탄 재질이어서 라이플 탄환도 뚫지 못하고 여기서 일하는 간호사를 비롯한 스태프는 철저하게 신원 확인을 거친 후에 비밀유지 계약을 체결한 자들뿐이야."

 "어마어마한 보안……."

 미오가 중얼거리자 류자키는 "당연하지" 하고 턱을 당긴다.

 "게다가 설비도 충실해. 이 플로어에는 CT, MRI, 수술실에 분만실까지 갖춰져 있어. 이곳에 입원한 환자들은 결코 외부로 정보가 새어나가는 일 없이 수준 높은 치료를 받을 수 있기 때문에 엄청난 고액의 개인실 요금을 지불하고 있으니까."

 "고액이라면 어느 정도죠?"

 "싼 방도 1박에 50만 엔 이상. 비싼 방이면 3백만 엔 정도려나. 물론 그건 병실 요금일 뿐 의료비는 별도야."

 "50만 엔?! 하루 입원에?!"

 "이곳 환자들은 당신처럼 그만한 가격에 놀랄 일이 없는 인물들이라는 거지."

 "……놀라서 미안하네요. 선생님처럼 수상한 수술로 벌어 본 적이 없어서 주머니가 허전하거든요. 요컨대 이 병동은 유명인 등이 세간에 알려지는 일 없이 치료를 받을 수 있는 장소로군요."

 그런 의료 시설이 있어도 이상할 건 없다. 하지만 그것만으로 '음지의 의료 세계'라고 하는 건 좀 과장 아닌가? 미오가 맥이 빠져 있자 류자키는 "그것뿐만은 아니야" 하고 덧붙인다.

"이곳은 세간뿐만 아니라 경찰로부터도 완전히 차단된 세계야."
"어, 그 말은……." 미오의 목소리가 떨린다.
"그래, 범죄자라 해도 이 병동에서는 안심하고 치료받을 수 있어. 원래대로라면 신고 대상인 총상이나 약물 중독 환자도 말이지. 설령 환자가 연쇄살인범일지라도 돈만 내면 이 병원은 절대로 정보를 누설하는 일 없이 치료해."
"……그런 일이 허용된다고요?"
"허용되느냐 마느냐 따져 봤자 의미가 없어. 그런 병원이라는 것뿐이야."
범죄자도 받아들이는 '음지의 의료 세계'. 콧잔등에 주름이 잡히고 만다.
"선생님은 이곳에 입원하는 사람들을 늘 수술하고 있는 겁니까?"
"늘 하는 건 아니야. 다만 돈 아끼지 않고 내 수술을 희망하는 환자들 중에는 이곳을 이용하고 싶어 하는 자가 많아."
"그래서 이런 곳에 저를 데려온 건가요? 뒷 세계와의 연줄을 보이고 저를 위협이라도 하려는 겁니까?"
"일일이 물고 늘어지지 좀 마."
류자키는 미닫이문 앞에서 발을 멈추더니 바로 옆의 벽에 설치된 패널에 엄지를 갖다 댔다. 패널이 빛을 발한 뒤 미닫이문이 자동으로 열렸다.
"이곳에 내가 이번 주말에 수술해서 살릴 환자가 있어."
주말에 수술할 환자? 이 병실에 다쓰미가 입원해 있다?! 미오는 눈을 부릅떴다.
그래. 큰돈만 지불하면 그 어떤 환자의 비밀도 지키는 병원. 다쓰미가 몸을 숨기기에 최적의 장소 아닌가. 속았다. 방심했어. 역시 류자키는 이곳에서 나를 납치할 작정인 거다.

도망치려고 몸을 돌리려던 순간, 눈에 들어온 광경에 미오는 움직임을 멈췄다. 호화로운 인테리어로 꾸며진 넓은 병실 안쪽의 침대에 어린 남자아이가 누워 있었다.

"아이 엄마는 자리를 비운 모양이군. 몸도 마음도 상당히 지쳐 있었으니……"

류자키는 소파며 데스크, 화장실, 욕실까지 갖춰진 고급 호텔 같은 방을 둘러보았다.

"그 아이는 누구예요?"

방 안쪽에 놓인 침대로 다가간 미오는 누워 있는 아이를 보고 입술에 힘을 주었다. 나이는 두 살쯤 됐으려나. 목덜미에 꽂힌 수액 라인으로 몇 종류의 약물이 천천히 흘러들어 가는 아이의 피부는 감귤처럼 노랗게 변색됐다.

"황달……"

"어, 맞아. 선천성 담도폐쇄증이야."

선천성 담도폐쇄증은 담즙이 흐르는 통로인 담도가 선천적으로 막히는 질환이다. 담즙이 장으로 배출되지 못하기 때문에 황달이 생기며 그대로 방치하면 간경변 및 간부전을 일으켜 목숨을 잃는다.

"잠깐만요. 이곳에 입원한 건 다쓰미가 아닌가요?"

"다쓰미? 그 남자가 지금 어디 숨어 있는지, 그딴 건 난 몰라."

"하지만 아까 선생님 입으로 말했잖습니까. 이번 주말 수술할 환자가 이 병원에 있다고."

"어, 그러니까 말이야. 나는 사흘 후, 이 아이를 수술해."

류자키는 침대에 누운 아이의 머리를 살며시 어루만졌다. 그 얼굴에는 지금껏 한 번도 본 적 없는 온화한 미소가 떠올라 있었다.

"자, 잠깐만요."

혼란스러움에 미오는 관자놀이를 눌렀다.

"선천성 담도폐쇄증 수술이란 건 담관 또는 간관 공장문합술[25]이죠? 이번 주말에 다쓰미가 아니라 이 아이에게 그 수술을 한다는 건가요?"

"이 아이는 생후 2개월에 이미 간관 공장문합술을 받았어. 하지만 집도의 기술이 조금 부족했던 탓에 수술 후 담즙 배설이 충분치 않았고 그 때문에 간경변이 진행되어 간부전이 발생했어. 이대로 두면 남은 수명은 앞으로 두세 달이라 할 수 있겠지."

"말기 간경변 환자의 수술이라면 설마……."

말을 잇지 못하자 류자키가 수긍했다.

"그래, 간이식이다."

"간이식……. 이렇게 작은 아이에게……."

간이식은 공여자에게서 떼어 낸 간의 일부를 환자의 혈관이며 담관과 접합하는 난이도가 매우 높은 수술이다. 특히 소아 간이식 수술은 현미경을 들여다보며 마이크로급 종이학을 접는 것에 버금갈 만한 높은 기술이 요구된다.

대학병원급 설비와 인력을 갖춘다 해도 어려운 수술을 이 사람은 이런 소규모 시설에서 하겠다는 건가……? 기가 차서 말도 못 하는 미오 앞에서 류자키는 담담히 말을 이었다.

---

[25] 담관이 손상되었거나 폐쇄되어 담즙이 원활하게 배출되지 못할 때 담관의 끝부분과 공장(空腸)을 연결해 담즙의 흐름을 다시 만들어주는 수술

"다만 이 연령의 아이에게 적합한 뇌사 공여자의 이식 장기가 나오는 경우는 거의 없어. 그래서 생체 간이식이 필요하지. 단, 아이 엄마는 혈액형부터 부적격이었어. 유일하게 남은 이가…… 아버지야."

"이 아이의 아버지가 혹시……."

"그래, 다쓰미야. 나는 사흘 후, 그 양옥에서 다쓰미의 간을 일부분 떼어 내고 이 아이에게 이식한다."

모든 것을 이해한 미오의 입에서 신음이 새어 나왔다.

"이 아이의 모친은 다쓰미의 연인이었는데 출산 후, 다쓰미가 몸담고 있는 어둠의 세계에 아이를 연루시키고 싶지 않다며 거리를 두었어. 그러나 아이에게 생체 간이식이 필요해지고 자신이 공여자가 될 수 없다는 걸 알자 지푸라기라도 잡는 심정으로 2년 만에 다쓰미에게 연락한 거야."

"그래서 다쓰미는 도주처에서 일본으로 돌아와 선생님에게 수술을 의뢰한 거군요. 자신이 체포될 위험을 무릅쓰면서까지……."

언니의 원수일 가능성이 높은 남자가 보이는 헌신적인 애정에 가슴속에서 복잡한 감정이 소용돌이쳤다. 입을 다물고 있는 미오를 향해 류자키가 자, 하고 말을 걸었다.

"이로써 내가 누구를 살리고 싶은지 이해됐겠지? 그래서 당신은 어떡할 거야? 경찰에 신고해서 다쓰미를 넘기고 공여자의 장기 적출을 못 하게 막을 건가?"

미오는 아이에게 시선을 옮겼다. 만약 다쓰미가 수술 전에 체포되면 이런 어린아이가 얼마 못 가 목숨을 잃게 된다. 도저히 그렇게 할 수는 없었다.

"……수술은 해 주세요. 그 후 경찰에 넘기겠습니다."

"그건 어렵다고 봐. 그 남자는 경계심이 아주 강해. 아마도 당일엔 주위에 많은 감시원을 세워 놓고 수술 후에는 바로 이동하여 몸을 숨길 생각일 거야."

"그래도 할 수밖에 없어요! 언니를 위해!"

미오가 언성을 높이자 자고 있던 아이가 으, 하고 목소리를 냈다. 미오는 황급히 두 손으로 입을 막았다. 아이가 다시 쌕쌕거리며 자는 것을 확인하고 미오는 류자키를 노려보았다.

"……류자키 선생님, 저를 토요일, 그 양옥에서 이뤄지는 수술에 데려가 주세요."

"따라와서 어쩌려고? 무슨 수로 수술을 방해하지 않으면서 다쓰미를 경찰에 넘길 건데?"

"그건 모르겠지만 이대로 손 놓고 있을 수는 없어요. 부탁드립니다."

"부탁해도 무리야. 뒷 세계에서는 될 수 있는 한 불확정적인 요소를 쳐내는 것이 철칙이야. 수술이 실패할 위험을 높일 수는 없어."

비통한 호소를 일언지하에 묵살당한 미오는 힘없이 고개를 떨궜다.

"하지만 협박당한다면 또 문제가 다르지."

류자키의 말에 미오는 얼굴을 들었다. "네?" 하는 얼빠진 소리가 저절로 나왔다.

"뭘 그리 소금에 절인 민달팽이 같은 얼굴을 하고 있어. 아까처럼 협박 안 하는 건가? 데려가지 않으면 이 수술과 당신의 미래를 망가뜨려 주겠다고."

"그게 무슨……."

의도를 파악하지 못해 당황하는 미오 앞에서 류자키는 익살맞게 어깨를 으쓱해 보였다.

"그렇게 위협받으면 나는 당신을 데려가는 수밖에 없는 거지."

5

"앞으로 10분 정도면 목적지야. 마지막으로 한 번 더 순서를 확인해 두지."

운전석의 류자키가 말한다. 억양 없이 단조로운 그 어조는 평소와 같았지만 희미한 긴장감이 깃들어 있었다.

사흘 후인 토요일 아침 7시가 지난 시각, 미오는 카이엔의 조수석에 올라 다쓰미의 수술이 이뤄질 양옥으로 향하고 있었다.

"네. 저는 선생님의 조수로서 짐을 나르거나 수술 중 보조 업무를 맡기로 되어 있습니다. 목적지에 도착하면 뒷좌석의 짐을 대차에 실어 수술실까지 옮길 겁니다."

미오는 뒤돌아 뒷좌석을 보았다. 수술용 메스와 겸자, 핀셋 따위의 기구며 멸균 가운에 멸균 장갑, 마스크, 수술모, 이식용 간을 넣어 운반하기 위한 얼음을 가득 채운 아이스박스 등 다양한 물건이 놓여 있었다.

류자키는 수술 기구에 대한 고집이 강한 듯 세이료 대학 의학부 부속병원 이외의 장소에서 수술을 할 때는 이렇게 애용하는 도구를 가지고 들어간다는 거였다.

"그래서 어떻게 한다고?"

핸들을 쥔 류자키가 물었다.

"저는 틈을 봐서 수술 후에 다쓰미를 태우고 이동할 차량에 이걸 부착합니다."

미오는 쥐고 있던 주먹을 폈다. 주먹을 편 미오의 손바닥에는 지름이 탁구공만 한 반투명하고 납작한 기기가 놓여 있었다.

"이 GPS 추적기를 달면 다쓰미가 어디로 이동했는지 알 수 있어요. 선생님이 수술을 마치고 이식용 간을 아자부주반까지 운반한 시점에 다치바나 씨…… 아는 형사에게 익명으로 연락해 다쓰미를 체포할 겁니다."

"불확정 요소가 꽤 많은 작전이야. 다쓰미가 도중에 차를 바꿔 타면 그걸로 작전은 실패야."

확실히 엉성한 작전이다. 그러나 이 이상의 방법은 떠오르지 않았다.

"적어도 다쓰미가 맨 처음에 어디로 향하고 있었는지는 알 수 있습니다. 경찰이라면 거기서부터 CCTV 영상을 추적해 다쓰미를 찾아낼 수 있을 거예요."

"어떨는지. 뭐 좋아. 다만, 방심은 하지 마. 조수를 데려가겠다고 연락했으니 다쓰미는 틀림없이 경계를 강화할 거야. 예정에 없었던 일이니까."

"알고 있습니다."

"오늘 무엇보다 우선시할 일은 그 양옥에서 수술을 예정대로 진행해 공여자인 다쓰미에게서 이식용 간을 떼어 내는 일이야. 문제가 생겨 수술이 중단되면 수요일에 본 그 아이는 철이 들기도 전에 인생을 마치게 돼."

고개를 끄덕이는 미오의 머리에 대량의 약물을 투여받던, 피부가 노랗게 변색된 아이의 모습이 떠올랐다.

미오가 GPS 추적기를 움켜쥐었을 때 류자키가 "여기야" 하고 핸들을 꺾어 샛길로 들어섰다. 지난주, 미오가 프리우스를 세운 주차장에서 산길로 10분 정도 더 들어간, 산짐승이 다니는 길처럼 좁고 험한 길이다. 이 구석진 곳에 그토록 호화로운 양옥이 들어서 있으리라곤 어느 누구도 생각하지 못할 것이다. 확실히 은신처로서는 더할 나위 없는 곳이다.

몇 분 더 들어가자 좌우로 에워싸듯 늘어서 있던 나무들이 사라지고 시야가 트인다. 그곳에는 지난주에 보았던 백악(白堊)의 양옥이 우뚝 서 있었다.

미오는 앞 유리 너머로 보이는 주차장을 확인했다. 맨 안쪽 주차 공간에 소형 컨테이너를 실은 트럭이 세워져 있었다. 아마도 저게 수술 후에 다쓰미가 타고 갈 차량이리라. 저 컨테이너 내부가 이동용 처치실로 개조되었을 가능성이 높다.

가능하면 카이엔을 트럭 옆에 세우고 싶었다. 하지만 컨테이너 주변의 주차 공간에는 이미 다른 차가 세워져 있었다.

"될 수 있는 한 가까이에 세울 테니까 틈을 봐서 임기응변으로 해 봐. 단, 무리하지는 말고."

류자키는 트럭 옆으로 승용차 두 대를 사이에 두고 빈자리에 카이엔을 댔다.

아무도 없다. 곧바로 내려 트럭에 GPS 추적기를 부착하면 작전 성공이다. 그렇게 생각한 미오가 조수석에서 내리려는데 양옥 문이 열리며 남자들 몇이 나왔다. 맨앞에 선 다쓰미가 두 팔을 벌렸다.

"안녕하십니까, 선생님. 날이 좋아 다행입니다."

이래서는 트럭에 다가갈 수가 없다. 미오가 초조함을 느끼고 있는데 류자키는 "조바심 내지마, 신중하게 해" 하고 속삭이며 차에서 내렸다.

"컨디션은 문제없습니까. 지시대로 어제 저녁부터 식사는 안 하셨죠?"

"네, 물론입니다."

다쓰미는 미소 지으며 아직 조수석에 앉아 있는 미오에게 시선을 옮겼다. 표정 자체는 온화하지만 그 두 눈에는 위험한 빛이 깃들어 있었다. 육식동물의 표적이 된 듯한 기분에 서늘한 떨림이 등줄기를 훑는다.

"저 친구가 연락 주신 '조수'입니까?"

서둘러 차에서 나온 미오는 "네, 잘 부탁드립니다" 하고 깊이 머리를 숙였다.

"그렇군, 조수라……."

값을 매기는 듯이 무례한 시선을 미오에게 퍼부은 후, 다쓰미는 다시 류자키 쪽으로 몸을 돌렸다.

"맨 처음 예정으론 선생님 혼자 오시기로 되어 있었을 텐데요?"

"지난주에 확인해 보고 알았습니다. 원래 의료 시설이 아닌 곳에 간이 수술실을 만들면 기구 배치 등으로 무리가 따를 수 있어서 기구관리 전문가를 데려왔어요. 이게 다 완벽한 수술을 하기 위해, 그쪽 아드님을 확실하게 살리기 위해서요."

다쓰미의 얼굴에서 작위적인 웃음이 사라지고 고뇌에 찬 표정이 떠올랐다.

"……아들의 목숨을 위해서라면 하는 수 없지. 그럼 일단 선생님과 조수 양반, 두 사람 다 몸수색을 받아 주시죠."

"몸수색?!"

미오의 심장이 철렁 내려앉았다. 만약 몸수색을 받게 되면 손에 쥔 GPS 추적기를 들키고 만다.

어떡하지? 어떻게 해야……? 마음 졸이는 사이 팔에 요란한 문신을 새긴 젊은 남자가 미오에게 성큼성큼 다가왔다. 남자의 얼굴에 떠오른 음흉한 미소에 심한 혐오감을 느낀 순간, 눈앞에 팔이 튀어나왔다.

"설마 이 남자에게 몸수색을 시킬 생각은 아니겠지요."

미오에게 향하는 남자의 손을 막은 류자키가 다쓰미를 노려보았다.

다쓰미가 목덜미를 긁적였다.
"만일을 위해서요. 그 정도는 참아 주시죠."
"아니, 내 조수를 모욕하는 짓은 용납 못 해. 이 사람이 동요한다면 내가 추구하는 완벽한 수술은 불가능해. 미안하지만 돌아가겠어."
류자키는 조수석 문을 열더니 턱짓으로 차 안에 들어가도록 미오를 재촉했다.
"뭐냐, 그 태도는?"
문신남이 류자키의 멱살을 움켜잡았다. 그 순간, 류자키는 빛보다 빠른 속도로 남자의 다리를 걸어 넘겼다. 허를 찔린 남자의 몸이 공중에 뜨더니 그대로 땅바닥에 내동댕이쳐졌다. 등부터 떨어지면서 폐 속 공기가 강제로 밀려 나간 바람에 심하게 기침을 해 대는 남자의 목덜미에 류자키는 체중을 실어 한쪽 무릎을 얹었다. 남자의 입에서 차에 치인 개구리 같은 신음 소리가 새어 나왔다.
"이쪽은 수술에 목숨을 걸고 있거든? 어중간한 각오로 방해하지 마라."
나직한 목소리로 고한 류자키가 문신남을 제압한 채 다쓰미에게 시선을 던졌다.
"부하 교육이 안 되어 있는 모양입니다."
"……그 바보 같은 놈에 대해선 사과드립니다. 하지만 안전을 위해 몸수색은 필수입니다. 도청기나 GPS 장치 같은 게 숨겨져 있다면 곤란하니까요."
다쓰미의 말에 미오의 몸이 떨렸다.
"당신 비서인 여성 있잖아. 그 사람이라면 내 조수의 몸수색을 허용하지."

"네네, 알겠습니다."

크게 한숨을 내쉰 다쓰미가 스마트폰을 꺼내 전화를 걸기 시작했다. 류자키는 제압하고 있던 문신남에게서 무릎을 뗐다. 일어선 남자가 분을 삭이지 못해 얼굴을 일그러뜨리면서도 멀찍이 물러나는 것을 확인한 류자키는 뒤돌아 미오를 향해 눈짓했다.

"내가 몸수색을 받는 동안 당신은 짐을 꺼내 대차에 실어 둬."

시간을 벌 동안 GPS 추적기를 버려야 해. 류자키의 의도를 간파한 미오는 고개를 끄덕이고 뒷문을 열어 접이식 대차를 꺼냈다. 다쓰미의 부하 중 한 사람이 류자키에게 다가가 꼼꼼하게 몸수색을 시작했다. 미오는 그 모습을 곁눈질하면서 손에 쥐고 있던 GPS 추적기를 호주머니에 밀어 넣고 뒷좌석에 실려 있는 기구들을 차례차례 대차에 옮겨 실었다.

GPS 추적기를 버리지 않으면 발각되고 만다. 하지만 추적기를 버리면 다쓰미를 경찰에 넘기고 언니 죽음의 진상을 밝힌다는 계획이 수포로 돌아간다.

어떡하지? 어떻게 해야 되지……? 망설이면서 대량의 얼음이 들어 있는 아이스박스를 대차에 실었을 즈음 양옥에서 다쓰미의 비서가 나왔다.

……이렇게 하는 수밖에 없어. 미오는 호주머니에서 GPS 추적기를 꺼냈다.

여성 비서는 다쓰미로부터 귀엣말을 듣고 나서 구두 굽을 울리며 미오에게 다가왔다.

예의 바른 태도로 "실례합니다" 하고 말한 후 비서는 옷 위로 가슴이든 하복부든 아무 거리낌 없이 집요하게 더듬었다.

"어이."

다쓰미의 턱짓에 주위의 부하들은 미오가 대차에 옮겨 실은 의료 기구를 열심히 조사하기 시작했다. 멸균 포장된 기구를 하나하나 확인하고, 아이스박스의 얼음을 헤집어 가며 샅샅이 살핀다.

"양손을 펴 주세요."

3분쯤 걸려 미오의 온몸을 구석구석 점검한 비서가 지시했다. 미오는 양손을 들어 올리고 주먹 쥔 손을 폈다. 손바닥에 아무것도 없는 것을 확인한 비서는 뒤돌아보며 다쓰미에게 고개를 끄덕였다. 그와 동시에 의료 기구를 조사하던 남자들도 "문제 없습니다!" 하고 목소리를 높였다.

"불쾌하게 해드려 죄송합니다."

갑자기 싹싹해진 다쓰미는 연극조의 몸짓으로 가슴에 손을 대고 인사했다.

"아울러 수술 중에는 부하가 늘 경계하고 있다는 것을 잊지 마시길. 만에 하나 수상한 움직임을 보인다거나 수술 중에 경찰이 들이닥친다든지 하는 날엔 두 사람의 목숨은 없다고 생각하세요."

6

공기가 무겁다. 마취기 모니터에서 나는 전자음과 인공호흡기 펌프 소리만 울리는 방에서 미오는 이마를 닦았다. 손등에 땀이 흠뻑 묻었다.

수술실 출입구에는 다쓰미의 보디가드 두 사람이 떡 버티고 서 있다. 그중 한 명은 아까 류자키에게 내동댕이쳐진 문신남이다. 그들의 바지에 꽂힌 권총을 본 미오의 이마에 다시 진땀이 배기 시작했다.

공여자인 다쓰미의 이식용 장기 적출 수술이 시작된 지 한 시간이 지나가고 있었다. 집도의인 류자키는 여느 때처럼 마치 악기를 연주하듯 깔끔하게 수술을 진행했고 머지않아 간을 적출할 수 있는 단계까지 나아갔다.

수술 자체는 지극히 순조로웠다. 그러나 집도가 시작된 이후, 아니 이 수술실에 들어서면서부터 미오는 산소가 희박해졌나 싶게 가슴이 답답했다.

마취과 의사, 제1조수, 제2조수, 장비를 세팅하고 공급하는 간호사 스태프는 전원이 외국인이었다. 의사소통은 영어로 이루어지고 있지만 그 특유의 억양으로 미루어 볼 때 동남아시아 계열로 짐작되었다.

체포당할 위험을 조금이라도 줄이기 위해 굳이 도피처에서 의료인들을 데려온 거겠지. 일본 의사 면허가 없을 그들에게 이 수술은 완전한 불법 행위다. 하지만 타국에서 범죄 행위를 저지르고 있는데도 그들에게 긴장감은 전혀 보이지 않는다. 담담히 류자키를 보조하고 있을 뿐이다. 이런 유의 뒷 세계 일에 익숙해져 있는 것일 테지.

타국에서의 불법 수술을 거리낌 없이 진행하는 스태프들과 권총을 소지하고 감시하는 남자들. 이곳은 완전히 어둠의 세계다. 사람의 생명, 그 존엄이 쉽게 돈으로 바뀌어 버리는 세계.

이곳에서는 법도 도덕도 통용되지 않는다. 눈곱만큼이라도 실수하는 날엔 그 즉시 납덩이가 몸에 박혀 버릴 것이다. 턱이 떨리고 마스크 아래에서 이가 딱딱 부딪히는 소리가 난다.

이런 상황인데도……. 긴장을 호흡에 녹여 토해 내듯 죽기 살기로 심호흡을 반복하면서 미오는 열려 있는 다쓰미의 복강 안에 두 손을 찔러 넣고 간을 잘라 내는 류자키를 본다. 눈썹 한 올 움직이는 일 없이 정확하게, 그리고 가뿐히 집도해 나가는 그 모습은 세이료 대학 의학부 부속병원의 수술실에서 보던 모습과 전혀 다르지 않았다.

류자키가 이런 위험한 일에 익숙하다는 것이 피부에 와 닿았다.

좀 전에 류자키가 다리후리기 한 방으로 문신남을 공중에 띄우던 광경을 떠올렸다. 평소 류자키가 몸을 단련하는 이유도 틀림없이 어둠의 세계에서 필요하기 때문이리라.

확실히 류자키만 한 솜씨를 지닌 외과의사가 이런 어둠의 일을 맡는다면 거금을 손에 넣을 수 있다. 하지만 그런 위험을 무릅쓰지 않더라도 내년에 미국 병원에 취직해서 메스를 휘두르면 의료 분야에도 완전한 자본주의가 빛붙은 그 나라에서 류자키는 눈이 부시도록 많은 돈을 합법적으로 손에 넣을 수 있을 터이다.

대체 류자키는 왜 그렇게까지 조급하게 돈을 벌려는 걸까? 무엇이 그를 밀어붙이고 있는 걸까.

생각을 굴리던 미오는 전기 메스를 기구대에 내려놓은 류자키의 "장기, 꺼낸다" 하는 말에 퍼뜩 정신을 차리고 라텍스 장갑을 끼며 수술대로 다가갔다.

류자키의 두 손이 천천히 다쓰미의 복강에서 나온다. 신생아를 안아 올리듯이 부드럽게 벌린 두 손바닥에는 밥공기만 한 크기의 검붉은 광택이 나는 장기가 얹혀 있었다.

불과 300그램 정도의 간. 성인 남성인 다쓰미의 입장에서 보자면 장기 전체의 약 20퍼센트 크기밖에 안 된다. 그러나 그것이 간부전으로 고통받는 아이에게 100년 가까운 미래를 안겨 줄 수 있다.

제1조수가 벌려 준 멸균 비닐백에 적출한 간을 살며시 넣은 류자키는 비닐백 입구를 단단히 밀봉하고 나서 미오를 바라보았다.

"아이스박스 안에 넣어 둬. 신중하게."

류자키가 내민 간이 든 비닐백을 두 손으로 조심조심 받아들었다. 페

트병 하나 분량의 무게에도 못 미치련만 묵직하게 느껴졌다.
 이것이 생명의 무게. 피부가 노랗게 변색된 채 고통스레 침대에 누워 있던 아이 앞에 펼쳐질 무한한 가능성의 무게. 긴장과 공포는 더 이상 느껴지지 않았다. 이 장기를 아자부주반 병원에서 기다리는 아이 곁으로 확실하게 가져가야 한다. 그 이외의 잡념은 사라지고 없었다.
 수술실 구석에 놓여 있는 아이스박스 안에 간이 든 비닐백을 가만히 내려놓고 그 위에 얼음을 조심스레 덮어 나갔다. 이로써 열화(劣化)현상을 최소한으로 하여 이식 장기를 가져갈 수 있다.
 아이스박스 뚜껑을 덮은 미오는 크게 숨을 내쉬고 돌아보았다. 류자키는 간장(肝腸)의 지혈을 마친 뒤 복강을 세정하고 봉합에 들어갔다. 여전히 초인적인 속도로 복막, 근육, 피부 봉합을 진행한다.
 지금이다. 기회는 지금뿐이다. 입술을 꽉 깨문 미오는 끼고 있던 장갑을 벗어 던지고 새로운 멸균 장갑으로 바꿔 낀 후 수술대로 다가갔다.
 류자키는 다가온 미오를 알아차리고 "왜?" 하고 얼굴을 든다.
 "제가 하게 해 주십시오!"
 미오는 단전에서부터 목소리를 끌어 낸다.
 "하게 해 달라니, 뭘?"
 "상처 보호입니다. 다음은 거즈를 붙이는 것뿐이죠. 그걸 제가 하겠습니다."
 "……할 수 있겠어?"
 "네, 할 수 있습니다."
 미오가 힘주어 말하자 류자키는 수술대에서 물러나 걸치고 있던 수술용 가운을 벗고 피 묻은 라텍스 장갑을 벗어 던졌다.
 "그럼 부탁해. 난 이식 장기 수송 준비를 할 테니."

"어이, 어째서 저런 조수에게 수술을 맡기는 건데!"
고함을 지르는 문신남을 류자키가 흘낏 보았다.
"수술이 아니야. 단순히 상처 위에 거즈를 붙이는 것뿐. 그사이에 내가 이식 장기를 점검하는 편이 효율적이야. 장기를 한시라도 빨리 가지고 나갈 수 있고, 그만큼 이식 수술의 성공률이 높아진다. 알아들었으면 무지렁이는 잠자코 있어!"
류자키가 문신남에게 일갈하는 것을 들으면서 미오는 수술대에 다가가 거즈를 두툼하게 접어 상처 위에 붙였다. 그 순간, 빗속에 엎드린 채 쓰러져 있는 언니의 모습이 머릿속에서 튀었다. 심한 구역질의 파도가 엄습했다.
플래시백이다. 이 정도 의료 행위에도 역시 일어나고 마는 건가.
시야 위쪽에서 하얀 막이 내려왔다. 이대로 가면 기절하고 만다.
무리였다. 내가 트라우마를 극복한다니, 가능할 리 없었던 거야.
절망하려던 그 순간, 언니의 추락 현장 광경과 겹치듯 뇌 깊숙한 곳에서부터 언니와 함께했던 기억이 차례차례 되살아나기 시작했다.
초등학교 등굣길에 손을 잡아 주던 손길. 시험공부를 할 때 옆에서 상냥하게 가르쳐 주던 나날. 의대에 합격했을 때 누구보다 기뻐하던 표정. 외과의사가 되겠다고 결심했을 때 힘내라며 미소지어 주던 기억. 그리고 수술을 받기 전날 밤, 병실을 찾아가 불안하지 않은지 물었을 때 언니는 나를 꽉 끌어안으며 귓가에 속삭였었다.
아니, 불안하지 않아. 누구보다 소중하고 누구보다 신뢰하는 자랑스러운 동생이 수술해 주는걸. 어떤 결과가 나오든 난 후회 같은 거 안 해. 그러니 미오 너도 걱정하지 마.
아, 어째서 나는 이런 소중한 추억을 잊고 있었을까. 언니가 자살했다고 확신하고 그 충격으로 그날 밤의 기억을 봉인해 버렸다.
그래. 언니가 자살 따위 할 리가 없어. 그토록 강하고 그토록 살가운 사람이 나를 남겨 두고 스스로 떠날 리 없어.
숨이 멎을 것 같던 답답함이 사라진다. 심장이 힘차게 뛰고 온몸에 뜨거운 혈액을 보내기 시작하면서 희뿌옇던 시야가 선명해진다.
등 뒤에서 희미한 불안이 깃든 류자키의 목소리가 들려왔다.
"……문제 없나?"
"문제없습니다!"
미오는 돌아보며 씩씩하게 대답했다. 미오의 얼굴을 보고 두세 차례 눈을 깜빡이던 류자키가 시니컬한 미소를 지었다.
"그럼 마무리 잘해."
"네!"
미오는 크게 고개를 끄덕이고 다시 정면을 향해 돌아섰다. 거즈를 테이프로 상처 위에 고정시켜 나간다.
트라우마를 완전히 극복한 건 아니다. 의료 행위를 하는 것에 대한 거부감은 아직도 심하다. 긴장을 늦추면 온몸이 떨릴 것 같다. 하지만 언니 죽음의 진상을 알기 위해서라면, 언니를 그 지경으로 만든 범인의 정체를 파헤치기 위해서라면 할 수 있다.
"끝났습니다. 수고하셨습니다."
3분쯤 지나 처치를 마친 미오가 인사하자, 말은 알아듣지 못하겠지만 외국인 조수며 간호사, 마취과 의사들도 따라서 머리를 숙였다.
당장이라도 쓰러질 듯 온 에너지를 소모했음에도 오랜만의 충실감을 맛보고 있는데 누가 어깨를 툭툭 쳤다. 돌아보니 아이스박스를 든 류자키가 뒤에 서 있었다.

"잘했어."

칭찬받은 순간, 콧속이 찡하니 아려왔다. 입을 열면 울음이 새어 나와 버릴 것만 같아서 미오는 몇 번이고 반복해서 고개만 끄덕이는 수밖에 없었다.

"곧바로 아자부주반으로 향한다. 이번엔 이식 수술이야."

조수들이 다쓰미의 몸을 덮고 있던 멸균 커버를 벗기고 다쓰미가 전신마취에서 깨어나는 과정을 마취과 의사가 모니터링하며 후속 준비를 하고 있었다. 그 모습을 곁눈질하며 출입구로 향한 미오 일행을 아까 류자키에게 내동댕이쳐졌던 문신남이 가로막아 섰다. 손에 리볼버 권총을 쥔 것을 깨닫고 미오는 숨이 멎는다.

"잠깐 있어 봐."

문신남은 총구를 치켜올리더니 류자키의 미간에 조준했다. 그러나 류자키는 표정 변화가 거의 없었다.

"어쩔 셈이지? 얼른 아자부주반 병원에 간을 가져가야 해."

류자키는 벨트를 한쪽 어깨에 사선으로 걸쳐 멘 채 옆에 끼고 있는 아이스박스에 시선을 주었다.

"아, 당신은 얼른 가 봐. 단, 그 조수 언니는 남겨 두고."

문신남의 얼굴에 음흉한 미소가 번지는 것과 동시에 미오의 온몸에 털이 곤두서는 듯한 공포와 혐오감이 번졌다.

"……보스의 지시인가?"

류자키의 목소리가 낮아진다.

"아니. 하지만 보스는 지금 잠들어 있으니 그동안은 부하인 우리가 임기응변으로 대응해야 하지 않겠어?"

"이 여자는 내 조수야. 이후의 수술에서도 필요해."

나지막한 목소리로 류자키가 말하자 문신남이 크게 콧방귀를 뀌었다.
"다른 사람으로 어떻게든 해 봐. 어쨌든 안전한 장소로 이동할 때까지 이 언니는 인질로 맡아 두지. 안심하라고. 경찰이 쫓아오거나 하지 않으면 밤에는 풀어 줄 테니. 뭐, 그때까지 조금 재미 볼 수도 있을지 모르지만."

문신남의 음흉한 웃음소리에 다리가 후들거렸다. 아까는 류자키가 순식간에 내동댕이쳤지만 지금 상대는 권총을 갖고 있다. 게다가 이 남자를 쓰러뜨려 봤자 이 양옥에는 같은 패거리들이 몇 명이나 더 있다. 아무리 류자키가 강하다 해도 도저히 도망칠 순 없을 것 같았다. 절망하는 미오의 고막을 류자키의 낮은 목소리가 흔들었다.

"거절한다. 이 여자를 남겨 두고 떠나는 일은 없어."

"이 자식이······."

문신남의 얼굴이 추악하게 일그러졌다.

"지금 자기 처지를 알고 하는 소리냐. 언제든 네 머리통을 날려 버릴 수 있다고."

손가락이 방아쇠에 걸리는 것을 보고 류자키는 고개를 젖히며 너털웃음을 웃기 시작한다.

"왜 웃는데! 진짜 쏜다!"

문신남이 총구를 류자키의 미간에 갖다 댔다. 류자키는 옅은 미소를 머금은 채 어깨를 한껏 으쓱해 보였다.

"한번 해 봐. 단, 그렇게 되면 너도 길동무가 되는 거야."

"뭐라는 거야······."

"이 아이스박스에 들어 있는 간이 없으면 너희 보스의 아들은 살아나지 못해. 요컨대 내가 지금 갖고 있는 건 보스 아들의 목숨 그 자체다."

"그럼 우리 중 누군가가 그걸 아자부주반까지 가져가면 되잖아."
"그리고 너희가 이식 수술을 하는 건가?"
"그, 그건……."
문신남의 눈이 허공을 헤맸다.
"불과 두 살배기 어린아이의 간이식 수술. 일본 내에서도 집도할 수 있는 자가 열 명도 채 안 되는 극도로 어려운 수술이다. 나를 여기서 죽이면 누가 보스의 아들을 살리지?"
더 이상 문신남의 입에서 반론이 새어 나오는 일은 없었다. 류자키는 미간에 들이댄 권총을 가볍게 걷어 내더니 이마가 거의 맞닿을 정도로 문신남에게 얼굴을 들이댔다.
"만약 너 때문에 수술을 못 하게 된다면 보스가 그냥 넘어가 줄까? 어렵사리 거금을 털어 체포될 위험을 무릅쓰고 일본으로 돌아온 데다 자신의 배까지 갈랐는데 그 모든 것이 수포로 돌아가는 거라고. 넌 어떻게 그 책임을 지려나? 보스와 마찬가지로 배를 가르는 정도는 필요하겠지. 물론 마취 없이."
문신남은 이제 가늘게 신음하는 것 외에 할 수 있는 게 없었다.
"우리는 처음부터 '보스의 아들'이라는 중요한 인질을 손에 넣었어. 알아들었으면 저리 비켜. 우리는 지금부터 그 인질의 목숨을 구하러 갈 거니까."
류자키는 문신남의 어깨에 손을 얹더니 획 밀어냈다. 힘이 빠졌는지 몸의 균형을 잃고 엉덩방아를 찧는 모습을 내려다보던 류자키가 미오를 돌아보았다.
"가자."
"네!"

쾌활한 미오의 목소리가 방 안 벽에 부딪혀 메아리쳤다.

7

"그래서, 무사히 숨겨 넣을 수 있었던 거야?"
조수석에서 무릎에 얹은 아이스박스를 두 팔로 감싸 안다시피 한 미오에게 류자키가 말을 걸었다. 다쓰미의 은신처인 양옥을 나온 지 이미 10분쯤 지났을 무렵이다. 전방에는 울창한 숲을 지나는 산길이 이어져 있다.
"에, 뭐가요?"
미오가 되묻자, 핸들을 쥐고 정면을 바라본 채 류자키는 한쪽 입꼬리를 치켜올렸다.
"GPS 추적기 말이야. 거즈 안에 그걸 숨겨 넣었잖아."
"……눈치 채셨어요?"
"당연하지. 의료 행위를 그토록 거부하던 당신이 갑자기 처치하겠다고 나섰으니 말이야. 다만, 딱 한 가지 알 수 없는 게 있어."
류자키는 왼손을 핸들에서 떼더니 입가에 가져갔다.
"어떻게 그걸 수술실까지 갖고 들어갔지? 반투명에 작긴 해도 그렇게까지 집요하게 몸수색과 기구 확인을 당했으면 들키고도 남았을 텐데. 틀림없이 내가 몸수색을 받는 틈에 숲속에 던져 버렸을 거라고 생각했거든."
"간단해요. 나무를 숨기려면 숲에 숨기라는 말이 있잖아요? 반투명한 장치를 숨기려면 아주 많은 양의 비슷한 물건에 섞는 게 최고죠."

"……옳거니, 아이스박스 안인가."
 류자키의 입술에 미소가 번졌다.
 "확실히 그 대량의 얼음 속에 섞이면 바로 알아차리지 못해. 게다가 수술 마지막에 장기를 보관할 때 자연스럽게 꺼낼 수 있지. 궁지에 몰린 그 상황에 용케 생각해 냈네. 배짱이 좋아."
 "배짱이 좋은 건 선생님이죠. 권총을 머리에 들이대고 있는 그 상황에 어떻게 그리 태연할 수 있죠?"
 "수라장에는 익숙하니까."
 "매번 이렇게 위험한 일을 하는 거예요?"
 "늘 그렇진 않아. 1년에 한두 번만 오늘 같은 트러블에 휘말리지."
 "왜 그렇게까지 할 필요가 있죠? 뭘 위해 목숨을 위험에 노출시키면서까지 뒷 세계에서 메스를 휘두르며 큰돈을 벌려는 건데요?"
 류자키는 반응하지 않았다. 미오는 포기하지 않고 말을 이었다.
 "저는 왜 외과의사를 그만두었는지, 왜 간호조무사가 되었는지 전부 숨김없이 이야기했습니다. 선생님만 자신의 이야기를 하지 않는 건 불공평해요."
 처음엔 그저 돈독이 오른 사람인 줄 알았다. 하지만 크나큰 위험을 무릅쓰면서까지 기필코 아이를 살리려는 모습을 보자 이 괴짜 천재의사에게는 뭔가 복잡한 배경이 있다는 느낌이 들었다. 틀림없이 그건 그가 편집적이리만치 수술 기술을 추구하는 한편, 환자와 소통하는 것을 기피하는 것과 깊은 관련이 있지 싶다. 그걸 알고 싶었다.
 "……오늘 수술은 이제부터가 진짜야. 이식 수술은 밤늦게까지 이어질 거야. 그걸 완벽하게 해내기 위해서라도 정신통일을 하게 해 줘. 두 살배기 아이의 목숨이 걸려 있어."

그런 말을 듣고서 더 이상 캐물을 수는 없을 것 같았다. 미오가 수긍하자 류자키는 "그건 그렇고" 하고 말을 잇는다.
"당연히 당신도 이식 수술에 입회할 거지? 설마 자기 목적만 달성하고 임무 끝이라고 여기는 건 아닐 테지."
"네, 물론입니다."
미오는 웃으며 고개를 끄덕였다.
"의료종사자로서, ……간호조무사로서 끝까지 지켜보겠습니다."
류자키는 정면으로 뻗은 산길을 주시한 채 희미하게 미소 지었다.

피곤하다……. 머지않아 날짜가 바뀌려는 시각, 미오는 등받이를 눕힌 카이엔 조수석에서 꾸벅꾸벅 졸고 있었다. 피 대신 수은이라도 흐르는 것처럼 몸이 무겁다. 살면서 거의 처음 경험하는 듯한 극심한 피로에 온몸의 세포가 잠식당하고 있었다.
반나절 전, 오쿠타마 산속에서 아자부주반의 병원에 당도한 류자키는 곧장 5층에 있는 비밀 병동으로 향했다. 예정대로 이식용 장기를 수송 중이라는 연락을 받은 병원은 이미 다쓰미 아들의 마취를 마치고 개복까지 하고서 이식이 개시될 수 있는 상태를 갖추고 있었다.
곧바로 수술복으로 갈아입고 손 세정을 마친 후 수술모, 마스크, 멸균 가운, 멸균 장갑을 착장한 류자키는 간경변을 일으켜 그 기능을 상실한 간을 절제하기 시작했다. 그동안 미오는 다른 외과의사가 다쓰미로부터 적출한 이식용 간의 처치에 들어가는 것을 수술실 구석에서 지켜보고 있었다.
소아 간이식이라는 초고난이도 수술에 임하는 만큼 모든 스태프가 물 흐르듯이 움직였다. 그들이 일류 의료진이라는 것이 피부에 와 닿았다. 비밀 수술에 이만한 인원의 전문가가 관여하는 것이 충격적이어서 수술이 진행됨에 따라 현실감이 옅어져 갔다.

아침부터 시작해도 보통 하루가 걸리고, 자칫하면 하루를 넘길 때도 있는 어려운 수술이지만 류자키는 오후 9시에 집도를 마쳤다. 이후 아이는 5층 병동의 중환자실로 옮겨졌고 류자키가 마취과 의사, 소아과 의사와 함께 수술 후 관리에 들어가 상태가 완전히 안정됐을 즈음에는 오후 11시가 지나 있었다.

"이식 수술은 수술 후 관리가 중요하죠. 뒷일을 맡기고 와도 괜찮으시겠어요?"

미오는 수마를 떨쳐 내고자 류자키에게 말을 걸었다.

"아, 문제없어. 규모는 작지만 그 병원의 닥터는 초일류급이야. 수술 후 관리라면 나보다 완벽하게 해낼 거야."

"……그 아이, 괜찮은 거죠?"

"당연하지. 내가 집도했으니까. 팔십 년, 잘하면 백 년 이상 살 수 있을걸."

"그렇다면 다행이네요."

미소 지은 미오는 무거운 눈꺼풀을 비볐다.

"……그쪽은 어때? 다쓰미는 체포됐나?"

"모르겠어요."

미오는 손에 쥔 스마트폰의 액정화면을 보았다. 착신 이력은 없었다. 그저께 신주쿠의 인터넷 카페에서 일회용 메일 주소를 만들어 오늘 오후 3시에 다치바나 앞으로 메일이 전송되도록 설정해 두었다. 그 메일에 「이 GPS가 표시하는 장소에 다쓰미가 있다」라는 메시지와 함께 GPS 추적기의 ID와 패스워드, 그리고 지난주 그 양옥에서 촬영한 다쓰미의 사진을 첨부해 두었다. 다쓰미 체포에 집념을 불태우고 있던 다치바나라면 틀림없이 움직일 것이다.
"하지만 다쓰미를 체포한다면 언니의 연인이었던 형사님은 틀림없이 연락해 줄 겁니다. 틀림없이……."
몸이 가라앉는 듯한 감각을 느낀다. 역시 한계였다. 미오가 수마에 저항하는 것을 포기했을 때 팝뮤직이 차 안 공기를 흔들었다. 깊고 어두운 장소로 떨어지려던 의식이 단숨에 건져 올려진다.
경쾌한 벨 소리를 연주하는 스마트폰 화면에는 '다치바나 씨'라고 표시되어 있었다. 눈이 휘둥그레진 미오는 지체 없이 통화 아이콘을 터치했다. 침울한 목소리가 차 안에 울려 퍼졌다.
「여보세요, 미오. 다치바나인데, 늦은 시간에 미안. 지금 잠깐 통화 가능해?」
"네, 괜찮아요. 무슨 일 있어요?"
이 음량으로는 류자키에게도 들릴 테지만 그런 것까지 신경 쓸 여유는 없었다. 다쓰미는 붙잡혔을까? 그 남자가 언니를 죽인 걸까?
「실은 다쓰미가 체포됐어.」
됐다! 내심 박수갈채를 보내며 미오는 "정말이에요?" 하고 묻는다.
「어, 익명의 제보로 가부키초 외곽에 있는 놈들의 은신처인 맨션을 찾아냈어. 나머지 패거리는 도망쳤지만 다쓰미는 부상을 입었는지 움직이질 못해서 체포할 수 있었어.」
"그래서, 다쓰미가 언니를 죽인 거예요? 이미 그놈이 자백했나요?"
흥분과 기대로 인해 목소리를 제어할 수가 없었다.
「아니, 지금은 병원에서 부상 치료를 받고 있어. 일단 이야기는 들어 보려 했지만 완전히 묵비권을 행사하고 있어. 본격적인 심문은 추후에 이뤄지겠지만, 이대로 아무 이야기도 하지 않을 가능성이 높아.」
"그래도 조사하면 알 수 있겠죠. 놈이 언니를 죽였다고. 놈이 언니를 옥상에서 떠밀었다고!"
「……미오, 미안. ……내가 잘못 짚었어.」
죄지은 듯한 다치바나의 목소리에 소금 뿌린 민달팽이처럼 흥분이 사그라진다.
"잘못 짚다니, 무슨 말이에요?"
「다쓰미도 놈에게 뇌물을 받았던 자들도 유이를 죽인 범인은 아니야.」
"무, 무슨 소리……."
미오는 귀를 의심한다.
"지난번에 다치바나 씨가 말했잖아요! 뇌물수수 사건 관련자가 범행을 감추기 위해 언니를 죽였을 거라고!"
「그때는 그렇게 생각했어. 하지만 그 후 자세히 알아본 결과 잘못된 생각이란 걸 알게 됐어. 유이가 죽기 며칠 전에는 이미 도쿄지검 특수부가 나서서 뇌물 수뢰자 전원과 접촉하고 있었어. 다시 말해 그 시점에 특수부가 뇌물수수 사건의 진상을 파악했다는 것을 뇌물 수뢰자와 공여자 양측이 알게 된 거고. 그래서 다쓰미는 유이가 죽기 이틀 전 태국으로 출국했어. 그날 다쓰미는 국내에 없었어.」
"당사자가 없더라도 부하에게 시켰는지도 모르잖아요."
「굳이 병원에 숨어들어 유이를 유인해서 죽여도 다쓰미에게는 아무런 이득이 없어. 유이는 특종을 잡았던 건 아니었어. 수사기관이 이미 앞질러 가고 있었어. 검찰총장이나 다쓰미에게 유이는 자신들의 주변을 캐고 다니는 수많은 언론매체 중 하나에 지나지 않았어.」
"어떻게 그런……."

할 말을 잃은 미오에게 「상황이 좀 안정되면 다시 연락할게」라는 말을 남기고 통화가 종료되었다. 미오의 손에서 스마트폰이 미끄러져 떨어졌다.

언니 죽음의 진상을 알 수 있을 거라 믿었다. 짓눌릴 듯한 죄의식에서 벗어날 수 있을 줄 알았다. 하지만 그 희망은 손바닥에 떨어진 눈의 결정처럼 허무하게 사라지고 말았다.

"……괜찮아?"

류자키가 말을 걸어왔지만 미오는 고개를 숙인 채 힘없이 머리를 가로젓는 수밖에 없었다.

"죄송해요, 이상한 일에 끌어들여 버려서……. 생각해 보면, 다쓰미가 체포될 경우 선생님이 수술한 일이 탄로나 곤란해질 수도 있는데……."

그런 것도 미처 헤아리지 못할 만큼 기대감으로 시야가 좁아져 있었다.

"신경 쓰지 마. 다쓰미는 말하지 않아. 말하면 이제 막 간이식을 받은 아들에게 경찰이 들이닥칠 테고, 그만큼 위험해진다는 걸 알고 있으니까. 게다가 나는 정당한 보수를 받고 합법적인 의료 행위를 했을 뿐이야. 설령 탄로가 난다 해도 큰 문제는 되지 않아."

"그렇다면 다행이지만……."

모깃소리만 한 목소리로 미오는 말한다. 차 안이 납덩이처럼 무거운 침묵으로 가득 찼다.

몇 분 후, 침묵을 깬 사람은 류자키였다.

"사흘 전, 당신이 나를 미행했을 때 아동 보호 시설이 있었던 거 기억나?"

"네……? 아, 네. 기억하는데, 그게 왜요?"

"난 그곳 출신이야."

갑작스러운 고백에 눈이 휘둥그레지는 미오를 못 본 척하며 류자키는 억양 없는 어조로 말을 이었다.
"기억도 나지 않는 어린 나이에 아버지가 돌아가시고, 홀로 나를 키워 준 어머니도 내가 중학교 일학년 때 자궁경부암으로 목숨을 잃었어. 그때부터 성인이 될 때까지 난 그 시설에서 지냈지."
거기서 말을 끊은 류자키는 곁눈질로 미오를 보았다.
"이 사실을 아는 사람은 병원 내에서도 히가미 교수님 정도야. 절대 입 밖에 내지 마."
"왜, 왜 그런 중요한 이야기를 저에게 해 주시는 건데요?"
"당신이 물었잖아. 왜 위험 부담이 큰 음지의 일을 하면서까지 큰돈을 벌려고 하느냐고."
"혹시 그 시설에 돈을……."
"어, 음지에서 일해 번 돈은 전부 그 보호 시설에 기부하고 있어. 그곳은 민간 위탁 시설이다 보니 들어오는 국가 보조금만으로는 최소한의 의식주밖에 제공하지 못해. 아이들이 자신의 장래를 개척하기 위해 충분한 교육을 받기에는 턱없이 부족한 돈이지."
"그럼 선생님은 그곳 아이들을 위해 계속해서 큰돈을 기부하고 있다는 건가요?"
"그 시설에 있는 아이들은 내게 가족이나 다름없어. 오빠가 동생들을 돌보는 건 당연하잖아. 나는 의사가 되기 위해 꽤 많이 고생했어. 아르바이트를 해서 참고서를 사고 대학 학비는 장학금으로 근근이 충당했어. 그런 고생을 그 녀석들에게는 시키고 싶지 않아."
류자키는 미소를 머금었다.
"모두 열심히 자신의 장래를 위한 교육을 받고 있어. 해마다 데이토 대학을 비롯한 국립 대학 합격자도 나오고 관심 있는 전문학교를 나와 전문직에 종사하는 아이도 많아. 요전에는 드디어 변호사도 나왔어."

자랑스럽게 말하는 류자키의 표정은 여태 한 번도 본 적 없을 만큼 행복해 보였다.

왜 갑자기 류자키가 자신의 근간에 관련된 것을 가르쳐 주는지는 알 수 없다. 너무나도 낙심한 모습에 동정한 걸까. 아니면 함께 수라장을 헤쳐 온 동료 의식에서 비롯된 걸까. 어느 쪽이 됐든 외부세계로부터 자신을 분리한 채 자기만의 세계에 틀어박혀 오로지 외과기술만을 추구하는 류자키의 내면에 닿은 느낌이 들어 기뻤다.

지금이라면 그 질문에 대한 대답도 들을 수 있을는지 모른다. 미오는 조심스럽게 물었다.

"선생님은 왜 외과 의사를 꿈꾸었나요? 어째서 그렇게까지 환자와의 교류를 단절하고 기술만 추구하는 거죠?"

류자키의 표정에서 미소가 사라지며 풀어져 있던 입술이 꾹 다물렸다. 미오는 방금 질문이 류자키 마음의 연약한 부분을 건드려 버렸음을 깨달았다.

사과하려고 미오가 입을 열려던 그때 류자키가 단조로운 목소리로 이야기를 시작했다.

"아까 어머니가 자궁경부암으로 사망했다고 했잖아."

류자키가 중요한 이야기를 말하려 한다. 미오는 침을 한번 삼키고 나서 "네" 하고 고개를 끄덕였다.

"어머니는 집 근처 종합병원 산부인과에 다니고 있었어. 그곳 주치의를 신뢰했으니까. 그 주치의는 내가 태어날 때 받아 준 의사이기도 한 데다 인품 좋고 환자에게 친근하게 다가가 많은 사람들에게 사랑받는 의사였어."

"좋은 닥터였네요."

미오가 추임새를 넣었지만 류자키는 그것을 긍정하는 일 없이 이야기를 계속했다.

"내가 초등학생 무렵, 어머니에게 부정출혈이 일어났어. 소량이지만 생리 때도 아닌데 피가 보이니 불안해진 어머니는 주치의를 찾아갔지. 주치의는 자세히 이야기를 들어준 후 일이 너무 바쁘면 스트레스로 부정출혈이 일어나는 경우가 종종 있다며 빈혈용 알약만 처방해 주었어. 어머니는 그 말에 안심했지만 그다음 해에 받은 자궁경부암 검진에서 암이 발견됐어. 더구나 이미 진행되고 있는 침윤암[26]이."

그때 일이 떠올랐는지 류자키는 고통을 견뎌 내는 듯이 얼굴을 일그러뜨렸다.

"아직 HPV 백신이 없던 시대였으니까. 젊은 여성도 부정출혈이 있으면 자궁경부암 검진은 해야 했어. 하지만 그 주치의는 그것을 게을리한 채 이야기만 듣고 '스트레스 때문'이라고 적당히 진단 내린 거야."

핸들을 쥔 류자키의 손이 가늘게 떨리기 시작했다.

"그래서…… 어떻게 됐나요?"

"아직 수술 가능한 상태였기에 광범위 자궁적출술이 이루어졌어. 집도의는…… 그 주치의야."

류자키는 독살스럽게 내뱉었다. 그 태도에서 좋지 않은 결과가 나왔음을 미오는 깨닫는다.

"수술 조작이 어려웠던 탓인지 수술 후에 심한 배뇨 장애와 림프부

---

[26] 악성 종양이 번져 인접한 조직이나 세포로 침입한 암

종이 발생했어. 소변줄을 항상 달고 있어야 하고, 림프부종을 일으킨 두 다리는 흡사 코끼리 다리처럼 부어오르고 통증이 발생했어. 그리고 림프절 곽청[27]이 불충분했던 탓에 바로 복강 내에 파종[28]하는 형태로 암이 재발했어."

너무나도 비참한 상황에 미오는 할 말을 잃는다.

"그러고 나서 암으로 사망하기까지 반년간 어머니는 고통 속에 살았어. 하지만 마지막까지 주치의에 대한 불만은 말하지 않았지. 수술 후에도 주치의는 매일 회진 와서는 어머니의 이야기를 듣고 '다가와 주었기' 때문이야!"

류자키는 더 이상 제어할 수 없었는지 주먹으로 핸들을 내리쳤다. 권총을 미간에 들이대도 눈썹 하나 까딱하지 않았던 류자키가 보인 감정적인 행동에 어머니의 죽음이 그의 마음에 얼마만 한 상흔을 남겼는지 알고도 남았다.

"아픈 어머니를 보며 아무것도 할 수 없었던 것이 그저 분했어. 그리고 아무리 자상하게 환자를 생각한다 해도 기술이 없는 의사는 환자를 죽인다는 것을 알게 됐지. 그래서 어머니의 장례를 치른 후 나는 의사가 되기로 맹세했어. 그 주치의와는 반대로, 어디까지나 기술만을 갈고 닦아서 환자의 생명을 구하는 의사가 되기로 말이야."

류자키는 평소의 담담한 어조로 돌아온다. 또다시 침묵이 차 안에 내려앉았다. 하지만 조금 전처럼 답답하고 무거운 성질의 침묵은 아니었다.

류자키가 외과의사를 꿈꾸게 된 계기를, 자신의 트라우마를 왜 이야기해 주었는지, 어째서 자신을 걱정하며 외과의사로 돌아가라고 했는

---

27) 주변을 넓게 떼어내는 것
28) 암세포가 씨 뿌려지듯 퍼지는 것

지 미오는 그제야 알 것 같았다.

의료에 대한 스탠스는 정반대지만 둘 다 가족을 잃고 환자를 살리고 싶다는 마음은 누구보다 강하다. 류자키는 거기에 공감을 느낀 것이리라. 역시 류자키 선생님과 나는 동전의 앞뒷면과 같은 존재다. 지금껏 혼자 고독하게 기술을 추구해 온 류자키 선생님에게 나는 처음 발견한 동료처럼 보였는지도 모른다.

"다 왔네."

류자키가 중얼거렸다. 류자키의 옆얼굴을 바라보고 있던 미오가 정면으로 시선을 돌리자 어느새 자택인 아파트 근처까지 와 있었다. 아파트 앞의 주차 공간으로 미끄러져 들어간 카이엔의 엔진이 멎는다.

"오늘은 잘했어. 모레는 사사하라 하루미 씨의 교아종 수술이 있어. 예정대로 수술 중 하루미 씨와 대화를 나눠 줘. 내일은 푹 쉬면서 컨디션 조절을 해 둬."

차에서 내린 류자키는 아파트로 향한다. 미오도 그 뒤를 따라갔다. 계단을 올라가 2층에 다다르자 류자키가 자택인 203호실이 아니라 맨 앞의 201호실 앞에서 멈췄다.

"어, 집에 안 들어가세요?"

"자기 전에 트레이닝 하려고."

"트레이닝이라니, 지금요?!"

"기진맥진한 상태에서도 집도할 수 있도록 훈련해 둘 필요가 있어."

"하아, 그런가요……."

감탄과 황당함이 뒤섞인 어조로 미오가 말하자 류자키가 문을 열었다. 202호실과 마찬가지로 개조된 방에는 몇 개의 헬멧형 VR 장치가, 중심에는 지름 3미터가량의 누에고치 모양 기기가 자리하고 있다.

"아, 이게 얼마 만이야."

미오가 목소리를 높이자 류자키가 "얼마만이야?" 하고 한쪽 눈썹을 치켜올렸다.

"저 수술 트레이닝용 VR 장치 말인가? 당신 저거 사용할 줄 알아?"

"아, 그것도 그거지만 한가운데 있는 커다란 기계 말이에요. 수련실 아래층에 있는 그거죠? 세이료 대학 의학부에 동료들과 견학하러 갔을 때 히가미 교수님이 '지금 연구 중인 기계'라면서 보여 주셔서 모두 타 봤어요. 저만 빼고 모두 금세 멀미가 나서 포기해 버렸지만요."

"……당신은 괜찮았다고?"

"네, 저, 옛날부터 멀미 같은 거 전혀 안 하거든요. VR 게임 같은 것도 자신 있고. 뭐, 가상이라고는 해도 의료 행위 연습이라서 지금은 무리겠지만 그때는 한 시간 가까이 혈관 속을 나아가는 시뮬레이션을 슈팅 게임 감각으로 즐겼어요."

"한 시간……."

류자키의 눈이 휘둥그레진다.

"왜 그러세요?"

미오의 물음에 류자키가 천천히 입을 열었다.

"당신 언니를 죽인 범인을 찾는 일에 나도 온 힘을 다해 협력할게."

"하? 예? 갑자기 무슨……?"

당황하는 미오의 눈을 류자키는 똑바로 응시했다.

"그 대신 범인을 찾고 나면 당신은 외과의사로 돌아가. 돌아가서 그 기계를 다루는 거야. 오퍼레이터가 되라고."

8

"하루미 씨, 이게 뭔지 알겠어요?"

미오가 말을 걸자, 사사하라 하루미는 초점이 풀린 눈을 움직여 언어 요법사가 들고 있는 패널을 보았다.

"꽃…… 튤립…….."

하루미가 더듬더듬 대답하자 언어 요법사는 시선을 들어 고개를 끄덕였다. 거대한 원통형 현미경을 들여다보고 있던 류자키는 조그맣게 고개를 끄덕여 답한 후 두 손을 살짝 움직였다.

이틀 후인 월요일, 미오는 예정대로 류자키가 집도하는 종양 적출 수술에 참여했다. 이미 두개골이 열린 하루미는 전신마취에서 각성한 채 진통제와 특수 마취약으로 인해 꾸벅꾸벅 조는 듯한 상태다.

류자키가 종양 주변의 뇌 조직에 전기 자극을 주어 그 부분을 일시적으로 마비시킨 다음 언어 요법사와 함께 언어능력을 확인하는 과정을 거쳐 절제가 가능한지 아닌지를 점검해 나간다. 자칫 언어 영역을 건드려 실어증이 발생하는 것을 방지하기 위해 신중히 수술을 진행하느라 이미 집도를 개시한 지 열 시간 가까이 경과했다. 스태프들의 표정에도 피로의 빛이 떠올랐지만 집도의인 류자키만은 전혀 피곤해 보이지 않았다.

머리카락으로 나비매듭을 짓는 것과 같은 치밀한 수술을 몇 시간째 지속하고 있는 류자키를 바라보며 미오는 이틀 전 밤의 일을 떠올렸다.

당신 언니를 죽인 범인을 찾는 일에 나도 온 힘을 다해 협력할게. 그 대신 범인을 찾고 나면 당신은 외과의사로 돌아가.

그렇게 말하는 류자키의 태도는 진지함 그 자체였다. 이때까지 '외과

의사로 돌아가'라는 말을 수차례 들었지만 그것과는 확연히 다른 박력에 압도되고 말았다.
틀림없이 그 누에고치형 VR 기기를 탈 수 있었다는 이유가 컸던 것이리라.
1년쯤 전, 그 장치에 올랐을 때의 일을 떠올린다. 히가미 교수의 설명에 따르면 현재 대형 제약회사와 함께 연구 중인 새로운 의료기기 시뮬레이터라는 거였다.
등받이가 크게 젖혀진 안쪽 시트에 앉자 상하좌우 어디든 광점(光點)이 생겨나는 동시에 난생처음 경험하는 부유감에 휩싸였다. 마치 무중력 세계에서 별이 총총한 하늘에 떠 있는 듯한 기분이었다.
나중에 함께 견학 온 사람들에게 듣자 하니 그들은 전부 그 단계에서 심한 멀미 증상을 느껴 긴급 정지한 모양이었다. 하지만 미오는 괴롭기는커녕 난생처음 경험하는 그 감각을 즐겼다.
손끝을 놀리면 주위에 흩뿌려진 광점을 자유자재로 움직일 수 있었다. 그 조작에 익숙해질 즈음 눈앞에 거대한 인간 홀로그램이 나타났다. 대동맥에서부터 손끝 발끝의 모세혈관에 이르기까지 온몸의 혈관이 검게 비쳤다.
"빛의 입자를 조작해 혈관을 순환시켜 보게."
고양감이 깃든 히가미 교수의 목소리가 기기 내부에 메아리쳤다. 미오는 지시대로 빛의 입자를 조작해 넙다리동맥(대퇴동맥)으로 빛의 입자를 쏟아 넣었다. 빛의 입자가 순식간에 온몸을 순환하기 시작하자, 검게 물들어 있던 혈관이 희미하게 빛났다.
"이번엔 간에 있는 혈관 덩어리에 입자를 집중하는 거야."
울려 퍼지는 히가미의 목소리에선 주체할 수 없는 흥분이 전해졌다.

쉴 새 없이 혈관을 돌아다니는 빛의 입자를 다루느라 애를 먹으면서도 미오는 히가미가 말하는 '새로운 의료기기'가 암 치료법이라는 것을 깨달았다. 간에 있는 혈관 덩어리는 악성 종양이 정상 세포의 영양분을 빼앗기 위해 새로운 혈관을 생성해 주변으로부터 혈액을 모은 것임에 틀림없었다.

고군분투해 가며 미오는 어떻게든 빛의 입자를 간문맥으로 끌어모으려 했지만 너무 한꺼번에 흘러들어 갔는지 혈관에서 빛이 단숨에 분출하면서 홀로그램 몸 전체가 노란색으로 물들었다.

혈관이 터져 버렸구나……. 미오가 그렇게 깨닫는 동시에 기기 속이 캄캄해지더니 곧이어 무거운 소리와 함께 뚜껑이 열렸다.

그 후 히가미가 만면에 미소를 띠고 "수고했네" 하고 악수를 청한 것을 기억한다. 세계적으로도 유명한 인물에게 그런 웅대를 받자 긴장한 나머지 머릿속이 새하얘졌지만, 지금 생각해 보면 그 일이 히가미에게 자신이 스카우트 된 이유이지 싶다.

대부분의 인간이 견뎌 내지 못하는 개발 중인 신장치 시뮬레이터. 그것을 다룰 줄 아는 자신을 시제품의 오퍼레이터 후보로서 곁에 두려고 했다. 그렇기 때문에 간호조무사로서 세이료 대학 의학부 부속병원에서 일해 보지 않겠냐고 권유한 것이다.

히가미의 딸인 레이카가 잘 해 주는 것도 분명 아버지의 연구에 있어서 중요한 인재임을 알고 있기 때문이리라. 류자키가 수사 협력을 제안한 것도 틀림없이 존경하는 히가미를 위해서다.

이해타산에 따라 자신이 귀한 대접을 받는 것에 실망을 느끼는 한편, 암흑가와도 연이 있는 류자키의 협력이 고맙기도 했다.

다만 다쓰미가 아무 관련이 없었다고 하니 단서는 전무한 상태가 되고 말았다. 앞으로 어떻게 움직여야 할지 도무지 감이 서지 않았다.
 언니는 정말 살해당한 걸까? 나는 그 범인을 찾아낼 수 있을까?
 미오가 생각에 잠겨 있는데 "종양 나온다"라는 류자키의 목소리가 들린다. 시선을 들어올렸다. 류자키가 손에 쥐고 있는 뇌외과 수술용 긴 핀셋 끝에 검붉은 덩어리가 잡혀 있다. 주변의 뇌 조직과 한 덩어리로 적출한 교아종이다.
 팽팽하던 수술실 공기가 단숨에 느슨해진다. 다음으로 뇌외과 전문 골드 외과의사가 최종적인 처치를 하고 머리를 닫으면 수술은 끝이다. 스태프가 일제히 움직이기 시작하고, 역할을 마친 언어 요법사가 물러간다.
 "끝났습니다. 정말 수고 많았어요."
 미오가 하루미에게 말을 건넸다. 하루미는 "끝났다……" 하고 더듬더듬 중얼거렸다.
 "환자는 어때? 문제없나?"
 골드에게 후속 처치를 맡기고 멸균 가운을 벗은 류자키가 말을 건다.
 "네, 문제없습니다. 의식은 몽롱하지만."
 미오가 대답했을 때 하루미의 입이 뻐끔뻐끔 움직였다. 미오는 "뭔가 하고 싶은 말 있으세요?" 하고 귀를 가까이 가져갔다.
 "늦은 시간까지…… 수고하셨어요. 오늘, 미팅…… 있는데, 사쿠라바 씨…… 도 올래요?"
 귀를 기울여야만 들릴 만한 음량으로 하루미가 더듬더듬 말한다. 류자키가 "미팅?" 하고 미심쩍은 듯 쳐다보았다.
 "아, 아니요. 저는 안 가요. 이거 지난주 저녁 근무 마칠 무렵에 동료인 와카나가 제게 말한 내용이에요. 간호조무사 대기실과 하루미 씨 병실이 서로 붙어 있는데 벽이 얇아서 대화가 다 들리거든요."

"그렇군, 과거에 들었던 대화를 되뇌고 있다는 건가. 언어 영역에 전기 자극을 받은 데다 마취약을 투여받은 탓이군. 시간이 지나면서 회복될 거야."

류자키는 턱에 손을 갖다 댔다.

"하지만 이 대화로 미루어 볼 때 상당히 늦은 시간이었을 텐데요. 원래대로라면 하루미 씨는 자고 있을 시간인데……."

"자고 있어도 렘수면 중에는 뇌의 일부가 깨어 있지. 오히려 무의식 상태에서 들은 대화의 기억이 축적되어 있던 부위가 전기적인 자극을 받고 활성화된 것인지도 몰라. 인간의 뇌에는 아직 풀리지 않은 수수께끼가 많으니까."

두 사람이 목소리를 낮춰 대화하고 있는데 하루미의 입에서 다시 가냘픈 목소리가 새어 나왔다.

"사쿠라바 유이의…… 데이터를 어디에…… 사쿠라바 씨는 숨기고 있는……. 그게 히가미…… 교수에게 넘어가면…… 끝이야……."

미오와 류자키가 얼굴을 마주 보았다.

"지금 이거……."

미오가 쉰 목소리를 짜내자 류자키는 숨죽인 목소리로 말했다.

"아무래도 당신 동료 중에 범인이 있는 것 같군."

4.
가족을 위해

1

"아, 진짜. 외울 게 너무 많아서 짜증나!"
사오토메 와카나는 펜을 쥔 손으로 갈색으로 물들인 머리를 쓸어 올렸다. 와카나 앞의 테이블에는 간호사 국가고시 참고서가 놓여 있었다.
"수고가 많아요. 웬일로 사오토메 씨가 공부를 다 하고."
스마트폰으로 딸의 사진을 보던 엔도의 말에 와카나는 볼멘 얼굴을 했다.
"매일 밤 공부하거든요? 어제는 미팅하느라 여유가 없었기 때문에 그만큼 오늘 하는 것뿐이에요. 내년에는 반드시 수술실 간호사가 될 거니까."
"와카나, 수술장에 배속되길 희망하는구나."
도시락을 먹고 있던 소노다 에쓰코가 얼굴을 들었다.
"네, 수술실 간호사 멋지지 않나요?"
"나도 옛날에 잠깐 수술장에서 간호조무사로 일한 적이 있어. 다만 기본적으로 비품 수송과 정돈 업무뿐이라 재미가 없어서 병동 근무로 다시 돌아왔지만. 특히 우리 병원 수술장은 통합외과가 있어서 너무너무 바쁘거든."
"통합외과가 있으니까 이곳 수술장에서 일하고 싶은 거예요. 세이료 대학 의학부 부속병원 수술실 간호사로 일했다고 하면 어느 병원에서든 끌어가고 싶어 할 테니까."
"어머나, 똑 부러지네."
에쓰코가 익살스럽게 말한다.
"그렇다면 올해는 꼭 국가고시에 붙어야겠네. 재수 삼수 하다 보면 우리 수술장에 배속되긴 어려워져."
"맞아요. 게다가 간호학교 시절에 받은 장학금도 상환해야 하고……."
와카나가 한숨을 쉬고 있는데 "사쿠라바 씨, 괜찮아요? 어쩐지 안색이 좋지 않은데" 하고 엔도가 미오에게 말을 걸었다. 미오는 괜찮다며 감정을 억누른 목소리로 대답했다.
사사하라 하루미의 뇌종양 각성 수술이 있은 지 나흘 후인 금요일 오후, 미오는 동료 세 사람과 함께 간호조무사 대기실에서 늦은 점심시간을 보내고 있었다.
"진짜 괜찮아? 어쩐지 이번 주 내내 기운이 없어 보이는데."
에쓰코가 얼굴을 들여다본다. 미오는 표정근을 억지로 움직여 인위적인 미소를 지었다.
"좀 피곤한 것뿐이에요. 최근 이것저것 고민거리가 있어서."
당신들 중 누가 범인일까 하는 고민이요……. 미오는 마음속으로 덧붙이고 세 사람의 동료를 둘러보았다.
이 중 누가 '범인'인 걸까? 그 인물은 아마도 아파트 뒤편의 우수관을 타고 올라와 창문을 깨고 방 안에 침입했다. 가능성이 가장 높은 사람은 전직 자위대원으로 체력이 좋은 엔도일 테지. 다음은 날씬하고 몸이 가벼운 와카나일까. 다만 엔도가 범인이라고 하면 걸리는 점이 있다. 엔도는 늘 오후 6시에 돌봄 교실에서 딸이 돌아오기 때문에 그때까지는 반드시 귀가해야 한다고 했다. 도둑이 들었던 날도 오후 5시 정각에 퇴근한 것을 기억하고 있다.

그 후 아파트까지 가서 침입할 수도 있겠지만 그때부터 그토록 철저하게 방을 헤집어 놓고 나서 오후 6시까지 자택으로 돌아가기란 불가능하지 싶다.

그날만 딸을 지인에게 맡겼다는 걸까? 하지만 싱글 파파로 의지할 친척도 없다고 했던 엔도가 그토록 애지중지하는 딸을 과연 남에게 맡길 수 있을까? 더구나 하루미가 수술 중에 말한 '범인'의 대사는 그녀가 잠들어 있을 꽤 늦은 시간에 얇은 벽을 사이에 둔 옆방 간호조무사 대기실에서 나왔을 가능성이 높다. 그렇다면 역시 정시에 퇴근한 엔도가 범인이라고는 생각하기 어렵다.

그렇다면……. 떨떠름한 얼굴로 참고서를 들여다보고 있는 사오토메 와카나에게 시선을 돌린다.

와카나가 내 방을 헤집어 놓은 거야? ……와카나가 언니를 죽인 거야?

미오의 시선을 알아차렸는지 와카나가 얼굴을 들었다.

"왜 그래요, 사쿠라바 씨? 아, 혹시 지난번 미팅에 안 나간 거 후회라도 하는 거예요? 그러면 내일도 예정되어 있으니까 함께 갈래요?"

와카나의 권유에 미오는 고개를 가로저었다.

"고마워. 하지만 주말에는 바빠. 언니의 유품 정리를 해야 해서."

"언니의……?" 예쁘게 정돈된 와카나의 눈썹이 움찔했다.

"응, 맞아. 작년에 사망한 우리 언니, 저널리스트로 일했는데 중요한 자료 같은 걸 보관하는 창고를 빌려 쓰고 있었대. 그 창고 주인한테서 집세가 들어오지 않는다며 우리 본가로 연락이 오는 바람에 알게 됐어. 그래서 퇴거해야 하기 때문에 이번 주말에는 거기 있는 짐을 실어 낼 예정."

"……힘들겠네요. 가서 거들까요?"
"아니야, 시험공부에 바쁜 와카나 시간 뺏는 거 미안하고."
"딸내미랑 유원지에 놀러 갈 약속만 아니면 도와줄 수 있는데."
"나도 막둥이 손자가 야구부 시합에 나가는데 보러 가기로 해서 말이야."
엔도와 에쓰코가 미안한 듯 그렇게 말한다. 미오는 "괜찮습니다" 하고 웃음 지었다.
"작은 창고 같으니 혼자서 충분히 치울 수 있지 싶어요."
"여유 있으면 도우러 갈 테니까 장소만 알려 줘요." 와카나가 적극적으로 나섰다.
"고마워. 음, 그러니까 창고 주소는 고토구 시바우라……."
미오가 알려 준 주소와 창고 이름을 와카나는 참고서에 분주히 메모했다.
"아, 슬슬 점심시간도 끝나가네. 그럼, 오후에도 다들 힘차게 달려 봅시다."
에쓰코의 목소리를 신호로 다들 출입구로 향한다. 대기실을 나와 복도를 걷는데 와카나가 바로 옆으로 다가왔다.
"내일 창고 정리는 몇 시부터 할 예정이에요?"
"글쎄……. 될 수 있으면 하루에 전부 끝내고 싶으니까, 아침 7시쯤에는 갈 예정."
"7시?! 너무 이르지 않아요?"
"실어 낸 짐을 저녁에는 언니 동료였던 사람한테 전부 건네주기로 약속했거든. 언니가 생전에 모은 귀중한 정보 같은 게 있을지 몰라서."
"그, 그래요. 고생스럽겠네요."

와카나가 상기된 목소리로 말했을 때 그녀가 담당하는 병실에서 간호사가 얼굴을 내밀었다.
"간호조무사님, 환자분 엑스레이 촬영실까지 이동 부탁해요."
"아, 가 봐야겠네. 그럼 사쿠라바 씨. 나중에 봐요."
잰걸음으로 복도를 걸어가는 와카나의 뒷모습을 미오는 차갑게 주시했다.
"으응, ……나중에 봐요. 와카나."
입안에서 말을 굴린 후 미오는 천천히 걸어갔다. 이제부터 오후 수술을 받게 될 환자를 이송해야 한다. 목적하는 병실에 들어서자 숨죽인 목소리가 들려온다.
"아이고, 이런. 이러시면 안 됩니다."
맨 앞의 커튼 틈으로 비만한 몸을 흰 가운으로 감싼 중년 남자의 모습이 보였다. 통합외과 의국장인 쓰보쿠라다. 계급은 골드지만 통합외과의 실무를 도맡아 하는 입장이다 보니 플래티넘에 가까운 권력을 쥔 남자였다.
분명히 이 침대의 환자는 다음 주에 류자키 선생님의 관상 동맥 바이패스 수술을 받을 예정일 터. 병동 담당의도 레이카 선생님이라서 쓰보쿠라는 상관이 없는데 어째서……? 고개를 갸우뚱한 미오는 침대 끝에 걸터앉은 환자가 흰 봉투를 내미는 것을 알아차렸다.
"그런 말씀 마시고. 작은 성의니까. 쓰보쿠라 선생님 덕분에 최고의 선생님에게 수술받게 됐습니다. 정말 감사합니다."
"아이고, 어쩔 수 없네요. 성의를 외면하는 것도 예의가 아닌 것 같고 말이죠."
간살맞게 웃는 쓰보쿠라가 봉투를 받아드는 모습을 보고 미오는 무슨 상황인지 깨달았다. 환자로부터 촌지를 받고 있는 것이다. 예전에는 이와 같은 일이 일상적으로 일어났지만 의료윤리적으로 문제가 있다는 점 때문에 지금은 대부분의 병원에서 거절하고 있다.

그런데도 이 사람은……. 미오가 황당해하고 있는데 쓰보쿠라가 기척을 느꼈는지 돌아보았다.

"……당신 뭐야?" 쓰보쿠라가 미오를 노려본다.

"아, 간호조무사입니다. 안쪽 환자분을 이송하려고……."

"지금 환자분과 중요한 이야기 중이야. 잠시 밖에서 기다려."

벌레라도 쫓아버리듯 손을 휘젓자 미오는 입술을 깨물면서도 시키는 대로 한다. 병실 앞에서 초조하게 기다리는데 마침 히가미 레이카가 지나가던 참이었다.

"어머나, 사쿠라바 씨, 뭐 하세요? 숙제 안 해 와서 복도에 나와 서 있는 초등학생처럼."

"쓰보쿠라 선생님이 환자분의 '성의'를 받고 있어서요."

"아, 또 그러네, 그 사람." 레이카가 쓴웃음을 지었다.

"또라면, 늘 있는 일인가요?"

"맞아요. 그 사람, 플래티넘 외과의사에게 수술받는 환자들에게 '내가 아무개 선생님에게 수술받을 수 있도록 배정해 뒀습니다'라고 말하고 다니거든요. 어느 환자를 집도하느냐는 플래티넘 닥터들이 자기들끼리 정하는데 말이죠."

"거짓말을 하고 있다는 겁니까?"

"거짓말이라고는 할 수 없으려나. 수술 스케줄을 짜는 건 확실히 그 사람이니까."

"그래서 많은 환자들로부터 촌지를 받고 있는 거군요."

"그래요. 병원 규칙상으로는 안 될 일이지만 딱히 범죄랄 수는 없고. 기어이 주고 싶어 하는 환자도 있으니까 어려운 문제죠."

"……히가미 교수님은 이 일을 알고 계시나요?"

"네, 알고도 묵인하고 계시죠. 의국장 일이란 게 꽤 바쁜데도 기술지 상주의인 통합외과에서 그러한 실무는 그다지 평가받지 못하니까요. 성가신 일을 도맡아 하는 만큼 어느 정도의 부수입은 인정해 주자는 거 아니겠어요?"

히가미 교수님도……. 미오가 가벼운 실망을 느끼고 있는데 쓰보쿠라가 병실에서 나왔다.

"당신, 이름이?" 쓰보쿠라가 미오를 흘겨본다.

"사쿠라바 미오입니다."

"사쿠라바……." 쓰보쿠라의 미간에 깊은 주름이 잡혔다.

"그렇군, 당신이……."

"네? 제가 뭘……?"

미오가 묻자 쓰보쿠라는 아무것도 아니라는 말을 남기고 성큼성큼 가 버렸다. 고개를 갸우뚱하는 미오의 어깨를 레이카가 두드렸다.

"기노시타 하나에 씨 문제로 류자키 선배에게 대들고 몰아붙였던 일을 두고 하는 말 아니겠어요? 사쿠라바 씨가 해고되는 게 아닐까 하고 병원 내에 소문이 돌았으니까."

"딱히 대들었던 건……. 역시 해고될 뻔했죠, 저……."

"괜찮아요 괜찮아, 사쿠라바 씨가 해고될 리 없으니까." 레이카는 해맑게 웃었다.

"……그거, 히가미 교수님이 연구 중인 새로운 치료법과 관련 있나요?"

미오의 물음에 레이카의 표정이 굳었다. 몇 초간 침묵한 후, 레이카가 입을 열었다.
"맞아요. 그 장치 연구에 사쿠라바 씨가 협력해 주길 바라고 있어요."
"……레이카 선생님, 제가 전직 외과의사라는 걸 알고 계시는군요. 그리고 PTSD 때문에 의료 행위를 일절 못하게 되어 간호조무사가 되었다는 것도."
미오가 낮은 목소리로 묻자 레이카는 주저하는 기색으로 수긍했다.
"그렇다면 제가 그 장치를 다루지 못한다는 걸 아시지 않나요? 그건 시뮬레이터라고는 해도 명백히 의료 행위고 암 치료를 위한 장치입니다."
"사쿠라바 씨에게 무리한 일을 기대하고 있다는 건 알고 있어요. 그래도 포기할 수 없어요. ……아버지의 마지막 꿈을 실현하기 위해."
"히가미 교수님의 마지막 꿈? 무슨 말이에요?"
"……아무것도 아니에요. 지금 이야기는 잊어요. 그보다 슬슬 환자분을 수술장으로 데려가야 하지 않나요?"
미오는 "네?" 하고 손목시계를 들여다보았다. 레이카의 말대로 이송 예정 시각이 다 돼 가고 있었다. 서둘러야 한다. 미오가 얼굴을 들자 어느 틈에 레이카는 멀어져 가고 있었다.
마지막 꿈이란 어떤 의미일까. 이 병원에서는 무슨 일이 일어나고 있는 걸까. 여느 때보다 작아 보이는 레이카의 뒷모습을 지켜보던 미오는 개운치 않은 마음을 안고 병실 안쪽으로 들어갔다.

"간신히 시간 맞춰 왔네……."
수술장 입구에서 환자를 수술실 간호사에게 인계한 미오는 크게 한숨을 내쉬었다. 쓰보쿠라에게 쫓겨나기도 하고 레이카와 대화도 나누다 보니 시간이 촉박해지고 말았다.

제대로 일에 집중해야 해. 비록 오늘 밤 중요한 용무가 있다 해도.

미오가 병동으로 돌아가려 했을 때였다.

"늦네."

익숙한 목소리가 들려왔다. 돌아보니 수술복 차림의 류자키가 서 있었다.

"아, 어쩐 일이세요? 지금 환자분 집도, 류자키 선생님은 아니죠?"

"당신을 기다리고 있었어. 이전 수술이 예정보다 일찍 끝났거든. 그래서, 계획은 순조롭게 진행되고 있나?"

"네, 미끼는 확실하게 뿌렸습니다."

미오가 작은 소리로 대답하자 류자키는 "좋아!" 하고 한쪽 입꼬리를 시니컬하게 치켜올렸다.

"오늘 밤은 밤낚시를 즐겨 보자고."

2

"심심하네……."

먼지를 뒤집어쓴 타이어 없는 차체에 등을 기댄 류자키는 재킷 주머니에서 봉합사를 꺼내 도어 손잡이에 걸었다.

"이런 상황에도 연습을 하시네요."

피아니스트가 연주하듯 화려한 손놀림으로 차례차례 매듭을 지어 나가는 류자키를 보며 미오가 어이없다는 듯이 말했다. 이 폐차 그늘에 숨은 네 시간가량, 류자키는 봉합사로 매듭을 짓는 연습을 계속하고 있었다. 도어 손잡이며 사이드 미러에 류자키가 매듭을 지어 놓은 봉합사가 무수히 늘어져 있다 보니 마치 발을 쳐놓은 것 같다.

"실 매듭은 외과의사의 기초 중의 기초야. 항시 연습해 둘 필요가 있어."

주머니에서 새로운 실을 꺼낸 류자키가 당신도 해 보라며 내밀었다. 반강제로 봉합사를 받아든 미오는 그것을 느릿느릿 도어 손잡이에 걸더니 한숨을 푹 쉬고 나서 묶기 시작했다. 외과의사를 꿈꾼 이후 몇만, 몇십만 번 반복한 동작. 머리로 생각하기 이전에 손가락이 움직이며 차례차례 매듭을 지어 나간다.

"원활하고 좋은 매듭이다. 역시 당신은 외과의사로 돌아가야 해."

귀에 딱지가 앉을 정도로 반복된 말. 하지만 그 말에는 지금까지와 비교가 되지 않을 만큼의 열의와 무게가 담겨 있었다.

"……그거, 그 누에고치형 VR 시뮬레이터와 뭔가 관련이 있나요?"

류자키는 대답하지 않는다. 그 침묵은 미오의 지적이 옳았다는 것을 여실히 나타내 주었다.

"그거, 히가미 교수님이 연구하는 새로운 암 치료 장치 맞죠? 선생님도 레이카 씨도, 그리고 히가미 교수님도 저에게 그 오퍼레이터를 시키려 하고 있어요. 하지만 왜 저인가요? 류자키 선생님이 하면 되잖아요."

"……나는 안 돼." 분한 듯이 류자키가 말한다.

"수도 없이 도전해 봤어. 시뮬레이터 프로토타입을 저가로 양도받아 201호실에 두면서까지 어떻게든 적응해 보려 했지만 나는 견뎌 내지 못했어. 오감에 흘러들어 오는 엄청난 양의 정보, 그리고 세탁기 속에 던져진 것 같은 부유감. 반고리관과 뇌가 비명을 질러 대서 3분도 못 가 한계가 오고, 몇십 분이 지나면 구토와 두통, 현기증에 시달리지. 나뿐만 아니라 레이카나 다른 의국원들도 다 마찬가지야. 그건 결함품이야."

"결함품……."

"그래. 하지만 그 결함을 바로잡으려면 아무도 다루지 못하는 그 시뮬레이터를 누군가가 자유자재로 다루면서 방대한 양의 데이터를 수집할 필요가 있지. 그 모순 때문에 완전히 벽에 막혀 있었어."

"……하지만 저는 그걸 자유롭게 다뤘죠."

"그래. 그 치료법을 확립하고 히가미 세포를 완성하기 위해 당신이 필요해."

"히가미 세포를 완성?" 미오는 미간을 찌푸린다.

"무슨 의미예요? 히가미 교수님은 어떤 치료법을 개발하려는 거죠?"

"신(新)히가미 세포에 의한 치료."

"신히가미 세포?!" 미오의 목소리가 커진다.

"응. 기존의 만능면역세포요법은 단순히 매크로파지[29]처럼 암세포를 탐식하는 작용이 있는 히가미 세포를 주입할 뿐이었어. 그렇게 하면 혈관이나 림프에 기어들어 간 미세한 암세포에 대해선 효과가 있지만, 종양 덩어리 자체에 대해선 그 성장을 늦추는 정도의 효과밖에 없었어."

"히가미 세포에는 종양 내부까지 파괴하는 능력이 없으니까요."

"맞아. 그래서 교수님은 배양한 히가미 세포에 마이크로 단위의 바이오 컴퓨터 회로를 짜 넣고 '신히가미 세포'를 만들었어."

"바이오 컴퓨터를 짜 넣으면 무슨 일이 일어나는데요?"

"외부에서 자유자재로 히가미 세포를 조작할 수 있게 돼. 환자의 혈관으로 주입한 히가미 세포에 외부로부터 전기 자극과 자력으로 지령을 부여함으로써 혈관을 통해 원하는 장소로 이동할 수 있게 되는 거지."

"그럼 히가미 세포를 종양에 모아……."

---

29) 대식세포(大食細胞). 백혈구와 같이 세균이나 죽은 세포 등을 잡아먹는 인체의 면역 세포의 일종

"그래. 종양 전체를 단숨에 먹어 치울 수 있어. 수술과 같은 침습성도 없이 암을 소멸시킬 수 있지. 그게 히가미 교수님이 개발 중인 새로운 치료법이고, 그것을 가능하게 하는 조작 시스템이 outside operated higami cell machine system, 통칭 옴스야."
"옴스. 그 누에고치처럼 생긴 기계가 그 시뮬레이터……."
"그래, 장차 옴스 오퍼레이터는 AI의 보조를 받으면서 신히가미 세포를 조작해 나가기로 예정되어 있어. 다만 AI에 학습시키려면 오퍼레이터가 반복해서 그 기계에 올라 시뮬레이션을 할 필요가 있어. 하지만 너무나도 많은 정보의 홍수로 인해 대부분의 사람은 금세 한계에 다다르기 때문에 아직 데이터를 거의 수집하지 못하고 있는 상태야. 이대로 가면 실용화되기까지 몇십 년도 더 걸리고 말아."
"하지만 저라면 그것을 이용해 데이터를 수집할 수 있다는 거네요."
"더구나 당신은 외과의사로서의 지식과 경험이 있어. 당신이야말로 히가미 세포로 암 치료를 근본부터 바꿔 많은 사람들을 살린다는 히가미 교수님의 숙원을 완수하기 위한 마지막 파트인 거야."
"저는 인간입니다. 새로운 치료를 위한 부품은 아니에요." 미오는 조용히 말한다.
"……듣고 보니 그렇군. 무신경한 발언을 해서 미안해."
순순히 사과하는 류자키에게 미오는 놀란다. 처음 만났을 무렵의 이 남자라면 '개인감정 따위는 버려. 의료의 진보 앞에서는 무의미해'라고도 말했으리라.
나와 더불어 환자의 마음에 다가감으로써 최고의 수술을 지향해 나가는 동안 이 사람도 달라졌는지 모른다. 그리고 마찬가지로 나도…….
"하지만 저도 그 치료법은 훌륭하다고 생각해요. 환자에 대한 침습이 적고 수술처럼 암을 치료할 수 있다면 많은 사람을 살릴 수 있을 겁니다."
 류자키가 "그렇다면" 하고 솔깃해했지만 미오는 고개를 가로저었다.
 "지금 상태로는 안 돼요. 시뮬레이터라고는 해도 종양을 빛의 입자로 파괴하는 그것은 완전한 의료 행위였습니다. 지금의 제가 그 장치에 오르더라도 공황발작을 일으켜 바로 탈출하지 않으면 안 될 겁니다."
 "트라우마를 극복하고 외과의사로 돌아가면, 그것을 다룰 수 있게 되는 거지."
 "아마도……. 약속은 못 하겠지만요."
 "그걸로 충분해." 류자키는 힘주어 고개를 끄덕였다.
 "교수님의 꿈을 이룰 가능성이 조금이라도 있다면 난 뭐든지 할 거야."
 "히가미 교수님을 정말로 존경하는군요." 미오는 다시 놀리듯이 말했다.
 "당연하지. 교수님 덕에 지금의 내가 있어. 교수님께 받은 은혜를 나는 아직 갚지 못했어. 한시라도 빨리 옴스를 완성시키지 않으면 안 돼."
 류자키의 목소리에서 조바심을 느낀 미오는 살짝 고개를 갸웃했다. 왜 이리 조바심을 내는 걸까? 내년에 미국으로 떠나기 전에 보은하고 싶다는 걸까?
 "다만 그것과는 상관없이 나는 당신이 외과의사로 돌아갔으면 해."
 "네네, 사람을 살리는 기술을 가지고 있으면서 그것을 사회에 환원하지 않는 건 태만이라고 말하고 싶은 거죠. 알고 있다고요."
 미오가 익살맞게 두 손을 들어 올리자 류자키는 "그것뿐만이 아니야" 하고 읊조린다.
 "당신은 나와는 정반대로 '환자의 마음에 다가간다'는 스탠스로 여러 환자의 인생을 보다 나은 쪽으로 바꾸어 왔어. 간호조무사로서 쌓은 그 경험을 지니고 외과의사로 돌아가면 틀림없이 나와는, 아니 종래의 외과의사와는 전혀 다른 타입의 닥터가 되어 많은 환자의 생명과 마음을 구하는 유일무이한 존재가 될 거야."

여느 때와 같은 억양 없는 어조. 하지만 그 말에는 화상을 입을 정도의 열기가 깃들어 있었다.

정반대 사상을 지닌 이 천재 외과의사에게 인정받은 것이 스스로도 놀랄 만큼 기뻤다. 간호조무사로서 필사적으로 환자의 마음에 다가갔던 나날이 보답받은 기분이었다.

"그 때문에라도 오늘 밤의 '낚시'를 성공시켜야 해."

류자키는 냉소적으로 입꼬리를 치켜올린다.

그들이 있는 곳은 도쿄만 연안 항구에 세워진 자동차 정비소다. 초등학교 체육관만 한 공간에 여러 대의 폐자동차와 타이어 탈착기, 정비용 깔판, 고압 세정기 따위의 수리 기구가 놓여 있었다. 꽤 오래전에 폐업한 자동차 정비공장을 류자키가 빌린 모양이다. 간호조무사 대기실에서 언니의 유품 이야기를 꺼냈던 날 밤, 미오는 류자키와 함께 이곳에 숨어들었다.

낮에 언니의 창고라며 와카나를 비롯한 동료들에게 알려 준 주소가 이곳이다. 유이가 취재 자료 등을 보관하던 창고라는 가짜 미끼를 뿌리면 범인은 틀림없이 문다.

"이제 곧 날짜가 바뀝니다. 범인이 정말 올까요?"

"오지. 당신 집을 헤집어 놓는 난폭한 수단을 쓴 것만 봐도 범인은 조바심을 내고 있는 게 틀림없어. 반드시 오늘 밤 여기에 나타난다. 약속하지."

"그리 간단히 약속할 수 있나요? 도망치거나 하지 않을까요?"

"도망치면 그건 그것대로 괜찮아. 저게 있으니까."

류자키는 저만치 있는 트럭 운전석에 설치된 방범 카메라를 가리켰다. 이 정비소에는 방범 카메라가 설치되어 녹화가 이뤄지고 있었다. 도중에 범인이 함정을 눈치채고 되돌아가더라도 창고에 들어온 시점에서 불법 침입 증거를 손에 넣을 수 있다. 그걸 경찰에 넘기면 그다음에는 틀림없이 다치바나 씨가 범인이 방에 침입한 것은 물론 언니의 죽음에 관여한 사실까지 털어놓게 만들어 줄 것이다.

거기까지 생각했을 때 동료들의 얼굴이 머리를 스쳐 미오는 입술을 꾹 다물었다.

그 세 사람 중에 언니를 죽인 인물이 있을까? 그것은 누구고 언니는 대체 어떤 정보를 쥐고 있었던 걸까?

이 작전이 성공하면 틀림없이 그 수수께끼는 전부 풀린다. 그리고 나는 8개월 넘게 온몸을 칭칭 감고 있던 트라우마에서 해방되고 다시 외과의사로서…….

사고가 정지된다. 다시 외과의사로 돌아간다. 정말 그걸로 괜찮은 걸까? 나는 앞으로도 쭉 간호조무사로서 환자에게 다가가겠다고 결심한 바 있다. 트라우마에서 해방되었다고 곧바로 그 결의를 뒤집어도 되는 걸까?

내가 생각하는 이상적인 의료, 내가 나아가야 할 길……. 생각에 잠긴 미오의 고막을 낮은 진동음이 흔들었다. 류자키가 재킷 안주머니에서 새빨리 스마트폰을 꺼냈다.

"저기요, 류자키 선생님, 소리 안 나게 무음으로 해 두세요."

미오가 불평했지만 류자키는 대답하지 않았다. 굳은 표정으로 스마트폰의 액정 화면을 응시하는 류자키의 심상치 않은 모습을 알아차리고 미오는 조심조심 말을 걸었다.

"괜찮으세요?"

"……중지다." 류자키는 쉰 목소리로 말한다.
"일이 생겼어. 오늘 작전은 중지야."
"네? 무슨 말을 하는 거예요? 중지라니 무슨……."
불평하려던 미오는 파랗게 질린 류자키의 얼굴을 보고 말을 삼켰다.
"류자키 선생님, 무슨 일이에요?"
미오의 물음에 류자키는 신음하듯이 대답했다.
"하바타키원의, 내가 있던 보호 시설의 아이가 우리 병원에 긴급 이송됐어……. 경련으로 의식불명이래……."

"류자키 선생님, 괜찮으려나……."
미오는 스마트폰을 확인했다. 류자키가 떠난 지 세 시간이 지났지만 아직 아무 연락이 없다. 의지가지없는 류자키에게 보호 시설 아이들은 그야말로 가족이나 다름없다. 만사 제쳐 두고 병원으로 달려가는 것도 당연하다.
"위험하니까 당신도 돌아가."
류자키는 그 말을 남기고 갔다. 그러나 미오는 그 후로도 계속 혼자서 폐차 뒤에 몸을 숨기고 있었다. 1분 1초라도 빨리 범인의 정체를 알아내 언니를 죽였는지 확인하고 싶었다. 하지만…….
미오는 손목시계를 들여다보았다. 이미 새벽 3시를 지나고 있다. 벌써 몇 시간째 이 차갑고 딱딱한 바닥에 앉아 먼지투성이 공기를 마신 탓에 허리도 아프고 목도 아팠다. 무거운 피로감이 온몸의 세포를 좀먹으며 몇십 분 전부터 계속해서 졸음이 밀려왔다.
이 작전은 실패한 게 아닐까. 동료 세 사람 중에 범인이 있다는 것 자체가 터무니없는 착각 아니었을까. 그런 생각이 머리에 떠오른다.

와카나가 범인일 가능성이 높다고 여겼는데 잘 생각해 보면 그 추정에도 무리가 따른다. 방이 난리가 났던 그날 오후 6시 무렵 가가노 자매의 콘서트가 열릴 강당으로 향할 때 와카나와 스쳐 지났다. 다시 말해 와카나에게는 그 시각까지 알리바이가 있다.

오후 6시부터 미오가 집에 돌아온 오후 8시 반까지의 두 시간 반, 그 짧은 시간에 아파트로 가서 아무에게도 들키지 않게 창문을 깨고 방에 침입한 다음 온 방을 샅샅이 헤집어 가며 찾는다는 건 너무 어렵지 않을까. 그 일을 전부 혼자서 소화하려면 적어도 몇 시간은 걸릴 터.

"역시 세 사람은 범인이 아니야……."

안도와 실망이 가슴을 채워 간다. 그때 찰칵 하는 금속음이 공기를 흔들었다. 웅크리고 있던 미오의 등이 곧추선다. 누군가 입구의 자물쇠를 벗기고 있다?

미오는 폐차 그늘에서 살며시 얼굴을 내밀어 출입구를 살폈다. 천천히 열리는 문 너머로 사람 그림자가 보였다. 역광이라서 얼굴은 잘 보이지 않는다. 그러나 큰 키에 어깨가 넓은 실루엣만으로 그게 누구인지 알 수 있었다.

엔도 쓰요시, 전직 자위대원에 싱글 파파로서 딸을 끔찍이 사랑하는 동료.

엔도가 범인이었다. 그라면 나무를 타고 올라가 창문을 깨고 방 안에 침입하는 것도 어렵지 않겠지. 그날은 하교하는 딸을 맞이하는 일을 누군가 다른 사람에게 부탁했다는 건가…….

숨죽이고 있는 미오의 귀에 목소리가 와 닿는다. 젊은 여성의 목소리가.

"어때요? 찾았어요?"

미오가 아연실색해 있는데 엔도 뒤에서 자그마한 실루엣이 모습을 드러냈다.

"뭔가 이상해. 진짜 여기 맞아?"

"틀림없어요. 저, 참고서에 확실하게 메모했으니까."

안에 들어온 남녀의 얼굴이 또렷이 보였다. 엔도 쓰요시와 사오토메 와카나의 얼굴이.

저 두 사람이 범인……. 거기까지 생각했을 때 미오의 머릿속이 새하얘졌다.

또 한 사람이 안으로 들어왔다.

"두 사람 다 어때? 사쿠라바 유이가 숨기고 있던 데이터라는 거, 찾았어?"

늦게 들어온 소노다 에쓰코가 목소리를 높이는 것을 보고 미오는 꿈속에 있는 듯한 기분이 들었다. 악몽 속에 있는 듯한…….

"소노다 씨, 우리 딸을 보고 있으라고 했잖습니까."

"후미카라면 잘 자고 있으니까 걱정 말아요. 그보다 얼른 증거를……."

대사가 멎는다. 폐차 그늘에서 불쑥 나타난 미오를 보고.

"……어쩐 일이에요?" 미오는 쉰 목소리를 짜냈다.

"아, 저어…… 오해야. 저기, 두 사람……."

횡설수설하면서 에쓰코가 엔도와 와카나의 의중을 살폈다. 그러나 두 사람 모두 얼어붙은 표정을 드러낸 채 굳어 있었다.

"뭐가 오해인데요? 세 사람이 무슨 일로 이곳에 숨어든 거죠?"

억양 없는 목소리로 미오가 물었다.

"동료가 전원 범인이었다니, 우연일 리는 없어. 그렇다면 언제부터 협력한 거죠? 아니, 그것도 뭔가 아니야……. 아, 그래, 처음부터 짜여 있던 판이었어. 나는 처음부터 덫에 걸려 있었던 거야……. 세 사람 다 줄곧 언니가 남긴 정보를 빼앗으려고 날 감시해 왔어……. 난 여태 속고 있던 거야…….''

생각이 말이 되어 입 밖으로 새어 나온다. 지난 석 달 가까이 함께 일해 온 동료들이 모두 적이었다. 너무나도 잔혹한 그 사실을 뇌가, 마음이 거부하고 있었다.

"아, 아니야. 아니, 그렇긴 한데, 말 못 할 비밀이 조금 있었을 뿐……."
눈빛이 흔들리는 에쓰코를 미오는 노려보았다.
"비밀?! 그 비밀이란 게 언니를 죽인 그 일인가요?"
"언니를 죽여?!" 에쓰코의 목소리가 뒤집혔다.
"얼버무릴 생각 말아요! 당신들이 언니를 옥상에서 떠밀었잖아! 무슨 나쁜 짓을 언니에게 들킨 건데?! 당신들과 언니는 무슨 관계냐고!"
"사쿠라바 씨, 진정해요. 뭔가 큰 오해가 있나 본데."
엔도가 조금씩 다가오는 것을 보고 미오는 "가까이 오지 말아요!" 하고 날카롭게 말한다.
"언니처럼 날 죽이려고?! 시신은 거기 바다에 버릴 작정인가? 그렇게는 안 될 거야. 여기 영상은 조력자가 보고 있어. 날 덮치려 든다면 바로 경찰에 신고가 들어가 당신들은 체포될 거야."
순간적으로 허풍이 튀어나왔다. 효과는 만점이었다. 세 사람의 얼굴이 노골적으로 일그러졌다.
"저기, 경찰에 알리는 것만은 봐줄 수 없을까. 내가 잡혀가면 딸이 어떻게 될지……."
당장이라도 울 것 같은 표정으로 엔도는 기도하듯 손깍지를 꼈다.
"저, 저도 부탁드려요. 만약 경찰에 잡혀가기라도 한다면 이제 간호사는 될 수 없을지도……. 그렇게 되면 저, 어떻게 해야 할지……."

"나도 가족에게 뭐라 설명해야 좋을지……. 사쿠라바 씨, 제발 용서해 줘. 부탁이야. 망가진 가구며 컴퓨터 비용은 전부 확실하게 변상할 테니……."

엔도를 따르듯이 와카나와 에쓰코도 눈물을 글썽이며 용서를 빌었다.

이게 다 무슨 소리야……? 미오는 위화감을 느끼며 콧잔등을 찌푸렸다.

언니의 목숨을 앗아갔다는데 왜 사과하고 용서를 구하려 드는 걸까. 더구나 세 사람 모두…….

……아니면, 혹시 이 세 사람은 언니를 죽이지 않았나?

베테랑 간호조무사와 국가고시에 떨어진 간호과 학생, 전직 자위대원인 싱글 파파. 공통점이라곤 찾아볼 수 없는 이 세 사람이 엄청난 악행을 언니에게 들켰다고 생각하기보다 누군가의 지시로 우리 집을 뒤졌다고 생각하는 게 이치에 맞다.

충격으로 인해 멈추려던 뇌 신경이 제 기능을 되찾아 간다. 아직 저마다 사죄와 애원의 말을 되풀이하는 세 사람을 바라보면서 미오는 천천히 입을 열었다.

"……내 방을 헤집어 놓은 건 당신들 세 사람. 그건 인정해요?"

셋이서 서로 얼굴을 마주 본 후 에쓰코가 힘없이 긍정하며 고개를 끄덕였다.

"그럼 우리 언니를 병원 옥상에서 떠밀어 죽인 건?"

세 사람은 동시에 거세게 도리질을 쳤다.

"그렇다면 당신들은 왜 내 방에 침입했죠? 당신들이 찾고 있던 건 언니가 조사한 데이터예요. 그렇죠?"

만약 이 질문에 부정한다면 세 사람은 거짓말을 하고 있다. 다시 말해 언니를 죽인 범인이라는 거다. 숨을 삼키고 대답을 기다리는 미오 앞에서 세 사람은 조심스럽게 고개를 끄덕였다.

"사쿠라바 씨 언니의 데이터를 찾고 있었던 건 맞아요. 하지만 언니를 만난 적은 없어요. 부탁이니 믿어 줘요."

울먹이는 목소리로 필사적으로 호소하는 와카나의 모습은 아무리 봐도 연기 같지는 않았다. 그렇다면 남은 가능성은 하나다.

"그럼 누군가의 지시로 언니의 데이터를 훔치려 했다. 맞죠?"

세 사람은 체념했는지 고개를 떨구듯이 끄덕였다.

"어째서 당신들은 범죄자가 될 위험을 무릅쓰고 그런 지시를 받아들인 거죠?"

몇십 초, 머뭇머뭇 망설이는 모습을 보이던 에쓰코가 가냘픈 목소리로 이야기하기 시작한다.

"손자가 고등학교 3학년이던 작년, 친구와 싸우다 상대를 밀어 버렸어. 한데 그 아이가 넘어지면서 팔이 부러지는 바람에 문제가 커져서……. 세이료 대학 법학부 추천 입학이 그만 취소돼 버렸어. 손자 녀석은 세이료 대학에 들어가는 게 꿈이었던 터라 낙심이 이만저만 아니었어. 그때 이번 일에 협조하면 추천 입학 문제를 손써서 해결해 주겠다는 소리에, 어떻게든 손자를 도와주고 싶어서……."

고개를 떨군 에쓰코가 어깨를 떨기 시작한다. 계속해서 와카나가 망설이는 기색으로 입을 열었다.

"저는 집안 형편이 넉넉하지 않아서 세이료 대학의 급부형 장학금[30]

---

30) 상환이 필요 없는 장학금

을 받고 간호학교에 다니고 있었어요. 하지만 그건 졸업 후에 세이료 대학 의학부 부속병원에서 일한다는 게 전제였어요. 국가고시에 떨어지면 다 갚아야 하는 조건이 붙은 장학금으로……. 하지만 저, 돈이 없어서 난감해하고 있었는데 이번 일에 협조하면 장학금 변제를 없던 일로 해 주겠다는 사람이 나타나서…….."

와카나가 "죄송해요" 하고 고개를 숙이자 마지막으로 엔도가 이야기를 시작한다.

"나는 아내가 세상을 떠난 후 자위대를 그만두고 운송 일을 시작했는데 말도 안 되게 노동 조건이 열악한 직장이어서 쉬는 날도 거의 없었어. 그러다 피곤해서 정신이 몽롱한 상태로 경트럭을 운전하던 중에 그만 오토바이를 쳐서 상대에게 큰 부상을 입혔어……. 오토바이 운전자는 세이료 대학 부속병원으로 이송되어 수술을 받고 후유증 없이 회복되었어. 하지만 직장에선 잘리고, 졸음운전이라는 이유로 보험 적용도 안 되고, 피해자의 치료비와 위자료를 지불할 돈도 없어서……. 그때 치료비를 전부 무료로 처리해 주는 데다 위자료도 부담해 주고 일자리까지 소개해 주겠다는 제의를 받았어……."

나란히 고개를 푹 떨구는 세 사람을 보고 미오는 확신했다. 지금 이 이야기가 진실이라고. 이 세 사람의 인생에는 깊은 어둠이 일렁거리고 있었다. 그 상황에서 탈출할 수 있는 제안은 지옥 속에 드리워진 한 가닥 거미줄과도 같았으리라. 그 줄에 독이 발라져 있는 것을 알면서도 붙잡지 않을 수 없었던 거다. 그렇게 해서 세이료 대학 의학부 부속병원 5층 4병동의 간호조무사라는 거미집이 완성됐고 나는 감쪽같이 그 함정에 걸려들고 말았다.

세 사람이 받은 제안에는 세이료 대학이 깊이 관여되어 있다. 요컨대 흑막은 세이료 대학, 그 의학부 부속병원에서 강한 권력을 쥔 사람이라는 거겠지.

짙은 안개 속에 가려져 있던 흑막, 그 윤곽이 어렴풋이 보이기 시작했다. 다음은 그 정체를 알아내기만 하면 된다.

미오는 숨을 깊이 들이쉬고 나서 가장 중요한 질문을 던졌다.

"그럼 알려 줘요. 당신들을 조종하던 흑막의 정체를."

서로서로 얼굴을 마주 본 후 세 사람은 체념한 듯 대답했다. 한 목소리로.

"……쓰보쿠라 의국장."

"쓰보쿠라 선생이 흑막……."

미오의 뇌리에 환자로부터 돈을 받아들던 뚱뚱한 중년 남자의 모습이 떠올랐다.

"……어째서 쓰보쿠라 의국장이, 아니 쓰보쿠라가 언니의 데이터를 손에 넣으려 한 거죠? 그 남자는 언니에게 어떤 나쁜 짓을 들킨 거죠?"

"의국 돈을 착복하다 들켜서……. 그 일을 히가미 교수가 알게 되는 날엔 자신은 파멸하기 때문에 무슨 일이 있어도 찾아내야 한다고……."

에쓰코가 머뭇머뭇 설명하자 와카나와 엔도도 동조하듯이 조그맣게 고개를 끄덕였다.

의국비 횡령. 그런 일로 언니를……. 너무 화가 나서 소리를 지를 뻔했다.

안 돼. 냉정해져야 해. 미오는 미쳐 날뛰는 감정을 호흡에 녹여 토해냈다. 언니의 사인은 이미 자살로 처리되었다. 이제와서 그게 타살이었다고 경찰에 인정받으려면 확실한 증거가 필요하다.

가장 좋은 건 언니가 남겼다는 데이터를 찾아내 그것을 쓰보쿠라가 두려워하는 대로 히가미 교수에게 넘기는 것이리라. 히가미 교수가 고발하면 쓰보쿠라는 업무상 횡령으로 경찰에 체포될 것이다. 게다가 그 증거를 남긴 이가 언니임이 밝혀지면 경찰도 그게 자살이 아니라 쓰보쿠라에 의한 살인이었을 가능성을 검토하겠지.
"……쓰보쿠라는 어째서 내가 데이터를 갖고 있다고 여기는 거죠?"
"사쿠라바 유이 씨가 '정보는 가장 신뢰하는 사람에게 맡겼다'고 해서……."
언니가 가장 신뢰하는 사람……. 확실히 언니는 줄곧 함께 자라 온 나를 신뢰해 주었다. 그다음 후보를 꼽자면 연인이었던 다치바나 씨인가……. 하지만 나나 다치바나 씨나 데이터 같은 건 맡지 않았다.
어쩌면 그날 병원 옥상에서 쓰보쿠라에게 공격당할 위기에 처한 언니가 순간적으로 아무렇게나 내뱉은 말인지도 모른다. 자신을 죽여도 비리의 증거를 손에 넣지 못할 거라고 전하면 상대가 자신을 해치지 못할 거라 여겼는지도 모른다. 하지만 이성을 잃은 쓰보쿠라는 그런 당연한 판단조차 하지 못하게 되어 화를 못 이기고 언니를 옥상에서 떠밀어 버렸다.
그것이 정답인 듯한 기분이 들었다. 처음부터 데이터가 없었다고 가정하면 모든 정황이 설명된다. 그렇다면 히가미에게 데이터를 건네고 고발한다는 방법은 쓸 수 없다…….
"저어, 그래서 우리는 앞으로 어떻게 되나요?"
와카나가 주뼛주뼛 묻는다.
"당신들?"
미오는 얼음처럼 차가운 시선으로 동료들을 주시했다.
"알고 있는 건 전부 말했어. 그러니 경찰에 알리는 것만은 참아 줘요. 부탁이야."

비위를 맞추듯 말하는 엔도를 보니 뱃속 깊은 곳이 싸늘해진다. 뭘 잘했다고 자기 좋을 대로 말하고 있는지. 이쪽은 집안이 난장판이 되고 스토커 그림자에 내내 떨었는데.

문득 미오는 한 가지 가능성을 깨달았다. 세 사람을 경찰에 넘기면 쓰보쿠라까지 고구마 줄기처럼 딸려 나와 조사받게 되지 않을까? 세 사람의 증언만으로 체포까지 가능할지는 알 수 없지만 적어도 사정 청취 정도는 할 수 있을 것이다. 동료들의 인생은 엉망이 되겠지. 하지만 그딴 건 알 바가 아니다. 이 세 사람은 명확한 '적'이니까.

경찰에 아니, 다치바나에게 연락하자. 그렇게 마음먹은 미오가 청바지 주머니에서 스마트폰을 꺼내려 했을 때 저만치에서 작은 발소리가 들려왔다.

재빨리 돌아본 미오의 목에서 신음이 새어 나왔다. 출입구에 사람 모습이 보였다. 작고 가냘픈, 명확히 어린아이의 모습이.

"아빠…… 어디 있어……?" 가냘픈 목소리가 들려온다.

엔도가 "후미카!" 하고 상기된 목소리를 높였다. 출입구에 서 있던 아이는 "아빠!" 하고 좋아라 달려오더니, 황급히 한쪽 무릎을 세우고 쭈그려 앉은 엔도의 품으로 뛰어들었다.

"일어났더니 차에 아빠가 없어서 무서웠어. 있잖아, 그만 집에 가자. 여기 컴컴해서 무서워. 내일 수족관 데려갈 거지? 집에서 아빠랑 같이 자고 싶어."

미오는 그대로 멈춰 서 있었다. 만약 여기서 경찰을 부르면 이 사람들은 잡혀가겠지. 그렇게 되면 엔도 외에 의지할 곳 없는 이 여자아이는 어떻게 될까.

"……그만 가 주세요." 미오는 낮은 목소리로 말했다.

쭈그려 앉은 채 딸의 머리를 쓰다듬고 있던 엔도가 "어……?" 하고 얼굴을 들었다.

"세 사람 다 얼른 돌아가 달란 말입니다!"

"그래도…… 돼……?" 망설이는 기색으로 엔도가 묻는다.

"될 리가 없죠! 마음 같아선 지금 당장 경찰에 넘기고 싶어요! 하지만 그렇게 되면 누가 따님을 내일 수족관에 데려가죠? 그러니…… 얼른 여기서 사라져요. 내 마음이 변하기 전에……."

고개 숙인 미오가 힘없이 읊조리자 세 사람은 저마다 고맙다는 말을 하면서 도망치듯 나갔다. 다시 정적에 휩싸인 먼지 냄새 진동하는 공간에 미오는 그저 서 있다. 온몸에 번지는 허탈감으로 인해 금방이라도 무너져 내릴 것만 같았다. 쓰보쿠라는 가장 큰 용의자에까지 다다랐는데 추궁하기 위한 수단을 스스로 포기하고 말았다.

허리춤에서 진동이 전해졌다. 천천히 호주머니에서 꺼낸 스마트폰의 액정화면에는 '류자키 선생님'이라는 발신인이 떠 있다. 지금은 어느 누구하고도 이야기하고 싶지 않다. 하지만 지금까지 다 준비해 준 류자키에게는 일의 전말을 전하고 사과해야 한다. 미오는 '통화' 아이콘을 터치하고 스마트폰을 얼굴 옆에 갖다 댔다.

"여보세요, 류자키 선생님. 죄송합니다, 작전은……."

「지금 당장 여기로 와 줘!」

미오의 말을 끊고 류자키의 목소리가 울려 퍼졌다.

"네? 여기라니, 세이료 대학 의학부 부속병원 말인가요? 무슨 일이에요?"

「문제가 생겼어. 당신이 필요해.」

고뇌에 찬 류자키의 목소리가 스마트폰 너머로 들려왔다.
「제발, 나를 도와줘.」

3

"아, 사쿠라바 씨."

세이료 대학 의학부 부속병원 5층 병동에 도착한 미오가 잰걸음으로 복도를 걸어가는데 간호 스테이션에서 진료기록부 모니터 앞에 앉아 있던 히가미 레이카가 불러 세웠다.

"레이카 선생님. 저, 류자키 선생님이 불러서 왔는데……."

"알고 있어요. 저는 류자키 선배의 지시로 사쿠라바 씨에게 상황을 설명하려고 기다리고 있었어요. 우선 이리 와서 앉아서 이야기해요."

레이카가 손짓하는 대로 미오는 레이카에게 다가가 옆자리에 앉았다.

"류자키 선배의 출신지인 보호 시설의 아이가 긴급 이송된 소식은 들었죠?"

레이카는 류자키가 보호 시설 출신이라는 것을 알고 있는 건가. 아마도 부친인 히가미 교수에게 들었을 테지. 상황을 정리하면서 미오는 "네" 하고 고개를 끄덕였다.

"제가 오늘 밤 당직이었어요. 그런데 보호 시설 원장한테서 전화가 걸려 와서는 열 살 여자아이가 고열이 나고 경련을 일으키니 구급차로 이리 오고 싶다는 거예요."

"그 보호 시설은 제법 먼데, 그쪽에는 갈 만한 병원이 없었나요?"

"근처에 있는 종합병원의 소아과가 중증 환자 처치로 응급 환자를 받을 수가 없었나 봐요. 그 때문에 구급차는 왔는데 갈 만한 병원을 찾지 못하고 있다는 거예요."

"그래서 류자키 선생님이 있는 통합외과 당직 의사에게 직접 연락해 온 거로군요."

"그래요. 당직이 저라서 다행이었죠. 다른 닥터였다면 류자키 선배와 보호 시설 관계를 모르니까 말이죠."

어깨를 으쓱해 보이는 레이카에게 "그래서 어떻게 됐나요?" 하고 미오가 물었다.

"이송되고 제가 진찰했을 때만 해도 아직 가벼운 경련 증상을 보였어요. 이전에도 열성경련을 두 차례쯤 일으킨 적이 있다기에 이번에도 열성경련의 중적발작[31]이라고 판단해서 항경련제를 투여한 결과, 경련은 가라앉았어요."

"그럼 다음은 장시간 작용형 항경련제로 경과를 관찰하면……."

"네, 경련에 관해선 그렇죠. 하지만 문제는 열성경련을 일으킨 발열의 원인이었어요. 그 아이, 며칠 전부터 복통을 호소하고 어제는 몇 차례 구토했어요."

"바이러스성 위장염인가요?"

"처음엔 그렇게 생각했어요. 하지만 배를 촉진한 결과 근성 방어[32]와 블룸버그 징후[33]가 인정돼서 바로 복부 초음파와 CT를 진행했어요. 충수가 평소의 배 이상으로 부어 있었어요. 즉, 충수염인 거죠."

"저어, 레이카 선생님. 그 아이의 증상은 완전히 이해했습니다. 하지만

---

31) 경련발작이 짧은 간격으로 연속해서 나타나는 현상
32) 筋性防禦. 복부 진찰 시 본인 의지와 상관없이 반사적으로 복근에 힘이 들어가 단단하게 만져지는 현상
33) 촉진 압력을 갑자기 풀었을 때 나타나는 통증

왜 제가 불려 온 거죠? 류자키 선생님이 수술하면 해결되지 않나요?"

충수염이라면 염증을 일으킨 충수를 수술로 잘라내면 치유된다. 류자키라면 무엇보다 기본적인 수술일 충수 절제술쯤 마음만 먹으면 몇 분 만에 끝내 버릴 수 있을 것이다.

"네, 수술하면 바로 낫죠. 하지만 그 수술을 할 수가 없어요."

"아이에게 뭔가 문제가 있나요?"

"아뇨, 아이에게는 아무 문제도 없어요. 문제가 있는 건…… 부모예요."

레이카의 미간에 깊은 주름이 잡힌다. 미오는 "부모?" 하고 고개를 갸웃했다.

"하지만 그 아이는 보호 시설에 있잖아요. 부모가 없지 않나요?"

"보호 시설에는 보호자가 없는 아이만 있는 건 아니에요. 부모에게 학대를 받아 보호되기도 하고, 이번 아이처럼 부모가 양육을 포기하기도 하죠."

"양육을 포기하고 아이를 보호 시설에 맡겼던 부모가 나타났나요?"

"네, 맞아요. 경제적인 이유로 양육이 불가능해 생활이 안정될 때까지 일시적으로 아이를 맡기는 부모도 있으니까. 그 경우 친권은 부모한테 있어요. 그리고 미성년자를 수술할 때에는 친권자의 동의가 필요해요."

"부모가 수술을 거부하고 있다는 거예요?!"

상황을 이해한 미오의 언성이 높아졌다. 레이카는 "맞아요" 하고 무겁게 대답했다.

"여느 때처럼 류자키 선배가 수술을 준비하는 동안 제가 모친에게 설명했지만 수술 필요성을 아무리 설명해도 수술은 절대 안 시킨다는 말로 일관하고 있어요."

"하지만 수술하지 않으면 위험이……."

충수염이 악화하면 충수가 파열되고 농이 퍼져 혈액 중에 세균이 침입하는 패혈증이 일어나 패혈증성 쇼크로 목숨을 잃게 될 수 있다.
"네, 그 점은 누차 설명했지만 들을 생각을 하지 않았어요. 그래서 류자키 선배가 야근하던 사다모리 주임과 함께 지금 설득 중인데 류자키 선배도 신경이 한껏 예민해져 있어서 도무지 설득할 수 있는 분위기가……."

옳거니, 그게 내가 불려 온 이유인가……. 미오는 턱을 당겼다.
"지금 어디서 이야기 중인가요?"
"병동 맨 안쪽에 있는 설명실[34]. 다만 모친을 설득할 생각이라면 조금 진정되고 나서 하는 게 좋을 것 같아요. 지금은 상당히 감정적이 되어 있어서."

레이카의 조언에 "알겠습니다. 잠깐 살펴보고 올게요" 하고 끄덕인 후 미오는 간호 스테이션을 뒤로했다. 복도를 걸어 목적한 방 근처까지 가자 문이 닫혀있는데도 불구하고 앙칼진 고함 소리가 울렸다.
"몇 번을 말하든 수술은 거부합니다! 절대로 그 아이의 배에 칼을 댈 수는 없어요."
"그러니까, 바로 수술하지 않으면 사요코는 목숨을 잃을 수도 있단 말입니다!"

방문 너머로 류자키의 노성이 울렸다. 그가 이토록 언성을 높이는 것을 들은 적이 없었다.
"사요코는 내 외동딸이에요. 그 아이에게 어떤 치료를 하느냐는 전부 내가 정해요."

---

34) 환자나 가족에게 병세를 설명하는 방

"보호 시설에 버려 둔 주제에 뭐가 부모인데! 그 아이가 죽어도 좋습니까!"

"좋을 리 없죠! 그러니 수술 이외의 방법으로 그 아이를 살려 달라고 누차 말하고 있잖아요! 진짜 말이 안 통하네! 다른 의사 데려와요!"

"저어, 다마노 씨……."

머뭇거리는 듯한 여성의 목소리가 들려온다. 아마도 주임 간호사인 사다모리겠지.

"류자키 선생님은 수술이 가장 좋은 방법이라서 제안하는 것이니……."

"당신은 빠져!" 날카로운 목소리가 울려 퍼졌다. "그쪽은 의사도 아니잖아."

"아, 네. 저는 간호사로……."

"간호사 따위하곤 이야기가 되지 않아! 나는 의사와 이야기하고 싶다고! 아까 그 여의사나 수술만 권하는 이 의사 말고 좀 더 제대로 된 의사와!"

쾅, 하는 무거운 소리가 들려온다. 아마도 테이블을 내리치는 소리지 싶다.

이거 어림도 없겠는데……. 미오는 입술을 깨문다. 신뢰 관계가 완전히 깨졌다. 이대로 이야기를 계속 해 봤자 상대는 마음을 더 닫을 뿐이다. 그런데 왜 이렇게까지 틀어졌을까?

미오가 이리저리 생각하고 있는데 별안간 문이 열리더니 류자키와 사다모리가 나왔다. 미오를 알아차린 사다모리가 눈꼬리를 치켜올렸다.

"당신 설마 엿듣고 있었던 거야? 애당초 이 시간에 왜 여길……."

"내가 불렀어."

문을 재빨리 닫은 류자키의 날카로운 말에 사다모리는 굳어진 얼굴로 입을 다물었다.
"레이카한테 대략적인 이야기는 들었겠지."
류자키는 감정을 억누른 목소리로 말했다. 미오가 고개를 크게 끄덕이자 류자키가 "자세한 상황을 설명할게" 하고 턱짓을 한 후 걸음을 옮겼다. 미오는 그 뒤를 쫓았다.
"환자는 다마노 사요코, 열 살이야. 2년 전부터 하바타키원에서 지내고 있어. 방금 나랑 이야기한 모친은 다마노 사나에. 경제적인 이유로 양육을 못 하게 되자 사요코를 하바타키원에 맡겼어. 아직 친권이 있다 보니 하바타키원 원장이 연락을 했는데 병원에 들어서자마자 한 첫 마디가 '사요코에게 수술 따위 시킬 수 없어'라는 주장이었어."
설명하는 어조에서 류자키의 억누르기 힘든 분노가 와 닿았다.
"어째서 수술을 거부하는 거죠?"
"그걸 알 수 없으니 답답한 거지!"
발을 멈춘 류자키가 얼굴이 상기된 채 소리쳤다. 그 성량에 미오는 흠칫 몸을 떨었다.
깜짝 놀란 표정을 짓자 류자키는 "미안……" 하고 힘없이 사과한다. 늘 자신감 넘쳤던 천재 외과의사의 몸이 지금은 한층 작아 보였다.
"신경 쓰지 마세요. 소중한 후배의 목숨이 걸린 일이니 당연하죠."
미오가 다독이자 류자키는 발을 멈춘 채 나직한 소리로 이야기를 시작한다.
"사요코는 다섯 살 때 부모가 이혼하며 아버지가 맡아 키웠어. 다만 그 아버지가 2년 전, 교통사고로 사망하며 엄마가 친권을 갖게 되었는데 다마노 사나에는 경제적으로 곤궁하단 이유로 아이를 키울 수 없다고 사요코를 하바타키원에 맡겼어."

"갑자기 아버지를 잃고 어머니한테도 버림받은 거로군요. 가엾게도."
"응, 시설에 오고 처음에는 완전히 마음의 문을 닫았지. 하지만 내가 하바타키원에 얼굴을 내밀었을 때 그 아이는 '류자키 선생님이다!' 하고 나를 가리키며 다가왔어."
"어, 선생님과 아는 사이였어요?"
"사요코는 초등학교 저학년 무렵까지 소아 천식이 심해서 몇 차례 이 병원에 입원했었어. 연수의였던 내가 소아과에서 연수하던 무렵에. 그 후에도 응급 외래 등으로 몇 번 대면한 적이 있었어."
"류자키 선생님에게도 연수의 시절이 있었네요."
아이를 상대로 고군분투하는 류자키의 모습을 상상하니 저도 모르게 미소가 지어진다.
"……수술 기술이라면 연수의 시절에 이미 지도의보다 위였다고."
언짢은 표정을 짓는 류자키를 보면서 미오는 상상한다. 영문도 모른 채 보호 시설에 들어간 어린 여자아이에게 낯익은 류자키의 존재는 마음의 버팀목이 되었으리라. 그리고 예전의 자신과 비슷한 처지의 소녀에게 류자키도 가족처럼 애정을 쏟았을 테지.
가족처럼 소중히 여겨 온 아이가 위험에 노출되어 있음에도 불구하고 그 아이를 버린 엄마 때문에 도울 수가 없다. 너무나도 불합리한 상황이다.
"그 엄마는 왜 수술을 거부하는 걸까요. 수술비를 낼 형편이 안 된다거나?"
"그건 아니야. 병원비는 전부 내가 부담한다고 말했어. 입원에도 항생제 투여에도 동의했어. 하지만 수술만은 완강히 거부해. 이유를 물어도 '외과의사 따위에게 말할 필요는 없어요'라고만 할 뿐."

피가 맺힐 정도로 입술을 꽉 깨무는 류자키를 보며 미오는 입을 열었다.

"그래서 저를 불렀군요. 간호조무사로서 그 엄마에게 다가가 수술을 거부하는 이유를 알아내어 가능하면 수술에 동의하도록 만들기 위해."

"……아니야, 그게 아냐." 류자키는 나지막한 목소리로 말했다.

"간호조무사로서가 아니야."

"간호조무사로서가 아니라고요?"

미오의 물음에 류자키가 머리를 끄덕였다.

"그 엄마는 간호사조차 우습게 보고 있어. 간호조무사 이야기에 귀를 기울일 것 같지는 않아."

"그럼, 어떻게 하면 되죠?"

"의사로서 그 엄마와 이야기하고 왜 수술을 거부하는지 알아내 줘."

"의사로서……." 예상 밖의 제안에 미오는 멍하니 중얼거렸다.

"그래. 그 엄마는 '외과의사'가 아닌 의사에게 설명을 듣고 싶어 해."

"하, 하지만 저는 단지 간호조무사로……."

"의료 처치를 하지 못하게 됐어도 당신은 아직 의사 면허를 갖고 있어. 당신은 '환자의 마음에 다가가는 것을 선택한 의사'야. 자신이 의사라는 것을 부정하지 마. 당신만이 이 일을 할 수 있어. 그러니 부탁이야. 부디 내 의뢰를 받아들여 줘. 간호조무사로서 일할 것을 선택한 의사로서, 내 소중한 가족을 구해 줘."

깊이 고개 숙이는 류자키 앞에서 미오는 천장을 올려다보았다.

"간호조무사로서 일할 것을 선택한 의사로서……."

입 밖으로 흘러넘친 혼잣말이 어두운 병동의 공기에 녹아들었다.

4

좁은 로커 룸에서 미오는 보스턴백 지퍼에 손을 얹었다. 류자키의 간절한 의뢰를 받아들일지 말지 정하지 못한 채 일단 아파트에서 벽장 맨 안쪽에 숨기듯 넣어 둔 이 가방을 가져왔다.

지퍼를 열자 심장이 크게 뛰었다. 가방에는 흰 가운과 청진기가 들어 있었다. 언니의 죽음을 계기로 외과의사를 그만두기로 결심했을 때 의사로서의 도구를 전부 이 가방에 쑤셔 넣었다. 외과의사였던 과거를 봉인하듯…….

미오는 떨리는 손을 가방에 넣고는 깔끔하게 접어 놓은 가운을 꺼내 소매를 꿰었다. 뒤돌아 전신거울을 본다. 블라우스 위에 흰 가운을 걸친 자신의 모습이 비쳤다. 감회에 젖는 동시에 불안이 솟구쳤다. 의사의 본분을 버린 자신에게 이 모습을 할 자격이 있을까.

간호조무사로서 일할 것을 선택한 의사로서 내 소중한 가족을 구해줘.

비통한 류자키의 말이 귓가에 되살아나 미오는 몸을 떨었다. 그래, 이 역할은 나밖에 할 수 없어. 의사 자격을 지니고 간호조무사처럼 환자와 그 가족의 마음에 다가간다. 그게 가능한 나만이 류자키의 소중한 '가족'을 구할 수 있다.

미오는 기합을 넣은 후 가방에서 청진기를 꺼내 목에 걸었다. 로커 룸을 나가 향한 5층 병동의 복도에는 레이카와 류자키가 서 있었다.

"평소와 분위기가 전혀 다르네요. 하지만 무척 익숙해 보여요. 멋지네요."

"어쩐지 마음이 진정되지 않네요."

무거운 공기를 떨쳐내려는 듯 익살맞게 말하는 레이카에게 미오가 수줍게 대꾸했다. 그때 류자키가 정수리가 보일 정도로 깊이 머리를 숙였다.

"모쪼록 내 가족을 구해 줘. 잘 부탁해."

"최선을 다하겠습니다. 의사로서 그리고…… 간호조무사로서."

미오는 병동 복도를 나아갔다. 목적한 1인실 앞에 다다른 미오는 문을 노크했다.

"……네."

안에서 경계심 가득한 여자 목소리가 들려왔다. 안쪽 침대에 누워 있던 여자아이를 보고 미오는 소리를 지를 뻔했다. 이타바시에 있는 보호시설 앞까지 갔을 때 책가방을 둘러메고 돌아왔던, 류자키와 옥신각신할 때 불안한 듯 내다보던 땋은 머리 여자아이다.

이 아이가 사요코였다니…….

항경련제의 진정 작용으로 잠들어 있긴 하지만 얼굴은 고통스러운 듯 일그러져 있었다. 얼굴도 벌겋다. 항생제며 해열진통제를 투여받고 있지만 뱃속에 생겨난 염증을 억제할 수 없다. 이 아이를 살리려면 역시 충수 절제술이 필요하다.

침대 옆에 놓인 철제 의자에 야윈 중년 여성이 앉아 있었다.

이 사람이 모친인 다마노 사나에인가……. 미오는 "실례합니다" 하고 머리를 숙이면서 여성을 관찰했다. 너무 말라서인지 광대뼈가 도드라진 얼굴이며 소매 사이로 엿보이는 손목은 가늘고 바싹 마른 나무 같다. 기다란 검은 머리는 푸석푸석하다. 입고 있는 원피스의 얼룩이 눈에 띄었다.

"……누구예요, 당신?"

안와가 푹 꺼져 튀어나온 듯이 보이는 두 눈을 경계의 빛으로 반짝이며 사나에는 의자에서 허리를 떼웠다.

"처음 뵙겠습니다. 사쿠라바 미오라고 합니다. 따님의 증상에 대해 설명하러 왔습니다."

사나에를 자극하지 않도록 미오는 될 수 있는 한 천천히 정중하게 말했다.

"내가 원하는 건 외과의사가 아닌 의사예요. 당신은 외과의사는 아닌 거죠? 수술은 안 하죠?"

"네, 저는 수술은 하지 않습니다. 그렇다기보다 수술은 못 합니다."

……적어도 지금은. 마음속으로 덧붙이는 미오 앞에서 사나에의 표정이 살짝 풀어졌다.

"다행이다. 지금까지 만나 본 의사는 '수술시켜라, 그렇지 않으면 딸이 죽을지도 모른다' 하고 날 위협했다니까요. 심하다고 생각하지 않아요?"

위협이 아니라 어디까지나 사실이다. 미오는 반론을 삼키고 "그렇군요" 하고 고개를 끄덕였다.

"특히 그 남자 의사는 아주 고약해. 뭐가 그리 잘났는지 내가 하는 이야기는 거의 무시하고 자기 멋대로 지껄여 대고 말이야. 좀 더 겸허해져야 해요."

"네, 맞습니다! 말씀이 다 맞아요! 진짜 고약하죠!"

이번엔 마음을 속일 필요는 없었다. 미오는 평소 마음속에 쌓인 류자키에 대한 울분을 한껏 토해 냈다. 그 기세에 눌렸는지 사나에가 웃음을 지어 보였다.

"이해해 주는 선생님이 와서 다행이다. 선생님이라면 이야기가 잘 통할 것 같네요."

"따님의 증상에 대한 대략적인 설명은 들으셨죠? 충수, 흔히 맹장이라고 하는 부분에 감염에 의한 염증이 발생하여 열과 복통이 일어난다고."

"네, 아까 두 의사가 지긋지긋하게 설명했으니까요. 그리고 어김없이 그 후에 말하는 거예요. '충수를 절제하는 수술이 필요하다'고."

사나에는 내뱉듯이 말했다.

"어머님은 다른 치료법을 원하시는 거죠?"

"맞아요! 수술 말고 사요코를 낫게 할 방법을 알려 줬으면 해요. 몇 번씩이나 그렇게 얘기했는데 먼젓번의 두 의사는 그저 '수술해야 한다'는 소리만 하고. 도무지 말이 통하지 않더라고요."

간호 스테이션에서 보았던 CT 화상에 비친 사요코의 충수는 성인의 것보다도 크게 부어올라 있었다. 언제 파열되어 내부의 고름이 복강 내로 퍼진대도 이상할 게 없는 상태다. 수술을 해야 한다는 판단은 옳다.

"그 점은 정말 죄송합니다. 다른 치료법에 대해서도 설명했어야 하는데."

사과하면서 미오는 의식을 한곳에 모았다. 어째서 그렇게까지 수술을 거부하는 것인지 우선 그 이유를 알아내야 했다. 그렇지 않고선 이 여자를 설득하기는 어렵다.

"맹장에 고여 염증을 일으키고 있는 고름을 어떡해서든 처리하지 않으면 결국 세균이 혈액으로 들어가 온몸을 돌다 아주 위험한 상태가 됩니다."

"그건 앞의 두 사람한테 들었어요. 그래서 수술 말고 어떻게 치료하면 되는데요?"

"수술 외에는 항생제를 투여하는 방법이 있습니다. 맹장에 감염된 세균을 약으로 죽여 염증을 억제합니다. 흔히 '충수염을 퍼뜨린다'고 일

컨는 방법이죠."

"그것 봐, 역시 수술 이외의 방법도 있잖아! 얼른 그 방법으로 해요!"

희희낙락하여 목청을 높이는 사나에에게 미오는 이미 하고 있다며 링거팩을 가리켰다.

"거기 있는 작은 링거팩에 항생제가 들어있습니다."

"그렇다면 이제 치료는 끝이죠? 사요코는 이로써 좋아지는 거 아닌가요?"

미심쩍은 듯 읊조리는 사나에에게 미오는 "아뇨" 하고 고개를 가로젓는다.

"가벼운 충수염이라면 항생제 투여로 완치되는 경우도 많지만, 따님의 충수염은 상당히 중증입니다. 맹장 내부에 대량의 고름이 쌓여 있죠. 항생제는 고름의 내부까지는 웬만해선 닿지 않습니다. 항생제 효과보다 세균 증식이 더 빠를 가능성이 높고, 그렇게 되면 결국 충수가 터져 버립니다."

"……항생물질 투여 이외의 방법은?"

"다음은 처음에 말했다시피 개복 수술로 충수를 절제하는……."

"수술은 하지 않겠다고 말했잖아요! 수술과 항생제 말고 다른 치료법은 없어요?"

"……유감스럽게도 없습니다." 미오는 목소리를 짜냈다.

사나에는 몇십 초 침묵한 후 "……알겠어요" 하고 고개를 끄덕였다.

"이해해 주셔서 감사합니다. 그럼 이제 따님의 수술 준비를 하시죠."

"아니요!" 사나에는 언성을 높인다. "수술은 안 합니다. 항생제만으로 치료해 줘요."

"잠시만요." 미오는 눈을 부릅떴다.

"충수가 터질 경우엔 긴급 수술로 개복하고 복강 내 고름을 빼내야 합니다. 그래도 살릴 수 없는 경우도 있습니다."

"그때도 수술은 하지 마세요. 수술에는 일절 동의할 수 없습니다."

"아니, 충수가 터지고도 수술하지 않으면 따님은 확실하게 목숨을 잃는 거예요……."

어안이 벙벙하여 읊조리는 미오를 향해 사나에는 억양 없는 목소리로 대답했다.

"상관없어요."

상관없어? 딸이 죽어도 상관없다는 거야? 혼란스러운 미오는 떨리는 입술을 열었다.

"저, 저기, 왜 그렇게까지 수술만 거부하는지, 가르쳐 주실 수 있나요?"

"오로라가 사라져 버리니까요."

무슨 뜻인지 알 수 없어서 미오는 "오로라?" 하고 더듬더듬 되물었다.

"네, 맞아요. 오로라는 모든 인간이 몸속에 지니고 있는 신이 주신 축복이에요. 인간의 뱃속은 그 정령으로 채워져 있답니다."

태아의 존재를 느끼려는 임산부처럼 사나에는 자신의 아랫배에 두 손을 갖다 댄다.

"명상을 통해 이 오로라의 순도를 높임으로써 인간은 신과 연결될 수 있어요. 그리고 지상에서의 몸이 썩어 없어졌을 때 그 정령과 혼이 한데 섞임으로써 우리는 성스러운 존재가 되어 신의 곁으로 승화되어 가는 거죠."

열에 들뜬 듯한 어조로 이야기하는 사나에게 공포심을 느끼면서 미오는 설명에 귀를 기울였다.

"그, 그럼 수술을 하면 안 된다는 이유가……."

"그야 당연하잖아요!" 사나에가 새된 목소리를 높였다.

"수술해서 배에 구멍을 내면 그리로 오로라가 빠져나가 버리잖아! 오로라가 빠져나간 인간은 텅 빈 그릇일 뿐이야. 내 딸을 그런 무의미한 고깃덩어리로 만들다니, 절대 용납할 수 없어요."

지리멸렬한 설명을 들으며 미오는 자신이 큰 착각을 했다는 것을 깨달았다. 이 사람은 딸을 위해 수술을 거부하는 것이 아니다. 아마도 무언가 신흥종교를 맹신한 나머지 그 어처구니없는 교리를 지키기 위해, 더 나아가 자기 자신의 신앙심을 지키기 위해 수술을 거부하는 거다. 그렇다면 이미 버린 딸의 치료에 이상하리만치 집착하는 이 여자의 종잡을 수 없는 행동에도 일관성이 있어 보인다.

하지만 어떻게 하면 좋을까? 어떻게 해야 이 엄마의 '마음에 다가서고' 딸의 수술에 동의하게 만들 수 있을까.

이미 딸의 증상과 치료에 대한 흥미를 잃었는지 공허한 눈으로 끝없이 '교리'에 대해 이야기하는 사나에가 미오에게는 의사소통이 불가능한 괴물로밖에 보이지 않았다.

"죄송합니다……. 실패했어요……."

철제 의자에 걸터앉은 미오는 고개를 떨군 채 힘없이 사과했다. 다마노 사나에를 설득하는데 실패한 미오는 간호 스테이션으로 돌아온 후 기다리고 있던 류자키, 레이카와 함께 설명실로 향했다. 거기서 사나에와 나눈 이야기를 자세히 설명했다.

"저는…… 사나에 씨와 '마음으로 소통'할 수가 없었습니다."

초점 없는 눈으로 끝없이 '교리'를 이야기하는 사나에와 마주한 시간은 마치 거대한 파충류와 대치하는 듯한 느낌이었다.

"아니야, 잘했어. 수술을 거부하는 이유를 알아낸 것만으로도 큰 성과야."

테이블을 사이에 두고 마주 앉은 류자키가 팔짱을 꼈다.

"배에 오로라가 있어서 수술을 거부한다는 건 '오로라의 뜻'이라는 신흥종교네." 하고 레이카가 중얼거렸다.

"아세요?"

의자에서 몸을 일으킨 미오의 얼굴 앞에 레이카는 스마트폰을 들어 보였다. 거기에는 「당신도 오로라의 뜻에 귀를 기울이지 않겠습니까?」라는, 현란하기 짝이 없는 글자가 적힌 홈페이지가 표시되어 있었다.

"그리 크진 않지만 여러 가지로 말썽을 일으키고 있는 종교단체예요. 원래는 신자에게 거액의 기부를 받아 낸 게 문제가 됐었는데 이삼 년 전부터 의료 현장에서 말썽을 일으키는 일이 잦아졌어요."

"의료 현장의 말썽이란 게 이번처럼 수술을 거부하는 일인가요?"

"뭐, 그것도 있지만 대부분 성인들의 수술 거부이다 보니 그 자체는 큰 문제가 되진 않아요. 위험성을 알린 연후에 환자 본인이 거부한다면 그건 자기 책임이니까. 문제는 타인의 치료법에도 간섭하려 드는 일이죠."

"타인의?" 미오가 되묻자 레이카는 고개를 끄덕였다.

"네, 맞아요. 암 진단을 받은 환자에게 연락을 취해서는 '수술은 위험하다'고 꼬드기고 '이걸 마시면 수술 같은 거 하지 않아도 낫는다'면서 수상쩍은 고가의 물을 파는 식이에요. 흔히 있는 암 치료를 빙자한 사기죠. 다만 그걸 믿고 치료 가능한 암 수술을 거부함으로써 결국 암이 진행되어 죽어 가는 사람도 적지 않아요."

"심하네……." 미오는 콧잔등을 찌푸렸다.

"문제는 교주나 간부는 한낱 사기꾼에 불과하지만 말단 신자들은 진심으로 '오로라'를 믿는다는 거죠. 교주에게 상당한 카리스마가 있는지 열성적이고 과격한 신자가 많은 모양이에요. 특히 영적인 것이라든지 건강식품에 관심이 많은 중년 여성 중에. 그 사람들은 출가와 같은 느낌으로 교단 시설에서 집단생활을 하고 있다는 소문."

"……그만 됐어." 류자키가 딱딱한 목소리로 말을 끊었다.

"중요한 건 그 엄마가 결코 딸의 수술을 인정하지 않는다는 것. 그리고 수술하지 않으면 사요코는 수일 내에 목숨을 잃는다는 거야."

"그렇죠. 음, 이런 경우는 어떻게 됐더라……."

미오가 손으로 이마를 짚자 레이카가 대답했다.

"이번 케이스는 의료적 방임으로 학대의 일종이라서 수술은 가능할 거예요. 다만 정식 절차가 필요해요. 그 절차를 생략하고 수술하면 관계자는 상해죄로 기소될 수 있어요."

"상해죄……. 병이 나아도 말인가요……."

"맞아요. 설령 적절한 의료 행위일지라도 환자 혹은 그 대리인이 거절한 처치를 하게 되면 전부 범죄가 돼요. 그래서 이번처럼 아이에게 필요한 의료를 부모가 거부하는 경우는 우선 아동상담소에 연락하여 그곳에서 가정법원에 친권 정지 재판을 청구하고, 법원의 결정 내용 통지서를……."

"그만큼 기다릴 수 있다고 생각해? 오늘은 토요일이야. 법원은 주말에 결정을 내지 않아. 기다리는 동안 사요코의 충수는 터질 거야."

류자키 말에 레이카는 고개를 끄덕였다.

"확실히 그렇죠. 그래서 이번엔 일반적인 친권 정지 처분을 기다리는 게 아니라 아동복지법에 근거한 긴급 조치를 신청할 겁니다. 그렇게 해서 아동의 생명·신체의 안전 확보를 위해 긴급 조치가 필요하다고 인정받았을 때는 친권자의 뜻에 반하더라도 아동상담소장의 동의에 의해 의료 조치를 취할 수 있다고 규정하고 있으니까."

"그럼 당장 그렇게 하죠!" 미오가 힘주어 말했다.

"네, 좀 있으면 아침이니까 제가 아동상담소에 연락해서 될 수 있는 한 빨리 아동상담소장의 동의를 얻을 수 있도록 할게요. 다만……."

레이카는 옆에 앉은 류자키를 본다.

"그때까지는 아무것도 하지 말아 주세요. 자칫 잘못하면 선배뿐만 아니라 이 통합외과의 스캔들로 번질 수 있습니다. 많은 유명인이 수술받는 통합외과에서 말썽이 생기면 매스컴이 냄새를 맡고 올 겁니다. 무슨 말인지 아시죠?"

"……어, 알고 있어." 류자키는 조용히 대답했다.

"저는 즉시 아동상담소에 연락할 준비를 하겠습니다. 설령 수술이 가능하더라도 오늘 저녁 이후일 터. 그러니 두 사람 다 일단 집에 돌아가 푹 쉬어요."

그 말을 남기고 레이카가 방을 나갔다. 류자키와 둘이 남겨진 미오는 찜찜한 기분을 안은 채 정면으로 시선을 옮겼다. 테이블 위에 놓인 류자키의 움켜쥔 주먹은 가늘게 떨리고 있었다.

5

눈꺼풀을 들어 올리자 익숙한 천장이 보였다. 미오는 이불 밖으로 손을 뻗어 머리맡에 놓인 시계를 집어 들었다. 시곗바늘이 8시를 가리키고 있었다.

8시?! 서둘러 출근 준비를 해야 해! 튕기듯이 이부자리에서 몸을 일으킨 미오는 커튼이 쳐진 창문 너머로 햇살이 전혀 비쳐들지 않는 것을 깨달았다. 고개를 갸우뚱하면서 커튼을 젖히자 바깥이 어두웠다.

……밤? 유난히 무거운 머리를 흔들자 생각에 걸려 있던 안개가 걷힌다.

아, 그런가. 병원에서 돌아와 자고 있었던 건가……. 미오는 긴 한숨을 내쉬었다.

날이 밝기 전 다마노 사나에와 이야기를 마친 미오는 레이카의 권유대로 집에 돌아와 잠을 청했다. 한숨도 못 자고 자동차 정비소에서 망을 본 데다 의사로서 사나에와 이야기하는 농밀한 밤을 보낸 터라 지칠 대로 지쳐 있었다. 될 수 있는 한 빨리 잠들어 몸과 마음을 쉬고 싶었다. 하지만 흥분한 뇌는 잠에 드는 것을 용납하지 않았다.

덫에 걸려 정비소에 모인 동료들, 거침없이 '오로라'에 대해 이야기하던 사나에, 환자로부터 남몰래 돈을 받아 챙기는 쓰보쿠라, 그리고 빗속에서 피를 흘리며 쓰러져 있는 언니. 눈을 감으면 그러한 광경들이 차례차례 눈꺼풀 안쪽에 떠오르며 정신을 갉아먹었다.

정오가 지나도록 잠을 이루지 못한 채 괴로워하던 미오는 기다시피 이부자리를 빠져나오더니 항불안제와 수면제를 동시에 최대용량으로 복용하고 기절하듯 잠이 들었다.

머리가 무거운 게 당연했다. 항불안제와 수면제를 그만큼 먹었으니. 미오는 휘청휘청 불안한 걸음을 내디디며 냉장고에 다가가 차가운 생수를 꺼내 목구멍에 흘려 넣었다. 500밀리리터를 단숨에 비우고 숨을 크게 내쉰다. 충분한 수면을 취한 덕분에 몸도 뇌도 기진맥진한 상태에서 꽤 많이 회복되었다.

그건 그렇고 이제 어떻게 하지…….

이 방을 헤집어 놓은 범인은 알아냈다. 더욱이 언니를 죽였을 가능성이 높은 남자에게까지 다다랐다. 그러나 쓰보쿠라가 언니를 죽인 범인이라는 증거는 없다. 동료 세 사람을 고발하면 다치바나가 쓰보쿠라를 체포, 적어도 심문하는 일은 가능하지만 엔도의 어린 딸을 생각하면 그렇게 할 수도 없다. 사태가 단숨에 진전되었지만 그 끝에 기다리고 있던 건 막다른 골목이었다.

역시 가장 큰 걸림돌은 언니가 남겼다는 데이터를 찾을 수 없다는 점이다. 쓰보쿠라의 횡령 증거가 담긴 그 데이터를 의국 책임자인 히가미에게 건네 경찰에 고발하도록 하면 모든 진상이 밝혀질 터이지만 문제는 그 데이터가 어디에 있는지, 아니 그게 실제로 존재하는지조차 확실치 않다. 도대체 어떻게 해야 하나…….

생각의 미로에 빠진 미오는 문득 벽을 본다. 벽이 얇은 탓에 평소 같으면 그 너머에 있는 류자키의 방에서 희미하게 들려올 생활 소음이 전혀 들리지 않았다.

어쩌면 류자키는 집에 돌아오지 않은 채 줄곧 병원에 있는 걸까? 충수염으로 고생하고 있는 여자아이에 대한 류자키의 마음을 생각하면 그럴 가능성이 높아 보인다.

반나절 전에는 레이카가 아동상담소에 연락을 넣었을 터이다. 상담소 소장으로부터 의료 조치에 대한 동의를 받아 냈을까? 그 여자아이의 수술은 이루어진 걸까?

그때 미오는 낮은 탁자에 놓여 있는 스마트폰의 램프가 깜박거리는 것을 깨달았다. 아마도 누군가로부터 전화가 온 모양인데 다마노 사나에와 이야기할 때부터 매너모드로 해 둔 탓에 알아채지 못했다.

스마트폰을 집어 들어 확인해 보니 30분쯤 전에 류자키로부터 걸려 온 부재중전화 한 통과 음성 메시지가 남아 있었다. 불길한 예감을 느끼면서 미오는 음성 메시지를 재생했다.
「와 줘……. 부탁이야. 이걸 들으면 병원으로 와 줘…….」
고뇌에 찬 류자키의 목소리가 들려온다.
이렇게 돼서 미안해. 정말 미안해.
언니가 목숨을 잃기 직전 남긴 음성 메시지가 귓가에 되살아나며 심장이 쿵쾅거리기 시작했다.
뭔가 일이 발생했다. 뭔가 좋지 않은 일. 잠옷 차림이던 미오는 벗어던져 둔 블라우스와 청바지로 서둘러 갈아입고 현관으로 달려갔다.

"레이카 선생님!"
5층 병동의 간호 스테이션에 도착한 미오가 말을 걸자 의자에 앉은 레이카가 천천히 이쪽을 바라보았다. 늘 씩씩해 보이던 얼굴에 표정근이 늘어지고 무거운 피로의 빛이 새겨져 있었다. 눈 밑은 아이섀도를 그린 것처럼 짙은 다크서클이 내려앉았다. 아마도 오늘 아침부터 퇴근은커녕 잠도 못 잤으리라.
"아, 사쿠라바 씨. 어쩐 일이에요?"
레이카가 패기 없는 목소리로 물었다.
순간 류자키의 호출을 받고 왔다고 말하려다 혀끝까지 나온 말을 미오는 꿀꺽 삼켰다.
"사요코 문제가 어떻게 됐는지 궁금해서……."
"이래저래 엉망진창이에요……." 레이카는 힘없이 고개를 흔들었다.
"엉망진창? 아동상담소에는 이야기해 보신 거죠?"

"네, 물론. 사태를 무겁게 본 소장이 직접 찾아와서 증상을 듣고 아이 엄마도 만났어요. 뭐, 그 엄마는 극도로 흥분해서 악을 써 댈 뿐이었지만……."

레이카가 힘없이 웃음을 짓는다.

"덕분에 상황이 어느 정도 심각한지 이해하고, 아동복지법에 따른 의료 조치에 동의해 주기로 되었어요."

"그렇다면 문제될 게 없는 거 아닌가요?"

"네, 모두 긴급 수술 준비에 들어갔죠. 다음은 아동상담소 소장이 정식으로 판단을 내리기만 하면 되는 단계에 이르렀는데 변호사가 나타난 거예요."

"변호사?"

"네, '오로라의 뜻'의 고문 변호사. 그 변호사가 소장과 우리 병원을 협박했어요. 만약 수술을 했다가는 바로 민형사상 책임을 물을 것이며 아이를 납치해 배를 갈랐다고 모든 언론매체에 고발한다고……."

"말도 안 돼……. 우리는 어디까지나 법률에 근거한 대응이잖아요."

"물론이죠. 하지만 절차상 문제가 없다고 해서 매스컴이 조용할 리 없어요. 특히 일본 최고의 외과의사 집단으로서 유명한 통합외과의, 그것도 신의 손으로 유명한 류자키 선배가 연루된 일이 되면 이때다 싶어 흥미 위주로 다룰 매스컴은 얼마든지 있죠."

"참 나. 그럼 어떻게 됐어요?"

"변호사에게 협박당한 소장은 신중해져서 후생노동성[35] 등에 연락을 취해 협의해 나가기로 했어요. 게다가 우리 의국의 스캔들로 번질 수

---

35) 한국의 보건복지부, 고용노동부에 해당되는 일본의 행정조직

있다는 점에서 의국장이 나서는 바람에 일이 더더욱 번거롭게 됐어요."
"의국장…… 쓰보쿠라 의국장이……."
미오의 표정이 굳는 것을 알아차렸는지 레이카가 "왜 그래요?" 하고 묻는다.
"아니…… 아무것도 아니에요. 그래서 의국장은 뭐래요?"
"그 사람은 무사안일주의라서. 사요코를 다른 병원으로 옮기라는 말까지 꺼냈어요. '오로라의 뜻'의 입김이 작용하는 작은 병원 같은 데도 있을 테고."
"그런 곳으로 옮긴다면 사요코는……."
"네, 수일 내에 사망하게 되겠죠. 의국장에게는 아이의 생명보다 통합외과를 지키는 일이 훨씬 중요한 거예요."
"그건 너무 심하잖아요! 열 살 아이의 생명을 희생해도 되는 건가요?"
"저랑 엮지 말아요. 저는 의국장과 달리 그 아이를 다른 병원으로 옮길 마음 같은 건 없으니까. 될 수 있는 한 빨리 정식 절차를 밟아 그 아이를 수술할 수 있게 최선을 다하고 있어요."
"제때 할 수 있을까요? 그 전에 사요코의 충수가 터지면……."
"모르겠어요……."
레이카는 머리를 감쌌다. 그 딱한 모습에 죄책감이 일었다.
"미안해요. 레이카 선생님 탓이 아닌데……. 좀 쉬세요, 선생님."
레이카에게 말을 건네고 미오는 간호 스테이션을 나왔다. 상황은 이해됐다. 이제는 류자키를 찾아야 한다. 이 꽉 막힌 상황을 어떻게든 해결하기 위해 나를 부른 거니까.
복도를 나아가던 미오는 정면에서 걸어오는 인물을 알아차리고 숨이 멎는다. 통합외과 의국장인 쓰보쿠라가 기름기 도는 얼굴에 홍조를 띤 채 성큼성큼 이쪽을 향해 걸어오고 있었다.

저 남자가 언니를……. 현기증이 날 정도로 분노가 치솟은 나머지 시야가 뻘겋게 물드는 느낌이다.

"……뭐야, 당신."

앞을 가로막듯이 복도에 선 미오에게 가까이 다가온 쓰보쿠라는 얼굴을 찡그렸다. 미오는 입을 꾹 다문 채 쓰보쿠라를 계속 노려보았다. 입을 열면 절규하고 말 것만 같았다. 잇몸이 보일 정도로 입술을 일그러뜨리는 미오의 기에 눌렸는지 쓰보쿠라는 웃?! 하고 살짝 몸을 젖히더니 미오 옆을 지나쳐 도망치듯 가 버렸다.

저 남자가 한 짓을 반드시 까발려 주마. 그렇게 다짐했을 때 "이쪽이야" 하는 목소리가 들려왔다. 소리 나는 쪽을 보니 불 꺼진 환담실 안쪽 자리로 사람 그림자가 보였다.

"이런 데서 뭘 하고 계세요?"

환담실로 들어간 미오는 그곳에 혼자 우두커니 서 있는 류자키에게 말을 건넸다. 낮에는 많은 환자가 문병객과 이야기를 나누는 이 공간도 소등 시간이 지난 지금은 어둡고 조용하다.

"상황은 들었고?" 류자키가 되레 질문했다.

"네, 레이카 선생님한테서 들었습니다. ……사요코의 상태는 어떤가요?"

"항생제와 해열 진통제를 투여하고 있지만 상당한 발열과 복통을 호소하는 모양이야."

미오는 입술을 깨문다. 항생제를 투여하고 있는데도 증상이 악화된다는 건 약이 세균 증식을 억제하지 못한다는 거다. 외과적으로 화농이 진행되고 있는 충수를 절제하지 못한다면 머지않아 치명적인 상황이 닥칠 터이다.

"그 말인즉, 선생님은 들여다보지 못한 건가요?"

"어, 아이 엄마가 그 1인실에 틀어박힌 채 내 면회를 완전히 거부하고 있어. 나는 사요코를 치료하기는커녕 말 한마디 걸어 볼 수도 없어."

류자키는 주먹으로 테이블을 내리쳤다. 무거운 소리가 환담실에 울려 퍼졌다.

"사요코는 틀림없이 살아날 거예요. 류자키 선생님이 살려 낼 수 있어요."

"그래, 맞아. 사요코는 반드시 내가 살려 낸다."

류자키가 천천히 일어났다. 그러더니 미오의 양어깨를 덥석 잡았다.

"그러려면 당신 힘이 필요해. 협조해 줄 수 있어?"

"제 협조가? 무, 물론 제가 할 수 있는 일이라면 뭐든지 하겠지만……."

대체 내가 뭘 할 수 있다는 거지? 난감해하는 미오에게 류자키가 조용히 말했다.

"그 엄마를, 사요코의 목숨을 위험에 노출시키고 있는 여자를 병실에서 데리고 나와 줘."

"아이 엄마를…… 병실에서 데리고 나오라고요?"

"그래. 한 시간, 아니 삼십 분도 상관없어. 그 여자를 사요코한테서 떼어놔 줘."

"사나에 씨를 병실에서 데리고 나오면…… 류자키 선생님은 뭘 하실 생각인데요?"

대답은 알고 있었다. 그래도 묻지 않을 수 없었다.

"……모르는 게 좋아."

"안 돼요!" 미오의 목소리가 뒤집어진다.

"이상한 짓을 했다간 정말로 경찰에 잡혀가요. 자칫 잘못하면 의사 면허가 날아간다고요."

"상관없어."

한 치의 망설임도 없이 즉답한 류자키 앞에서 미오는 할 말을 잃는다.

"상관없다니…… 의사 면허가 박탈되면 수술을 못 하게 돼요. 어머니가 돌아가신 후로 내내 고생해서 익힌 기술을 더 이상 쓸 수 없게 된단 말입니다."

"알고 있어. 그래도 상관없다고 말하는 거야."

"무슨 말을 하는 겁니까! 선생님은 앞으로 그 손으로 몇천, 몇만 명의 환자를 구할 수 있어요. 그 사람들을 내버려 둘 작정입니까?!"

따져 묻는 미오를 류자키가 똑바로 응시한다.

"메스를 내려놓고 간호조무사로서 일하는 당신은, 장래의 환자를 내버려 둔 건가?"

"그건……." 미오의 말문이 막힌다.

"설령 내가 수술하지 않더라도 그 환자들은 다른 외과의사의 수술을 받을 수 있겠지. 장래의 환자들을 살릴 수 있는 우수한 외과의사는 전 세계에 많이 있어."

거기서 말을 끊은 류자키는 크게 한숨을 내쉰 후 말을 이었다.

"하지만 사요코를 살릴 수 있는 외과의사는 나뿐이야."

지금껏 본 적 없을 정도로 부드럽게 미소 짓는 류자키를 미오는 계속 응시한다.

"유일한 가족인 어머니를 살리지 못했기 때문에 외과의사가 되고 싶었고, 피나는 훈련을 거듭한 끝에 최고의 기술을 습득했어. 그 기술을 갖고 있는데 또다시 가족을 내버려 둔다면 내 인생은 무의미했다는 것이 돼. 그러니 이번에는 무슨 일이 있어도 내 가족을 살릴 수 있게 해 줘. 그날 이후의 노력이, 그날 이후의 내 인생이 헛되지 않았다고 증명할 수 있게 해 줘!"

류자키는 두 무릎을 꿇더니 머리를 조아리려 들었다.

"이러지 마세요!"

미오의 날카로운 목소리가 류자키의 움직임을 멈췄다. 얼굴을 든 류자키가 치뜬 눈으로 바라본다.

"머리를 조아려 가며 무턱대고 부탁하다니 비겁해요. 저는 받아들일 수 없습니다."

불에 그슬린 설탕 공예처럼 류자키의 표정이 맥없이 일그러지는 것을 보며 미오는 말을 잇는다.

"저도 사요코를 살리고 싶어요. 그러니 제 스스로 판단해서 해야 할 일을 하겠습니다."

"당신……."

멍하니 중얼거리는 류자키에게 웃어 보인 미오는 몸을 휙 돌려 걸음을 내디뎠다. 환담실을 뒤로하고 발소리를 울리면서 복도를 나아간다.

더 이상의 망설임은 없다. 류자키 선생님은 모든 것을 받아들인 연후에 마음을 정한 거다. 그렇다면 나도 각오를 다져야 한다. 그가 '가족'을 살리려면 내 협조가 꼭 필요한 거니까. 나나 류자키 선생님이나 '가족'을 잃는 바람에 큰 트라우마를 입었다. 그 결과 그는 기술을 추구하고 나는 기술을 버렸다. 역시 나와 그는 동전의 앞뒷면이다.

류자키 선생님은 언니 사건의 진상을 밝히고 내가 트라우마에서 벗어날 수 있도록 힘을 빌려주었다. 그렇다면 나도 그가 '가족'을 구하고 이십 년 이상 묶여 있던 트라우마에서 벗어날 수 있게 도와야 한다. 사요코의 병실 앞까지 다다른 미오는 몇 차례 심호흡을 한 후 노크한 뒤 문을 열고 병실로 들어섰다.

소파에 누워 독서등을 켠 채 책을 읽고 있던 사나에가 "누구?!" 하고 벌떡 일어났다.

딸이 누워 있는 침대 앞으로 이동한 사나에는 몸의 중심을 낮춘 채 이쪽을 노려본다. 흡사 자기 자식을 지키려는 야생동물처럼 느껴졌다.

하지만 이 사람이 지키려는 것은 자식이 아니다. 맹신하고 있는 '교리', 심지어 거기에 인생 전부를 걸고 있는 자기 자신이다.

"놀라게 해서 죄송합니다. 오늘 아침, 말씀 여쭈었던 사쿠라바 미오입니다."

미오는 사나에를 자극하지 않도록 느긋한 어조로 말을 걸었다.

"사쿠라바······? 아, 아침의 그 선생님." 사나에의 경계심이 다소 옅어졌다.

"네, 따님의 용태가 걱정돼서. 좀 봐도 괜찮을까요?"

미오가 천천히 다가가자 사나에는 머뭇거리면서도 "네, 뭐······" 하고 고개를 끄덕였다.

몸을 웅크린 채 침대에 누운 사요코를 본 미오는 새어 나오려는 신음을 필사적으로 삼켰다. 아침에 봤을 때보다도 눈에 띄게 증세가 악화됐다. 열이 나는데도 얼굴이 창백하고 천장을 올려다보는 눈은 공허하고 탁했다. 호흡은 거칠고 천식 발작이라도 일으키는가 싶은 소리가 목구멍에서 울리고 있다.

"좀처럼 좋아지지 않아서······. 하지만 그렇다고 갑자기 아동상담소 소장인지 뭔지가 찾아와서 내가 학대하고 있다느니 말도 안 되는 소리를 마구 지껄이지 뭐예요."

말도 안 되는 소리가 아니다. 의료 방임은 엄연한 학대다. 미오는 어금니를 빠드득 갈았다.
"그래서 이대로 가면 수술 당할 것 같아서 부랴부랴 교단 변호사 선생님에게 연락했죠. 그랬더니 선생님이 나와 사요코를 확실하게 지켜줬어요."
"큰일 날 뻔했네요. 역시 변호사님은 의지가 되네요."
미오의 대사를 들은 사나에의 표정이 밝아졌다.
"그죠. 이해해 주는 거예요?"
"당연하죠. 환자분이나 가족에게 제대로 설명한 연후에 치료법을 선택하도록 한다. 그게 올바른 자세예요. 수술을 강요하다니 용납할 수 없습니다."
고개를 끄덕이면서 미오는 가슴이 욱신욱신 쑤셨다. 나는 언니에게 수술을 강요했던 건 아닐까? 언니의 죽음이 자살이 아니었다 해도 수술을 강요한 죄는 사라질 수 없는 게 아닐까.
"그러게요. 역시 그 외과의사들 이상하죠?"
"네, 이상해요. 게다가 이 세상의 목숨을 보존하기보다 마지막 순간까지 오로라를 몸에 간직하는 게 더 중요한 거죠."
"맞아, 바로 그거예요!"
솔깃해하는 사나에의 모습을 본 미오는 소파 옆에 있는 낮은 테이블로 슬쩍 시선을 옮겼다. 테이블 위에는 좀 전까지 사나에가 읽고 있던 책이 놓여 있었다. 미오는 테이블에 다가가 그 책을 집어 들었다.
"『오로라와의 해후』, 이게 사나에 씨가 말한 '교리'에 관한 책인가요?"
"네, 맞아요. 혹시 관심 있어요?" 사나에의 눈이 반짝하고 빛났다.
걸려들었다! 미오는 내심 쾌재를 부르며 적극성을 보였다.

"네, 아침에 이야기를 들은 후로 내내 궁금했어요. 저어, 사나에 씨."
미오는 목소리를 낮춘다.
"'오로라의 뜻', 저도 그곳의 신자가 될 수 있을까요?"
"네, 물론이죠!" 사나에의 목소리가 한껏 들뜬다.
"앗, 큰 소리 내지 말아 주세요. 병실에서 목소리가 들리면 간호사가 들여다보러 오거든요. 제가 입교를 생각하고 있다는 건 아직 비밀로 해 두고 싶어요."
사나에는 "그렇죠……" 하고 시선을 이리저리 돌렸다.
"설명실로 이동하시죠. 거기라면 아무에게도 들리지 않게 차분히 이야기할 수 있어요. '오로라의 뜻'에 대해 될 수 있는 한 자세히 가르쳐 주셨으면 합니다."
사나에는 "하지만……" 하고 침대에 시선을 준다.
"괜찮아요. 변호사 선생님이 확실하게 대응했는데 외과의사들이 함부로 수술할 수는 없어요. 그런 짓을 했다간 범법자가 되어 일을 못 하게 될 수도 있거든요. 그런 위험을 무릅쓰면서까지 수술할 의사가 있다고 보세요?"
사나에는 십여 초, 심각한 얼굴로 골똘히 생각한 후 "있을 리 없겠죠" 하고 표정을 누그러뜨렸다.
네, 있을 리 없죠. 평범한 외과의사라면 그런 어리석은 짓은 절대 하지 않아요. 하지만 그 사람은 평범하지 않아…….
미오는 속으로 읊조린 후 "가시죠" 하고 사나에를 재촉했다. 사나에는 침대에 누운 딸에게 눈길 한 번 주는 일 없이 "네, 가시죠" 하고 가벼운 발걸음으로 병실을 나갔다.
미오와 함께 좀 떨어져 있는 설명실까지 이동해 의자에 앉기 무섭게 사나에는 '오로라의 뜻'이 얼마나 멋진 것인지 이야기하기 시작했다. 흥분으로 얼굴이 상기된 사나에의 연설과도 같은 열정적인 설명을 흘려들으면서 미오는 시간이 지나가길 기다렸다.

"여기까지 이해 안 되는 부분 있어요? 궁금한 거 있으면 뭐든 물어봐요."

30분 넘게 거침없이 이야기한 사나에는 이마에 밴 땀을 닦았다. 시간을 더 끌기 위해 미오가 적당한 질문을 입에 올리려 했을 때 바깥 복도에서 누군가가 달리는 소리와 함께 초조한 목소리가 들려왔다.

"아무 데도 없어! 어떻게 된 거지? 혼자서는 움직일 수 없는데!"

들렸다. 얼굴이 굳어진 미오 앞에서 사나에가 "웬 소란이지?" 하고 고개를 갸웃한다.

"아마 입원 환자가 무단 외출을 한 모양이에요. 치매 환자라든지 집에 돌아가려고 병원을 빠져나가는 일이 가끔 있지요."

미오는 필사적으로 둘러댔지만 문 너머로 들려오는 소란은 점점 커졌다. 복도를 오가는 사람들의 발소리도 점차 늘어갔다.

"모친도 없어?! 설마 그 상태인 딸을 데리고 간 건 아니겠지!"

레이카의 목소리인 듯한 소리가 들려온 순간, 사나에가 눈을 부릅뜨고 벌떡 일어나 출입문을 향해 달렸다. 미오는 황급히 그 뒤를 쫓았다.

"무슨 일이야? 사요코는 어디 있는데?!"

문을 연 사나에가 새된 목소리로 소리쳤다. 복도에 있던 간호사들과 레이카가 일제히 돌아보았다.

"사나에 씨?! 따님 어딨어요? 같이 있나요?"

레이카가 빠르게 묻자 사나에는 머리카락을 흩뜨리듯이 고개를 좌우로 흔들었다.

"내 딸은 병실에 있어야 하잖아! 난 줄곧 이 선생님과 이야기 중이었다고!"

사나에가 등 뒤에 서 있는 미오를 가리키자 레이카의 표정이 일그러졌다. 아마도 무언가 일이 일어나고 있음을 눈치챈 것이다.

"수술장에 연락해서 예정에 없는 긴급 수술이 진행되고 있는지 당장 확인해요!"

레이카에게 지시받은 간호사가 "아, 네!" 하고 간호 스테이션으로 달려갔다.

"수술장이라니 무슨 소리야?! 사요코를 어디로 데려갔냐고!"

사나에가 비명 같은 소리를 질렀을 때 엘리베이터에서 땡 하는 전자음이 들려왔다. 문이 열리고 수술복 위에 흰 가운을 걸친 류자키가 이동 침대와 함께 엘리베이터에서 내렸다. 모두가 굳은 가운데 류자키는 말없이 이동 침대를 밀고 이쪽으로 다가왔다. 바퀴 구르는 소리가 어둑어둑한 복도에 유난히 크게 울려 퍼졌다.

"사요코!"

딸이 실려 있는 것을 알아차린 사나에가 날카롭게 소리치며 이동 침대로 다가갔다.

"당신, 우리 딸한테 무슨 짓을 한 거야! 이건 유괴야! 유괴!"

사나에가 류자키의 코앞에다 삿대질을 해 댔지만 류자키는 묵살했다. 미오도 이동 침대에 다가가 누운 사요코의 모습을 관찰했다. 아까까지 고통으로 일그러져 있던 얼굴은 평온해 보이고, 혈색이 돌아왔다. 가쁜 숨소리는 조용하고 규칙적인 숨소리로 바뀌어 있었다.

사나운 표정의 레이카가 낮은 목소리로 물었다.

"……류자키 선배, 한 거예요?"

"하다니, 뭘?"

이상한 듯 중얼거린 사나에는 다음 순간, 헉! 하고 숨을 들이켜는가 싶더니 딸의 몸에 덮여 있는 모포를 벗겨 내고 환자복을 걷어 올렸다.

"아아아아……."

비통한 신음을 흘린 사나에가 그 자리에 무너져 내린다. 사요코의 우측 하복부, 충수가 있는 위치에는 몇 센티미터 크기의 상처가 나 있었다.

"당신, 수술한 거네……. 아, 오로라가……. 맙소사……. 이제……."

"이제 사요코는 살았어."

류자키가 조용히 알리자, 사나에의 두 눈에 증오의 불꽃이 타올랐다.

"용서 못 해! 절대 용서 못 해! 당신 고소할 거야! 매스컴에도 알리고 당신 인생을 엉망으로 만들어 주겠어. 두 번 다시 수술 따위 할 수 없게 만들어 주겠어!"

몸을 일으킨 사나에는 불안불안한 걸음걸이로 엘리베이터 홀로 향하더니 그대로 엘리베이터를 타고 가 버렸다.

"딸을 두고 가는 건가……." 미오는 조그맣게 중얼거렸다.

사나에에게는 수술을 받고 '오로라'가 빠져나간 딸은 가치가 없는 걸까. 그 대신 레이카가 류자키 앞을 가로막아 섰다.

"이로써 매스컴이 이 병원에 쇄도할 거예요. 통합외과 브랜드의 위상이 땅에 떨어지는 겁니다."

눈앞까지 온 레이카의 힐문에 "어, 그럴지도" 하고 류자키가 수긍했다. 다음 순간, 레이카의 손바닥이 류자키의 옆얼굴을 힘껏 후려쳤다. 파열하는 듯한 소리가 근방에 울려 퍼진다.

"뭐가 '그럴지도'인데! 당신, 자기가 무슨 짓을 저질렀는지 알고 있는 거야?!"

"어, 알고 있어. 잘 알고 있어."

류자키는 입술에 배어 나오는 피를 엄지로 닦아낸 후 행복한 듯이, 진심으로 행복한 듯이 미소 지었다.

"난 이번엔 진짜 '가족'을 구할 수 있었어."

6

"안녕하세요. 사요코의 상태는 어때요?"

이튿날인 일요일 오전 10시가 지난 시각, 사요코의 병실에 들어선 미오는 침대 옆에 놓인 의자에 앉아 있는 류자키에게 말을 건넸다.

"잘 자고 있어. 밤에 한 번 깼는데 체력 소모가 꽤 많았던 모양이야, 다시 금세 잠들었어. 지금은 열도 내리고."

미소 지은 류자키는 작은 숨소리를 내고 있는 사요코를 자애 가득한 눈으로 바라보았다.

아, 류자키 선생님은 트라우마를 극복했구나. 씌었던 귀신이 떨어져 나간 양 온화한 표정을 띠고 있는 류자키를 보자 살짝 질투가 났다.

지난밤, 류자키가 허가 없이 수술을 진행한 일로 인해 5층 병동은 큰 소동이 일었다. 레이카는 곧바로 관리 당직을 서고 있던 병원 부원장을 불러냈고 상황을 들은 부원장은 새파랗게 질린 얼굴로 곧장 원장에게 연락해 긴급 회의를 열었다.

일단 귀가한 미오는 하룻밤 쉬고 다시 병동에 돌아와 눈에 띄지 않게 간호조무사 유니폼으로 갈아입고 이 병실을 찾았다.

"그래서…… 병원의 대응은 어떻게 됐나요?"

"글쎄." 관심 밖이라는 듯이 류자키가 대꾸했다.

"나한테 처분 결정이 통달되는 건 마지막의 마지막. 지금은 상대의 대응을 기다릴 뿐이야. 형사고소, 민사소송 제기, 매스컴 제보, 제각기 대응하는 방법이 다르겠지."

류자키는 "아마도 전부 닥칠 일이겠지만" 하고 소리 죽인 웃음을 흘렸다.

"웃을 일이 아니에요. 정말로 의사 면허가 사라지면 어떡할 거예요?"

"글쎄, 어떡할까. 그때는 간호조무사라도 될까."

"농담할 때가 아니에요."

미오가 한숨을 내쉬자 류자키가 시선을 던졌다.

"그보다 그쪽 일은 어떻게 됐어? 정비소의 '함정'에는 누군가 걸려들었나?"

아, 그런가. 류자키에게는 아직 그날 밤의 전말을 전하지 못했다.

"실은……."

미오는 그날 밤 동료 세 사람이 정비소에 나타난 것, 그리고 의국장인 쓰보쿠라가 그 세 사람에게 언니의 데이터를 찾도록 의뢰했던 것을 대략 30분에 걸쳐 설명했다. 이야기를 다 들은 류자키는 팔짱을 낀 채 이마를 찌푸렸다.

"그렇군, 쓰보쿠라가 횡령을 했단 말이지. 돈 귀신 붙은 그 인간답네."

"류자키 선생님이 그런 말을 할 정도면 정말 대단한가 보네요."

이마를 한층 더 심하게 찌푸리는 류자키에게 미오는 "그 남자에 대해 알려 주세요" 하고 부탁했다.

"돈과 여자에 눈이 먼 속물이야. 수술 실력은 조금 부족하지만 실무 능력만큼은 뛰어나서 그 점을 높이 산 히가미 교수님이 의국장 자리에 앉혔지. 그 의국장 지위도 이용해서 푼돈을 벌고 있지만 뭐, 성가신 업무를 혼자 떠맡고 있으니 눈 감아 주는 거지."

"그렇다면 의국비쯤은 횡령해도 큰 문제가 안 되겠네요?"

"우리 의국을 우습게 보면 안 돼. 통합외과는 전문가 집단인 동시에 히가미 세포를 사용하는 만능면역세포요법을 확립한 히가미 교수가 이끄는 암 치료의 최첨단 치료연구 집단이기도 해. 특히 지금 히가미 교수가 사활을 걸고 연구 중인 옴스는 암 치료를 근본부터 바꿀 가능성을 지니고 있어. 많은 제약회사로부터 자금을 제공받고 있지."

"저를 오퍼레이터로 만들려는 그 장치 말씀이죠?"

"맞아. 히가미 교수님은 히가미 세포의 특허를 통해 얻은 막대한 이익의 대부분을 연구비로서 의국에 기부하고 있어. 만약 거기서 돈이 빠져나간다면 연구를 위험에 노출시키는 일이니 교수님은 격노할 거야."

"히가미 교수님을 화나게 한다면 쓰보쿠라 의국장에게는 치명적이겠네요."

"당연하지. 그 남자의 지금 지위는 전부 히가미 교수님의 뒷배가 있기 때문이야. 만약 교수님에게 버림받는다면 그 남자는 세이료 대학 관련 병원에 취직은 고사하고 외과의사로서 그 어디에도 발붙이기 힘들어질 거야. 아니, 그 전에 횡령범으로 잡혀가 콩밥을 먹게 될지도 모르지."

"그걸 막기 위해서라면 무슨 일이든 한다. 그거네요?"

미오가 확인하자 류자키는 "어, 맞아" 하고 고개를 끄덕였다.

"다만, 그 남자는 교활해. 틀림없이 횡령도 자신의 짓인지 알 수 없게 무언가로 위장하고 있을 터. 확실한 증거를 찾아내지 않는 한 교묘하게 둘러댈 거야. 당신 언니가 남겼다는 데이터 말인데, 진짜 짚이는 거 없어?"

"없어요. 열심히 생각했고 유품도 전부 뒤져 봤는데 나오지 않았어요."
"그렇다면 어쩔 도리가 없네."
류자키는 항복하는 듯이 두 손을 들어 보였다. 그때 복도 밖이 웅성거렸다.
"……생각보다 빨리 왔네." 류자키가 의자에서 일어나 출입구로 향했다.
"빨리 왔다고요?"
미오가 되물었을 때 미닫이문이 드르륵 열렸다. 그 안쪽에 서 있던 인물을 보고 미오는 눈을 휘둥그레 떴다.
"바쁘신 와중에 실례하겠습니다. 신주쿠서 형사과 다치바나 신야라고 합니다."
언니의 연인이었던 형사, 다치바나는 류자키와 마주하면서 은근히 무례한 태도로 자기소개를 하더니 경찰 수첩을 제시했다.
"선생께서 보호자 동의 없이 아이의 수술을 진행하고 상처를 입혔다는 신고에 이어 변호사로부터 고소장이 접수되었습니다. 이와 관련하여……."
"서까지 '임의' 동행하여 이야기하고 싶다는 거겠지." 류자키는 대담한 미소를 지었다.
"동행을 거부할 생각입니까?"
"아니, 그럴 생각은 없어요. 거부하면 당신들 계속 귀찮게 할 거잖아."
류자키는 "자, 갈까" 하고 복도를 나아간다.
"류자키 선생님." 따라가려던 미오 앞을 다치바나가 가로막아 섰다.
"다치바나 씨……."
"다마노 사나에 씨는 류자키 뿐만 아니라 너도 고소하려고 했어."

나지막하게 억누른 목소리로 다치바나가 꺼낸 대사에 미오는 굳어 버렸다.
"네가 '오로라의 뜻'에 관심 있는 척 모친을 꾀어 내고, 그 틈에 류자키가 아이의 배를 갈랐다면서."
"그렇게 하지 않았으면 사요코는 죽었어요!"
미오가 반론하자 다치바나는 입술 앞에 검지를 세우고 속삭이듯이 말했다.
"쓸데없는 말 하지 마. 그렇지 않으면 재판 때 증거 자료로 다뤄질지도 몰라."
"재판……." 자신이 피고인석에 앉아 있는 모습을 상상하니 몸이 떨린다.
"네가 공범이라는 증거는 없어서 류자키만 심문하기로 했어. 더 이상 이상한 짓 하지 말아 줘. 유이 볼 낯이 없어."
그 말을 남기고 다치바나는 떠나갔다. 널찍한 등을 지켜보던 미오는 다치바나가 유난히 류자키에게 적개심을 드러낸 이유를 깨달았다. 처제가 됐을지도 모를 자신을 류자키가 범죄에 끌어들인 것을 용서할 수 없는 거겠지.
앞으로 류자키는 어떻게 되는 걸까? 설마 정말로 수술을 못 하게 되는 걸까? 그만한 천재 외과의사가 메스를 다룰 수 없게 된다면 사회적으로 큰 손실이다. 그런 일이 있어서는 안 된다. 하지만 법적으로는…….
고민이 너무 많아 두통이 온 미오는 복도를 터벅터벅 걸어갔다. 아무도 없는 로커 룸에 들어가 로커를 열자 보스턴백이 눈에 들어왔다.
"아, 이거 갖고 가야지."
보스턴백을 꺼낸 미오는 무심코 지퍼를 열었다. 어제 사용한 의사 가운과 청진기가 들어 있었다. 미오는 청진기를 꺼내 귀에 장착했다.

언니가 떠난 이후 내내 가슴속이 텅 빈 기분이었다. 하지만 이 병원에 와서 간호조무사로 일하다 보니 어느새인가 허무감이 사라졌다.

지금 내 심장은 제대로 뛰고 있을까. 미오는 체스트피스로 불리는 집음부를 자신의 가슴에 대고 눈을 감았다. 덜커덕덜커덕하는 커다란 이음이 고막을 흔들었다. 미오는 반사적으로 귀에서 청진기를 뗐다.

"방금 이 소리는 뭐지……."

확실히 심장 소리는 아니다. 청진기가 고장 난 걸까? 미오는 체스트피스를 덮고 있는 진동판으로 불리는 플라스틱 막을 벗겨 봤다.

"뭐지, 이게……."

진동판 밑에는 새끼손가락 끝마디만 한 직사각형 판자가 들어 있었다.

"SD카드……."

소형 저장매체. 그것을 떨리는 손끝으로 집어낸 미오는 숨을 헐떡이면서 중얼거렸다.

"이게, 언니가 남긴 데이터……."

5. 각자의 선택

1

공기가 무겁다……. 간호조무사용 슬리퍼를 신은 자신의 발끝을 바라보면서 미오는 가볍게 몸을 옴쭉거렸다. 다치바나가 류자키를 데려간 이튿날 월요일 아침 8시 반, 미오는 간호조무사 대기실에서 이뤄지는 조례에 참석한 참이었다.

노도와도 같은 주말을 보내고 오늘부로 일상 업무로 돌아가야만 했지만, 지난주까지의 '일상'은 완전히 망가졌다. 지금 이 공간에서 함께 조례에 참석한 세 명의 동료 모두가 적으로 판명이 났으니 어쩔 수 없는 일이다.

"오후 세 시에 504호실에 모레 수술 예정인 환자분이 입원할 테니 그때까지 사쿠라바 씨, 베드 메이킹 부탁해요."

무척 조심스럽게 말을 걸어오는 에쓰코에게 미오는 될 수 있는 한 차갑게 사무적으로 대답했다. 에쓰코는 황급히 "그러면 다음은……" 하고 작은 소리로 나머지 지시 사항을 전달했다.

"음, 그럼 오늘 하루도 힘내서 열심히 해 봅시다."

에쓰코의 구호에 엔도와 와카나가 "네……" 하고 힘없이 대답한다. 세 사람을 차갑게 힐끗 쳐다본 후 미오는 말없이 간호조무사 대기실을 뒤로했다.

더 이상 여기서 일할 수는 없다. 다른 직장을 알아봐야 해. 하지만 그건 언니 사건의 진상을 밝히고 나서다. 미오는 가슴에 손을 얹었다.
전날 청진기에 숨겨진 SD카드를 발견하자마자 그녀는 저장된 데이터를 읽어 내려 시도했다. 집 컴퓨터에 SD카드를 밀어넣자 비밀번호를 요구하는 화면이 떴다. 언니의 생일이며 아는 번호를 몇 번이고 입력해 봤지만 전부 실패했다.
일정 횟수 이상 비밀번호 오류가 나면 파일이 삭제될지도 모른다. 미오는 파일 내용을 열람하는 것을 포기하고 통째로 히가미에게 건네 쓰보쿠라를 고발하기로 했다. 히가미라면 전문가를 고용해 비밀번호를 푸는 것도 가능할 것이다.
문제는 눈코 뜰 새 없이 바쁜 히가미 교수와 만날 약속을 어떻게 잡을 것인지, 그리고 히가미에게 건네기 전까지 SD카드를 어디에 보관할지였다.
고민 끝에 미오는 긴 끈을 단 작은 주머니에 SD카드를 넣어 몸에 지니기로 했다. 지금도 목에 건 끈 달린 주머니가 유니폼 안쪽 가슴팍에 매달려 있다.
강연이나 수술 지도를 위해 전국을 돌아다니는 데다 병원에 있을 때는 쓰보쿠라가 뒤를 따라다니는 경우가 많다 보니 히가미와 약속을 잡기는 쉽지 않다. 어떻게 하면 쓰보쿠라 모르게 히가미를 만날 수 있을까? 미오는 고민하면서 오전 업무를 소화했다.
정오 지나 점심 배식을 마친 미오는 문득 사요코의 병실 앞에서 발을 멈췄다. 벌써 시간이 이렇게 됐나. 그 여자아이는 어떻게 지내고 있을까? 잠시 망설인 후 노크를 하고 병실에 들어간 미오는 눈을 의심했다. 침대 옆에 놓인 철제 의자에 류자키가 앉아 있었다.
"아, 뭐야 당신이었어?"

미오를 본 류자키가 재미없다는 듯이 말했다.
"누구? 어? 전에 하바타키원 앞에 있던 언니?"
침대에서 살짝 몸을 일으킨 사요코가 미오를 알아보았다. 수술 전, 창백하고 괴로운 표정이 떠올라 있던 얼굴에 지금은 혈색이 돌아오고 붙임성 있는 미소까지 떠올라 있었다. 대량의 고름이 차 있던 충수를 절제하면서 사요코의 증세는 극적으로 개선되었다. 가슴이 따뜻해진다.
"그런데 류자키 선생님이 어떻게 여기 계세요?"
침대로 다가간 미오가 묻자 류자키가 어깨를 으쓱해 보였다.
"그야 당연히 오전 수술이 끝났으니까."
"그런 뜻이 아니라는 건 아시잖아요."
"혹시 내가 그대로 체포되기라도 할 줄 알았나?"
진짜 그렇게 생각했던 미오는 "아닌가요?" 하고 고개를 갸웃한다.
"그리 간단히 체포영장이 나오진 않아. 그 정도 조사했으면 검찰에 사건 기록을 넘기고 검찰의 판단에 맡기면 되는 거지. 그리고 위급상황이 었다는 점에서 불기소 처분이 날 거야."
"체포?"
사요코가 이상하다는 듯 고개를 갸우뚱하는 것을 본 류자키가 저쪽에서 이야기하자며 고갯짓을 했다. 두 사람은 출입문 쪽으로 자리를 옮겼다.
"체포되지 않았다고 해도 수술은 할 수 없게 될 줄 알았어요. 레이카 선생님도 엄청 화나 있었고, 그리고…… 쓰보쿠라 의국장도."
"내 수술을 기다리는 환자가 여럿 있으니까. 병원 사정으로 수술이 중단되면 문제가 발생해. 내 수술을 멈출 수 있는 건 대학이 아니라 공공기관이야."

"공공기관이라면, 의도심의회[36]……."

미오가 중얼거리자 류자키는 "그렇지" 하고 고개를 끄덕였다.

"나 정도 되는 유명인의 스캔들은 매스컴에서 난리가 날 테니 의도심의회도 비판을 피하기 위해 빠른 처분을 내리게 돼 있어. 뭐, 자격정지 3개월 정도가 타당한 선이려나."

"아주 침착하시네요. 3개월이라고는 해도 의사로서 활동할 수 없게 되는 거라고요."

"딱히 문제는 없어. 수술을 못 하게 되더라도 시뮬레이터로 기술 트레이닝은 계속할 수 있으니까. 경력에 살짝 흠은 가겠지만 문제없어. 수술 실력만 좋으면 미국에선 큰 돈을 벌 수 있으니까."

"괜히 걱정했네요. 하지만 마침 잘됐어요, 선생님을 만나서. 선생님이라면 히가미 교수님과 만날 약속을 잡을 수 있겠죠. 될 수 있는 한 빨리 교수님을 만나고 싶어요."

"교수님을 만나서 어쩌려고? 증거가 없는 상태에서 쓰보쿠라를 고발해 봤자 아무 의미가 없어."

"증거라면 있습니다."

미오는 품 안에서 작은 주머니를 꺼내 그 안에 든 SD카드를 집어 올렸다.

"그게 증거……?" 류자키가 눈을 크게 뜬다.

"어디 있었는데?"

"제 청진기에 숨겨져 있었습니다. 체스트피스 커버 밑에 들어 있었어요."

---

[36] 醫道審議會. 후생노동성 장관의 자문기관, 의사·치과의사 면허 취소 등의 중요사항을 심의·조사한다

"청진기에?" 류자키가 미간을 찌푸린다.

"언니가 입원해 있는 동안 저는 일이 끝난 후 언니 병실로 가서 이야기 나눌 때가 많았어요. 그리고 그날, 깜박 잊고 머리맡 수납장 위에 청진기를 놔둔 채 퇴근했어요."

"당신 언니는 옥상에 가기 전에 그 청진기에 SD카드를 숨겨 두었던 건가."

"네." 미오는 턱을 당긴다. "청진기라면 제가 바로 알아차릴 거라고 생각했겠죠."

"하지만 정작 당신은 의사를 그만두고 청진기도 사용하지 않게 되었지. 그래서 SD카드는 누구의 눈에도 띄지 않은 채 청진기 속에 숨겨진 채로 있었던 거고."

류자키가 설명을 잇는다. 미오는 "맞아요" 하고 고개를 끄덕였다.

"무슨 내용인지는 봤고?"

"아뇨, 암호가 걸려 있었어요. 다만 전문가라면 틀림없이 열 수 있을 거예요. 하지만 제가 갖고 있다는 사실이 알려지면 언제 습격당해 빼앗길지 알 수 없어요."

"그러니 될 수 있는 한 빨리 히가미 교수님께 전하고 싶다는 건가." 류자키가 턱에 손을 갖다 댄다.

"네, 그렇습니다. 모쪼록 부탁드려요. 히가미 교수님을 만날 수 있게 해 주세요."

십여 초, 잠시 고민하던 류자키는 손목시계를 들여다보았다.

"곧 있으면 오후 수술이야. 위 절제술이라서 금방 끝나. 오후 5시, 첨단 외과의학 연구소 앞에서 만나기로 해."

"에, 만나다니……."

미오가 눈을 깜박거리자 류자키는 한쪽 입꼬리를 치켜올렸다.
"나도 같이 가지. 그때까지 그 SD카드 잘 지니고 있어."

2

 류자키는 옻칠한 문을 노크했다. 안에서 들어오라는 허락의 목소리가 들려왔다.
 "실례합니다."
 공손히 인사하며 문을 연 류자키를 따라 미오도 황급히 실내로 들어섰다. 부드러운 카펫이 깔린 기다란 방이다. 양쪽 벽을 따라 길게 늘어선 책장은 천장까지 닿을 만치 높다. 책장에는 각종 의학 서적이 빼곡하게 꽂혀 있고 안쪽의 앤티크풍 책상 앞으로는 가죽 소파와 대리석 테이블이 자리하고 있었다.
 사요코의 병실에서 이야기한 지 몇 시간 후, 약속대로 류자키는 히가미와 약속을 잡고 교수실까지 미오를 데려왔다.
 "류자키 선생과 사쿠라바 선생, 어서 와요."
 책상 앞에 앉아 있던 히가미가 연극조의 몸짓으로 두 팔을 벌렸다.
 "그나저나 '선생'이라 불리는 것도 오랜만이지? 어떠신가, 간호조무사 일은."
 히가미는 어쩐지 무거워 보이는 걸음으로 다가와 앉으라며 소파를 권한다. 류자키와 함께 예를 표한 미오가 소파에 앉았다.
 "아직 신참이라서 당황스러울 때도 있지만 환자를 차분히 케어할 수 있는 것에 매력을 느끼고 있습니다. 소개해 주셔서 정말 감사합니다."

모처럼 히가미의 소개로 취업했는데 곧 그만둬야 하다 보니, 저절로 죄책감이 들었다. 다른 병원에서도 간호조무사로 일하고 싶지만 히가미의 소개 없이는 이번처럼 쉽게 취직하기 힘들 것이다.

거기까지 생각했을 때 미오는 뇌 표면에 벌레가 기어가는 듯한 위화감을 느끼고 관자놀이를 눌렀다. 같이 소파에 앉은 히가미가 "왜 그러시나?" 하고 묻는다.

"아뇨, 아무것도 아닙니다." 미오는 황급히 고개를 가로저었다.

"뭔가 긴히 할 이야기가 있는가 본데."

"실은 저희 언니가 신문기자로 일할 때 쓰보쿠라 의국장에 대해 알아보고 있었습니다."

미오가 말을 꺼내자 히가미는 "쓰보쿠라 선생을?" 하고 미간을 찌푸렸다.

"그렇습니다. 의국장은 의국비를 횡령하고 있었습니다. 언니는 자신에게 무슨 일이 생겼을 때를 대비해 제게 그 증거 자료를 남겼습니다. 그 사실을 알게 된 쓰보쿠라 선생은 저를 감시하려고······."

미오는 동료들이 쓰보쿠라가 심어 놓은 스파이였던 것, 자신의 집을 난장판으로 만들면서까지 데이터를 찾아내려 했던 일을 전했다. 설명을 다 듣고 난 히가미는 곤혹스러운 표정을 띠며 신음하듯 물었다.

"정말로 쓰보쿠라 선생이 그런 짓을? 뭔가 증거가 있나?"

미오는 손에 꼭 쥐고 있던 SD카드를 대리석 테이블 위에 올려놓았다.

"이게 언니가 갖고 있던 쓰보쿠라 선생의 횡령 증거입니다."

"이게······. 내용은 확인했고?" 긴장한 표정으로 히가미가 묻는다.

"아뇨, 비밀번호가 필요해서 열지 못했습니다. 하지만 전문가에게 의뢰하면 비밀번호는 바로 알아낼 수 있을 거라 봅니다."

"……오호라." 히가미가 SD카드를 집어 올린다.

"정말로 쓰보쿠라 선생이 횡령을 저질렀다면 묵과할 수 없는 중대한 사태야. 고발하기 위해서라도 이건 내가 맡아 두지. 괜찮겠나?"

"네, 물론입니다!"

힘주어 대답한 순간, 다시 뇌에 위화감이 느껴진다.

뭐지, 이 위화감은? 정체를 알 수 없는 위화감에 당황하는 사이 천천히 일어선 히가미가 책상으로 향하더니 가죽 의자에 깊숙이 걸터앉았다. 그 모습을 바라보고 있자니 뇌 표면에 느껴지는 근질거림이 점점 심해졌다. 뇌세포 사이의 시냅스가 격렬하게 발화한다.

쓰보쿠라가 정말 흑막이 맞을까? 에쓰코의 손자를 세이료 대학에 입학시키고 와카나의 장학금 상환을 면제해 주고 엔도가 일으킨 사고의 치료비를 무료로 처리한다. 더 나아가 5층 병동의 간호조무사로서 스파이를 세 사람이나 배치한다. 쓰보쿠라에게 과연 그만한 권력이 있을까?

미오는 천천히 일어나더니 휘청휘청 책상으로 다가갔다.

동료들은 분명히 쓰보쿠라에게 지시받았다고 했다. 쓰보쿠라가 자신의 횡령 사실을 감추기 위해서는 데이터가 필요하다고 했다고. 하지만 잘 생각해 보니 그것도 이상하다. 굳이 자신의 횡령 사실을 에쓰코를 비롯한 세 사람에게 알리지 않아도 될 터이다.

그렇다면 어째서 쓰보쿠라는 자신이 찾는 것이 횡령 증거가 담긴 데이터라고 말했을까. 간호조무사들이 경찰에 잡혀가 심문받을 경우를 대비해 거짓 정보를 털어놓게 만들 셈은 아니었을까?

쓰보쿠라가 희생양을 자처하면서까지 지키려는 존재. 세이료 대학에 커다란 영향력을 행사하고 간호조무사 배치를 결정할 수 있는 사람. 그럴 만한 사람은…….

방 안쪽까지 휘청휘청 이동한 미오가 책상 너머로 히가미를 응시한다.
"어이, 왜 그래?"
류자키가 말을 걸어온다. 미오는 히가미에게 손을 뻗었다.
"히가미 교수님, 죄송하지만 역시 SD카드는 제가 보관하겠습니다. 제가 업자에게 의뢰해서 비밀번호를 풀고 저장된 내용을 언니가 근무하던 신문사에 넘기겠습니다."
"오호라……. 신문사에 말이지."
읊조리면서 히가미는 SD카드를 책상에 내려놓았다. 다음 순간, 히가미는 범선 모양 문진을 재빨리 움켜쥐더니 힘껏 내리쳤다. 몇 번이고 몇 번이고 몇 번이고 반복해서……. 무거운 소리가 울려 퍼질 때마다 SD카드가 부서져 가루가 되어 가는 모습을 미오는 멍하니 지켜보는 수밖에 없었다.
"미안하군, 이걸 되돌려줄 수는 없어."
"역시 당신이 배후……."
미오는 쉰 목소리로 중얼거렸다.
"이봐, 이게 다 무슨 소리야?!" 놀란 목소리를 높이며 류자키가 달려왔다.
"쓰보쿠라는 단순한 희생양에 지나지 않았어. 쓰보쿠라가 횡령을 저질렀다는 이야기는 자신에게 데이터를 가져오게 만들기 위한 거짓 술수였고 나는 보기 좋게 거기에 걸려든 거야. 히가미 교수를 고발하기 위한 데이터를 당사자에게 넘기고 말았어……."
헐떡이는 듯이 짜내는 미오의 설명을 류자키는 입을 반쯤 벌린 채 듣고 있다.
"글쎄. 자네의 가설을 증명할 데이터는 이제 사라져 버렸어."

가벼운 투로 말하는 히가미의 그 말을 듣는 순간, 머릿속에서 무언가가 툭 끊어지는 듯한 소리가 울려 퍼졌다. 미오는 몸을 내밀어 책상 너머로 히가미의 목덜미를 향해 두 손을 뻗었다.

"당신이! 당신이 언니를 죽였어?! 자기 스캔들을 무마하기 위해 언니를 옥상에서 떠밀었어?! 내 소중한…… 단 하나뿐인 언니를!"

미오는 히가미의 목에 건 두 손에 힘을 주었다.

"그만해! 죽일 셈이야?!" 류자키가 미오의 손목을 움켜쥐고 히가미에게서 떼어 놓았다.

"이거 놔! 저 사람이 언니를, 저 사람 때문에 언니가……."

"진정해! 교수님을 잘 봐!"

류자키 말에 히가미에게 시선을 돌린 미오는 깜짝 놀랐다. 얼굴이 하얗게 질린 히가미가 목에 손을 대고 의자에서 미끄러져 내릴 듯한 자세로 곧 죽을 것처럼 헉헉대고 있었다. 손에 힘을 준 것은 불과 몇 초, 더구나 상대는 고령이라고는 해도 남자다. 그 정도로 이 상태가 되다니……. 혼란에 빠진 미오에게 류자키가 조용히 전한다.

"히가미 교수님은 말기 암 환자야. 당신 언니와 마찬가지로 심네스."

"교수님이 심네스……."

연이어 밝혀지는 충격적인 정보에 머리가 터질 지경이었다.

"그래. 남은 수명은 고작해야 3개월 정도. 무척 쇠약해져 있어. 아무리 여성인 당신이라도 목을 조르거나 하면 간단히 죽일 수 있는 상태야."

죽인다, 내가 사람을 죽인다……. 미오는 히가미의 목을 조른 자신의 두 손을 내려다보았다.

"당신, 살인자가 돼도 괜찮아? 죽은 언니가 그러면 기뻐할 것 같아?"

"하지만…… 언니를 죽인 자를 용서할 수 없어……." 미오는 비통에 찬 목소리로 쥐어짜듯이 말했다.

"교수님." 류자키가 히가미에게 날카로운 시선을 던진다.

"정말 교수님이 쓰보쿠라에게 의뢰해 이 사람을 감시하도록 한 겁니까? 이 사람 언니가 조사하고 있던 게 교수님 맞습니까?"

"……어, 그래." 호흡이 정돈된 히가미는 깨끗하게 인정했다.

"왜 그런 짓을? 대체 뭘 숨기려는 겁니까?"

"그건 말할 수 없어." 히가미는 힘없이 고개를 흔들었다.

"이 SD카드를 부숴 버렸으니 내 비밀은 완전히 어둠에 묻히게 됐어. 경찰도 나를 심문할 순 없다."

"그렇지 않아!" 미오가 소리친다.

"내가 언니와 마찬가지로 당신의 비밀을 알아낼 거야. 그것만 알아내면 경찰은 당신을 심문할 수 있어!"

"한 달 이내에 그게 가능할까?"

희미하게 미소 짓는 히가미의 그 말에 미오는 "뭐?" 하고 되물었다.

"좀 전에 류자키 선생은 나의 남은 수명이 3개월 정도라고 했지만, 그렇지 않네. 상상 이상으로 심장의 종양이 커지고 있거든. 아마 한 달 정도면 내 목숨은 사라질 거야. 내 스캔들과 자네 언니의 죽음의 진상과 함께 말이지."

미오가 입술을 꽉 깨물자 히가미는 "다만" 하고 말을 이었다.

"자네 언니에게 무슨 일이 있었는지에 관해선 말해 줄 수 있어. 뭐, 조건에 달려 있지만."

"……조건? 조건이란 게 뭐죠?"

"사쿠라바 선생, 자네 말고 류자키 선생에 대한 조건이야."

"저에 대한 조건……?" 류자키가 의아한 듯 미간을 찌푸린다.

"그래. 내 심장에 있는 종양, 그걸 제거해 줘."
"……무슨 말씀을 하시는 겁니까? 심네스는 전신의 온갖 장기에 종양이 생기는 질환입니다. 종양의 일부를 제거해 봤자 의미가 없어요."
"의미가 없진 않아. 내 경우는 지금 당장 생명과 직결되는 건 심장의 종양이야. 그것만 제거할 수 있다면 수명이 반년 정도는 늘어날 거야."
"하지만 교수님에게는 개흉 수술을 견뎌 낼 체력이 남아 있지 않습니다. 오히려 수명이 줄어듭니다."
"평범한 외과의사라면 그렇겠지. 하지만 자네라면 다르지 않나? 내 몸에 가해지는 침습을 최소화하는 방식으로 심장의 종양을 제거할 수 있지 않겠나?"
히가미의 도발적인 대사에 류자키는 말없이 생각에 잠겼다. 십여 초 후, 류자키가 입을 열었다.
"제가 수술을 성공시킨다면, 이 사람 언니에게 무슨 일이 있었는지 가르쳐 주시는 거죠?"
"약속하지."
히가미는 크게 고개를 끄덕였다. 무슨 일이 일어나고 있는 건지, 상황 파악이 되지 않아 혼란스러운 미오에게 류자키가 시선을 옮겼다.
"합시다, 수술. 당신이 나를 과거에서 해방시켜 주었듯이 나도 당신을 트라우마에서 구해 줄게."

3

수술장의 어스레한 복도를 류자키와 나란히 걸으며 미오는 전방을 바라보았다. 쓰보쿠라가 긴장한 표정으로 밀고 있는 이동 침대 위에 히가미가 누워 있었다.

닷새 후, 토요일 오후 9시가 지난 시각, 이제부터 히가미의 수술이 진행될 예정이었다.

세계적으로도 유명한 히가미가 중병을 앓고 있다는 정보가 외부로 새어 나갈 위험을 최대한 줄이고자 이렇듯 직원이 적은 주말 밤에 수술 시간이 잡혔다.

짧은 준비 기간임에도 불과 닷새 후로 수술 날짜를 잡은 데에도 이유가 있었다. 히가미의 병세가 진행되고 있기도 했지만 머지않아 류자키가 일시적으로 수술을 못 하게 될 수도 있기 때문이다.

류자키가 보호자의 동의 없이 수술을 강행하여 상해죄로 고발되었다는 정보는 이미 전국에 대대적으로 보도되면서 불이익을 무릅쓰면서까지 여자아이를 살렸다는 칭찬과 보호자를 속이고 독단적으로 수술을 감행했다는 비난이 혼재되었다. 이대로 가면 의료계 불신으로 이어질 수 있다며 사태를 무겁게 본 의도심의회는 당장 다음 주 초에라도 긴급회의를 열기로 되어 있다. 거기서 자격정지 처분이 내려지면 류자키는 일정 기간 메스를 쥘 수 없게 된다.

일행은 말없이 복도를 나아갔다. 수술실에 다 왔을 즈음 쓰보쿠라가 발을 멈췄다.

"……레이카."

이동 침대에 누워 있는 히가미가 목소리를 낸다. 히가미의 외동딸인 레이카가 수술복 차림으로 수술실 앞을 가로막고 서 있었다.

"류자키 선배, 저도 수술에 참여하게 해 주세요."

레이카는 류자키를 노려보면서 다가왔다.

"⋯⋯안 돼." 류자키는 고개를 가로저었다.

"이 수술은 단순한 수술이 아니야. 교수님 몸에 가해지는 침습을 최소한으로 하기 위해 인공심폐기 없이 심장이 박동하는 상태에서 종양을 적출하는, 난이도가 매우 높은 수술이야. 아주 작은 실수가 치명상이 될 수 있어."

"그런 건 저도 알아요! 그래서 더 딸인 제가 제1조수로⋯⋯."

"딸이라서 안 되는 거야." 류자키는 딱 잘라 말한다.

"감정의 혼란은 그대로 기술의 혼란으로 직결돼. 네가 냉정해질 수 없는 건 명확해. 완벽한 수술을 위해 넌 수술실에는 들어올 수 없어."

입술을 일그러뜨린 레이카의 손을 이동 침대에 누운 히가미가 잡았다. 레이카의 입에서 "아버지⋯⋯" 하는 가냘픈 목소리가 새어 나온다.

"괜찮아, 레이카. 걱정 안 해도 돼. 류자키 선생이 확실하게 낫게 해 줄 거야."

"하지만 아버지⋯⋯."

눈물을 글썽이면서 레이카는 무릎을 꿇고 두 손으로 아버지의 손을 부여잡았다.

"와 줘서 기쁘구나. 넌 자랑스러운 딸이야. 진심으로 사랑한다. 그러니 잠시만 기다려 주렴. 알겠지?"

타이르는 듯한 히가미의 말에 레이카는 입술을 악물고 몇 번이고 고개를 끄덕였다. 레이카의 머리를 부드럽게 어루만진 후 히가미는 "그럼, 가지" 하고 쓰보쿠라를 재촉했다. 쓰보쿠라가 이동 침대를 밀며 수술실에 들어갔다. 미오도 류자키와 함께 그 뒤를 이었고 수술실 문이 닫혔다.

"미안하네, 류자키 선생. 악역을 맡게 해서."

히가미의 말에 류자키는 아니라고 답하며 조그맣게 고개를 가로저다. 레이카를 절대 수술에 참여시키지 않도록 지시한 사람이 히가미 자신이었다. 그 외에도 수술을 주말 밤에 은밀히 진행하도록 하고 참여할 스태프를 선정하는 등 히가미는 세세하게 지시를 내렸다.

미오는 수술실을 둘러보았다. 마취과 의사, 소독 및 순환 간호사, 큰 수술이라고는 볼 수 없을 정도로 최소한의 인원밖에 없다. 그리고 미오는 제2조수를 맡으라는 지시를 받았다.

처음엔 의료 행위는 할 수 없다며 거절했다. 그러나 히가미가 그렇다면 수술은 받을 수 없고 언니의 죽음에 관한 진상도 무덤까지 가져가겠다고 해서 의료 행위는 하지 않고 수술대 옆에 서 있기만 한다는 조건으로 제2조수를 맡기로 했다.

이동 침대가 수술대 옆으로 붙고 히가미의 몸이 수술대로 옮겨진다.

"괜찮아?" 류자키가 말을 걸어왔다.

"제2조수라면 그럭저럭……. 그러는 선생님이야말로 괜찮으세요? 심박동 상태에서 종양 적출술이라니 들어본 적 없어요."

"교수님 체력으로는 애당초 인공심폐기에 연결할 여력이 없어. 난 일상적으로 심박동 상태에서 밀리미터 단위의 관상동맥을 봉합시켜 왔어. 충분히 가능해."

미오가 류자키와 대화하는 동안 스태프들은 물 흐르듯 준비 작업을 진행했다.

"쓰보쿠라는 물론 마취과 의사와 간호사들도 히가미 교수가 키워 낸 스태프들이야. 교수님은 이곳을 철저하게 밀실로 만들어 외부로 정보가 새어 나가지 않게 할 생각이야. 이 수술에는 뭔가 내막이 있어. 그러니 방심하지 마. 무슨 일이 일어나도 문제없도록 경계해."

미오는 "경계라니……" 하고 당황한다. 병원 안에서 무슨 일이 일어날 수 있다는 걸까.

정맥 라인 확보, 심전도와 산소포화도 측정기 장착 등의 준비가 끝나자 히가미는 차례차례 스태프들의 손을 잡고 말을 나눴다. 마치 마지막 인사를 하고 있는 것 같아서 불길한 예감이 솟는다.

"그럼, 마취 시작하겠습니다."

준비가 끝나자 마취과 의사가 히가미의 입에 산소마스크를 가져갔다.

"자, 손 소독 가자……."

고개를 끄덕인 미오가 류자키의 뒤를 따르려던 그때 히가미가 "사쿠라바 선생" 하고 목소리를 냈다. 가만 보니 입에 마스크가 씌워진 히가미가 살짝 얼굴을 들어 손짓하고 있다.

"……갔다 와."

류자키의 재촉에 미오는 수술대로 다가갔다. 늑골이 드러나 보이는 가슴에 심전도 전극을 부착하고 입에 산소마스크가 씌워진 히가미를 내려다보았다.

이 사람이 언니를……. 주먹을 움켜쥔 미오는 히가미의 입이 조그맣게 움직이고 있는 것을 깨닫는다. 뭔가 말하고 있는 건가? 미오는 몸을 웅크리고 히가미의 입가에 귀를 갖다 댔다.

"미안하네……. 정말 미안해……."

산소가 뿜어져 나오는 소리 가운데 히가미의 가냘픈 목소리가 들려왔다.

"……내가 자네 언니를 죽이고 말았어."

미오는 눈초리가 찢겨나갈 듯이 눈을 부릅떴다. 히가미가 살인을 자백하고 있다. 숨을 헐떡이며 미오는 바로 옆에 서 있는 마취과 의사를 올려다보았다. 그는 표정 변화 없이 마취기 모니터를 바라보고 있을 뿐이었다.

마스크 아래로 발설되는 고백은 산소를 뿜어 내는 소리에 다 지워져 마취과 의사에게까지 닿지는 않는다. 내게만 들린다는 것을 알기에 히가미는 지금 죄를 고백하고 있다. 그 점을 깨달은 미오는 죽을힘을 다해 목소리를 억눌렀다.
"왜 언니를……." 감정이 격해져 말문이 막히고 만다.
"죽일 마음은 없었어……. 그날 자네를 스카우트한 조후 주오 종합병원을 찾았을 때 자네 언니가 말을 걸어왔어. 그리고, ……절대 알려져선 안 되는 일을 지적받았다. 당황해서 해명하려고 했더니 취재를 허락한다면 이야기를 듣겠다고 했어. 그래서 밤에 옥상에서 만나기로 했던 거야……."
"왜 옥상에……. 처음부터 밀어 떨어뜨릴 작정이었던 것 아닙니까?"
분노한 나머지 터져 나오려는 고함을 간신히 억누른 채 미오는 작은 소리로 따져 물었다.
"……모르겠어. 그때는 너무 혼란스러워서 제정신이 아니었던 것 같아……."
"그건 변명이 되지 않아요. 무슨 일이 있었던 거죠?"
"자네 언니는 사실을 공개하겠다며 물러서지 않았어. 그리고 설사 자신에게 위해를 가하더라도 신뢰하는 사람에게 데이터를 맡겼으니 소용없다고 했지."
"그런데도…… 당신은 언니를 죽인 겁니까?"
"정말로 죽일 생각은 없었어. 설명하려고, 단지 이해시키려는 마음에……. 하지만 그녀는 들으려 하지 않았고, 급기야 몸싸움까지 벌어졌어. 그러다 엉겁결에……."
"엉겁결에 언니를 죽였다는 거야?!" 억누르고 있던 목소리가 커진다.

"미안하네…… 정말 미안해……. 모든 게 내 책임이야. 어떻게 보상해야 좋을지 내내 생각했지만 어찌해야 좋을지 알 수 없었어……."
"……당신이 사람을 죽이면서까지 지키려고 했던 비밀이 뭔데?"
"말할 수 없어……. 이 비밀이 드러난다면 많은 사람들이 목숨을 잃게 돼……."
"무슨 말이야?! 무슨 뜻인지 모르겠어."
"진실을 알고 싶다면 외과의사로 돌아가게. 돌아가서 옴스의 오퍼레이터가 되는 거야. 내 딸이 서포트 해 줄 거야. 그리하면 이해할 수 있을 거야."
"무슨 말이야? 당신이 개발하고 있는 그 치료기기가 무슨 관련이 있다는 건데?"
미오가 되물었을 때 마취과 의사가 하얀 액체로 가득 찬 주사기를 라인 측관에 접속했다. 프로포폴. 투여하기 무섭게 의식을 잃는 강력한 마취제.
"그럼 교수님, 마취제 투여하겠습니다." 마취과 의사가 말한다.
미오가 "잠깐만요" 하고 멈추려 했으나 그 전에 히가미가 입을 열었다.
"해 주게."
마취과 의사는 고개를 끄덕이더니 주사기 안의 백탁액을 라인으로 흘려 넣었다. 하얀 액체가 수액과 섞여 히가미의 정맥으로 빨려 들어갔다.
"정말, 정말 미안해……."
히가미의 눈에 눈꺼풀이 덮인다. 고여 있던 눈물이 관자놀이를 타고 흘러내렸다.

"바이탈은?"

안경형 수술용 루페를 착용한 류자키가 묻는다.

"안정적입니다."

마취과 의사가 대답했다.

히가미의 수술이 시작된 지 한 시간 남짓 경과했다. 류자키는 눈 깜박할 사이에 피부와 피하조직을 절개하고 노출된 늑골을 수술용 전기톱으로 절단한 후 심장을 감싸는 심막을 절개하여 박동하는 심장을 노출시켰다. 히가미의 심장에는 이미 박동 상태에서 관상동맥 바이퍼스 수술 등에 사용되는 스테빌라이저[37]가 부착되어 있다. 그 스테빌라이저가 에워싼 부분은 심장이 뛰고 있어도 크게 움직이는 일 없이 고정된다.

미오는 류자키의 우측 옆인 제2조수의 위치에 서서 수술 과정을 계속 지켜보고 있었다. 개흉도 그 후의 처치도 류자키와 제1조수인 쓰보쿠라가 재빠르게 진행하고 있다. 수술 솜씨는 다소 부족하다는 쓰보쿠라지만 명색이 통합외과 의국장을 맡고 있는 만큼 류자키를 완벽하게 서포트하고 있어서 제2조수인 미오는 일절 참여하는 일 없이 수술은 진행되었다.

대체 왜 히가미 교수가 그 타이밍에 죄를 고백했는지 알 길이 없다. 원래대로라면 수술 후에 이야기한다는 약속이었을 터. 애당초 수술을 받더라도 히가미가 살인을 인정할 거라 여기진 않았다. 그런데 그렇게 깨끗하게 인정하다니…….

어쩌면 히가미가 필사적으로 숨기려 했던 것은 자신이 사람을 죽였다는 사실이 아니라 언니가 알아냈다는 정보였던 걸까.

이 비밀이 드러난다면 많은 사람들이 목숨을 잃게 돼.

전신마취로 의식을 잃기 전, 히가미가 입에 올린 대사가 귓가에 되

---

[37] stabilizer. 안정기. 관상동맥 수술 시 수술 부위의 심근을 눌러 박동에 의한 떨림을 최소화하는 장치

살아난다.

히가미가 깨어나면 따져 물어 모든 것을 밝혀낼 수 있을 것이다. 그러기 위해선 우선 심장이 자발적으로 뛰는 상태에서 종양을 절제한다는 고난이도 수술이 성공해야 한다. 미오는 박동하는 심장을 주시했다. 스테빌라이저로 고정된 부분에서는 검붉은 종양이 심근에서 부풀어 오르고 있다. 마치 화산에서 마그마가 솟아 나오는 것처럼 보였다.

류자키는 수술용 가위인 쿠퍼를 손에 쥐더니 날 끝으로 종양의 뿌리에 가까운 심근에 칼집을 냈다. 가위를 벌리는 힘을 이용하여 떼어내듯 심근에서 종양을 분리해 나간다. 만약 날 끝이 심근을 관통하여 심실에 도달하면 천장까지 닿을 기세로 혈액이 솟구치게 된다. 그럼에도 불구하고 언뜻 대수롭지 않은 듯 보이는 손놀림으로 류자키는 심장에 날을 넣는다. 자신의 기술에 대한 절대적인 자신감이 그 기구를 다루는 모습에서 배어 나오고 있었다.

쓰보쿠라가 전기 메스로 출혈 부위를 지져가며 지혈한다. 불과 십여 분만에 류자키는 심장에서 종양 덩어리를 제거하는 데 성공했다.

"내가 종양을 확인해도 되겠습니까? 틈을 내어 내부 상태를 확인해 두도록 수술 전에 히가미 교수님으로부터 지시받은 터라."

종양을 농반에 옮긴 쓰보쿠라가 아첨하는 듯한 어조로 말한다. 류자키는 쓰보쿠라를 흘낏 보더니 "좋을 대로"하고 턱짓했다. 쓰보쿠라는 예를 표하고 멀찍이 떨어진 기구대까지 농반을 가져가 종양을 살펴보기 시작했다. 원래대로라면 제1조수는 종양 적출 후 폐흉(閉胸) 과정을 맡아 처리하는 경우가 많은데 그 일을 집도의인 류자키에게 떠맡긴 꼴이다.

종양 내부를 확인하는 정도는 나중에 해도 되련만. 애당초 그것을 확인하는 건 집도의의 업무일 터. 미오가 어이없어하자 류자키가 "내버려 뒤” 하고 말을 건넸다.

"가슴을 닫기 전까지 수술은 끝난 게 아니야. 당신은 제2조수야. 집중해.”

"아, 네, 죄송합니다.”

자세를 다잡은 미오는 "어라……?” 하고 눈을 깜박인다.

"왜 그래?”

류자키의 물음에 미오는 개창기에 의해 크게 벌려져 있는 흉곽 안을 가리켰다.

"아뇨, 뭔가 '얼룩' 같은 것이…….”

심장 표면에 새끼손가락 끝마디만 한 크기의 검붉은 얼룩이 보였다. 작은 종양 덩어리처럼 보인다. 그러나 종양은 방금 류자키가 전부 제거했을 터.

"……뭐지, 이게?”

마스크 아래로 류자키가 신음하는 듯한 소리를 냈다.

그 '얼룩'은 성장하고 있었다. 마치 그림물감을 수면에 떨어뜨렸을 때처럼 검붉은 '얼룩'이 조금씩, 그러나 확실하게 사방으로 퍼져 나간다.

"뭐, 뭐죠, 이게?” 미오가 목소리를 높였다.

"종양이…… 늘고 있어…….”

"그런 말도 안 되는 일이?! 암세포가 눈에 보이는 속도로 증식하다니 있을 수 없어요.”

"이건 단순한 종양이 아니야……. 뭐지, 이게…….”

'얼룩'은 계속 퍼져나가 심장 앞면을 다 뒤덮을 지경이 되었다.

"혈압 저하!” 마취과 의사가 목소리를 높인다.

"팔십…… 칠십…… 쇼크 상태입니다!”

류자키가 "승압제" 하고 지시한 순간, '얼룩'으로 뒤덮인 심장이 가늘게 떨리기 시작했다.
"심실 세동! 심정지 발생!" 마취과 의사가 소리친다.
"DC기(제세동기)!" 류자키가 소리쳤다.
순환 간호사가 황급히 DC기를 옮겨 와 류자키에게 패드를 건넨다. 손잡이가 긴 주걱처럼 생긴 패드를 양손에 쥔 류자키는 그 끝에 달린 원형 부분에 심장을 끼우듯이 하고 통전 준비에 들어갔다. 그때 미오의 망막에 '얼룩'으로 뒤덮인 심장 표면이 부스럼 딱지처럼 떨어져 나가는 것이 비쳤다.
약해져 있다. 종양은 세포 간 연결이 느슨해 체내에서 붕괴하는 경우도 적지 않다. 만약 이 심장이 그와 같이 무르고 약해져 있다면…….
제지하려고 미오가 마스크 아래에서 입을 열었다.
"클리어!"
하지만 류자키가 패드에 붙어 있는 통전 버튼을 누르는 것이 더 빨랐다. 두 장의 패드 사이에 전류가 흐른 순간, 그 사이에 끼워져 있던 심장이 파열했다.
물 풍선이 터지듯 내부의 혈액이 온 사방으로 튄다. 얼굴에 뜨겁고 비릿한 액체를 뒤집어 쓴 미오의 귀에 마취기 모니터가 요란하게 울려 대는 알람 소리가 유난히 크게 들렸다.

4

커튼 틈으로 햇살이 비쳐든다. 이부자리 위에 누워 천장을 바라보던 미오의 배에서 꼬르륵 하는 소리가 울렸다. 슬슬 일어나 볼까……. 미오는 무거운 몸을 일으켰다. 벽시계를 보니 오후 세 시가 다 되어 가는 참이었다.

히가미 교수의 수술 이후 이 주가 지난 토요일, 미오는 아침부터 내내 집에 누워만 있었다. 아무리 휴무라 해도 너무 늘어져 있다는 건 자각하지만, 요 이 주간 머리 꼭대기까지 심한 권태감에 잠겨 거의 익사할 지경이었다.

이 주 전, 히가미는 사망했다. 그리고 병원은 대혼란에 빠졌다.

아버지의 사망 소식을 들은 레이카는 공황 상태에 빠져 울부짖으며 류자키를 때렸다. 류자키는 꼿꼿이 선 채 레이카가 퍼붓는 폭력을 받아들였다. 다만 그 모습은 류자키 자신도 충격으로 망연자실하여 아무런 반응도 할 수 없게 된 것처럼 보였다.

의국의 대표인 히가미가 의국의 상징인 류자키가 집도하는 수술 도중에 사망했다는 사실에 통합외과 자체도 기능이 마비되었다. 플래티넘 외과의사들이 주축이 되어 예정된 수술만은 간신히 소화하고 있지만 신규 수술은 전부 연기되었다. 그리고 의료과실로 인해 히가미를 사망에 이르게 했다는 이유로 류자키는 근신처분을 받게 되었다.

그렇다, 히가미의 죽음은 류자키의 실수가 원인으로 알려졌다. 히가미의 심장을 법의학부 교수가 확인한 결과 암세포는 확인되지 않았고 종양이 심장 전체에 퍼져 파열했다는 류자키의 주장은 자신의 의료과실을 무마하기 위한 어설픈 변명이라고 판단 내려졌다. 미오도 같은 증언을 했지만 실제로 세포를 확인한 법의학부 교수의 견해를 뒤집을 수는 없었다.

미오의 머리에 수술 중에 보았던 광경이 되살아난다. 검붉은 '얼룩'이 무서운 속도로 심장 전체에 퍼져 가던 광경. 그것이 환영이기라도 했다는 걸까.

무거운 두통을 느낀 미오는 일어나 옷을 벗으면서 욕실로 향했다. 머리 위로 쏟아지는 뜨거운 물줄기에 끈적끈적한 땀이 씻겨 내려간다. 하지만 머리에 낀 안개와 온몸에 들러붙은 권태감은 가시질 않았다.

요 이 주간 내내 이런 상태다. 간호조무사 일은 계속하고 있지만 환자의 마음에 다가가기는커녕 자신의 마음이 사라져 버린 듯한 기분이 들어서 그저 타성적으로 필요 최소한의 일을 하고 있을 뿐이었다. 동료들이 스파이였음을 알게 됐으니 당장 일을 그만두면 된다는 건 알지만 사표를 내는 것조차 귀찮아서 미루는 중이었다.

그저께 에쓰코가 했던 말을 떠올리고 미오는 얼굴을 찌푸렸다.

"저기, 사쿠라바 씨……. 예정대로 모레 다 같이 캠핑 갈까 싶은데. 우리 손자도 엔도 씨 딸도 기대에 차 있으니까. 그래서 말인데 사쿠라바 씨도 괜찮으면 같이 가면 어떨까. 동료로서 다시 시작할 수 있으면 해서……."

뭐가 동료로서인데, 천연덕스럽긴. 저도 모르게 혀를 찬다.

동료들이 나쁜 사람들은 아니라는 건 안다. 세 사람 다 궁지에 몰려 어쩔 수 없이 쓰보쿠라의 명령에 따랐을 뿐, 더 나아가 히가미의 도구가 되었던 것뿐이라고 이해는 한다. 하지만 그렇다고 해서 모든 것을 없던 일로 할 순 없다. 미오는 샤워기를 잠갔다.

"이제 어떻게 해야 할지……."

입에서 독백이 새어 나온다.

언니의 죽음은 자신의 책임이 아니었다. 그렇다고 해서 트라우마에서 해방된 건 아니다. 진실이 밝혀지면 십자가를 내려놓을 수 있을 줄 알았다. 하지만 언니 죽음의 진상을 알게 되었다 싶었더니 이번에는 히가미의 비밀이라는 수수께끼가 등장하고 말았다.

언니는 대체 뭘 알아차린 걸까……? 욕실을 나온 미오는 새 속옷을 입고 드라이어로 머리를 말린 후 평상복으로 갈아입고 가볍게 화장을 했다. 집에 틀어박혀 있어도 우울하기만 할 뿐이다. 산책 겸 먹을거리를 사러 나가자.

현관을 나선 미오는 문을 잠그면서 곁눈질로 옆집을 봤다.

류자키 선생님은 어쩌고 있을까? 초인종을 눌러 볼까 싶었지만 막상 얼굴을 보면 무슨 말을 해야 좋을지 알 수 없다. 어떻게 할까 고민하고 있을 때 별안간 201호실 문이 벌컥 열리더니 트레이닝복 차림의 류자키가 튀어나왔다. 어안이 벙벙하여 쳐다보는 미오 앞에서 류자키는 복도 난간을 부여잡고 창백한 얼굴로 연거푸 숨을 헐떡이다가 그 자리에 쭈그려 앉았다.

"저기, 류자키 선생님, 무슨 일이에요? 얼굴이 창백해요."

미오가 달려오자 류자키는 "……괜찮아. 멀미가 좀 났을 뿐이야" 하고 힘없이 말한다.

"멀미가 나요?"

미오는 고개를 갸우뚱하면서 열려 있는 현관문 안쪽에 펼쳐진 201호실을 본다. 그 중심에 자리하고 있는 누에고치형 기기의 뚜껑이 열려 있었다.

"옴스 시뮬레이터네요. 설마 저기에 탔던 겁니까?"

"오랜만에 해 봤는데…… 무리였어……. 당신은 어떻게 저런, 세탁기 안에 내던져진 것 같은 정보의 폭풍을 견딜 수 있지? 대체 어떤 반고리관을 갖고 있는 건데."

중얼거린 류자키는 욱, 하고 신음하더니 입을 틀어막았다.

"방에 가서 눕는 게 좋겠어요. 자, 203호실로 가요. 부축해드릴 테니."
"203호실은 사용하지 않아. 202호실로 데려가 줘."
그 수술용 트레이닝 기기가 있는 방에?
"하아, 알겠습니다."
류자키의 몸을 부축해 현관 앞까지 데려가자, 류자키가 잠금장치를 풀고 문을 열었다. 실내의 모습을 본 미오는 눈이 휘둥그레진다. 여러 개의 테이블에 다양한 수술용 연습도구가 놓여 있는 방. 그 바닥에는 쓰레기봉투가 어지럽게 흩어져 있었다.
"뭐예요, 이게?! 쓰레기투성이잖아요."
미오가 저도 모르게 큰 소리를 내자 류자키는 "생활하다 보면 쓰레기가 나오는 게 당연하지" 하면서 비틀비틀 방 안으로 들어가 쓰레기 더미 속에 놓여 있는 낡은 침낭 위에 누웠다.
"이 방에서 생활하고 있었던 거예요? 203호실은?"
"거긴 잠만 잘 요량으로 마련한 방이야. 장시간 보낼 땐 이 방을 써."
히가미가 사망한 후, 류자키에게는 휴양이라는 이름의 자택 근신 처분이 내려졌다. 전국적으로도 신의 손으로서 유명한 류자키가 노벨상 수상이 확실하다고 일컬어지던 일본의 보물인 히가미를 수술 중 사망에 이르게 했다는 충격적인 뉴스로 매스컴이 들끓었고 세이료 대학 의학부 부속병원 앞에는 많은 기자와 카메라맨이 몰려들었다. 혼란을 막기 위해서라도 류자키를 출근시킬 수 없다는 병원의 판단은 옳은 것이리라. 또한 세간의 반응의 크기를 고려했는지 의도심의회는 이번 주 초에 긴급회의를 열고 류자키에게 6개월 자격정지라는 매우 무거운 처분을 시달했다.
미오는 잠시 망설인 후 "잠깐 실례하겠습니다" 하고 방에 들어섰다.

가만 보니 테이블 위에 놓여 있는 연습기구가 너덜너덜해져 있었다.
"혹시 지난 이 주 내내 여기서 트레이닝 했던 거예요?"
미오의 물음에 침낭 위에 누워 있던 류자키가 상반신을 일으켰다.
"당연하지. 수술을 금지당했으니 솜씨가 무뎌지는 것을 방지하려면 트레이닝 하는 수밖에 없어. 그렇지 않고선 미국에서 큰돈을 번다는 건 불가능하니까."
"선생님은 이미 앞을 향해 걸어 나가고 있군요."
미오는 힘없이 미소 짓는다.
"……당신은 어떤데? 언니의 죽음이 여전히 자신 탓이라고 여기고 있나?"
"아뇨." 미오는 조그맣게 고개를 가로저었다.
"마취 도입 전에 히가미 교수가 고백했어요. 자기가…… 언니를 죽였다고."
"뭐?! 왜 그런 중요한 이야기를 안 한 건데!"
류자키가 엉거주춤 일어나려 했다.
"그럴 여유가 없었어요. 이미 여러 가지로 엉망진창이라."
"……듣고 보니 그렇네."
류자키는 중얼거리고 나서 다시 앉았다. 무거운 침묵이 내려앉는다.
"저, 생각해요. 히가미 교수는 그렇게 될 줄 알고 있지 않았을까 하고."
"갑자기 종양 세포가 폭발적으로 증식하여 심장이 파열될 것을?"
"적어도 히가미 교수는 수술 중에 자신이 죽을 것을 알고 있었다고 봐요. 그랬기 때문에 마지막에 죄를 고백하고 저에게 사죄했어요. 레이카 씨나 스태프들에게 건넨 말들도 지금 생각하면 마지막 인사 같은 거였어요. 레이카 씨를 절대 수술에 참여하지 못하도록 한 것도 의료 사고에 끌어들이고 싶지 않았기 때문이라고 봐요."

"그렇다면 왜 내게 수술을 맡긴 거지? 내버려 둬도 교수님은 한 달이 못 가 목숨을 잃었을 텐데."

"두 가지 이유를 생각할 수 있어요. 언니를 살해했다는 의심을 사게 된 교수는 자신이 죽음으로써 사건을 유야무야 덮어 버리고 언니가 알아낸 비밀을 숨기려 했던 것 아닐까요."

"스스로 입막음을 했다는 건가……. 있을 수 있겠네. 그래서 또 한 가지 이유는?"

"또 한 가지는, 그 현상을 우리가 목격하도록 교수가 유도했는지도."

"그 현상…… 종양의 이상증식……."

"맞습니다. 교수는 철저하게 자신의 수술을 숨기려 했어요. 쓰보쿠라 의국장을 비롯해 익히 잘 아는 마취과 의사와 간호사 등 자신의 지시에 무조건 따르는 스태프들만 모았어요. 하지만 한편으론 저한테는 수술에 참여할 것을 강요했죠."

"그건 마취 도입 전에 마지막으로 당신에게 사죄하기 위해서 아닌가?"

"아뇨, 그게 아닐 거예요. 교수가 마지막으로 저에게 전한 건 언니를 죽인 것에 대한 사죄뿐만이 아니에요. '진실을 알고 싶다면 외과의사로 돌아가게. 돌아가서, 옴스의 오퍼레이터가 되는 거야' 교수는 그렇게 말했어요."

"옴스의 오퍼레이터가?"

류자키의 미간에 주름이 잡힌다.

"그래요. 교수의 마지막 꿈이었던 옴스를 유일하게 조작할 수 있는 저와, 자신이 낳은 최고의 외과의사인 류자키 선생님에게 그 비현실적인 현상을 보여 주는 것이야말로 히가미 선생의 목적 아니었을까요?"

"그 현상을……." 류자키는 허공을 바라본다.

"교수님 사후, 심장에서 종양은 확인되지 않았어. 나는 환영을 보았던 게 아닐까 하는 의심마저 들었어."

"아뇨, 환영은 아니에요. 그건 실제로 일어난 일입니다."

"요컨대 그 종양은 폭발적으로 증식한 후 숙주가 죽자 단숨에 정상 세포로 돌아왔다는 건가. 그런 일이 의학적으로 있을 수 있다는 거야?"

"있을 수 없어요. 하지만 바로 그 있을 수 없는 현상을 교수는 보여 주고 싶었던 게 아닐까요?"

"……그게 교수님이 안고 있던 '비밀'과 관련 있다는 건가."

"그렇다고 봐요. 교수는 언니를 죽인 일 외에도 그 '비밀'에 대해 양심의 가책을 느끼고 있었던 것 아닐까요? 그래서 우리에게 단서를 남겼고요."

"하지만 교수님은 그 '비밀'이 드러나면 '많은 사람들이 목숨을 잃게 된다'고 했잖아. 그 단서를 남긴다는 게 말이 돼?"

"일반인에게는 남기지 않았을 거예요. 다만 우리한테라면 전해도 되겠다고 생각했을지도 모르죠. 우리라면 설령 '비밀'을 알게 돼도 최선의 대책을 찾아낼 거라고 믿어 준 거죠."

"앞뒤가 안 맞더라도 말이지. 그래서 당신은 어떻게 할 건데? 교수님의 마지막 말에 따라서 외과의사로 돌아갈 건가? 옴스 오퍼레이터가 될 거야?"

"……모르겠어요. 확실히 언니는 저 때문에 죽은 건 아니었어요. 다만 그렇다고 해서 바로 의료 행위가 가능할 것 같진 않아요."

미오는 봉합 연습 세트가 놓여 있는 테이블에 다가가더니 그 위에 놓인 지침기를 집어 들었다. 꼭 쥔 봉합침을 인공 피부에 가져간다. 바늘 끝이 피부에 박히는 동시에 손이 떨리고 구역질이 치밀어 올랐다. 입술을 꽉 깨문 미오는 지침기를 내려놓았다.

"언니의 죽음의 진상을 알게 되면 트라우마가 사라질 줄 알았어요. 하지만 그렇지 않았어요. 게다가 환자의 마음에 다가가고 싶다는 마음도 그대로예요. 역시 저한테는 간호조무사 일이 맞는 것 같아요. 하지만 히가미 교수가 남긴 '비밀'을 알아내려면 외과의사로 돌아가야 해요. 더구나 장차 많은 사람을 살릴 수 있을지도 모르는 옴스 개발에 협력할 사람은 저밖에 없고⋯⋯."

생각하면 생각할수록 망설임이 심해져 미오는 머리를 감싼다.

"당장 결론을 낼 필요는 없어. 천천히 생각해 보고 가장 옳다고 여겨지는 길을 가면 돼."

미오는 부드럽게 말하는 류자키를 응시한다. 류자키는 "뭔데?" 하고 미심쩍은 듯 눈살을 찌푸렸다.

"아뇨, 보나 마나 선생님은 '트라우마 따위 얼른 극복하고 외과의사로 돌아가'라고 말하겠거니 싶었기에⋯⋯."

"⋯⋯인간은 성장하기 마련이야." 류자키는 차분하게 말한다.

류자키도 요 몇 달 새 많이 달라졌으리라. 그리고 그건 틀림없이 사요코를 살리고 어머니의 죽음으로 인한 트라우마를 극복한 일과도 큰 관련이 있지 싶다.

그 일을 도울 수 있어서 다행이다⋯⋯. 미오가 미소를 짓자 류자키는 "뭐야, 기분 나쁘게" 하고 미간을 찌푸렸다.

"아무것도 아니에요. 선생님에게도 귀여운 면이 있다고 생각했을 뿐."

류자키의 미간 주름이 한층 깊어졌을 때 전자음이 방 안 공기를 흔들었다. 류자키는 바지 주머니에서 스마트폰을 꺼내 통화를 시작한다. 점점 험악해지는 얼굴에 미오는 불길한 예감을 느꼈다.
"……무슨 일 있어요?"
통화를 마친 류자키에게 묻는다. 그는 아무 대답 없이 일어나더니 느닷없이 트레이닝복을 벗기 시작했다. 군살 하나 없이 탄탄한 근육질의 상반신이 드러난다.
"이, 이봐요, 류자키 선생님. 뭐 하는 거예요?!"
언성을 높이는 미오 앞에서 류자키는 옷장을 열고 티셔츠와 청바지를 꺼내 입고는 그 위에 재킷을 걸쳤다.
"일이 좀 생겼어. 나갔다 올게."
그대로 현관 밖으로 나가는 류자키를 지켜보던 미오는 황급히 그의 뒤를 쫓았다.
"왜 그러시는데요, 류자키 선생님? 무슨 일인데요?"
계단을 다 내려갔을 즈음 따라잡은 미오가 묻자 리모트 키로 차 문을 연 류자키가 나지막한 목소리로 대답했다.
"하바타키원 원장한테서 연락이 왔어. 사요코가 행방불명된 모양이야."
"사요코가?!"
미오의 목소리가 뒤집혔다. 류자키는 조그맣게 고개를 끄덕인 후 카이엔에 올랐다. 무거운 엔진음이 울려 퍼지는 것과 동시에 몸이 멋대로 움직였다. 미오는 조수석 문을 열고 차에 올랐다.
"뭐 하는 거야?"
핸들을 쥔 류자키가 곁눈질로 쳐다봤다.
"저도 같이 갈게요. 사요코는 저한테도 소중한 담당 환자니까."
"……좋을 대로 해. 간다."
미오가 "네" 하고 대답한 순간, 류자키가 가속 페달을 밟았다. 맹수가 포효하는 듯한 유달리 큰 엔진음이 울려 퍼지더니 카이엔은 그 커다란 몸을 급발진시켰다.

"아침 식사 후 놀이터에서 놀고 있었다는 거죠? 그러다 점심 먹을 때가 다 돼도 들어오지 않아서 부르러 갔더니 애가 사라지고 없었다고."
"맞아. 어떡하지?"
초로의 여성, 이바타시 하바타키원 원장은 금방이라도 울 것만 같았다. 미오는 류자키와 함께 원장실에서 자초지종을 듣고 있었다.
"어딘가 근처 공원 같은데 놀러 가 있을 가능성은 없나요? 아니면 밖에 놀러 나갔다가 길을 잃었다거나. 아직 안 보인지 세 시간 정도고."
미오가 당연한 의문을 던지자 원장은 힘없이 고개를 가로저었다.
"아까 경찰에 알렸을 때도 그런 말을 들었어요. 하지만 사요코는 아직 퇴원한 지 얼마 안 돼서 보육원 바깥으로는 나가지 말라고 일러 뒀던 데다 점심 먹을 때까지 들어오는 건 우리 보육원 규칙이에요. 사요코는 그걸 어길 만한 아이는 아니에요."
"그렇다면…… 누군가 데려갔다? 설마 사나에 씨가?"
초점 잃은 눈으로 '교리'에 대해 이야기하던 다마노 사나에의 모습이 미오의 뇌리에 되살아났다.
"다마노 사나에한테는 개복 수술을 받은 시점에 딸은 '오로라'인지 뭔지가 빠져나간 빈 용기와 같은 것이 되었을 터. 그렇지 않아도 그 여자는 몇 년씩이나 사요코를 이곳에 맡긴 채 한 번 보러 올 생각도 하지 않았어. 굳이 도로 데려가려고 할까?"
미심쩍은 듯 류자키가 중얼거리자 원장이 "실은" 하고 입을 뗀다.
"사요코의 모친이 사흘쯤 전에 여기 와서 사요코를 데려가고 싶다고 했어. 당연히 그건 안 된다고 말했지만."
 수술을 감행한 후 '오로라의 뜻'의 변호사는 류자키를 상대로 형사고발과 민사소송을 제기하였다. 그리고 매스컴을 끌어들여 규탄하는 일에 온 힘을 쏟아부었지만, 사요코의 친권에 관한 움직임은 전혀라고 해도 될 만큼 사라졌다. 분명 '오로라'가 빠져나간 딸에게 사나에가 흥미를 잃은 것일 테지. 아동상담소는 앞으로도 의료적 방임을 저지를 가능성이 높다며 가정법원에 사나에의 친권 정지를 요청하였고 이번 주 초에 그것이 인정되었다.
 "어째서 사요코를 데려가고 싶은 건지, 말하던가요?"
 "말했지만, 나로서는 이해가 가지 않았어. 오로라를 다시 배에 넣는다나 뭐라나……."
 오로라를 다시 넣어……? 미오가 고개를 갸우뚱하고 있는데 류자키가 "이거네" 하고 스마트폰 화면을 내보였다. 거기에는 '오로라 재봉입(再封入)'이라는 글자가 적혀 있었다.
 "그거 혹시 '오로라의 뜻' 홈페이지인가요?"
 "응, 맞아. 그리고 이 '오로라 재봉입'이라는 페이지가 지난주에 추가되었어. 아마도 다마노 사나에가 죽자사자 애원해서 만들어진 거겠지."
 "수술하고 나면 '오로라'는 두 번 다시 돌아오지 않는 거 아니었나요? 종교의 기본적인 교리를 그리 쉽게 바꿀 수 있나요?"
 "전에도 말했잖아. 이건 종교를 빙자한 사기 의료 비즈니스야. 돈이 된다 싶으면 기본적인 설정을 바꾸는 것에 아무 거리낌이 없는 거지."
 "그럼 사요코는……."
 "응, '오로라의 뜻' 본부에 있는 게 틀림없어." 류자키가 소파에서 일어난다.

"류자키 군, 난 이제 어떡하지? 경찰은 바로 나서 줄 것 같지는 않아."
 출입구로 향하려는 류자키에게 원장이 슬픈 듯이 말한다. 맞는 말이지 싶다. 사요코가 '오로라의 뜻' 본부에 끌려갔다는 건 어디까지나 가설에 불과하다. 확실한 증거도 없는데 경찰이 교단 본부를 조사해 줄 리 없다.
 미오는 잠시 생각한 후 지갑에서 다치바나의 명함을 꺼내 원장에게 건넸다.
 "이 형사님에게 연락해 보세요. 이 사람이라면 틀림없이 제대로 이야기를 들어 줄 겁니다."
 조심스레 명함을 받는 원장에게 미오는 힘있게 고개를 끄덕였다.
 "안심하세요. 류자키 선생님과 제가 사요코를 반드시 데리고 돌아올 테니까."

5

 "그새 해가 많이 기울었네요."
 앞 유리 너머로 펼쳐진 울창한 숲을 바라보면서 미오는 중얼거린다. 조금 전까지 나뭇잎 사이로 비치던 오렌지색 햇살이 지금은 붉게 변했다. 이타바시 하바타키원을 나온 류자키와 미오는 오쿠타마 산속에 있다는 '오로라의 뜻' 본부로 향하고 있었다. 이미 시각은 오후 6시가 지났다. 20분쯤 전부터는 깊은 숲속을 지나는 산길을 나아가고 있었다.
 핸들을 쥔 류자키가 "통신 상태는 어때?" 하고 묻는다. 스마트폰을 확인한 미오는 통화권 밖이라며 얼굴을 찌푸렸다.
 "뭐, 어쩔 수 없지. 이 근방에는 사람이 거의 살지 않으니까."

"다쓰미를 수술한 그 양옥도 그랬죠."
"그 집도 여기서 가까워. 차로 가면 30분쯤 걸리려나. 뭔가 구린 장사를 하는 녀석들은 인적이 드문 데다 휴대전화도 터지지 않는 곳을 선호하지. 문제가 생겨도 경찰에 신고당할 위험이 줄어드니까."
"'오로라의 뜻' 본부에서 무슨 일이 생기더라도 경찰에 도움을 청할 순 없다는 거네요."
"그렇다고 봐야지."
미오는 마른침을 삼켰다.
"사요코는 무사할까요. 이미 '오로라 재봉입'을 당하고 있다든지……."
미오는 아직 전파가 닿는 지역을 주행하고 있었을 때 스마트폰으로 확인한 '오로라 재봉입' 의식을 떠올린다. 금속 빨대처럼 생긴 끝이 뾰족한 관을 수술 부위에 찔러 넣고 교주가 거기에 숨을 불어넣는다는 것이었다.
인간의 입속에는 수많은 잡균이 존재한다. 그것이 관을 통해 본래 무균 상태이어야 할 복강 내에 들어간다든지 하면 심각한 복막염을 일으켜 목숨이 위험해질 수 있다.
"괜찮아. 그런 신흥종교의 의식은 기본적으로 날이 저물고 나서 이루어지니까."
스스로를 다독이듯 류자키는 말한다. 그 옆얼굴에는 짙은 불안의 빛이 떠올라 있었다.
"여기 세울게."
류자키는 갓길에 카이엔을 세웠다. 미오는 차량 내비게이션을 확인했다. 교단본부까지는 여기서 200미터쯤 떨어져 있다.
"목적지까지는 아직 조금 더 가야 하는데요."

"상대가 눈치채지 못하도록 숲속을 걸어서 간다. 여기서부터는 '뒷세계'로 들어가는 거야. 혹시 불안하면 차 안에서 기다리고 있어도 괜찮아."

류자키는 재킷을 벗고 조수석 글로브 박스를 열더니 그곳에 들어있던 크로스백을 꺼내 어깨에 비스듬히 걸쳐 맸다.

"우습게 보지 말아 주세요. '뒷 세계'라면 다쓰미 건으로 지겨울 만큼 봤거든요? 게다가 사요코를 구하고 싶은 건 저도 마찬가지예요. 같이 가겠습니다."

"좋을 대로 해."

류자키는 흐뭇하게 웃더니 차에서 내려 지체 없이 깊은 숲으로 들어갔다. 미오도 주변을 경계하면서 류자키의 뒤를 쫓았다.

무릎까지 올라오는 잡초가 무성하고 마른 나뭇가지가 무수히 떨어져 있는 숲속을 두 사람은 신중하게 나아간다. 들러붙는 듯한 더위와 습기에 이마며 목덜미에서 쉴 새 없이 끈적끈적한 땀이 솟았다. 해가 떨어졌는지 순식간에 주변이 어두워지고 발밑도 잘 보이지 않게 되었다.

"……다 왔다."

류자키가 숨죽인 목소리로 말한다.

어둠으로 가득 찬 숲속, 십여 미터 앞의 나무들 틈으로 확실히 인공 불빛이 새어 나오고 있었다. 좀 더 전진한 두 사람은 굵은 나무줄기에 몸을 숨긴 채 살짝 얼굴을 내밀었다.

야구장만 한 평지에 건축물이 여러 채 늘어서 있었다. 단지처럼 보이는 5층짜리 콘크리트 건물, 소형 공장처럼 보이는 건물, 유달리 호화로운 신전처럼 보이는 건물, 창고인 듯한 건물, 그것들 사이에 작은 운동장이며 다양한 농작물을 재배하고 있는 밭. 넓은 주차장에는 SUV 차량이 몇 대 세워져 있었다.
 공장과 창고, 그리고 밭에 녹색 트레이닝복을 입은 사람들이 보인다.
 "상당히 효율적인 구조네."
 혼잣말하듯 류자키가 말한다.
 "무슨 말이에요?"
 미오가 되물었다.
 "열혈 신도를 수십 명씩이나 저 단지처럼 보이는 건물에 상주시켜 공장에서 제품을 생산하는 일이라든지 창고 관리 등에 부리는 것일 테지. 이 교단의 가장 큰 수입원은 '오로라가 빠져나간다'는 이유로 수술을 거부하는 암 환자들을 겨냥한 의료품 판매 사기야. 이를테면 '암에 효과 있는 물' 따위의. 여기 있는 가출 신도들을 그 생산, 수송, 판매에 거의 무상으로 봉사하도록 한다는 거지. 그런 의미에서 우수한 비즈니스 모델이야."
 "그렇다면 저건?" 미오는 호화로운 백악의 건물을 가리킨다.
 "아마도 종교 의식을 행하는 신전 같은 거겠지. 교주나 간부, 다시 말해 이 사기 조직을 전담하고 있는 놈들은 저 지독하게 돈을 쳐 바른 시설에 있겠네."
 "그래서, 이제 어떡하죠? 흩어져서 사요코를 찾을까요?"
 "그런 비효율적인 방법을 썼다간 보나 마나 상대에게 들켜."
 류자키는 "이리로" 하고 손짓하더니 숲속을 지나 신전 뒤편으로 다가갔다.
 "여기서 뭘……?"
 미오가 물으려는 찰나 류자키가 입술 앞에 검지를 세웠다. 그때 두 사람이 숨어 있는 곳에서 가까운 신전 문이 열리더니 티셔츠 차림의 젊은 남자가 나왔다. 황금색으로 물들인 머리하며 유난히 가늘게 다듬은 눈썹. 언뜻 보면 변두리 호스트 같은 분위기다. 아마도 이 조직의 간부일 테지.

 남자는 하품을 하면서 두 사람이 숨어 있는 나무 앞을 지나갔다. 바로 그때 류자키가 소리도 없이 나무 그늘에서 나와 남자의 뒤로 다가가더니 마치 뱀이 사냥감을 집어삼킬 때처럼 재빠르게 남자의 목에 양팔을 둘렀다. 남자가 윽?! 하고 신음했을 때에는 이미 완벽하게 초크 슬리퍼 자세가 이루어졌다. 류자키의 근육질 팔뚝이 남자의 경동맥을 조여 붙인다. 남자는 물에 빠진 사람처럼 두 팔을 파닥거렸지만 불과 몇 초 만에 그 팔은 힘없이 늘어졌다.

 류자키는 실신한 남자의 양쪽 겨드랑이에 손을 넣어 그대로 숲속으로 끌고 들어갔다.

 "뭐, 뭐 하시는 거예요?!" 미오의 숨죽인 목소리가 뒤집어지고 만다.

 "보고도 몰라? 목 조른 거잖아."

 류자키는 축 늘어진 남자를 10미터쯤 떨어진 숲속으로 질질 끌고 가 크로스백에서 꺼낸 끈으로 재빠르게 손을 뒤로 돌려 결박하고 손수건을 재갈 삼아 입에 물린 후 나무줄기에 기대어 놓았다. 그 물 흐르는 듯한 일련의 움직임을 미오는 잔뜩 긴장한 채 지켜보았다.

 "으……."

 남자가 신음한다. 얼빠진 그 눈에 의식의 빛이 돌아오기 시작했다. 살짝 얼굴을 흔든 남자가 무언가 소리치려 했지만 재갈을 물린 탓에 웅얼거리는 소리만 울릴 뿐이었다.

 "큰 소리 내지 마."

 땅 밑에서 들려오는 듯한 목소리로 류자키가 말한다. 그 손에는 어느새인가 큼지막한 서바이벌 나이프가 쥐어져 있었다. 류자키는 남자의 목에 나이프 날을 슬며시 갖다 댔다.

"지금부터 재갈을 풀어 줄 거다. 다만 큰 소리를 냈다간 경동맥을 끊어 버릴 줄 알아. 알아들었어?"

류자키 말에 남자는 연거푸 고개를 끄덕였다. 류자키는 남자의 입에 물린 재갈을 살짝 내렸다.

"잠시 묻고 싶은 게 있다. 오늘 어린 여자아이 하나가 이 교단에 들어왔을 거야. '오로라 재봉입'이라는 걸 받기 위해서 말이지. 알고 있나?"

남자가 희미하게 고개를 가로젓는 것을 보고 류자키는 크게 한숨을 내쉬었다.

"몰라? 그거 유감이네. 말해 두겠는데, 난 외과의사다. 신경과 혈관의 주행 경로가 완벽하게 머릿속에 들어 있어. 그게 무슨 뜻인지 알겠어?"

"아니, 몰라……"

"어디를 어떻게 베면 죽이지 않고 최대한의 고통을 안겨 줄지 알고 있다는 뜻이야."

남자의 얼굴에 강한 공포가 떠오르는 것을 보고 류자키는 "자" 하고 칼끝을 남자의 팔에 갖다 댔다.

"다시 한번 묻는다. 오늘 데리고 들어온 여자아이가 어디 있는지 알고 있나? 네가 정말 알고 있든 모르든 상관없어. 대답하지 않으면 난 십 초 후에 너의 요골신경[38]을 천천히 잘라 낼 거야. 십, 구, 팔, 칠……"

류자키가 카운트다운에 들어가자 남자는 "잠깐만! 전부 말할게" 하고 목소리를 높였다.

"그 아이라면 신전 일 층 복도 맨 안쪽 방에 있어."

---

[38] 橈骨神経. 팔과 손 부위에 분포하는 말초신경

"오호라. 고마워."

만면에 미소를 띤 류자키는 나이프를 칼집에 넣고 남자에게 다시 재갈을 물린 후 "좋아, 가자" 하고 미오를 재촉했다. 두 사람은 신전 뒤편의 문으로 향한다.

"류자키 선생님, 박진감 넘치는 연기였네요. 저도 깜빡 속았지 뭐예요."

"연기?"

문 손잡이에 손을 뻗은 류자키가 의아한 듯 되묻는다.

……진심이었던 거야? 등줄기에 서늘한 떨림을 느끼면서 미오는 "아무것도 아니에요" 하고 고개를 좌우로 흔들었다. 류자키는 손잡이를 돌려 문을 연다. 두 사람은 재빠르게 신전으로 숨어들었다.

먼지투성이 공기가 코를 찌른다. 문 안쪽은 선반이 늘어선 창고였다. 다양한 일용품에 더해 고급스러운 식재료며 술, 담배 등이 놓여 있다. 문득 벽에 시선이 간 미오는 신음을 흘린다. 그곳에는 울퉁불퉁한 보우건[39]이 열 정 정도 걸려 있었다.

"저거 합법적인 건가요?"

"미묘한 부분이지. 수렵용으로 소지한 거라면 불법은 아닐 테고. 실제로 이 부근은 수렵이 가능한 장소이기도 해. 하지만 이렇게까지 많다는 건 다른 목적이 있어 보이는데."

역시 여기 있는 건 다쓰미와 마찬가지로 '뒷 세계' 인간들이다. 바로 옆에 있는 류자키도 포함해서……. 미오는 긴장을 호흡에 녹여 필사적으로 토해 낸다.

창고 안으로 걸어 들어간 류자키는 안쪽 문을 살짝 열고 그 틈으로

---

[39] bow gun. 격발식 활

복도를 엿봤다.

"아무도 없어. 그리 큰 단체는 아니라서 간부 수는 한정되어 있겠지."

류자키는 작은 소리로 "가자" 하고 시선을 보내온다. 미오는 고개를 크게 끄덕였다.

문을 열고 복도로 나온 두 사람은 발소리를 죽이면서 나아갔다. 바로 맨 안쪽 방문 앞에 다다랐다. 류자키는 지체 없이 문을 열고 안으로 뛰어들었다. 미오도 바로 뒤따른다.

긴 테이블과 철제 의자만 놓여 있는 간소한 방. 입구 근처의 체격 좋은 젊은 남자 뒤로 슬퍼 보이는 얼굴로 의자에 앉아 있는 사요코가 보였다.

"누구야, 너희?"

남자가 눈을 부릅뜨는 것과 동시에 류자키가 날린 상단차기가 남자의 옆통수에 작렬했다. 마치 실이 끊어진 꼭두각시 인형처럼 남자가 그 자리에 무너져 내렸다.

사요코 일이 되면 정말 가차 없네……. 가늘게 경련하는 남자를 내려다보는 미오를 본체만체 류자키는 두 팔을 벌렸다.

"선생님!"

사요코가 의자에서 일어나더니 고꾸라질 듯이 허겁지겁 달려와 류자키 품에 뛰어들었다.

'가족'인 두 사람이 부둥켜안는 모습을 보고 미오가 미소 지었을 때 등 뒤의 문이 벌컥 열렸다. 미오는 숨이 멎는 줄 알았다. 사요코의 엄마이자 필시 유괴 실행범일 다마노 사나에가 그곳에 서 있었다.

"다, 당신들은……?" 사나에의 떨리는 손끝이 이쪽을 향했다.

들켰다. 어떡하지……? 미오가 망설이고 있는데 사요코를 안은 류자키가 "도망가자" 하면서 출입구로 달려간다. 사나에를 들이받다시피 하고 류자키는 방을 나갔다. 균형을 잃고 엉덩방아를 찧는 사나에 옆을 지나쳐 미오도 도망친다.

"누, 누구 좀 와 줘요! 유괴! 우리 아이가 유괴당했어요!"

사나에의 고함 소리를 들으며 미오 일행은 복도를 내달렸다. 아까 지나 온 창고를 거쳐 바깥으로 나간다.

"숲은 어두워서 시간이 걸려. 차도로 가자."

"알겠습니다!"

그들은 부지 정면으로 뻗은 차도를 향해 달렸다. 500미터쯤 떨어진 곳에 카이엔이 세워져 있다. 거기까지만 도달하면 따돌릴 수 있다. 미오는 사력을 다해 다리를 움직였지만 평소 운동 부족인 다리는 이내 비명을 지르기 시작하고 폐도 아파 왔다. 일상적으로 트레이닝을 하고 있을 류자키도 사요코를 안고 있다 보니 그 발걸음이 무거웠다.

몇 분 걸려 세 사람은 카이엔까지 도달했다. 살았다! 그렇게 생각했을 때 바람을 가르는 소리가 귀를 스쳤다. 가까이에 서 있는 나무줄기에 시커멓고 굵은 화살이 푹 박힌다.

"꼼짝 마!"

등 뒤에서 들려온 목소리에 돌아본 미오는 그대로 주저앉아 버릴 것만 같은 절망을 느꼈다. 열 명가량의 남자들이 십여 미터 앞에 서 있었다. 유달리 반사회적인 분위기를 자아내는 남자들 중 절반이 아까 창고에서 보았던 보우건을 손에 쥐고 있다.

"너희들은 누구지? 왜 그 아이를 데려가려는 건가?"

집단의 선두에 선 하얀 법복 같은 의상을 입은 민머리의 장년 남성이 말했다. 이 독특한 모습의 남자는 홈페이지에서 여러 번 보았다. '오로라의 뜻'의 교주로 '세이류인 코우키(聖龍院光樹)'라는 거창한 이름을 자칭하고 있는 남자다.

"나는 이 아이의 주치의다."

"저는 이 아이의 담당 간호조무사입니다."

류자키와 미오의 말이 겹쳤다. 세이류인은 어깨를 으쓱해 보인다.

"아, 우리에게 고소당한 의사입니까. 위법 수술을 한 것도 모자라 이번엔 불법 침입에 유괴라니. 경찰에 잡혀가고 싶지 않으면 당장 그 아이를 두고 떠나십시오."

세이류인은 손을 휘휘 내저었다. 그때 숨을 헐떡이며 사나에가 쫓아왔다.

"유괴?" 류자키는 사요코를 내려다보고 나서 세이류인을 노려보았다.

"유괴는 당신들이 했지."

"……무슨 말을 하는 겁니까?" 세이류인이 미심쩍은 듯 미간을 찌푸렸다.

"모르시나? 며칠 전에 이 아이의 모친은 친권을 박탈당했어. 지금 이 아이의 보호자는 보호 시설 원장이야. 우리는 원장의 의뢰를 받고 이 아이를 데리러 왔어."

"뭐?!" 세이류인은 눈을 부릅뜨더니 뒤에 있는 사나에를 노려보았다.

"지금 이야기가 사실입니까?"

"……네, 사실입니다." 교사에게 야단맞은 초등학생처럼 사나에는 목을 움츠렸다.

"이제 알아들었나 보군. 어린아이를 유괴한 건 그쪽이야. 만약 경찰을 부른다면 당신네 교단은 철저하게 조사받게 돼. 그건 곤란하겠지. 우리를 경찰에 넘기려 하지 않는 걸 보면 여러모로 뒤가 구린 구석이 있다는 거겠지.”
 류자키의 의기양양한 대사에 세이류인은 독살스럽게 표정을 일그러뜨렸다.
 “다만, 우리도 사유지에 불법 침입했어. 피차 경찰의 개입은 피하고 싶은 거잖아. 그렇지?”
 류자키에게 의중을 간파당한 세이류인은 주저하는 기색으로 “……그렇지요” 하고 수긍했다.
 “이번 일은 잠깐 오해가 있었던 걸로 마무리 짓는 거 어때? 우리는 이 아이만 데려갈 수 있다면 이 건은 경찰에 알리지 않고 없던 일로 할 거야. 좋은 거래 아닌가?”
 떨떠름한 얼굴로 몇 초 생각에 잠긴 후 세이류인은 크게 숨을 내쉬었다.
 “거래 성립입니다. 얼른 아이를 데리고 사라져 주시오.”
 닿기만 해도 끊어질 것 같이 팽팽하던 주변 공기가 단숨에 이완된다. 미오는 가슴에 손을 얹고서 “다행이다” 하고 별이 반짝이는 하늘을 우러러보았다.
 “선생님, 저, 집에 갈 수 있어요?”
 불안한 듯 묻는 사요코의 머리를 류자키는 부드럽게 어루만진다.
 “응, 갈 수 있어. 우리 집, 하바타키원으로. 자, 가자.”
 류자키가 주머니에서 리모트 키를 꺼내 카이엔의 잠금장치를 풀었을 때 저만치에서 사람들이 웅성거리는가 싶더니 좀 전에 들었던 것과 같은 바람 가르는 소리가 울렸다.
 곁에 선 사요코를 보고 미오는 “어……?” 하고 얼빠진 목소리를 흘린다. 여자아이의 오른쪽 옆구리에 화살이 깊이 박혀 있었다.

"사요코?!"

"사요코!"

류자키와 미오의 목소리가 다시 겹쳤다. 사요코가 힘없이 무너져 내렸다.

왜?! 돌아본 미오의 얼굴이 굳는다. 사나에가 핏발 선 눈으로 이쪽을 노려보고 있었다. 그 손에는 아마도 남자들의 빈틈을 노려 낚아챘을 보우건이 쥐어져 있다.

"어째서 사요코를 데려가려는 건데! 그 애는 내 아이야! 내가 애써서 다시 오로라를 배에 넣어 주려고 하는데! 어째서 다 같이!"

머리를 미친 듯이 흔들면서 앙칼지게 소리 지르며 사나에가 보우건 방아쇠에 손가락을 걸었다. 세 차례 바람을 가르는 소리. 류자키가 헉, 하고 고통에 찬 소리를 내질렀다. 그의 왼쪽 팔에 화살이 박힌 것을 본 미오의 입에서 작은 비명이 새어 나왔다.

"그 바보 같은 여자 좀 어떻게 해 봐!"

세이류인의 호통에 어리벙벙하게 서 있던 남자들이 황급히 사나에를 붙잡아 그 손에서 보우건을 빼앗았다. 이미 알아들을 수 없는 괴성을 지르면서 사나에는 남자들에게 붙들려 질질 끌려가다시피 멀어져 갔다.

"구급차! 빨리 구급차 불러 줘요!"

소리쳤지만 세이류인은 험상궂은 얼굴로 이쪽을 노려볼 뿐이다. 류자키가 신음 소리를 내며 자신의 왼팔에 박혀 있는 화살을 잡아 빼더니 쓰러져 있는 사요코를 끌어안았다.

"뭐 하는 겁니까! 어서 구급차 불러 줘요!"

미오가 재차 소리치자 세이류인은 그제야 입을 열었다.

"시내에서 여기까지 차가 들어오려면 아무리 세게 밟아도 사십 분 이상 걸립니다. 왕복이면 한 시간 이십 분. 그렇게 오래 걸린다면 그 아이가 살 수 있겠습니까?"

미오는 하늘을 올려다보고 헐떡이듯이 호흡하는 사요코를 내려다본다. 부위로 보아 화살은 간을 관통했지 싶다. 화살이 마개 역할을 하고 있어서 대량 출혈은 없지만 그래도 빠른 처치가 필요하다. 수술 없이 한 시간 이상 버티긴 힘들다.

"그래도…… 그래도 구급차를 부르는 것 외에 방법이 없잖아요!"

미오가 덤벼들 듯이 말하자 세이류인은 턱을 당겼다. 그 얼굴에 어두운 그림자가 드리운다.

"아니, 방법은 그것 말고도 있어요. ……모두 없었던 일로 하면 됩니다."

미오가 "없었던 일?" 하고 중얼거리는 것과 동시에 세이류인이 오른손을 번쩍 치켜들었다. 그것을 신호로 보우건을 지닌 남자들이 일제히 미오 일행을 겨냥했다.

"뭐, 뭔데……?" 혀가 굳어 그 이상의 말이 나오지 않았다.

"신자가 아이를 죽인 게 되면 강제 수사는 면할 수 없고 기자들도 몰려와서 재미나게 써 대겠지. 애써 일군 이 비즈니스도 전부 끝이 나고 말아. 미안하지만 그건 받아들일 수 없어요."

공포로 얼어붙은 미오에게 사요코를 끌어안고 있는 류자키가 작은 소리로 말을 건다.

"신호하면 눈을 감고 차 쪽으로 몸을 돌려. 알겠지."

미오가 대답하기 전에 류자키는 크로스백에서 작은 원통형 물체를 꺼내더니 세이류인 일당을 향해 던졌다. 크게 포물선을 그리며 날아간 물체가 세이류인 몇 미터 앞에 떨어졌다. 류자키는 "지금이야!" 하고 소리치곤 사요코를 보호하듯이 감싸면서 세이류인 일당을 등진 채 몸을 말았다. 미오도 지시받은 대로 황급히 몸을 돌리며 눈을 질끈 감았다.
 펑 하고 폭죽이 터지는 듯한 소리가 울려 퍼지고 눈을 감고 있는데도 불구하고 시야가 새하얗게 물들었다. 이어서 남자들의 비명과 신음 소리도 터졌다.
 "차 뒷좌석에 타! 지금 당장!"
 류자키의 외침이 고막을 흔든다. 미오는 희뿌연 시야 속에서 죽기 살기로 그 지시를 따랐다. 문을 열고 쓰러지다시피 뒷좌석에 오르자 눈앞에 사요코가 쓰러져 있었다.
 "사요코 상태를 좀 봐 줘. 출발한다!"
 운전석에 앉은 류자키가 그렇게 말하는 동시에 짐승의 포효와 같은 엔진소리가 울려 퍼졌다. 뒷유리 너머로 확인한 바깥에서는 세이류인 일당이 눈을 감싼 채 괴로워하고 있다.
 "좀 전에 그게 뭐예요?"
 "섬광탄. 강렬한 빛이 일시적으로 시각을 마비시키지. 그 틈에 도망치는 거야."
 차가 출발하는 동시에 세이류인이 "쏴!" 하고 목소리를 높였다. 겨우겨우 눈을 뜬 남자들이 보우건을 발사했다. 미오가 후다닥 엎드리기 무섭게 쏜 화살 중 하나가 뒷유리를 산산이 부스러뜨리며 차 안으로 날아 들어와 조수석 뒷면에 박혔다.
 "괜찮아?"
 운전석에서 말을 걸어오는 류자키에게 괜찮다고 답하며 미오는 사요코 몸에 붙은 유리 파편을 털어내고 손목의 맥을 짚었다.
 "요골동맥이 희미하게 잡히는 걸로 보아 최소한의 혈압은 유지되고 있습니다. 다만 맥박이 빠르고 손이 차요. 출혈성 쇼크를 일으키고 있습니다."

"발치의 보스턴백을 열어 봐! 그 안에 수액 세트가 들어 있어. 생리식염수를 점적 주입해서 혈관 허탈[40]을 막아 줘. 그걸로 쇼크를 막을 수 있어."

"점적 주입이라니, 제가 말입니까?!"

"당신 말고 누가 있는데! 부탁이야, 해 줘!"

차를 몰면서 류자키가 애원하듯이 말한다. 미오는 떨리는 손을 뻗어 보스턴 백을 열고 안에서 생리식염수 점적 팩과 점적용 튜브를 꺼냈다.

점적 루트를 만들고 그 끝에 나비침[41]을 부착한 미오는 사요코의 팔에 구혈대를 감고 정맥을 부풀렸다. 나비침 커버를 벗겨 낸 미오는 사요코의 손을 잡아 그 손등에 비치는 혈관으로 바늘 끝을 가져갔다. 바늘 끝이 심하게 떨린다. 단지 차가 흔들리기 때문만은 아니다. 온몸의 떨림이 바늘에 전해지고 있었다. 위아래 치아가 맞부딪혀 딱딱딱 소리를 낸다.

못하겠어. 그렇게 포기하려는 순간, 사요코가 "추워" 하고 조그맣게 신음했다.

미오는 입술을 꽉 깨물었다. 무슨 어리광을 부리고 있는 거야. 내가 여기서 겁먹으면 이 아이의 인생은 고작 십 년으로 끝나 버리는데.

뾰족한 송곳니 끝에 입술이 살짝 찢긴다. 날카로운 통증을 느끼는 동시에 손의 떨림이 멎었다. 미오는 지체 없이 나비침을 손등 정맥에 찔러 넣었다. 나비침을 테이프로 손등에 고정하고 생리식염수가 든 팩을 높은 위치로 쳐든다. 위치 에너지 원리에 따라 생리식염수가 튜브 속을 쭉

---

40) collapse. 정상적이던 혈액 순환에 심한 장애가 생긴 상태
41) 일반 주삿바늘과 달리 나비 날개 모양 플라스틱 그립이 달린 바늘. 작은 혈관이나 어린이, 노약자 등 정맥이 잘 보이지 않거나 액세스하기 어려운 환자에게 사용하기 적합하며, 짧은 시간 동안 수액을 투여하거나 약물을 주입할 때 유용하다

쭉 흘러 사요코의 정맥으로 빨려 들어갔다.

"점적 주입했습니다. 생리식염수, 최대 속도로 흐르고 있습니다."

"잘했어. 이로써 시간을 벌 수 있어."

"일시적으로 쇼크는 막을 수 있겠지만 얼른 개복해서 지혈해야 합니다. 여기서 시내까지 나가려면 한 시간 이상 걸려요. 시간이 없어요!"

"병원으로는 안 가. 좀 더 가까운 곳에 최신 수술 설비가 갖춰진 장소가 있어."

미오는 "이 근처에?" 하고 되묻는다. 이런 오쿠타마 산속에 최신 수술 설비가 있다니……. 거기까지 생각했을 때 미오의 눈이 번쩍 뜨였다.

"다쓰미 양옥!"

"맞아. 다쓰미가 금방 체포되고 패거리들도 도주하는 바람에 그곳 설비는 그대로 방치되어 있을 거야. 거기라면 삼십 분도 안 걸려. 시간 충분해."

쾌재를 부를 뻔한 미오는 핸들을 쥔 류자키의 손에서 피가 뚝뚝 떨어지고 있는 것을 깨닫고 입술을 일그러뜨렸다. 다쓰미의 양옥이라면 사요코의 생명의 불꽃이 꺼지기 전에 도착할 수 있을 것이다. 하지만 보우건에 맞은 팔로 과연 수술이 가능할까?

거기서 미오는 무언가를 깨닫고 깜짝 놀랐다.

"선생님, 안 돼요. 지금 자격 정지 기간 중이잖아요."

"상관없어."

"상관없다니, 만약 수술한 게 탄로 나면 이번에는 진짜 의사 면허가 박탈된다고요."

"사요코와 의사 면허, 어느 쪽이 소중한지는 생각할 것도 없어."

한 치의 망설임도 없이 류자키는 말한다. 파랗게 질린 미오는 조그맣게 신음하고 있는 사요코를 보고 입을 꾹 다문다. 류자키 말이 맞다. 어린아이의 생명보다 소중한 게 있을 리 없다. 지금은 이 아이를 살리는 것만 생각해야 한다.

그렇게 결심했을 때 별안간 차가 크게 흔들렸다. 미오는 황급히 수액 팩을 들지 않은 손으로 사요코의 몸을 잡았다. 흔들림은 가라앉지 않고 단속적으로 이어진다.

"선생님, 좀 더 신중하게 몰아 주세요. 사요코가 위험해요."

"……안 돼. 타이어가 펑크 난 것 같아. 화살에 맞았어."

"펑크라니, 다쓰미의 양옥까지는 갈 수 있나요?!" 미오의 목소리가 커진다.

"……무리야. 그 양옥까지 가는 길은 좁고 포장이 덜 된 산길이야. 펑크 난 상태로는 도저히 못 지나가. 하지만 타이어를 교체하려면 몇십 분은 걸려."

미오 입에서 "어떡해……" 하는 힘없는 목소리가 새어 나온다. 겨우겨우 여기까지 왔는데 사요코를 살릴 수 없다는 건가? 그때 미오의 눈이 번쩍 뜨였다.

"여기에요! 여기로 가 주세요!"

뒷좌석에서 몸을 내민 미오는 내비게이션에 표시된 한 지점을 가리켰다.

"왜 그런 곳에……?"

의아한 듯 미간을 찌푸리는 류자키에게 미오는 조용히 말한다.

"그곳에 동료들이 있으니까요."

6

"도착했어!"

심하게 흔들리는 차량 뒷좌석에서 힘겹게 사요코의 몸을 지탱하고 있는 미오에게 운전석의 류자키가 말을 건넸다. 앞 유리 너머로는 10여 동의 코티지가 나란히 늘어선 캠핑장이 펼쳐져 있다.

"있다! 저기예요!"

미오는 좌측 안쪽에 있는 코티지군(群)을 가리켰다. 그 근처에서 열 명쯤 되는 사람들이 바비큐 파티를 하고 있었다. 즐겁게 웃고 있는 아이들과 달리 세 사람은 어두운 표정으로 고개를 떨군 채 벤치에 걸터앉아 있거나 바비큐 불판을 마주하고 있었다.

에쓰코, 와카나, 엔도. 간호조무사 동료들.

차가 오래 못 버틴다는 걸 알게 된 미오는 참가 권유를 받았던 오쿠타마 힐링 코티지 캠핑장 위치를 알려주며 류자키에게 이곳으로 오도록 지시했다. 타이어 공기가 완전히 빠졌는지 이제 속도를 내면 금방이라도 뒤집힐 것처럼 흔들리는 카이엔을 류자키는 코티지 근처까지 몰고 갔다.

"사요코 좀 부탁해요."

미오는 문을 열고 밖으로 뛰쳐나갔다.

"사쿠라바 씨?!" 허리를 굽히고 벤치에 걸터앉아 있던 에쓰코가 소리쳤다.

"어, 어떻게 여길?" 와카나가 눈을 깜빡거린다.

"혹시 캠핑에 참가할 마음이 생긴 거예요?"

바비큐 불판 앞에 있던 엔도가 고기와 채소 꼬치를 손에 들고 빤히 쳐다본다.
 설명하고 있을 겨를이 없다. 미오는 "차 좀 빌려주세요!" 하고 소리쳤다.
 "어, 차? 무슨 말인지……?"
 미간을 찌푸린 엔도는 복부에 화살이 박힌 사요코를 끌어안은 채 카이엔에서 내린 류자키를 보고 눈을 부릅뜬다.
 "큰일났네, 얼른 구급차를! 휴대전화는 안 터지지만 관리동에 유선전화가……."
 달려가려는 엔도에게 류자키는 "잠깐만!" 하고 날카롭게 말한다.
 "구급차를 불러도 제시간에 못 와. 이 근처에 수술 가능한 장소가 있어. 그리로 내가 운전해서 이 아이를 데려간다. 그러니 차를 빌려줘, 부탁이야!"
 사요코를 끌어안은 채 류자키는 머리를 깊이 숙였다. 엔도는 류자키의 품 안에서 고통스럽게 신음하는 사요코를 가만히 보더니 천천히 입을 열었다.
 "안 됩니다."
 류자키의 얼굴이 절망으로 일그러진다. 그러나 엔도는 곧바로 말을 이었다.
 "제가 운전해서 세 사람을 그곳까지 데려가겠습니다."
 "무슨 말을 하는……." 류자키의 눈이 커진다.
 "제가 운전하면 류자키 선생님과 사쿠라바 씨는 이동 중에도 그 아이 치료에 전념할 수 있잖습니까."
 "하지만……."
 류자키가 망설이는 표정을 보이자 엔도는 고개를 설레설레 흔들었다.

"망설일 시간 없습니다. 그 아이를 살리고 싶은 거잖아요!"
 류자키는 크게 숨을 삼킨 후 "……고마워" 하고 머리를 숙였다. 그때 와카나가 "저랑 에쓰코 씨도 같이 가겠습니다!" 하고 손을 번쩍 들었다.
 "일손은 많을수록 좋을 겁니다. 저는 아직 간호사는 아니지만 수술실 간호사가 되기 위한 공부를 하고 있고, 에쓰코 씨는 원래 수술장에서 일하던 베테랑 간호조무사예요. 틀림없이 도움이 될 거예요. 괜찮죠, 사쿠라바 씨?"
 확실히 일손은 많을수록 좋다. 다쓰미의 양옥은 설비는 나무랄 데 없지만 스태프가 없다는 단점이 있었다. 세 명의 간호조무사가 합류하면 도움이 되겠지만.
 미오는 망설였다. 믿어도 될까? 세 사람은 배신자다. 줄곧 나를 감시하던 스파이다.
 미오가 대답을 못하고 있자 에쓰코가 천천히 일어섰다.
 "우리를 믿지 못하는 건 어쩔 수 없지. 사쿠라바 씨에게 그만큼 심한 짓을 했으니 용서받을 거란 생각은 하지 않아. 하지만 이것만은 믿어 줘요. 우리는 간호조무사로서 늘 환자 곁에 다가갔어. 환자를 돕고 싶다는 바람을 품고 지금까지 왔어."
 미오 안에서 지난 몇 달간 간호조무사로서 동료들과 함께 일해 온 기억이 밀려왔다. 헌신에 가깝던 세 사람의 환자 응대와, 의사며 간호사에게 무시당해도 환자를 위해서라면 대충 넘어가는 법 없이 자신의 일을 완수하던 자세에 감명받았고 미오 자신도 그렇게 되고 싶다고 바라 왔다.
 "지금 우리는 간호조무사로서 그 아이를 살리고 싶어. 그러니 부탁할게, 힘을 보태게 해 줘."

에쓰코가 고개를 숙인다. 거기에 따르듯이 와카나와 엔도도 고개를 숙였다.
"네! 부탁드립니다!"
미오는 뱃속에서부터 우러나오는 목소리로 대답했다. 더 이상의 망설임은 없었다. 과거에 무슨 일이 있었든 지금은 같은 간호조무사로서, 그리고 사요코의 목숨을 구하고 싶은 자로서 힘을 모아야 한다.
동료들의 얼굴이 일제히 빛났다. 엔도는 무릎을 꿇더니 바로 옆에 있는 딸과 눈높이를 맞췄다.
"후미카. 아빠한테 잠깐 일이 생겼어. 후미카랑 비슷한 나이의 여자아이를 살려야 하는 중요한 일이야. 그러니 여기서 오빠들이랑 캠핑장 잘 지키고 있어 줄래?"
여자아이는 몇 차례 눈을 깜빡인 후 고개를 끄덕였다.
"응, 문제없어! 아빠, 일 힘내서 잘해!"
엔도가 "응, 힘내서 잘할게"하고 일어서자 에쓰코가 바비큐 테이블 옆에서 이쪽의 상황을 지켜보고 있던 청년에게 말을 건넸다.
"나도 잠깐 일이 생겨서 다녀올 테니 그동안 이곳의 일을 부탁하마. 후미카 잘 보살피고."
가장 나이가 많아 보이는 청년이 "나만 믿어요, 할머니"하고 가볍게 손을 들었다. 틀림없이 에쓰코가 갖은 애를 써 가며 세이료 대학에 입학시킨 손자일 테지. 무척 서글서글하고 듬직해 보이는 청년이었다.
"그럼 갑시다. 저 밴입니다. 타세요."
엔도가 주차장에 세워진 밴을 가리켰다. 류자키가 에쓰코의 손자에게 시선을 옮겼다.
"만약 수상한 놈들이 찾아와서 이 카이엔에 대해 물으면, 우리는 차를 바꿔 타고 시내 병원으로 갔다고 말해 줘. 부탁한다."
"뭔지 모르겠지만 알겠습니다. 그 아이 꼭 살려주세요. 그리고 할머니를 잘 부탁드립니다. 저희에게는 소중한 할머니예요."
예를 표하는 청년에게 류자키는 "물론이지" 하고 힘있게 대답한다. 미오, 류자키, 그리고 세 명의 동료들은 일제히 밴을 향해 달리기 시작했다.

"선생님…… 아파요……. 추워……."
시트를 눕혀 침대를 만든 밴의 뒷좌석에서 몸을 만 사요코가 가냘픈 목소리를 낸다. 류자키는 "곧 낫게 해 줄게" 하고 말을 붙이면서 사요코의 작은 손을 꼭 쥐고 있었다.
"앞으로 십 분 정도면 도착합니다."
운전석의 엔도가 내비게이션을 보면서 목소리를 높였다.
"이 아이, 다마노 사요코지? 대체 무슨 일이 있었던 거야?"
류자키의 차에서 가져온 보스턴백에서 새로운 수액 팩을 꺼내고 있던 미오에게 에쓰코가 조심스럽게 말을 걸었다. 말해도 되는지 알 수 없어서 미오는 류자키를 쳐다보았다. 그가 조용히 고개를 끄덕이는 것을 보고 미오는 입을 열었다.
"친권을 정지당한 모친이 보호 시설에서 사요코를 유괴해……."
오늘 이제까지 있었던 일을 간략하게 설명해 나간다. 이야기를 듣고 있던 에쓰코와 와카나의 얼굴이 창백해졌다. 와카나가 떨리는 입술을 열었다.
"혹시 그 교단 놈들이 쫓아온다든지 하면……."
"그건 괜찮아. 우리가 어디로 갔는지는 모를 테니까."

대답하면서 뒷유리 너머 바깥을 본 미오는 눈을 부릅떴다. 산비탈을 따라 구불구불 이어지는 차도, 그 아래쪽에 여러 대의 자동차 헤드라이트 불빛이 꼬리를 물고 있는 것이 보였다.

이 앞은 다쓰미의 양옥 외에는 거의 아무것도 없는 산길이다. 그런데도 여러 대의 차량이 줄지어 올라오고 있다는 것은……

"교단 일당이 쫓아오고 있어요!" 미오가 뒷유리를 가리켰다.

"뭐?! 우리가 다쓰미 양옥으로 가고 있는지 어떻게 안 거야. 거길 아는 사람은 거의 없을 텐……"

류자키는 거기까지 말하다 말고 깜짝 놀라는 표정을 짓더니 사요코가 입고 있는 스커트 주머니에 손을 넣었다. 그 안에는 탁구공만 한 크기의 까만 기기가 들어 있었다.

"뭐예요, 그게?" 와카나가 불안한 듯 묻는다.

"GPS 추적기야. 엄마라는 작자가 넣어 뒀겠지. 이걸로 위치가 노출됐어."

차가 크게 흔들린다. 다친 왼팔이 아팠는지 류자키의 손에서 GPS 추적기가 미끄러져 떨어졌다. 재빨리 그것을 주워 올린 미오는 사이드 윈도우를 내리고 바깥에 던져 버리려 했다. 그때 운전석의 엔도가 제지했다.

"그건 이용할 수 있어. 아직 갖고 있어요."

"이용하다니 무슨 뜻이에요?" 미오가 되물었다.

"곧 알게 될 거야. 그보다 목적지에 곧 도착합니다. 저 샛길로 들어가는 거죠?"

전방에 낯익은 험한 샛길이 눈에 들어왔다. 미오가 "맞아요" 하고 수긍하자 엔도는 핸들을 꺾었다. 차가 힘차게 샛길로 들어서자 바로 다쓰미의 양옥이 보였다.

주차장에는 구식 세단이 두 대 세워져 있다. 수술 후에 다쓰미를 트럭에 태워 이동할 때 두고 간 차량이 틀림없다. 그 후 다쓰미가 바로 체포되는 바람에 되찾아 가지 못하고 그대로 주차되어 있는 것일 테지.

"다들 얼른 내려요!"

양옥 정면 현관 앞에 밴을 세운 엔도가 소리친다. 미오 일행은 급히 슬라이드 도어를 열고 사요코를 조심조심 옮기면서 차 밖으로 나왔다.

"사쿠라바 씨, GPS요." 운전석 창문을 내린 엔도가 손을 내밀었다.

"설마……." 그의 의도를 알아차린 미오의 목소리가 갈라진다.

"맞아요, 내가 그걸 갖고 차를 몰아 미끼가 되는 거예요."

"세상에! 안 돼요. 상대는 정상이 아니에요. 그러다 진짜 죽어요."

미오가 목소리를 높이자 엔도는 미소 지었다.

"사쿠라바 씨, 난 전직 자위대원 출신 간호조무사예요. 자위대는 자신의 목숨과 맞바꿔서라도 국민을 지키는 게 일이고, 간호조무사는 환자를 위해 최선을 다해야 해요. 이 나라의 보물인 어린이 환자를 위해서라면 난 뭐든 합니다."

"하지만 만약 엔도 씨에게 무슨 일이 생기면 따님은……."

"걱정 말아요, 내가 뭣 때문에 제대 후에도 몸을 단련했을 것 같아요? 쉽게 당하진 않아요. 그보다 서두르지 않으면 위험해요. 그러니 얼른 GPS를."

미오는 입을 굳게 다물고 운전석으로 다가가 엔도에게 GPS 추적기를 건넸다.

"이게 마지막이 될지도 모르니 말해 둘게요. 사쿠라바 씨에게는 정말 미안한 짓을 했어요. 이런 걸로 보상이 될 거란 생각은 하지 않지만 용서해 줬으면 좋겠어요."

"용서할게요. 용서할 테니 반드시 살아서 후미카 곁으로 돌아와 주세요!"

엔도는 웃음 띤 얼굴로 "물론!" 하고 대답하더니 엔진을 고속으로 회전시켜 달려 나갔다. 멀어져 가는 브레이크등을 지켜보던 미오에게 류자키가 "가자" 하고 말을 걸었다. 미오는 고개를 끄덕인 후 양옥 정면에 있는 무거운 쌍여닫이문을 밀어 열었다. 현관 스위치로 불을 켜고 수술 기구가 갖춰져 있을 1층 거실로 향한다.

방에 다다른 미오는 실내 모습을 보고 안도의 표정을 지었다. 다쓰미를 수술한 후 뒷정리가 되지 않아서 전에 사용한 가운이며 장갑, 거즈 따위가 바닥에 어지러이 흩어진 한편 수술을 진행하기에 필요한 기구 세트는 남아 있었다.

"어떻게 이런 산속 집에 수술실이……? 여기 뭐예요?"

어안이 벙벙하여 중얼거리는 와카나에게 미오는 "모르는 게 나아" 하고 충고하고는 신속하게 마취기며 무영등의 전원을 켜고 수술에 필요한 도구를 기구대 위에 늘어놓았다.

"사요코, 이제 다 괜찮아."

류자키는 부드럽게 말을 걸면서 사요코를 수술대에 옆으로 누인 후 수술 시 뼈를 자를 때 쓰는 절단기를 사용하여 몸 밖으로 튀어 나와 있는 화살 부분을 잘라 냈다. 그 모습을 보면서 미오는 마취대 위에 삽관 튜브, 후두경(喉頭鏡), 정맥마취제 등을 늘어놓았다.

류자키는 마취기로 산소를 주입하고 그 튜브 끝에 부착한 마스크를 바로 누인 사요코의 입에 대더니 링거 라인의 측관으로 지체 없이 정맥마취제를 흘려 넣었다. 사요코의 눈이 초점을 잃고 빠르게 오르내리던 가슴의 움직임이 멎는다.

류자키는 L자형 후두경을 왼손에 쥐고 그 끝을 사요코의 입안에 넣어 후두 전개를 시도했다. 그때 류자키의 입에서 윽, 하는 신음이 새어 나왔다.

왼팔을 화살에 맞았는데도 불구하고 여기까지 사요코를 옮겨 온 것이다. 팔도 한계에 다다르고 있는 것이리라. "괜찮으세요?" 하고 묻는 미오에게 살짝 고개를 끄덕인 류자키는 사요코 입에 기관 내 튜브를 삽입하고 그것을 고정한 후 마취기에 연결했다.

마취기 펌프가 산소를 밀어내는 것과 동일한 템포로 사요코의 가슴이 오르내린다. 류자키는 마취기를 조작해 진정 상태를 유지하기 위한 흡입 마취제를 산소와 섞어 주입하기 시작했다.

"이로써 집도 준비는 갖췄다. 천천히 손 씻고 있을 시간이 없어. 멸균 장갑을 끼고 바로 집도 개시한다."

"하지만 류자키 선생님. 그 팔로 집도하실 수 있겠어요?"

"아니, 무리야. 이미 손의 감각이 사라지고 있어." 류자키는 고개를 가로저었다.

"그럼 어떡해요?! 당장 수술하지 않으면 사요코는 살 수 없어요!"

목소리가 커지는 미오를 류자키가 똑바로 응시했다.

"서, 설마." 미오는 쉰 목소리를 짜낸다. "제가……."

"그래. 당신이 집도하는 거야."

"무리예요! 저는 의료 행위는 일절 못 한다고 몇 번을 말해야 아시겠어요!"

"이걸 찔러 넣은 건 당신이야." 류자키는 사요코의 손등에 꽂혀 있는 나비침을 가리켰.

"주삿바늘을 찌르는 것과 개복 수술 집도를 하는 건 차원이 다릅니다."

"뭐가 다르다는 거지?"

류자키가 조용히 묻자 미오는 "어……" 하고 얼빠진 소리를 낸다.

"당신은 자신의 수술 때문에 언니가 죽었다며 온갖 의료 행위에 거부 반응을 보이게 됐어. 하지만 언니의 죽음에 책임이 없었다는 건 알게 되었을 터."

"그렇다고 해서 쉽게 트라우마를 극복할 수 있는 건 아니잖습니까!"

"그래, 쉽게 되는 건 아니지. 하지만 지금이 바로 그 트라우마를 넘어설 때야."

류자키의 힘 있는 말에 미오의 눈이 번쩍 뜨였다.

"아까 나비침을 찌를 수 있었던 건 당신이 트라우마를 극복해 나가고 있기 때문이야. 그 계기는 분명 간호조무사로서 일한 경험이야."

"간호조무사로서……." 미오는 멍하니 그 말을 되뇌었다.

"당신은 간호조무사로서 환자의 마음에 다가서는 일을 계속해 왔어. 그 어떤 의사보다도 최선을 다해 환자를 살리고자 행동해 왔어. 그렇지?"

미오는 "네" 하고 고개를 끄덕였다. 머릿속에서 지난 석 달간 간호조무사로서 일한 경험이 주마등처럼 흘러갔다. 그때 따스한 감촉이 등을 훑었다. 가만 보니 에쓰코와 와카나가 등에 손을 얹어 주고 있었다.

"당신은 아까 사요코를 살리기 위해 한 가지 트라우마를 극복하고 나비침을 찔렀어. 하지만 사요코의 생명을 유지하려면, 이 아이에게 밝은 미래를 안겨 주려면 트라우마를 한층 더 이겨 낼 필요가 있어. 무슨 말인지 알지?"

체온이 올라가는 것을 느끼면서 미오는 다시 "네!" 하고 대답했다.

"내가 온 힘을 다해 서포트할게. 그러니 부디 메스를 잡아 줘. 힘을 합쳐서 사요코를 살리자. 환자를, 이 아이를 살리기 위해서라면, 당신은 틀림없이 과거로부터 자신을 해방시킬 수 있어."

거기서 말을 끊은 류자키는 숨을 한 번 크게 쉬고 나서 "내가 그랬듯이" 하고 부드럽게 미소 지었다.

미오는 천천히 눈을 감았다. 이렇게 하면 어김없이 빗속에서 피를 흘리며 쓰러져 있는 언니가 플래시백 했다. 그러나 지금 눈꺼풀 안쪽에 비치는 것은 부드럽게 그리고 행복한 듯 미소 지어 주는 언니의 모습이었다.

머릿속에서 유리가 깨지는 듯한 소리가 울려 퍼진다. 몸이 가벼워진다. 내내 등을 짓누르던 십자가가 산산이 부서져 사라지는 것을 느낀다.

미오는 눈꺼풀을 들어 올리더니 폐 깊숙이 공기를 들이마시고 나서 말했다.

"집도 준비! 다 같이 사요코를 살립시다!"

7

심전도 전자음이 규칙적으로 울려 퍼진다. 미오는 벌린 환부 사이로 엿보이는 불그죽죽한 간의 표면을 바라보았다. 집도를 개시한 지 세 시간쯤 지났다. 그동안 미오는 개복을 하고 간에 박혀 있던 화살을 최대한 출혈이 적도록 신중하게 빼낸 뒤 상처 난 간의 수복을 진행했다. 근 1년 만의 수술이었지만, 류자키가 제1조수로서 서포트해 준 덕분에 스스로도 놀랄 만큼 원활하게 수술을 진행할 수 있었다.

와카나는 수술에 필요한 물품들을 배치하고 에쓰코는 기구며 점적 주사 따위를 준비하는 순환 간호조무사로서 최선을 다해 움직이며 이 수술을 지원해 주었다.

"간 수복, 문제없어 보이는데 어떤가요?"
미오는 맞은편에 서 있는 류자키에게 조심스레 물었다. 류자키는 마스크와 수술모 사이로 엿보이는 눈을 가늘게 떴다.
"응, 문제없어. 이제 닫아도 될 거야. ······좋은 수술이었어."
안도와 기쁨이 가슴을 채우며 온몸에 힘이 쭉 빠졌다. 미오는 눈을 꼭 감더니 "감사했습니다!" 하고 류자키에게 머리를 숙였다.
"감사 인사는 오히려 내가 해야지. 당신 덕분에 '가족'을 살릴 수 있었으니까."
류자키는 시선을 옮겨 자애 가득한 눈으로 사요코의 얼굴을 보았다. 류자키와 함께 복막, 근육, 그리고 피부 봉합을 진행한 미오는 마지막 한 바늘을 꿰맨 후 재차 "감사했습니다" 하고 머리를 숙였다. 그에 따르듯이 류자키, 에쓰코가 예를 표한다. 와카나도 황급히 머리를 숙였다.
"수고하셨습니다, 사쿠라바 씨, 류자키 선생님. 그런데 사요코는 이제 어떻게 하나요? 여기서는 휴대전화도 안 터지고."
에쓰코의 물음에 류자키는 장갑을 벗은 손으로 사요코의 머리를 쓰다듬으면서 대답했다.
"일단은 전신마취에서 각성시키고 발관[42]하는데 진정제를 투여해 잠든 상태를 유지한다. 그리고 바깥 주차장에 세워져 있는 차로 시내 병원까지 데려간다."
"어, 저 차 키, 갖고 계세요?" 와카나가 물었다.
"아니. 저런 타입의 차량은 배선을 좀 만지면 시동이 걸려."
와카나가 "그, 그런가요" 하고 얼굴이 굳는 것을 곁눈질하며 류자키

---

42) 삽관 튜브를 빼는 것

는 마취기를 조작해 각성 준비에 들어갔다.

끝났다. 정말 내 손으로 수술을 할 수 있었어.

"사쿠라바 씨, 괜찮아?"

맥이 풀린 탓인지 현기증이 일어 휘청거리는 미오의 몸을 에쓰코가 황급히 잡았다.

"아, 고맙습니다. 수술 중에도 서포트해 주셔서 정말 도움이 많이 됐어요."

"아니야. 우리, 이런 걸로는 결코 다 보상할 수 없는 짓을 사쿠라바 씨에게 저질렀어……."

고개를 떨구는 에쓰코와 와카나에게 미오는 미소를 지어 보였다.

"잊어요, 우리. 이제 다 지난 일이에요."

그래, 언제까지고 과거의 일에 얽매여 있을 순 없다. 언제나 앞을 향해 그리고 미래를 바라보며 지금 할 수 있는 일에 최선을 다하는 것이 중요하다. 그것을 간호조무사로서 일하면서, 그리고 류자키 선생님과 함께 여러 사람을 구하는 중에 배웠다.

"사쿠라바 씨!"

별안간 와카나가 부둥켜안으며 "미안해요. 정말 미안해요" 하고 흐느껴 운다. 그 머리를 부드럽게 쓰다듬고 있는 와중에 류자키는 사요코에게 발관을 진행하고 있었다. 기관 내 튜브를 뺀 순간, 사요코는 반사적으로 심하게 콜록거렸으나 이내 잦아들면서 쌔근쌔근 숨소리를 내기 시작했다.

완벽한 진정에 감탄하는 미오 앞에서 류자키가 사요코의 몸을 안아 올리려 한다.

"아, 선생님, 제가 할게요. 왼팔, 이제 한계잖아요."

미오가 황급히 말을 걸었지만 류자키는 천천히 고개를 가로저었다.
"내가 하게 해 줘. 이 아이는 내 소중한 '가족'이야."
류자키는 사요코의 몸을 살며시 안아 올려 출입구로 향했다. 나머지 사람들도 류자키를 따라 나섰다. 양옥 정면 현관으로 나온 일행은 주차장에 세워진 세단으로 향했다.
저 차만 움직인다면 무사히 돌아갈 수 있다. 다음은 엔도 씨가 무사히 도망쳤으면 되는데……. 미오가 마음속으로 읊조렸을 때 엔진음이 울리며 엔도의 밴이 주차장으로 들어왔다.
다행이다, 무사했어! 목 안에서부터 올라온 기쁨의 목소리가 밴에서 내리는 남자를 보는 순간 입안에서 흩어졌다.
"드디어 찾았군요, 여러분."
조수석에서 내린 세이류인이 즐거운 듯 말한다. 세이류인의 말이 신호이기라도 한 듯 SUV 차량이 잇따라 주차장으로 진입했다.
"어떻게? 엔도 씨는……?" 떨리는 목소리로 에쓰코가 말했다.
"엔도? 아, 이 차를 타고 달아났던 남자 말인가?"
세이류인이 몸을 돌리더니 밴을 향해 턱짓했다. 뒷좌석 문이 열리더니 엔도가 차에서 굴러떨어지다시피 나왔다. 얼마나 두들겨 맞았는지 피멍이 든 얼굴은 퉁퉁 부었고 입과 코에서는 피가 흘렀다.
"엔도 씨!"
와카나가 비명과도 같은 소리를 지르자 세이류인은 즐거운 듯 두 팔을 벌렸다.
"고집이 센 사내였어요. 아무리 패도 당신들이 있는 곳을 불지 않았어. 다만 차량 내비게이션이라는 건 정말 편리하네요. 이 차가 어디를 경유했는지 이력을 살펴보니 일목요연했지요."

차에서 남자들이 내린다. 그들이 손에 쥔 보우건을 본 미오의 마음은 절망으로 물들어 간다. 이대로는 전원 몰살당하고 숲속 깊이 묻히고 만다…….

천신만고 끝에 사요코를 살려 냈는데……. 비로소 트라우마를 이겨 내고 나 자신이 나아가야 할 길을 찾아낼 수 있었는데…….

미오가 입술을 깨물고 있는데 곁에 서 있는 류자키가 중얼거렸다.

"미안해. 전부 내 탓이야. 내가 당신과 동료들을 끌어들이고 말았어."

"아닙니다! 선생님 탓이 아니에요. 제 스스로 선택한 겁니다. 아무리 위험해도, 무슨 짓을 해서라도 사요코를 살리고 싶어서요."

"……저도요." 에쓰코가 주먹을 불끈 쥔다.

"저도……." 와카나가 눈물 젖은 눈을 닦았다.

"저도…… 요……." 엔도가 떨리는 손으로 바닥을 짚으며 상체를 일으켰다.

류자키는 사요코를 품에 꽉 끌어안으며 "고마워……" 하고 목소리를 짜냈다. 그 눈에 살짝 눈물이 어린 것처럼 보였다.

"이야아, 아름다운 장면이네. 그럼 이쯤에서 슬슬 웃기지도 않는 신파극은 끝내도록 합시다."

비웃듯이 말하면서 세이류인이 오른손을 번쩍 치켜들었다. 부하들이 보우건을 들어 겨누는 것을 보고 미오가 눈을 감았을 때 별안간 사이렌 소리가 울려 퍼졌다.

세이류인이 눈을 부릅뜨고 돌아본다. 방금 전 교단의 차량들이 들어온 길에서 이번에는 사이렌을 울리며 적색등을 번쩍이는 경찰차가 잇따라 주차장으로 들어왔다.

무슨 일이 일어나고 있는 건지 알 수 없어 미오 일행이 멍하니 서 있는 와중에 멈춰 선 경찰차에서 경찰관들이 속속 내렸다. 마지막으로 적색등을 지붕에 얹은 암행 경찰차가 주차장에 정차했다. 거기서 내린 남자를 보고 미오는 목소리를 높였다.

"다치바나 씨?!"

"여어, 미오. 딱 맞춰 온 모양이네." 신주쿠서 형사과의 다치바나 형사가 손을 들었다.

"어떻게 다치바나 씨가 여길……."

미오가 중얼거리자 다치바나는 어깨를 과장되게 으쓱해 보였다.

"무슨 소리야. 네가 보호 시설 원장에게 내 명함을 줬잖아. 유괴 사건일 가능성이 있어서 오쿠타마서와 협력해서 수사를 개시하려는 참에 캠핑장에 있는 대학생한테서 신고가 들어왔어. 여자아이가 화살에 맞았고 그 아이를 데리고 도망치는 사람이 있다고."

손자의 신고 덕에 살았다는 것을 알게 된 에쓰코의 목이 멨다.

"하지만 어떻게 이 장소를……."

와카나의 물음에 다치바나는 엔도의 밴을 가리켰다.

"엔도 후미카 양이 갖고 있던 스마트폰에 아버지의 차량 위치 정보를 알 수 있는 앱이 깔려 있었어요. 요즘 참 편리해졌지요."

설명을 마친 다치바나는 자, 하고 나지막이 중얼거리곤 세이류인 일당을 노려본다.

"전원, 살인미수 현행범으로 체포한다. 즉시 무기를 버려."

새파랗게 질린 얼굴로 떨고 있는 세이류인을 부하들이 불안한 듯 바라보았다.

"아니면 그 보우건으로 이 인원의 경찰들과 맞짱이라도 뜰 셈인가? 살상 능력이 높은 무기를 버리지 않는다면 이쪽도 권총을 사용할 수밖에."

경찰관들이 잇따라 권총을 빼 드는 것을 보고 세이류인은 두 손을 번쩍 치켜들었다.
"그만! 쏘지 마! 항복할 테니 쏘지 말아 줘! 살려 줘!"
필사적으로 목숨을 구걸하는 교주의 모습을 보고 부하들도 황급히 보우건을 버리고 손을 들어올렸다. 그 모습에 경찰관들은 잇따라 권총을 권총집에 도로 집어넣고 그 대신 수갑을 꺼내 남자들을 체포해 경찰차 뒷좌석에 태웠다. 엔도도 곧장 병원에 데려가야겠다는 판단이 섰는지 경찰차 조수석으로 안내했다.
손을 뒤로 한 채 수갑을 차고 마치 기절한 사람처럼 고개를 떨군 세이류인이 양쪽 팔을 경찰관들에게 붙들린 채 경찰차에 밀어 넣어진다. 거기까지 지켜본 다치바나가 천천히 다가왔다.
"미오, 미안한데 체포된 인원이 많아서 나머지 사람들은 뒤에 오는 지원 차량 편에 돌아갈 수 있도록 조치할게. 경찰들과 잠시 여기서 기다려야 하는데 괜찮겠어?"
"아, 네, 물론이죠." 미오가 고개를 끄덕이자 다치바나는 류자키를 돌아보았다.
"그 아이가 다마노 사요코입니까? 화살에 맞았다던데 괜찮습니까?"
류자키 팔에 안겨 눈을 감고 있는 사요코를 다치바나가 들여다본다.
"아, 빨리 병원에 데려가야 하지만 생명에는 지장이 없어요. 수술을 마쳤기에."
"······수술?" 다치바나의 얼굴이 험악해진다.
"그건 누가?"
미오가 서둘러 사정을 설명하려 한다. 하지만 그러기 전에 류자키가 대답했다.

"나요. 내가 다 했어."

류자키가 남몰래 곁눈질했다. 그 모습에서 미오는 그의 의도를 알아차렸다.

이 양옥은 범죄자인 다쓰미의 소유물이다. 이곳에 수술실이 있는 것을 알고 집도까지 했다면 범죄조직과의 연관성을 의심받아 추궁당할지도 모른다.

류자키 선생은 어찌 됐든 자신이 처벌받을 것을 알고 책임을 혼자 뒤집어쓰고서 우리를 보호하려는 것이다.

"……류자키 선생, 당신은 의사 면허 자격정지 처분을 받은 걸로 아는데. 수술을 했다면 범죄 행위가 됩니다. 그걸 알고서 하는 말입니까?"

"아, 알고 있어요. 그러니 체포든 뭐든 좋을 대로 해요. 우선 이 아이를 병원에 데려가고 난 후에."

한 치의 망설임도 없이 말하는 류자키를 보고 미오는 입술을 꽉 다물었다. 여기서 끼어들었다간 모든 것을 짊어지기로 결심한 류자키의 각오에 먹칠을 하는 일이 될 뿐이다.

"……알겠습니다. 제 차로 가까운 병원까지 데려갑시다. 그 아이뿐만 아니라 선생도 치료를 받아야 해요. 내일 이후 차분히 이야기를 듣도록 하겠습니다."

딱딱한 어조로 말하는 다치바나에게 류자키는 "고맙습니다" 하고 웃음을 지어 보인 후 암행 경찰차를 향해 걸어갔다. 사요코를 천천히 뒷좌석에 누이고 뒤이어 차에 오르려던 류자키에게 미오가 달려갔다.

"류자키 선생님!"

"왜?"

류자키는 온화한 표정으로 미오를 응시했다.

"저어, 무슨 말을 어떻게 해야 할지……."
"아무 말 안 해도 돼." 류자키는 웃음을 띠며 고개를 가로저었다.
"이걸로 됐어. 이게 가장 좋은 방법이야."
"하지만……."
"사쿠라바 미오."
감정이 복받쳐 목소리가 나오지 않는 미오를 류자키가 부드럽게 불렀다. 처음으로 이름이 불린 미오는 "네!" 하고 등을 꼿꼿이 폈다.
"내가 예상한 대로 당신은 일류 외과의사였어. 최고의 외과의사인 내가 하는 말이니까 틀림없어. 자신감을 가져."
"……네."
울음이 터져 나오지 않도록 목구멍에 힘을 주는 미오의 머리를 가볍게 쓰다듬고 나서 류자키는 사요코가 누워 있는 뒷좌석에 올라 창문을 열었다.
"그리고 당신은 최고의 간호조무사이기도 해."
그 말에 크게 놀라는 미오를 향해 류자키는 거만한 윙크를 날린다.
"그러니 미래는 당신 자신이 결정해. 어떤 선택을 하든 당신은 틀림없이 많은 사람을 살릴 수 있을 거야. 내가 보증해."
"네! 감사합니다!"
미오가 마음에서 우러나오는 감사 인사를 전하는 것과 동시에 운전석에 앉은 다치바나가 암행 경찰차를 출발시켰다. 멀어져 가는 후미등을 지켜본 미오는 산속의 청량한 공기를 한껏 들이쉰 후 하늘을 올려다보았다.
별들이 깜빡이는 밤하늘에 옅은 은하수가 흐르고 있었다.

에필로그

"사쿠라바 선생님, 미안한데 허리가 아파서. 파스 좀 붙여 줄래요?"
 베드 메이킹을 하고 있는데 옆 침대에 누워 있던 고령의 여성이 말을 걸었다. 미오는 주름 하나 없이 시트를 펴고 나서 "네네, 잠시만 기다려 주세요" 하고 환자에게 다가가 침대 머리맡 수납장 위에 놓여 있던 봉투에서 파스를 꺼냈다.
 "어머나, 또 점심밥을 남기셨잖아요. 안 돼요. 제대로 드시지 않으면."
 "알고는 있지만, 병원 밥이 밍밍해서 도무지 식욕이 나질 않아요. 퇴원하면 제일 먼저 돈코츠라멘집에 가서 곱빼기로 먹을 거야."
 미오가 파스를 붙이는 동안 환자는 신이 나서 목소리를 높인다.
 "고혈압이시니 적당적당히 드세요. 애써 수술받고 암을 고쳤으니까."
 "알아요. 선생님 덕에 수술 후에도 건강하고 식욕도 있고 흉터도 전혀 안 남고. 고맙게 여기고 있어요."
 "별말씀을요."
 미오가 웃음을 짓고 있는데 동료인 사오토메 와카나가 얼굴을 내민다.
 "사쿠라바 씨, 슬슬 가야 할 시간이에요."
 "아, 벌써 시간이? 하지만 식기 수거 일이 아직 덜 끝나서……."
 "그건 내가 해 둔다니까요. 그보다 수술에 집도의가 없는 게 더 문제죠. 가요, 전달 사항은 가면서 들을 테니."

"고마워."

미오는 환자에게 인사하고 병실을 나와 와카나와 나란히 걷기 시작했다.

"오늘은 무슨 수술이에요?"

"506호실에 입원한 고토 씨의 위 절제술. 아, 504호랑 505호 식기 수거 아직 안 끝났는데 부탁해도 될까? 베드 메이킹은 마쳤으니까."

와카나에게 업무 인계를 하는 도중, 스쳐 지나는 간호사들이 "수고하십니다" 하고 머리를 숙인다. 미오는 웃는 얼굴로 가볍게 화답하며 걸었다.

오쿠타마 산속에서 다마노 사요코를 구한지 석 달쯤 지났다. 미오는 지금도 변함없이 이 병동에서 간호조무사로 근무하고 있다. 그러나 크게 달라진 점도 있었다.

미오는 현재 5층 4병동 전속 간호조무사인 동시에 통합외과의 골드 외과의사이기도 하다.

히가미 사후, 통합외과는 대혼란에 빠졌지만 다행히 빠르게 수습되었다. 자신의 죽음이 임박했음을 알고 있던 히가미는 자신이 죽고 난 이후의 통합외과 체제에 관하여 변호사에게 유언을 남겼다. 그 유언대로 일찍이 히가미의 오른팔로서 통합외과 설립에 힘을 보태고 가와사키에 있는 세이료 대학 의학부 분원의 통합외과 부장을 맡고 있던 준교수가 히가미 대신 주임교수가 되어 통합외과를 통솔해 나가기로 되었다.

새로운 교수는 기존 체제를 거의 유지했지만 두 가지 인사(人事)에만 바로 손을 댔다. 그중 하나가 의국장 인사로, 그때까지 의국장을 맡고 있던 쓰보쿠라를 경질하고 관련 병원으로 보낸 뒤 가와사키 시절 오른 팔이었던 부하를 후임으로 앉혔다. 그리고 또 한 가지 서프라이즈 인사가 다름 아닌 미오에 대한 처우였다.

히가미의 유언에 미오가 실은 외과의사라는 것, 그리고 미오가 바라는 대로 근무시키기 원한다는 내용이 기재되었던 모양이다. 새로운 주임교수는 취임하고 바로 미오를 불러 "자네는 어떻게 하고 싶나?" 하고 물었다. 미오는 거기에 대해 망설임 없이 대답했다.

"간호조무사 일을 하면서 외과의사로서 일하게 해 주십시오."

그리하여 미오는 일반적인 외과의사가 수술 외 시간에 병동 업무며 외래 진료에 집중할 수 있도록 평소에는 간호조무사로서 일하고, 담당하는 수술시간이 되면 수술실에 가서 메스를 다루는 나날을 보내고 있었다.

간호조무사로서 근무하는 시간은 줄었지만 그 빈자리를 에쓰코와 와카나, 그리고 부상 치료 후 지난달에 복귀한 엔도 등 세 사람의 동료가 야무지게 채워 주고 있다.

환자에게 다가감으로써 마음을 치유하고 수술로써 몸을 치유한다. 이것이 바로 그녀가 생각하는 이상적인 의료다.

미오는 문득 시선을 든다. 자신에게 나아가야 할 길을 가르쳐 준 남자의 모습이 머리를 스쳤다.

"아, 그러고 보니 사쿠라바 씨, 오늘 밤에 시간 비어요?"

와카나가 생각난 듯 말을 걸어왔다.

"실은 오늘 밤 미팅 있는데 사쿠라바 씨도 참가하지 않을래요?"

"와카나, 괜찮아? 국가고시 공부 해야잖아."

"그건 열심히 하고 있어요! 날마다 열공 모드인데 조금은 왁자지껄 떠들어 주기도 해야지, 아주 스트레스로 돌아버릴 지경이에요. 그러니 사쿠라바 씨도 같이 가요."

"미안, 오늘 밤엔 약속이 좀 있어서." 미오는 두 손을 모은다.
"어, 혹시 남자예요?"
호기심 가득한 눈을 빛내는 와카나에게 미오는 장난스럽게 윙크했다.
"뭐, 그렇다고 봐야 하나."

캐리어를 끄는 많은 사람이 오가는 공간을 미오는 두리번두리번 살피며 나아간다. 오후 수술 집도와 수술 후 관리 지시까지 마치고 병원을 나선 미오는 그 길로 나리타공항 국제선 출발 로비에 와 있었다.
오후 6시가 다 되어 가는데 생각 외로 사람이 많다. 이 속에서 그 사람을 찾아낼 수 있을까?
조바심을 내며 주의 깊게 살펴보던 미오는 수십 미터 앞, 보안 검사장 입구에 늘어선 사람들 속에서 찾던 인물을 발견하고 부랴부랴 달려갔다. 출장 가는 샐러리맨 같은 남성 몇몇과 부딪혀 "죄송합니다" 하고 사과하면서 미오는 목소리를 높였다.
"류자키 선생님!"
보안 검사장으로 빨려 들어가려던 류자키가 몸을 돌려 미오를 본다. 그 얼굴에 쓴웃음을 떠올리더니 류자키는 "실례합니다" 하고 뒤에 서 있던 사람들에게 양해를 구하고 대열에서 빠져나왔다.
"오늘 떠나는지 어떻게 알았어? 아무한테도 말하지 않았는데."
가까이 다가온 류자키는 입꼬리를 치켜올린다.
"아무한테도는 아니죠. 집주인한테는 말했잖아요."
"아, 집주인. 그러게, 분명 이야기했지. 거기서 당신한테 전달된 건가. 내가 경솔했네."
"신중한 선생님답지 않은 실수네요. 하지만 덕분에 이렇게 오랜만에 만나게 됐어요."

"확실히 오랜만이네." 류자키가 살짝 미소 짓는다.

보우건에 맞은 사요코를 의사 면허 자격정지 상태의 류자키가 수술한 것은 긴급조치라고 해서 불기소 처분이 났다. 그러나 류자키가 두 번째로 위법한 수술을 감행했다는 것, 그리고 뒷 세계 인간과 연관이 있었다는 정보가 경찰에서 언론으로 유출되어 최초 사건인 사요코의 충수 절제술과 히가미 교수의 수술 중 사망 사건 등과 맞물려 대대적으로 보도되었다.

여기서 약한 처분을 내리면 심각한 의료불신이 생겨날 거라고 여긴 의도심의회는 재차 회의를 열어 류자키의 의사 면허를 박탈했다.

또한 어디선가 류자키의 주소를 입수한 취재원들이 아파트 앞에 잠복한 나머지 두 달쯤 전부터 류자키는 애차인 카이엔과 함께 아파트에서 모습을 감추고 말았다.

"그래서, 어떻게 지내? 간호조무사와 외과의사 겸업은 잘 되어 가나?"

류자키의 물음에 미오는 "네, 물론" 하고 크게 고개를 끄덕였다.

"그런데 류자키 선생님. 제가 어떤 선택을 했는지 알고 계시네요."

"당연하지. 얼마 전까지 난 통합외과의 에이스였으니까. 그 정도 정보는 들어와."

"그러면…… 레이카 선생님 일은?"

미오가 머뭇머뭇 묻자, 류자키는 그것도 알고 있다며 조그맣게 고개를 끄덕였다.

부친인 히가미 교수가 사망하고 곧바로 통합외과에 퇴국원을 낸 히가미 레이카는 세이료 대학 의학부 부속병원을 퇴직한 후 외국계 제약회사에 취직했다. 히가미와 협력하여 신히가미 세포를 연구하고 차세

대 암 치료기기로서 옴스 개발에 참여하고 있던 회사가 바로 그곳이다. 레이카는 앞으로 그 제약회사에서 옴스 개발 멤버의 일원으로서 아버지의 꿈을 실현하는 일에 매진한다고 했다.

"레이카는 나를 원망하고 있을 거야. 내 실수로 교수님이 돌아가셨다고 여기고 있으니까."

"네, 그렇겠죠……."

두 사람 사이에 침묵이 내려앉는다. 무거운 공기를 떨쳐 버리듯이 미오는 두 손을 모았다.

"아, 그러고 보니 얼마 전에 레이카 씨한테서 연락이 왔었어요. 저를 정식으로 옴스 시험 오퍼레이터로서 고용하고 싶다고."

"그래서 당신은 어떻게 할 건데?"

"주말이나 연구일에 하게 되겠지만, 협력할까 생각 중이에요. 히가미 교수가 남긴 말이 사실이라면 언니가 알아차린 비밀, 아마도 그날 우리가 보았던 이상하게 증식하는 암 세포의 정체를 알아낼 단서가 옴스에 숨겨져 있을 테니까."

"그래? 당신이 스스로 선택한 길이라면 분명 그게 정답일 거야."

"류자키 선생님은 앞으로 어떡하실 생각이세요? 미국으로 건너가도 취직이 정해져 있던 병원으로는 갈 수 없는 거죠?"

일본에서 의사 면허를 박탈당하고 취직 예정이었던 미국의 대학병원이 류자키의 영입을 취소했다는 이야기 정도는 들어서 알고 있었다.

"글쎄. 하지만 어떻게든 되겠지. 면허를 빼앗겨도 나한테는 이게 있어."

류자키는 자신의 팔을 툭툭 친다.

"그저 미친 듯이 갈고 닦아 온 기술, 그건 어느 누구도 빼앗을 수 없어. 그리고 그 기술이 있는 한 나는 계속 의사이고 환자를 계속 살릴 수 있어. 틀림없이 내가 활약할 장소는 전 세계 어디에나 있을 거야. 뭐, 화려한 일반 세계는 아니겠지만."

"본격적으로 뒷 세계에 들어가는 건가요. 어쩐지 블랙 잭 같네요."

미오가 농담조로 말하자 류자키는 해맑은 미소를 지었다.

"좋잖아, 블랙 잭. 그 만화 아주 좋아해."

"실은 저도 그래요."

두 사람이 조그맣게 웃음소리를 내고 있는데 「일본항공 062편 로스앤젤레스행은 곧 탑승 수속을 마감할 예정입니다」라는 안내 방송이 흘렀다.

"슬슬 가 봐야겠네."

류자키가 오른손을 내민다. 미오는 그 손을 꽉 쥐었다.

"다시 볼 수 있는 거죠?"

"의사의 세계는 좁아. 특히 외과의사의 세계는. 그 좁은 세계에서 피차 앞을 향해 계속 나아가다 보면 어딘가 선이 교차하는 지점도 있겠지."

"그때까지 선생님에게 조금이라도 더 가까워질 수 있도록 솜씨를 연마해 두겠습니다."

"그때가 되면 나는 한층 더 앞서 나가 있겠지."

서로 고개를 끄덕인 미오와 류자키는 동시에 몸을 돌렸다.

사람들이 오가는 공항을 두 외과의사는 가슴을 펴고 각자의 길을 향해 나아갔다.

역자 후기

사연 있는 간호조무사와 천재 외과의사의 활약상을 담은 논스톱 서스펜스

전도유망한 외과의사였던 사쿠라바 미오는 수술 후 고통을 견디지 못한 언니의 충격적인 자살 현장을 목격한 후 담당 의사로서 동생으로서 언니를 구하지 못했다는 죄책감으로 인해 더 이상 의료 행위를 할 수 없을 만큼 심각한 PSTD(외상 후 스트레스 장애)에 시달린다. 그런 그녀를 눈여겨본 히가미 교수의 추천으로 대학병원 통합외과 병동에서 의사도 간호사도 아닌 간호조무사로서 일하게 되는데---. 사쿠라바 미오는 일단 낯설지 않은 의료 현장에서 일할 수 있게 된 것에 감사하며 침대 시트 교체, 배식 및 식사 보조, 환자 이동 등 간호조무사로의 업무를 익혀나가는 한편, 전직 외과의사로의 경험과 눈썰미를 발휘하여 환자들의 대략적인 병세를 파악해 두고 수술을 앞둔 환자들의 마음을 살피는 일에도 최선을 다한다. 그러던 어느 날 수술을 코앞에 둔 환자의 이상 증세를 발견한 미오가 잘못된 것을 바로잡고자 동분서주하게 되고 마침내 신의 손이라 불리는 천재 외과의사 류자키 타이가와 맞닥뜨리면서 본격적인 이야기가 시작된다.

치넨 미키토 씨는 애초에 드라마 제작을 염두에 두고 본서를 집필하였다고 한다. 세간에는 잘 알려지지 않은 간호조무사라는 직업에 초점을 맞춘 휴먼 드라마와 자신의 주 종목인 의료 서스펜스를 융합하여 많은 이들이 즐길 수 있는 작품을 만들고 싶었다고. 워낙 믿고 읽는 작가군에 속하지만 이렇게 매번 새로운 시도와 구성을 선보이며 재미와 감동, 그리고 깊이 있는 메시지까지 담아낼 수 있다니 놀라울 따름이다.

현실에선 간호조무사와 의사가 실제로 대면할 일은 거의 없다고 보지만 그러한 위화감을 느낄 새가 없을 정도로 흡인력이 강한 작품이다. 미오와 류자키는 평소의 의료 소신뿐만 아니라 성향적으로도 확연히 다른 캐릭터다. 환자의 마음에 다가서는 것을 중시하는 미오와 달리 감정이 배제된 완벽한 수술만을 추구하는 기술 지향주의자 류자키. 말 그대로 동전의 앞뒷면에 비길 만큼 상반된 의료 철학을 지닌 두 인물은 사사건건 충돌하기 일쑤이다. 하지만 그 모든 것이 환자를 위하는 마음에서 비롯된 것임을 알기에 점차 서로를 보완해 가며 의료 현장을 둘러싼 미스터리한 사건들을 함께 파헤쳐 나간다.

타살일지도 모를 언니 사망 사건의 진상을 쫓는 과정과 맞물려 범죄 조직과 연루된 고위공직자 뇌물 수수 사건, 종교를 가장한 사기 집단, 아동학대로 이어지는 의료 방임 등 결코 가볍지 않은 사회적인 문제도 연이어 수면 위로 떠오르는데 곳곳에 숨겨진 복선과 반전의 연속 덕에 긴 이야기임에도 지루할 틈이 없다. 손에 땀을 쥐게 하는 절체절명의 순간을 벗어나는 것도 잠시 또 다른 위기에 봉착하기도 하고, 속도감 있는 액션 활극까지 벌여가며 고군분투하는 두 콤비의 활약상이 눈부시다. 그 중심에는 늘 생명을 다루는 의사로서의 남다른 사명감이 자리하고 있다. 간혹 엉뚱하게 급발진하는 미오를 향해 덤덤하게 응수하는 류자키의 코믹한 장면에선 의도치 않은 순간에 독자들을 즐겁게 해 주려는 작가의 세심함이 돋보인다.

그러고 보니 치넨 미키토라는 작가는 여타의 작품에서 보듯 과연 실제로 존재할까 싶은 극단적인 캐릭터조차 체계적인 빌드 업을 거쳐 매력적인 인물로서 납득시켜버리는 재능이 있다. 또한 류자키라는 인물이 왜 그렇게 극단적인 신념을 고집하게 되었는지 그의 뿌리 깊은 트라우마를 힘겹게 끌어내는 과정 속에서 작가는 중요한 화두를 던진다, 이상적인 의료란 과연 무엇인지---. 한마디로 정의 내리긴 힘들다. 의사가 됐든 환자가 됐든 그 가족이 됐든 각자의 경험치에 따라 공감 포인트가 달라질 수 있으니 말이다.

우여곡절 끝에 미오와 류자키 두 사람은 오랜 기간 자신들을 짓눌러 온 트라우마의 저주에서 벗어나 한 단계 성장하는 모습까지 보여주었다. 치넨 미키토가 쌓아온 현역 의사로서의 지식과 경험이 소설가로서의 상상력과 결합함으로써 또 한편의 서사가 완성된 것이다. 미래를 기약하며 홀가분하게 먼 길을 떠나는 류자키, 자신의 바람대로 의사와 간호조무사 일을 병행하게 된 미오. 일단은 해피 엔딩이다. 다만 히가미 교수의 마지막 꿈은 무엇이며 옴스에 숨겨진 비밀이란 것이 과연 무엇일지 아직 풀리지 않은 수수께끼는 남았다. 열린 결말과 함께 우리의 궁금증을 해소시켜 줄 이후의 이야기가 벌써부터 기다려진다.

2025년 여름
신유희